*Vor dem Morgen liegt die Nacht*

••

*Claudia Breitsprecher*

# *Vor dem Morgen liegt die Nacht*

Roman

*Krug & Schadenberg*

Obwohl in diesem Roman viele historische Begebenheiten erwähnt werden, die sich tatsächlich ereignet haben, so sind doch die Handlung und die Charaktere frei erfunden. Jede Ähnlichkeit mit lebenden oder verstorbenen Personen wäre rein zufällig und unbeabsichtigt.

**Danksagung**

Anja hat den Entstehungsprozess dieses Buches in jeder Phase liebevoll und zuversichtlich begleitet, mir bei den Recherchen geholfen, die Entwürfe gelesen und mit mir diskutiert.

Silvia hat mit zahlreichen Anregungen, mit Begeisterung, Kritik und Humor dazu beigetragen, das Werk voranzubringen. Sehr wertvoll war die Bereitschaft ihrer ArbeitskollegInnen, als ZeitzeugInnen manche historische Detailfrage zu klären.

Auch meine Familie war mir dabei eine große Hilfe.

Annette, Christine, Inge und Marita haben mich mit Ansporn und Einschätzungen, bei der Beseitigung von Zweifeln und PC-Problemen unterstützt.

Für meine Recherchen waren die ausführliche Materialsammlung im Spinnboden Lesbenarchiv und die im Jahr 2004 durchgeführte Ausstellung zum Thema »Lesben in der DDR« im Frieda Frauenzentrum, beide Berlin, sehr hilfreich. Insbesondere die in diesem Rahmen von Leo, Marinka und Samirah angebotenen Veranstaltungen vermittelten mir einen umfassenden Einblick.

Andrea und Dagmar haben sich dem Projekt mit großem Interesse, mit Akribie und Ideenreichtum angenommen.

Ihnen allen danke ich sehr herzlich.

# 1

Nina Althaus betrat das Foyer des Theaters und erstarrte. Die massive Glastür, durch die sie gekommen war, wäre ihr wohl in den Rücken geschwungen, hätte nicht ein eifriger Kartenkontrolleur es mit raschem Reflex zu verhindern gewusst. »Vorsicht!« rief er warnend, als er seine Hand vor den drohenden Aufprall schob, aber Nina hörte ihn nicht. Dabei hätte ein Stoß sie schwer getroffen, denn sie war klein und auch recht zierlich, nicht geschaffen, einem harten Schlag zu widerstehen. In diesem Augenblick aber war sie vor allem gebannt. Da stand eine Frau am anderen Ende der Halle. Sie reichte ihren Mantel über die Theke der Garderobe. Und sie lächelte dabei.

Seit einer Ewigkeit hatte Nina dieses Lächeln nicht mehr gesehen, das Lächeln nicht und nicht das strahlende Blau der Augen, die es unterstrichen und ihm eine Aura allumfassender Güte verliehen. Allein in der Einsamkeit ihrer Wohnung war es ihr immer wieder erschienen, in der Dunkelheit, wenn sie die Lider schloss und nicht schlafen konnte, wenn quälende Stimmen sie marterten, gehässig und schonungslos fragten, ob sie genug Kraft habe für den nächsten Tag. Dann tauchte es auf wie eine treue Gefährtin, und einzig seine Zuversicht vermochte die niederträchtigen Geister der Nacht zu vertreiben. Es war stets zeitlos gewesen, dieses Lächeln, aber jetzt war es alt geworden. Nina sah es nur im Profil, und doch gab es keinen Zweifel: Da drüben, kaum mehr als zwölf Schritte entfernt, groß und würdevoll, stand Maria Conti.

Sie war noch immer eine beeindruckende Erscheinung in der Menge der Namenlosen. Ihr ehemals bronzefarbenes leicht gewelltes Haar war längst ergraut, die Male eines langen Lebens spiegelten sich als dunkle Flecken in ihrem Antlitz, und die einst vollen Lippen bildeten nun eine vornehme Linie in ihrem faltigen Gesicht. Sie trug ein rostrotes Kostüm und eine sandfarbene Bluse. Ein seidenes Tuch in hellem Grün bedeckte ihren Hals, der zu lang war, noch immer zu lang. Nina konnte sich vorstellen, wie Maria es angelegt hatte mit einer einzigen, kaum merklichen Drehung ihrer Hand, wie die Eleganz dieser Bewegung den feinen Stoff in eine perfekte Lage hatte schweben lassen. Wie oft hatte Nina ihr dabei zugesehen, wie oft hatte sie mit bewunderndem Blick die Sicherheit dieser Geste genossen und sie später vor dem Spiegel zu imitieren versucht, ohne dass es ihr je gelungen wäre.

»Nun gehen Sie doch endlich weiter!« quengelte eine Männerstimme zu ihrer Linken, aber sie konnte sich noch immer nicht rühren. Ihr Herz begann zu rasen, und ihre Knie wurden so weich, dass jeder Schritt ein Wagnis gewesen wäre.

Ein Wagnis, in der Tat. Maria war damals einfach fortgegangen, ohne ein Wort. Nina hatte gehört, wie die Tür ihrer Wohnung ein letztes Mal zufiel, und alles in ihr war mit diesem Geräusch gestorben. Ja, es stimmte, sie hatte Maria nicht sehen wollen, als sie ging. Es hatte Gründe gegeben, gute Gründe, und die gab es immer noch. Sie konnte nicht einfach zu ihr hinübergehen. Der alte Zorn hinderte sie, hielt sie zurück und flüsterte von Verrat, während ihre Liebe sich im hintersten Winkel ihrer Seele verkroch.

Die Minuten verrannen, das Foyer füllte sich schnell. Maria stand ganz still inmitten des Getümmels und schien zu warten. Ihr Blick fiel immer wieder in den Gang, über dem ein Schild mit verschnörkelten Piktogrammen die Toiletten auswies, dann hinüber zur Bar, wo der Espresso-Automat mit lautem Röcheln seine Arbeit verrichtete, er folgte dem Weg einer stämmigen Blondine, die mit kräftiger Stimme das Programmheft anpries, glitt weiter durch den Raum, ziellos und gelangweilt, bis die Aufregung einer erbost klingenden Menge seine Aufmerksamkeit fand.

Nina stand noch immer im Weg, umringt von der dichter werdenden Menge des ankommenden Theaterpublikums, das die regennassen Schirme schüttelte und schloss und dabei Nina achtlos vorwärts stieß. Sie bemerkte es kaum, sie starrte Maria unumwunden an, bis die alte Frau erfasste, was der Grund für die Aufregung am Eingang war.

Das strahlende Blau traf Nina wie ein Blitz, verharrte für endlose Sekunden. Ein fragendes Blinzeln, ein kurzes Beben, ein Zögern. Marias Augen blickten sanft wie immer, doch dann begriffen sie und weiteten sich, wurden ängstlich, und das war neu. Aber schließlich kamen sie näher.

Nina wollte fliehen, aber das erlaubten ihre Beine nicht. Ihre Panik wuchs, ihr wurde schwindelig. Warum nur war sie hier? Eigentlich hatte sie doch gar nicht mehr ausgehen wollen an diesem Abend, nicht wieder allein zwischen all den anderen Menschen sitzen, die sich an den Händen hielten und miteinander lachten. Eigentlich war sie doch viel zu müde gewesen. Und jetzt stand sie wie gelähmt inmitten des Gedränges, und Maria war fast bei ihr. Kalter Schweiß trat ihr auf die Stirn. Aus ihrer Körpermitte stieg eine überwältigende Übelkeit auf. Es war der Moment, vor dem sie sich ein Leben lang gefürchtet und den sie doch herbeigesehnt hatte wie nichts anderes auf der Welt.

»Nina?« flüsterte Maria in fragendem Ton, obwohl die Gewissheit aus ihren Augen sprach. Ihre Stimme war so rauh wie früher, nur tiefer noch und heiserer, ihr Klang schmerzlich vertraut.

Dass Maria sie überhaupt erkannte! Es war fünfundzwanzig Jahre her, seit sie sich das letzte Mal gesehen hatten. Fünfundzwanzig Jahre, und Nina hatte jedes einzelne davon gezählt. Damals war sie fast noch ein Kind gewesen, und jetzt ging sie auf die Vierzig zu. Und die Zeit hatte die Bitterkeit genährt. Nie war er gleichgültig geworden, der Morgen, an dem sie Maria verloren hatte, Maria und den Mut zu vertrauen. Die Bestürzung lebte noch immer in ihr, das Entsetzen war noch da, und doch, trotz allem, hatte Nina fünfundzwanzig Mal vergeblich versucht, Marias Geburtstag zu vergessen, den sechzigsten, den siebzigsten, den dreiundachtzigsten zuletzt, und mit jedem Jahr war ihre Hoffnung geschwunden, dass sie jemals die Chance erhalten würde zu verstehen, was in jenen längst vergangenen Tagen wirklich geschehen war.

»Ich glaube, das Stück fängt gleich an«, krächzte sie endlich und räusperte sich, wünschte, sie hätte nur dieses eine Mal nicht den alten, abgetragenen Anorak übergeworfen, als sie das Haus verließ. Sie wandte den Blick in die Ferne, gerade so, als ersehne sie Hilfe aus der Weite des Raumes. Als kein Beistand sich zeigen wollte, wagte sie einen scheuen Blick in Marias Gesicht und strich sich eine Strähne ihres schulterlangen blonden Haares hinter das Ohr.

Maria bemerkte die kleine Geste. Ihre Finger, die an den Gelenken rot und geschwollen waren, legten sich fester um die Riemen ihrer Handtasche. Dann sah sie Nina eindringlich an. »Seit wann trägst du eine Brille?«

In einem unbewussten Reflex umfasste Nina das kleine, randlose Gestell, das mit seinen ovalen Gläsern ihrem schmalen Gesicht einen verletzlichen Ausdruck verlieh. »Seit einer Ewigkeit.« Eine Spur von Trotz schwang in ihrer Antwort mit. Ja, gut so. Das war die Rettung! Sie trat einen Schritt zurück und verschloss sich.

Aber Maria blieb beharrlich. »Geht es dir gut?«

Das strahlende Blau wurde so bohrend, wie es schon damals manches Mal geworden war, immer dann, wenn Nina ihm ausweichen wollte. Sie schluckte, dann sah sie auf die Uhr an ihrem Handgelenk. Wieviel Zeit hatten sie noch? Was konnte sie denn erzählen zwischen dem zweiten und dem dritten Klingeln? Das Foyer begann sich zu leeren. Es hatte keinen Sinn. Sie trat von einem Bein auf das andere, dann nickte sie schwach und sah zur Seite.

»Und deine Eltern?«

Ein bierbäuchiger Mittfünfziger mit ausgedünntem Haar drückte sich an ihnen vorbei. Seine Stirn glänzte, und er zog den Geruch von altem Schweiß hinter sich her.

»Sie sind tot.«

Marias Finger krampften sich noch fester als zuvor um die Tasche. Sie wich zurück, taumelnd, als hätte ein unerwarteter Hieb sie getroffen. Nina erkannte ihren Schmerz, und ihr wurde bewusst, wie grob sie die Worte ausgestoßen hatte. Vielleicht war es Absicht gewesen, aber als sie nun sah, wie Marias Züge sich verzerrten, bereute sie ihren barschen Ton. »Es war ein Autounfall«, erläuterte sie behutsam, »im Winter vor drei Jahren.«

Maria richtete sich auf und schnappte nach Luft, dann presste sie die Lippen zusammen. Ihre Pupillen kreisten ruhelos, versuchten, mit hektischen Bewegungen wild tobende Gedanken zu erfassen.

»Hier bist du! Wir müssen uns beeilen – es fängt gleich an!« ertönte plötzlich eine klare, kehlige Stimme neben ihnen. Nina zuckte zusammen, denn sie hatte die Frau nicht kommen sehen, die nun zu ihnen getreten war und sich an Maria wandte. Sie wirkte unbekümmert, und erst als sie Marias Benommenheit sah, runzelte sie die Stirn. »Ist alles in Ordnung?« fragte sie besorgt und umfasste ihren Arm.

»Danke, es geht schon.« Maria drückte ihre Hand. Wieder zeigte sie ihr Lächeln, doch jetzt war es traurig, umspielte voller Wehmut ihren Mund, der trotz des dezent schimmernden Lippenstiftes an Farbe verloren hatte.

Nina musterte die Fremde, hatte das vage Gefühl, das Gesicht mit den tiefbraunen Augen unter den dunklen Locken schon einmal gesehen zu haben. Die Unbekannte musste etwa in ihrem Alter sein. Nina bemerkte widerwillig, dass allein die Nähe der anderen Frau Maria die Fassung zurückzubringen schien.

»Es tut mir leid, wirklich.« Maria streckte Nina zum Abschied die Hand entgegen. »Du hast es gehört, es wird Zeit.«

Das durfte nicht sein! Nina hatte noch nicht wirklich begriffen, dass Maria vor ihr stand, da wollte sie schon wieder gehen? War denn diese unwirkliche Szene nur ein weiteres Intermezzo in einem nicht enden wollenden Alptraum, eine neue Episode einer uralten Geschichte, allein geschaffen, um sie einmal mehr bis ins Mark zu erschüttern? Mechanisch ergriff sie die blassen Finger, die so eisig waren wie ihre, und schaute auf sie herab. Für einen Augenblick glaubte sie, die Zeit bliebe stehen, aber schon entglitt ihr die schmale Hand, gerade so, wie ihr ganzes Leben ihr stets zu entgleiten schien.

Das Entsetzen schnürte ihr die Kehle zu. Wo war die Wut, die sie in all den Jahren empfunden hatte? Wohin waren sie entschwunden, all die flammenden Reden, die von der Lust auf Rache genährten kleinen und großen Gemeinheiten und unversöhnlichen Worte, die Nina Maria so oft entgegengeschleudert hatte, in ihrer Phantasie, in ihren Träumen, in dem hoffnungslosen Versuch, mit bebendem Zorn zu zerstören, was zwischen sie getreten war. All das war fort und konnte sie nicht retten, hatte sich davongeschlichen und sie allein zurückgelassen, so dass sie nun wehrlos war, ratlos und dem Gefühl der Ohnmacht ausgeliefert angesichts des eigenen Versagens, Maria mitzuteilen, was sie wirklich empfand. Etwas Unüberwindbares hatte sich ihrer Sehnsucht in den Weg gestellt. Stolz. Angst. Unfähigkeit. Die Chance war vertan.

Die beiden Frauen waren schon in Richtung der Logen verschwunden, als Nina sich zum Gehen wandte. Was sollte sie jetzt noch im Theater? Keine Musik, kein Dialog, keine noch so dramatische Szene würde sie erreichen. Der Abend war vorüber, noch bevor er begonnen hatte. Alles war vorbei. Sollte sie nach Hause gehen oder durch die nasskalten Straßen streifen? Spielte es irgendeine Rolle, was sie tat? Sie spürte die neugierigen Blicke der Platzanweiserinnen, mit denen sie nun allein im Foyer stand. Noch immer hielt sie die Eintrittskarte in der Hand. Es war sowieso ein schlechter Platz. Vorletzte Reihe, fast am Rand. Sie zerriss sie und warf sie fort. Dann bewegte sie sich mechanisch auf den Ausgang zu.

»Warten Sie!« rief plötzlich dieselbe kehlige Stimme hinter ihr, die sie schon zuvor erschreckt hatte. Sie hielt inne und hörte, wie eilige Schritte sich näherten, drehte sich um, und die fremde Frau, die Maria in den Saal begleitet hatte, blieb abrupt vor ihr stehen, blickte sich verschwörerisch um und strich energisch ihren Nadelstreifenblazer glatt. Erneut wurde Nina sich ihres schäbigen Anoraks bewusst.

»Gut, dass ich Sie noch antreffe.« Die Unbekannte blinzelte sie an und schien erleichtert, dann rang sie die Hände. »Ich kann jetzt nicht lange reden – da drinnen geht jeden Moment der Vorhang auf.« Sie deutete auf die Saaltüren, die gerade geschlossen wurden. »Jedenfalls – Augenblick, bitte«, stammelte sie und nestelte in der schlichten schwarzen Tasche, die über ihrer Schulter hing und nicht recht zu ihrer Erscheinung passte. »Es ging gerade alles so schnell, aber

Maria hat mir gesagt, wer Sie sind, und da wollte ich Ihnen das hier geben.« Sie hielt Nina eine Visitenkarte hin und bedeutete ihr, sie zu nehmen.

Nina griff zögerlich danach und las. ›Michelle Odebrecht‹ stand da in Prägedruck und ›Schauspielerin‹. »Warum ...?« begann sie, aber Michelle kam ihr zuvor.

»Ich habe mir schon lange gewünscht, Ihnen einmal zu begegnen.«

Nina stutzte und trat einen Schritt zurück. Michelle hob beschwichtigend die Hände, als sie ihr Misstrauen bemerkte. »Es geht um Maria, natürlich. Bitte rufen Sie mich doch in den nächsten Tagen an. Ich habe eine Weile in der Stadt zu tun. Sie erreichen mich unter der Handy-Nummer da.« Sie wies mit dem Finger auf eine lange Zahlenreihe auf der Karte. »Am besten abends, aber falls Sie mich nicht erreichen, hinterlassen Sie ruhig eine Nachricht, ich rufe Sie garantiert zurück.« Ein breites Lächeln begleitete ihre Worte.

»Also, ich kann Ihnen nichts versprechen.« Nina drehte die Karte in ihren Händen und wusste nicht mehr, was sie denken sollte. Unerwartete Freude wühlte sie auf. Sie vermochte nicht, sie abzuwehren, obwohl sie sich stets zur Vorsicht mahnte, wenn es um Freude ging. Es gab eine Möglichkeit, dachte sie plötzlich und umklammerte die Visitenkarte ein wenig fester, doch schon spürte sie, wie die Angst in all ihre Glieder kroch, ihre treue Gefährtin, die sich zuverlässig meldete, wo immer Hoffnung zu keimen begann.

»Ist schon gut«, antwortete Michelle und wirkte nun weniger gehetzt. »Stecken Sie die Karte einfach ein. Ich will Sie ja nicht bedrängen, aber ich fände es schön, wenn wir uns einmal in Ruhe unterhalten könnten.«

Nina bemerkte einen winzigen Hauch von Berliner Dialekt und dachte an den Augenblick zurück, als Michelle Odebrecht an Marias Seite getreten war. Kein Zweifel, die beiden Frauen kannten sich gut. Und sie verstanden sich. Nina verspürte einen leisen Stich, doch obwohl sie sich ernsthaft bemühte, fand sie nichts in diesem offenen Gesicht, das abzulehnen ihr gelingen wollte. Sie ließ die Karte in ihre Jackentasche gleiten und schob ihre Gedanken fort. Der Barkeeper sammelte leere Gläser an den Stehtischen ein. Die Kassiererin trug die Einnahmen fort. Ihre Schritte hallten in der Stille wider. Nina reckte sich und blickte der Fremden über die Schulter, hinüber zu den fest geschlossenen Türen, neben denen noch immer die Platzanweiserinnen standen.

»Sie werden Sie nicht hineinlassen«, orakelte sie und wartete auf die Reaktion.

Auch Michelle drehte sich um, dann schmunzelte sie. »Och, da wird mir schon was einfallen.« Etwas Keckes in ihrem Ausdruck verriet, wie sicher sie sich ihrer Sache war.

Nina biss sich auf die Lippen und vergrub die Hände in den Taschen ihres Anoraks. »Ich käme nie an denen vorbei. Nicht vor der Pause.«

Michelle legte den Kopf schräg. »Wollen Sie denn das Stück nicht sehen? Es soll gut sein. Und es läuft nicht mehr lange.«

»Dann gehen Sie schon, sonst verpassen Sie ja die Hälfte.« Nina wollte keine Auskünfte mehr geben. Sie fühlte sich nicht wohl unter dem Blick der anderen, der mehr Interesse verriet, als sie ertragen konnte.

»Und Sie?«

»Ich hatte genug Unterhaltung für heute abend.« Sie senkte den Blick und zog den Reißverschluss ihres Anoraks zu. Sollte er doch abgetragen wirken, er war es ja auch. Ein Poltern ertönte aus dem Saal, in dem Maria saß und das Geschehen verfolgte. Ihre trügerische Nähe war nicht länger auszuhalten. Ninas Augen füllten sich mit Tränen, und die

Fremde sollte es nicht sehen. Sie wandte sich ab und floh ohne Gruß.

»Rufen Sie an!« Michelle Odebrecht gab nicht auf. Nina hörte ihre Stimme noch einmal, als sie schon auf der Straße war, doch ihre Botschaft erreichte sie nicht. Sie hatte genug damit zu tun, über den dampfenden Asphalt zu hasten, weg vom Theater, weg von allem, was sie herausfordern wollte, weg, bloß weg. Die Nacht war unendlich trübe, sickerte mit ihrer feuchten Kälte in sie ein und ließ sie frösteln. Sie lief, so schnell sie konnte, und kam doch kaum vorwärts. Und jeder Schritt tat weh.

## 2

Michelle lenkte ihren roten VW-Käfer von der Karl-Liebknecht-Straße auf den Alexanderplatz. Die Scheiben des Wagens waren leicht beschlagen und trotz wiederholten Wischens nicht frei zu bekommen. Warum hing sie auch so sehr an dieser altmodischen Spritschleuder! Das Gewissen quälte sie an jeder Tanksäule, und gerade um diese Jahreszeit hatte der Gedanke an eine gut funktionierende Lüftung durchaus etwas Verlockendes. Doch sie liebte das sonore Motorengeräusch und den eigentümlichen Kofferraum, der wie ein gefräßiges Maul auf sie wirkte, und konnte sich einfach nicht entschließen, all das gegen ein seelenloses Gefährt mit elektrischen Fensterhebern und neuester Sicherheitstechnik einzutauschen. Im Leben gab es schließlich auch keinen Seitenaufprallschutz.

Sie blieb in der linken Spur, von der eine Auffahrt zum Parkplatz auf dem Mittelstreifen abzweigte, und hielt nach einer Lücke zwischen den anderen Fahrzeugen Ausschau, ein nicht allzu schwieriges Unterfangen, seit es die Parkraumbewirtschaftung gab. Tatsächlich konnte sie wählen, entschied sich für einen freien Platz am hinteren Ende der langen Reihe winterlich verschmutzter Autos und stellte den Motor ab. Sie rieb sich die klammen Finger, griff ihre Tasche und warf noch einen prüfenden Blick in den Rückspiegel. Sie hatte auch um diese Jahreszeit eine gesunde Bräune, wie sie zufrieden feststellte. Seit je her hatte sie diesen mediterranen Teint, der ihr einen südländischen Einschlag verlieh und von dem niemand hätte sagen können, woher er kam, denn ihre Wurzeln in der mecklenburgischen Landbevölkerung boten keine Erklärung.

Sie steckte ihr ganzes Kleingeld in den Parkscheinautomaten in der Hoffnung, die Zeit würde reichen. Die Stunden verrannen wie im Flug, wenn sie mit ihrer Mutter erst einmal ins Reden kam. Sie hatten sich lange nicht gesehen. Seit Monaten hatte Michelle fast jeden Abend in Köln auf der Bühne gestanden und dasselbe Stück gespielt. Sie arbeitete gern am Theater, aber jetzt freute sie sich auch, wieder einmal vor der Kamera zu stehen. Und sie freute sich auf Berlin, auf die alten Freundinnen und Freunde und auf den Frühling mit blühenden Forsythien und sonnigen Straßencafés. Sie würde eintauchen in das Gewühl der City, die vertrauten Orte besuchen und samstags über einen der quirligen Märkte schlendern und sich am kodderigen Ton ergötzen, mit dem die Menschen einander rüde liebkosten. Wie eine lange vermisste Gefährtin war ihr die Stadt, treu und doch in stetem Wandel, launisch und anspruchsvoll, eine atemberaubende Diva, an der es immer neue Facetten zu entdecken gab.

Eine Gruppe junger Männer stand nicht weit von ihr entfernt neben einem maroden Transporter und schien in schwierige Verhandlungen vertieft. Einer von ihnen stand unbeteiligt am Rand und fixierte sie, schob eine Hand in die Hosentasche und schnippte mit der anderen lässig seine Zigarettenkippe fort. Michelle griff ihren Parkschein, plazierte ihn gut sichtbar auf dem Armaturenbrett ihres Wagens und ging eilig auf die Ampel zu. Ein eisiger Wind fegte ihr ins Gesicht. Sie zog sich ihren buntgeringelten Schal bis unter die Nase und atmete hinein, um ihre empfindlichen Bronchien zu schützen.

Als das grüne Ampelmännchen losmarschierte, suchte sie sich ihren Weg durch einen Pulk entgegenkommender Menschen über die Fahrbahn, hinter der die Fußgängerzone begann. Nur die Schienen der Straßenbahn zerschnitten den weiten Platz. An der Haltestelle beugten die Wartenden sich unter der nassen Kälte, einige blätterten in ihrer Zeitung, andere starrten ausdruckslos vor sich hin. Ein Saxophonspieler dudelte träge eine bekannte Melodie, der Kasten seines Instruments lag geöffnet auf dem Boden, nur wenige Münzen verloren sich darin. Der Fernsehturm ragte vor ihr in den Himmel. Sein Anblick rief ihr ins Gedächtnis, wie es gewesen war, als sie die Stadt zum ersten Mal von oben gesehen hatte.

Schon die Fahrt hinauf mit dem Aufzug hatte ihr Herz höher schlagen lassen. Und erst das nagelneue rotierende Restaurant! Sie war tief beeindruckt gewesen von der wechselnden Kulisse aus Häuserdächern, Baumkronen und Kirchtürmen, während sie auf das Essen wartete, gemeinsam mit ihren Eltern und ihrem Bruder Berti, den sie seit kurzem nicht mehr Berti nennen durfte, sondern nur noch Bertram. Die Sonne hatte durch die Fenster geschienen, und die Luft war so klar gewesen, dass ihre Mutter in der Ferne sogar die Schule entdeckte, die Michelle neuerdings besuchte. Es war ein glücklicher Tag gewesen, nur ihr Vater hatte die Stirn gerunzelt, als am Nachbartisch eine Männerstimme flüsterte: »Kiek ma, so nah, jetz lassen se uns rüberjaffen, aber dit waaret denn ooch.« Sie hatte den schwelenden Ärger nicht verstanden, den der Tonfall des Sprechers erahnen ließ, doch es hatte sie auch nicht gekümmert. Viel zu sehr war sie mit der Schlagsahne auf ihrem Kakao beschäftigt gewesen und mit der Entdeckung, dass Berti-Bertram mit weitaufgerissenen Augen einem Mädchen hinterherstarrte, die im Vorbeigehen ihre langen blonden Haare in den Nacken warf und deren knapp bemessenes Röckchen gerade das Nötigste bedeckte, ganz so, wie es der Mode jener Jahre entsprach.

Michelle ging zügig voran und konnte schon bald den Schriftzug des Kinos hinter der Eisenbahnbrücke erkennen. ›Das Café ist gleich daneben‹, hatte ihre Mutter am Telefon verschwörerisch erklärt. Ein Fernzug rumpelte über ihrem Kopf aus dem Bahnhof, ein in seinen Stadtplan vertiefter Tourist sprang im letzten Moment einer Straßenbahn aus dem Weg, die schrill quietschend um die Ecke bog.

Das Café war nicht sehr voll. Nur im hinteren Teil und beim Durchgang zum Kino hatten es sich einige Gäste in den tiefen, mit grünem Kunstleder bezogenen Sesseln bequem gemacht. Michelle sah sich suchend um, aber ihre Mutter war noch nicht da. Sie entschied sich für einen Esstisch an der Fensterfront, von wo aus sie den Eingang und die Kuppeln des Berliner Doms im Blick hatte, die vor dem grau verhangenen Himmel durch den Dunst schimmerten. Sie hatte kaum ihren Mantel abgelegt, als eine mollige Frau zur Tür hereinkam. Michelle winkte kurz zu ihr hinüber, und Friederike Odebrecht, die alle nur Friedel nannten, stapfte vergnügt auf sie zu.

»Ein fürchterliches Wetter«, schimpfte sie und nahm ihre Tochter in den Arm. »Hast du es gleich gefunden?«

Michelle spürte die kalte Haut an ihrer Wange. »Ja, klar«, antwortete sie, dann sah sie zu, wie ihre Mutter mit einem zerknitterten Taschentuch über ihre beschlagenen Brillengläser fuhr, ihren Hut achtlos auf einen der Stühle warf und die angedrückte Dauerwelle richtete, deren Grau einen leichten Schimmer von Violett in sich barg, wie immer, wenn sie gerade beim Friseur gewesen war. Ihr Gesicht schien seit dem letzten Sommer noch runder geworden zu sein, aber aus ihm ragte noch immer die spitze Nase hervor, die den Blick anzog, fast noch mehr als das Mal auf dem Jochbein, das sie bei jeder sich bietenden Gelegenheit als ›Schönheitsfleck‹ pries.

»Wie findest du das Café?« Endlich nahm Friedel Michelle gegenüber Platz. »Ein bisschen teuer ist es ja, aber ich konnte deinem Vater sagen, dass ich Besorgungen mache und vielleicht noch ins Kino gehe.« Sie setzte die Brille wieder auf und studierte die Karte, in der mehrsprachig Kuchen, Pasta und Sandwiches angeboten wurden.

Michelle schmunzelte bitter. »Was sagst du, wenn er dich nach dem Film fragt?«

»*Mona Lisas Lächeln*, meine Liebe, alles kein Problem, habe ich schon vor Wochen gesehen, gleich nachdem er herauskam.« Zufrieden über ihren gut durchdachten Plan legte sie die Karte aus der Hand. Eigentlich musste sie ihrem Mann nicht verschweigen, dass sie ihre Tochter traf, doch sie mochte nicht noch stochern in seiner Wunde, die sich ohnehin nicht schließen wollte.

Eine dürre Kellnerin mit wippendem Pferdeschwanz trat an ihren Tisch. Sie erkannte Michelle und errötete leicht, dann zückte sie Block und Bleistift.

»Ich nehme einen Kaffee Vienna«, verkündete Friedel genüsslich, »und einmal die Nusstorte, aber ohne Sahne, bitte.«

Michelle bestellte einen Cappuccino und ein Stück von dem Karottenkuchen, den sie in der Vitrine am Tresen stehen sah und von dem sie annahm, dass er nicht so süß sein würde. »Ohne Sahne, Mama, was ist denn mit dir los?« Ihre Augen funkelten ketzerisch, als die Bedienung gegangen war.

»Ach, Mädchen, auf dem Kaffee ist doch schon so viel drauf!« Friedel kramte in ihrer Handtasche und holte ein Päckchen F6 hervor.

Michelle sah ihrer Mutter in ihre kleinen hellblauen Augen, als diese ihren Blick wieder hob. »Das Café ist ganz schön, aber ich hätte dich trotzdem lieber zu Hause besucht, das kannst du mir glauben.« Sie dachte an das alte Sofa, das sicher noch immer in der guten Stube stand. Wie gern würde sie von dort durch das breite Fenster in den Garten schauen, auch wenn der knorrige Apfelbaum um diese Jahreszeit weder Blüten noch Früchte trug.

»Ja, ich weiß«, antwortete Friedel gedehnt, und ehrliches Bedauern schwang in ihrer Stimme mit, während die Kellnerin vorsichtig ein volles Tablett zu ihrem Tisch balancierte. Ein Augenblick des Schweigens breitete sich zwischen ihnen aus.

»Weißt du noch, wie er einmal gesagt hat, er könne niemals wirklich böse auf mich sein?« Michelle rührte in ihrer Tasse und verzog den Mund.

»Ach, Kind, was dir so im Kopf herumspukt! Da warst du acht und hast geheult, weil du eine schlechte Note bekommen hattest. Er wollte dich trösten.« Sie musterte ihre Tochter über den Rand ihres dampfenden Bechers hinweg, an dem sie vorsichtig nippte. Ein feiner weißer Rand krönte daraufhin ihre Oberlippe.

»Er hat es so gemeint!« Michelle sprach leise und dennoch trotzig, gerade so, als bestünde sie auf einem feierlich gegebenen Versprechen. Ja, sie war noch klein gewesen damals, aber seine Worte hatten ihr Bild von ihm weitergezeichnet, hatten unterstrichen, was sie ohnehin in ihm sah. Sie passten zu dem Mann, der mit ihr Kastanien sammeln gegangen war, der ihr das Schwimmen beigebracht und sie auf seinen Schultern getragen hatte. Schon von Geburt an war sein linkes Bein etwas kürzer als das rechte, und so ging er mit hinkendem Schritt, doch Michelle hatte sich gern an seinem Kopf festgehalten, um das Schwanken auszugleichen. Unter ihren winzigen Händen hatte sein stoppeliges Haar gekratzt, und sie war selig gewesen, wann immer sie es fühlte, erfüllt von der unumstößlichen Gewissheit, dass er sie niemals fallen lassen würde. Michelle war sich seiner Liebe bewusst gewesen, die aus dem Zwinkern seiner bernsteinfarbenen Augen gesprochen hatte, mit dem er sie begrüßte, wenn er von der Arbeit kam, ganz gleich, wie sein Tag gewesen war, und die sein Lachen durchdrungen hatte, mit dem er dem Ärger ihrer Mutter den Stachel nahm, wenn sie etwas angestellt hatte, ›ausgefressen‹, wie ihre Mutter zu sagen pflegte. Seine schützende Hand hatte stets über ihr gelegen, und manchmal hatte sie ihr sogar eine Tüte dieser leckeren Gummibärchen geschenkt, die es nur in dem einen Laden gab, in dem er sonst nichts kaufte, weil er ihn viel zu teuer fand und weil er stets verkündete, dass sie ›von denen‹ nichts brauchten.

»Du hast es ihm nicht leicht gemacht.« Friedel schob sich einen großen Bissen Torte in den Mund.

»Was hatte ich denn für eine Wahl?« Michelle stieß die Gabel in ihren Kuchen, der bröselnd auseinanderfiel.

Friedel beobachtete, wie ihre Tochter die Krümel aufpickte,

dann beugte sie sich vor. »Meine Liebe, dein Vater ist nicht mehr der Mann, der er früher einmal war.«

»Wem sagst du das!« Michelle lachte bitter und kaute lustlos auf der trockenen Masse in ihrem Mund herum. »Das sind wir doch alle nicht mehr. Genau das war ja wohl das Problem.« Sie hielt mit dem Essen inne und sah ihre Mutter herausfordernd an.

»Lass doch diesen anklagenden Ton. Es war doch nicht er allein. Ihr habt euch damals beide nichts genommen, nicht wahr?« Friedel lehnte sich zurück. Ihr enganliegender Pullover betonte ihre üppigen Rundungen.

»Ich wollte mit ihm reden! Immer wieder! Aber er lässt es einfach nicht zu!« Ein Nachgeschmack von in Zitronenaroma ertränktem Zuckerguss auf ihrer Zunge verdarb Michelle endgültig den Appetit. Angewidert schob sie ihren Teller zur Seite.

Friedel erkannte den Ärger, der in ihrer Geste zum Ausdruck kam. »Ja, ich weiß. Er hat übertrieben damals und ...«

»Übertrieben? Er hat mich rausgeschmissen!« Michelle wurde lauter und fasste sich erst, als sie sah, dass der junge Mann am Nachbartisch über die Karte hinweg zu ihr herüberblickte.

»Jetzt lass mich doch ausreden!« Friedel griff nach ihrer Serviette und wischte sich hastig über die Lippen. »Ja, er hat dich rausgeschmissen. Glaub nur nicht, dass er nicht genauso darunter leidet wie du. Du kriegst ja nichts von ihm mit. Was glaubst du wohl, wie es für mich ist, Tag für Tag an seiner Seite? Ein Leben mit einem Mann, der an nichts mehr Freude hat! Denkst du, das ist einfach?« Sie knüllte die Serviette zusammen und warf sie auf ihren leeren Teller.

Michelle hob abwehrend die Hände. »Aber das ist doch nicht meine Schuld!«

Friedel rutschte unruhig auf ihrem Stuhl hin und her, dann zog sie umständlich eine Zigarette aus der halbvollen Schachtel und zündete sie an. Sie nahm einen tiefen Zug, entspannte sich und setzte zu einer Antwort an.

»Nein, das ist es wohl nicht. Aber für ihn ist eben alles zusammengebrochen. Er wird nicht warm mit diesem Land, und er kann nicht vergessen, was gewesen ist. Auch was zwischen euch gewesen ist. Für ihn gehört das alles zusammen.« Sie zuckte resigniert die Achseln.

»Dann bin ich für ihn also die personifizierte Konterrevolution, ja?« Als ihre Mutter die Schultern straffte, wusste Michelle, dass ihre Bemerkung falsch gewesen war.

»Zynismus ist hier wohl fehl am Platz. Es besteht kein Grund, sich über seine Ideale lustig zu machen!« grummelte sie. »Es waren schließlich auch einmal deine, oder hast du das völlig vergessen?«

Michelle schüttelte den Kopf. »Nein, natürlich nicht.« Auch noch ihre Mutter gegen sich aufzubringen war das letzte, was sie wollte. »Aber es ist so lange her, Mama, und er ist doch nun schon zweiundsiebzig. Ich habe nichts vergessen, das kannst du mir glauben, auch nicht seinen Geburtstag letzte Woche. Ich habe sogar auf ihn angestoßen. Allein!« Der Gedanke daran, dass sie das jetzt schon seit zwölf Jahren tat, schnürte ihr die Kehle zu. Sie schluckte.

Friedel seufzte. »Meinst du, wir hatten ein ausgelassenes Fest?« Es lag ein tiefes Bedauern in ihrem Ton. Sie feierte gern. Michelle konnte sich vorstellen, wie sehr es ihrer Mutter widerstrebte, ihre Fröhlichkeit verbergen zu müssen.

»Und es ist ja nicht nur sein Geburtstag.« Müde drückte sie die Zigarette im Aschenbecher aus. »Den ganzen Winter über war er zu Hause. Er geht kaum mehr einkaufen, er war nicht zum Eisangeln, und wenn der Otto ihn nicht ab und zu persönlich angesprochen hätte, wäre er wohl nicht einmal zu seiner Skatrunde gegangen.« Sie vergewisserte sich mit einem kurzen Blick, dass Michelle noch zuhörte. Dann fuhr sie fort. »Er hat einfach an allem das Interesse verloren. Er verkriecht sich förmlich. Die Nachbarn wollen wissen, was mit ihm ist, weil sie ihn so gut wie nie sehen. Ich hab sie gefragt, was ich machen soll, auch die Frauen bei der Volkssolidarität. Keiner weiß Rat, er lässt ja niemanden an sich ran. Ich weiß nicht, wo das noch hinführen soll, es wird von Jahr zu Jahr schlimmer.« Erneut ließ sie das Feuerzeug klicken.

»Gibst du mir auch eine?« fragte Michelle.

»Und deine Lunge?« Friedel hielt ihr die Schachtel hin.

»Ist schon in Ordnung. Ist ja nur ausnahmsweise.« Tatsächlich rauchte Michelle nur ausgesprochen selten; gewöhnlich wenn ein Gespräch schwierig wurde, aber nicht so schwierig, dass ein Asthmaanfall drohte. Als das Nikotin zu wirken begann, überkam sie für ein paar Sekunden ein heftiger Schwindel.

Zwei junge Frauen betraten das Café und zogen einen Schweif kalter Luft hinter sich her, als sie an ihrem Tisch vorübergingen. Friedel sah ihnen ausdruckslos nach. »Letzten Sommer, da hat er seine Angelrute am See vergessen. In Strausberg, nicht weit weg. ›Fahr noch mal hin‹, hab ich zu ihm gesagt. Sie hätte ja vielleicht noch dort gelegen, nicht wahr? Aber nein, er wollte nicht, war partout nicht zu bewegen. Jetzt haben ihm Bertram und Katrin zum Geburtstag eine neue geschenkt. Ganz leicht und handlich und mit allerhand Zubehör obendrein.« Sie hob die Hände in einer hilflosen Geste. »In die Ecke gestellt hat er sie, kaum dass er sie ausgepackt hatte! In die Ecke gestellt und den ganzen Abend nicht mehr angesehen! Es war mir so unangenehm vor Katrin, und Bertram war so enttäuscht.«

Wieder seufzte sie schwer, dann zog sie mit einem magentarot leuchtenden Fingernagel die Maserung im dunklen Holz des Tisches nach. »Daniel hat ihm sein Zeugnis gezeigt, er macht im Sommer ja sein Abitur. Nicht einmal das hat ihn interessiert. Der Junge hat mich nachher in der Küche zur Seite genommen. Er soll zum Bund, hat er mir erzählt, und er will gehen.« Sie verzog missbilligend das Gesicht. »Na ja, ich war nicht begeistert, aber schließlich ist es seine Entscheidung, nicht wahr? ›Sag's Opa nicht‹, hat er mich gebeten. Das geht doch nicht!« Ihr Blick verschwamm.

Michelle sah sie mitfühlend an, dann biss sie sich auf die Lippen. »Er wird toben, wenn er das erfährt.«

Friedel zog ihr Taschentuch hervor, putzte sich die Nase und schüttelte den Kopf. »Nein, das wird er nicht.« Ihre Stimme klang belegt. »Das hat er früher getan, bei dir. Da hat er getobt, wenn ihm was nicht passte. Wie hab ich es gehasst, wenn ihr euch so angeschrien habt. Jetzt wünsche ich mir manchmal sogar diese Zeiten zurück.« Tränen rannen ihr über die Wangen. Sie nahm die Brille ab und wischte sie mit dem Taschentuch fort. »Jetzt frisst er nur noch alles in sich rein. Früher ...«

Michelle beugte sich vor und streichelte ihr tröstend den Arm. »Ja, ich weiß, Mama – *früher*«, sagte sie sanft und betonte das letzte Wort, als sei es der Schlüssel zu allem anderen. Durch die Wolle des Pullovers konnte sie fühlen, wie die Muskeln ihrer Mutter sich lockerten. Dann legte Michelle nachdenklich den Kopf schräg. »Warum ist er so verbittert und du nicht? Warum kannst du weitermachen? Ihr habt doch beide wirklich haargenau dasselbe erlebt. Und auch wir haben uns heftig gestritten, weiß Gott, ich erinnere mich gut daran.« Sie legte eine bedeutungsvolle Pause ein. »Aber warum können wir beide trotz allem heute hier sitzen?«

Friedels Tränen waren versiegt. In einem Anflug von kämpferischem Stolz fasste sie sich, dann setzte sie ihre Brille wieder auf. »Ich bin es gewohnt, nach vorne zu schauen. Das Grübeln war nie meine Sache. Vorbei ist vorbei und Schluss«, verkündete sie energisch. »Glaub mir, ich war genauso enttäuscht und wütend wie dein Vater, als du abgehauen bist.« Der alte Ärger schwang in ihrer Stimme mit.

»Ich bin nicht abgehauen!« protestierte Michelle, wohl wissend, dass sie diesen Einwand schon unzählige Male erhoben hatte, unzählige Male vergeblich.

Friedel zog die Augenbrauen hoch und sah sie über den Rand ihrer Brille hinweg an. »Aber bei mir fiel das alles ja auch nicht auf bereiteten Boden.«

Michelle runzelte die Stirn. Es dauerte einen Moment, bis sie die Anspielung verstand. »Du meinst Maria?« Ihre Miene verfinsterte sich, als ihre Mutter nickte. Sie wusste, dass ihr Gespräch an einem heiklen Punkt angekommen war. »Ich wohne zur Zeit bei ihr«, gestand sie unumwunden und wappnete sich vor dem, was kommen würde.

Friedel zuckte zusammen. »Ist das dein Ernst?« rief sie entgeistert und lehnte sich zurück, ganz so, als wolle sie auf Abstand gehen.

»Ja.« Michelle hob hilflos die Hände, während sie sich rechtfertigte. »Ich habe keine Lust, monatelang im Hotel zu leben, Mama, und Maria hat Platz.« Sie erwähnte nicht, wie gern sie das Angebot ihrer Tante angenommen hatte. Es bestand kein Grund, Öl ins Feuer zu gießen.

»Na, dir scheint ja wirklich sehr an einer Versöhnung mit deinem Vater gelegen zu sein!«

Michelle wurde ärgerlich. »Mein Vater«, begann sie mit fester Stimme, »zeigt keinerlei Interesse daran, sich mit mir zu versöhnen! Bei euch kann ich nicht wohnen! Und außerdem weiß ich nicht einmal, was genau er eigentlich gegen sie hat. Ich meine, sie ist immerhin seine Schwester.« Verdrossen dachte sie an all die Gelegenheiten zurück, bei denen er über ihre ›Westverwandte‹ hergezogen war. Als kleines Mädchen hatte sie ihm jedes Wort geglaubt, war stolz auf ihn gewesen, wenn er über die Kollegen schimpfte, die auf Pakete von ›drüben‹ warteten, die sich kaufen ließen mit Kaffee und Perlonstrumpfhosen, die nicht so an ihrem Vaterland hingen wie er, wie sie. Jetzt war ihre Tante eine alte Frau, und Michelle fühlte sich betrogen um die vielen Jahre, die sie mit ihr hätte haben können. Sie wollte die Zeit genießen, die ihnen noch blieb.

Ein pickeliger Junge in formlosen Jeans und mit glühenden Wangen trat zögernd an ihren Tisch. Michelle hatte ihn nicht kommen sehen und zuckte zusammen, als er plötzlich murmelte: »Frau Odebrecht, entschuldigen Sie bitte, dass ich Sie störe, aber könnten Sie mir vielleicht ein Autogramm ...« Er hielt ihr schüchtern einen Zettel entgegen.

Michelle blickte in das scheue Gesicht, und ihr Zorn verebbte. Sie ergriff den bereitgehaltenen Stift, kritzelte ihren Namen und versuchte ein freundliches Lächeln, das ihr nicht wirklich gelang. Kaum war sie fertig, zog er mit glücklicher Miene ab, seine Beute fest an sich gedrückt. »Ich danke dir«, rief sie ihm nach, die mahnenden Worte ihres Agenten im Kopf. ›Sie sind dein Publikum, Michelle. Wie du sie behandelst, so behandeln sie dich.‹ Einige Gäste an den anderen Tischen unterbrachen ihre Gespräche und drehten sich zu ihr um.

»Wie ich sehe, hast du es ja weit gebracht, nicht wahr?« säuselte Friedel mit gespielter Ironie und dennoch stolz. Sie wusste, dass sie es gewesen war, die mit ihrer Liebe zum Film dem Streben ihrer Tochter die Wurzeln gegeben hatte. Immer wieder war sie mit den Kindern in das kleine, etwas muffige Lichtspielhaus gegangen, in dem der Besuch nur einsfünfunddreißig gekostet hatte, inklusive des Kulturbeitrags von fünf Pfennigen, der auf jede Eintrittskarte erhoben wurde. Und auch im Theater der Freundschaft hatten sie sich oft amüsiert. Am Anfang war auch Berti immer dabeigewesen, doch er hatte mit dem Heranwachsen das Interesse verloren. Nicht so Michelle. Sie liebte schon damals jede Inszenierung, egal ob auf der Leinwand oder auf der Bühne. Und jetzt war es ihr Leben. Wie gut erinnerte sich Friedel an die Premiere von *Unterwelt*. Es war hart gewesen, ihre Tochter als Prostituierte zu sehen, schamlos, gedemütigt und verzweifelt. Es war ihre erste Hauptrolle in einem Kinofilm, und sie war so sehr darin aufgegangen, dass Friedel sie kaum wiedererkannte. Die Kritik war begeistert. ›Ein phänomenaler Durchbruch‹, stand in den Gazetten, ›ein spät erblühter Stern‹.

Spät erblüht! Mit dreißig! Die Filmbranche war offensichtlich gnadenlos, aber seit *Unterwelt* hatte Michelle auch über das Theater hinaus einen Namen. Und spätestens nach *Tanz in die Nacht*, jenem aufwendig gestalteten Drama, in dem sie einen alternden Musicalstar verkörperte, kannte man ihr Gesicht. Und ihre außergewöhnliche Fähigkeit, sich zu bewegen, geschmeidig und dennoch kraftvoll, konzentriert und dennoch mit großer Leichtigkeit. Es war ihr zweiter bedeutender Erfolg, und seither konnte ihre Tochter gewiss wählen, welche Rollen sie übernehmen wollte.

»Wie läuft's denn so in Babelsberg?« fragte Friedel, dankbar über die Gelegenheit, das leidige Thema ihrer familiären Zwistigkeiten zu beenden, das beiden regelmäßig die Laune verdarb.

»Wir haben ja noch gar nicht angefangen.« Michelle trank ihren Cappuccino aus. »Aber die Kulissen sind schon fertig. Übermorgen beginnen wir mit dem Dreh.«

»Die Leute fragen mich immer, wie es dir geht. Nach Bertram fragen sie nie.«

»Ja, ich weiß. Er soll das bloß nicht persönlich nehmen. Und du glaub nicht alles, was du über mich liest.« Tatsächlich hatte sich Michelle ein wenig schwergetan, sich an die permanente Aufmerksamkeit fremder Menschen zu gewöhnen. Es war nicht immer leicht, aus den vielen neugierigen Blicken und wohlmeinenden Worten eben jene herauszufiltern, die echtes Interesse verrieten. Manchmal sehnte sie sich zurück nach der Anonymität, in der niemand sie erkannte und sie sicher sein konnte, dass ein Lächeln ganz allein ihr galt, der Frau, die sie war, nicht der bekannten Schauspielerin. Doch sie hatte den Erfolg gewollt, und mit ihm war diese Zeit für immer vorbei.

Sie sprachen noch eine Weile über das Projekt, dem sich Michelle in den nächsten Monaten widmen würde, dann sah Friedel auf die Uhr und rief die Bedienung herbei. Michelle drückte ihre Hand. »Lass dich nicht unterkriegen, Mama.«

Friedel nickte schwach. »Ja, du hast recht. Es ist schließlich niemandem gedient, wenn wir die alten Geschichten wieder und wieder durchkauen.« Sie rang sich ein trauriges Lächeln ab, und als die Kellnerin die Rechnung brachte, holte sie ein kleines Portemonnaie aus ihrer Handtasche hervor. Michelle wollte protestieren, aber Friedel winkte ab. »Lass mich mal, Mädchen.« Sie zwinkerte ihrer Tochter zu und stand auf; sie hatte mit einem wundersamen Gemütssprung ihre Leichtigkeit zurückgewonnen und die sorgenvollen Gedanken vertrieben. Michelle hatte einen derart abrupten Stimmungswandel schon oft bei ihrer Mutter beobachtet und ihn manches Mal missbilligt, denn die demonstrative Absolutheit, die sich darin zeigte, beendete unweigerlich jede Diskussion. Heute aber war sie dankbar dafür, denn es war auch so schwer genug, sich vorzustellen, wie es für ihre Mutter sein musste, nach Hause zu kommen, die Eindrücke des Tages zu verbergen und umsonst auf Fragen zu warten, die sie nicht hätte beantworten können.

Auch ihr Vater litt, hatte ihre Mutter gesagt. Doch was war es, das ihn hinderte, nachzugeben? Damals, als er sie der Wohnung verwiesen hatte, hatte etwas so Endgültiges in seinem Blick gelegen, etwas Fremdes und Fernes, als sei es gar nicht Michelle gewesen, die er ansah. Es lag eine kalte Macht darin, die nicht zu überwinden war. Seine Tür war seither fest verschlossen, und sie wusste nicht, wo der Schlüssel verborgen lag.

## 3

Der Wasserkocher schaltete sich mit einem lauten Knacken automatisch ab. Nina goss seinen Inhalt in einen großen angestoßenen Becher und schwenkte den Teebeutel darin herum. Die Luft in ihrer geräumigen Küche war abgestanden und kühl. Sie zog den Bademantel enger um sich und schleppte sich zurück ins Bett. Seit Tagen quälte sie ein scharfes Kratzen im Hals, und der Kopf schmerzte abwechselnd dumpf und pochend. Sie stellte die Tasse auf die Kommode neben ihrem Bett, auf der auch der alte, kaum genutzte Fernseher stand. Dann ließ sie sich in die Kissen sinken, zog die Decke bis unter das Kinn und schloss die Augen.

Wieder hörte sie diese Stimme. ›Rufen Sie an!‹ forderte sie nun schon seit fast zwei Wochen. Die aufwendig gestaltete Visitenkarte musste irgendwo herumliegen. Nina begann sie zu suchen, wühlte danach, fand sie schließlich unter dem Kopfkissen, eine Ecke war leicht geknickt. Sie drehte sie zwischen ihren dünnen Fingern, wieder und wieder, las die immer gleichen Worte, die sie längst auswendig kannte wie die Nummer am unteren Rand. ›Rufen Sie an!‹

Als ob das so einfach wäre! Nina hatte sich noch immer nicht von jenem Abend im Theater erholt. Nicht von Marias gequältem Blick und nicht von ihrem Händedruck, den sie den ganzen langen Heimweg durch den Nieselregen gespürt hatte. Die kurze Begegnung hatte ihren schalen Erinnerungen wieder Leben eingehaucht. Jetzt waren sie wieder da, die alten Gespenster, klopften an ihre Tür und drangen in ihre Träume, ließen sie nicht in Ruhe und maskierten sich mit dem listigen Charme einer harmlos anmutenden Schauspielerin, um erneut die Gewalt über sie zu erlangen. Nein, sie würde das nicht zulassen, entschied sie zum hundersten Mal und warf die Karte achtlos von sich.

Sie hatte wahrlich genug am Hals. Die hohen Wände ihrer kleinen Altbauwohnung brauchten einen neuen Anstrich. Der Abfluss der Dusche war seit Wochen verstopft. Ihr Pass war längst abgelaufen, es war noch Tobias gewesen, der sie vor Jahren schon gemahnt hatte, ihn verlängern zu lassen. Und beworben hatte sie sich seit einer Ewigkeit nicht mehr. Was sollte das auch? Es gab keine Stellen in dieser Stadt, nicht in ihrem Beruf. Die Ausgestoßenen lungerten in den Straßen herum und blieben sich selbst überlassen, wen kümmerte das noch in einer Atmosphäre des gnadenlosen Kampfes um das letzte Fleisch in den fast leeren Töpfen. Es war eine Zeitbombe, die da tickte, doch der Alltag im politischen Geschehen ließ keinen Raum für Gedanken an die Zukunft. Niemand interessierte sich dafür, was mit ihren ehemaligen Schützlingen geschah, niemand legte noch Wert auf das, was einmal ihre Arbeit gewesen war.

Doch sie würde noch eine ganze Weile von dem Geld, das

ihre Eltern ihr hinterlassen hatten, leben können. Schließlich war sie nicht anspruchsvoll und brauchte wenig. Die Miete war billig, sie aß kaum etwas und ging selten aus. Nur die Malerei verschlang stattliche Summen, denn gute Farben waren teuer, und verkaufen wollte sie ihre Bilder nicht, denn es steckte ihr ganzes Herzblut darin. Ja, das Malen! Es war das einzige, das noch immer wichtig war. Die Leinwände waren verlässliche Vertraute. Die Formen, die sie schuf, trösteten sie über das Alleinsein hinweg. Ihr Leben war still geworden, vielleicht sogar einsam, doch sie wollte die Abgeschiedenheit, hoffte, auf diese Weise die Ruhe wiederzufinden, die sie verloren hatte, als der milchweiße Opel ins Schleudern geraten war.

Nina griff nach ihrem Becher, trank einen großen Schluck und ließ die heiße, bittere Flüssigkeit langsam durch die rauhe Kehle rinnen. Dann stand sie auf, ging zum Fenster und sah hinaus. Im türkischen Imbiss gegenüber herrschte Hochbetrieb, wie immer um die Mittagszeit. Ein Lieferwagen stand in zweiter Reihe, seine geöffneten Türen gaben den Blick auf die Getränkekästen in seinem Inneren frei. Fröhliche Kinder prügelten scherzhaft mit ihren Schultaschen aufeinander ein. Es war ein buntes Treiben, und doch war alles grau. Die Farben der Autos waren kaum zu erkennen unter dem rußigen Schleier, der ihren Lack bedeckte. Es hatte geschneit in der letzten Nacht, doch die dünne weiße Schicht auf dem schmutzigen Asphalt war schnell wieder geschmolzen. Das zusammengeschobene Granulat der vergangenen Wochen erhob sich an den Straßenecken zu schwarzen Hügeln. Die kahlen Bäume schienen noch immer vor Kälte erstarrt. Frauen und Männer mit fahlen Gesichtern eilten mit verkniffenen Mienen die Straße entlang.

Der Anblick machte sie frösteln. Was mochte Maria denken über diese Gegend, in der sie nun schon seit zwanzig Jahren lebte? Sie war so anders als die mondäne Welt, in der sie einst zu Hause gewesen war, aber Nina hatte sie immer geliebt.

Sie hatte sich frei gefühlt, als sie hier eingezogen war, gleich nach dem Ende ihrer Schulzeit. Sie hatte die Fenster geöffnet und die milde Spätsommerluft tief eingeatmet, während von irgendwoher aus der Nachbarschaft schräge Klänge zu ihr herübergedrungen waren. ›Ich steh auf Berlin‹, hatte die Sängerin gejubelt und sie damit genauso begrüßt wie die bunten Transparente an der bröckelnden Fassade des maroden Hauses gegenüber. Und tatsächlich war alles ideal gewesen: Endlich hatte sie ein Heim, in dem nur sie allein bestimmte, was geschah. Voller Euphorie hatte sie ihr Kleinod betrachtet und sich in die Arbeit gestürzt. Es war eine Lust gewesen, am Wochenende über die Flohmärkte zu ziehen und alles einzurichten von dem bisschen Geld, das sie beim Kellnern im Café um die Ecke verdiente. Sie hatte den abgewetzten Ohrensessel frisch bezogen und das Bettgestell selbst gebaut, nur die Kiefernbretter hatte sie sich passgenau zuschneiden lassen in der chaotischen Tischlerei im Hinterhaus, aus der noch heute der Lärm rotierender Sägeblätter in ihre Küche drang. Eines war zum anderen gekommen: die gebrauchte Stereoanlage, die altmodische Messinglampe und das wackelige Bücherregal, jedes Stück eine Errungenschaft, die ihr Heilung versprach und den Frieden in ihrer kleinen Welt beförderte.

Sie schaute sich in dem großen Zimmer um und verschränkte die Arme vor der Brust. Wo war das alles geblieben? Die Dinge standen noch an ihrem Platz, doch sie hatten ihren Glanz verloren.

Ihre Eltern hatten die Nase gerümpft beim Anblick der abgelaufenen Dielen. Auch die Gastherme hatte einen erbärmlichen Eindruck gemacht. ›Wenn die mal bloß in Ordnung ist‹, hatte ihre Mutter wiederholt und fast flehentlich gemurmelt, während sie das rostige Stück in Augenschein nahm und ihr Vater mit dem Verwalter über die Einzelheiten der Kaution in schwierige Verhandlungen getreten war. Beim Einbau der Dusche hatten sie ihr geholfen. Sie hatten sogar den viel zu hohen Abstand bezahlt, der in jenen Jahren üblich war. Jetzt waren sie tot.

Ihre Kopfschmerzen wurden stärker, legten sich wie eine Glocke über ihren Verstand. Auch spürte sie einen zunehmenden Druck hinter ihrer Stirn, und durch die Nase bekam sie kaum noch Luft. Sie schnaubte vergeblich und schlurfte zurück zum Bett, setzte sich hinein und schlang die Arme um die Knie. Ihr Blick fiel auf das Telefon, das zwischen den Büchern im Regal stand. ›Rufen Sie an!‹ hörte Nina erneut die kehlige Stimme, die ihr deutlich in Erinnerung geblieben war.

Warum sollte sie diesen Umweg wählen? Wenn sie Kontakt zu Maria haben wollte, konnte sie sich direkt an sie wenden. Bestimmt stand sie noch im Telefonbuch. Früher hatte Nina sich dessen mit dem Erscheinen einer jeden neuen Ausgabe vergewissert, gleichermaßen erleichtert wie niedergeschlagen, wenn sie den Eintrag entdeckte. Erst in den letzten Jahren hatte sie diesen Schritt gescheut, zu groß war ihre Angst gewesen, er könnte verschwunden sein. Nicht einmal nach dem Tod ihrer Eltern hatte sie nachgesehen, obwohl ihr Gewissen sie mit der Frage gequält hatte, ob es richtig war, es Maria nicht wissen zu lassen.

Mit einer Todesanzeige in der Zeitung hatte sie ihre Skrupel beseitigt. Sollte das Schicksal entscheiden! Es war ihr nur recht gewesen, als nichts geschah. In der Aufregung vor der Beerdigung hatte sie die alte Frau schließlich vollkommen vergessen. Auch in der engen Friedhofskapelle hatte sie nicht an Maria gedacht. Als sie dort in der ersten Reihe auf der harten Holzbank gesessen hatte, zusammengesunken und auf Tobias gestützt, war ihr Kopf vollkommen leer gewesen. Der Pfarrer hatte gebetet und Lieder angestimmt, von der Tragik des Unglücks gesprochen und von der großen Gnade Gottes, aber Nina hatte nur diese eine Rose gesehen, diese schneeweiße, im ausladenden Gebinde einsame Blume auf dem Sarg ihrer Mutter, deren Stiel in der Mitte abgeknickt war. Die Blätter hingen matt herab und hatten dunkle Ränder; aus dem Zentrum der Knospe heraus löste die Blüte sich auf.

Nina behielt die Rose auf dem ganzen langen Weg über den Friedhof im Auge, verfolgte ihr Zittern, als der Sarg angehoben wurde, sah sie wanken, als er in die Tiefe fuhr. Als die Vorbeiziehenden sie mit Erde bedeckten, löste sie sich und rutschte über das ebenmäßige Holz hinab in den Sand. Für den Bruchteil einer Sekunde zuckte Nina zusammen, als sie es sah, doch sie empfand nichts dabei. Erst als Charlotte und Theodor Althaus zur Ruhe gebettet waren und jeder einzelne in der trauernden Menge ihre blutleere Hand geschüttelt hatte, da kam ihr Maria wieder in den Sinn. Als alles schon beinahe vorbei gewesen war, fühlte sie sich ihr plötzlich so unerträglich nah, dass ihr schwindelte. Sie hatte bis dahin noch keine einzige Träne vergossen, doch in jenem Augenblick vor dem offenen Grab begann sie zu wimmern, leise zuerst, dann lauter werdend, bis schließlich ihre ganze Verzweiflung aus ihr herausbrach und sie in hemmungslosem Schluchzen zusammensinken ließ. Die Totengräber traten verlegen zurück, eine kräftige Böe wehte die Schleifen der Kränze durcheinander, und Tobias sah sich hilfesuchend um.

Nina aber glaubte Marias warme Hand in ihrem Nacken zu spüren, tröstend und zärtlich, genau wie damals, als sie noch ein Mädchen gewesen war. Für alle Ewigkeit hatte sie so verweilen wollen, denn sie fühlte sich plötzlich heil in jenem kummervollen Moment, auf wundersame Weise geborgen, befreit von dem erdrückenden Gefühl der Schuld, befreit von all dem Zorn, den sie mit sich herumgetragen hatte. Es war wie eine Erlösung, es war, als ließe mit einemmal ein zerstörerischer Dämon von ihrer Seele ab, und sie kauerte erschöpft auf dem kalten Boden, bis ihre Knie steif geworden waren und Tobias sie sanft vom Grab fortzog.

Ein aufdringliches Hupen auf der Straße holte sie in die Gegenwart zurück. Sie schüttelte energisch den Kopf, als könne sie so die düsteren Bilder vertreiben, die sie heraufbeschworen hatte. Erst jetzt bemerkte sie, wie heiß ihr geworden war. Ihre Stirn glühte, und ein feuchter Film hatte sich auf ihre Haut gelegt. Sie kroch erneut unter ihre Decke und mummelte sich ein, schloss die Augen und versuchte sich zu entspannen.

Aber die Gedanken ließen sie nicht los. Der gute Tobias! Vielleicht sollte sie lieber ihn wieder einmal anrufen. Sie hatte ihn nicht mehr oft gesehen, seit seine Neue schwanger war. Nur zu gut erinnerte sie sich an sein freudiges Gesicht, als er ihr davon erzählt hatte. In seinem strahlenden Glück hatte er den Stich nicht bemerkt, den seine Neuigkeit ihr versetzte.

Auch mit ihr hatte er sich immer Kinder gewünscht. Sie nicht. Wie gut erinnerte sie sich an die Nacht, in der das Kondom gerissen war. Kurz nach dem Eisprung! Mit inbrünstiger Sorge hatte sie die nächste Blutung herbeigesehnt. Die Spannung hatte sich bis dahin ihres ganzen Körpers bemächtigt. War da etwa ein ungewöhnlicher Druck in der Brust?

War ihr nicht ständig ein wenig übel? Nachts konnte sie nicht schlafen, und bei Tage war sie gereizt. Bloß nicht schwanger sein! Bloß das nicht! Und als sich die erste rote Spur im Slip zeigte, fiel alle Anspannung von ihr ab, und sie brach vor Erleichterung in Tränen aus. Nie zuvor hatte sie das Ziehen in ihrem Unterleib so sehr genossen. Doch Tobias war still geworden in dieser Zeit, war ihr aus dem Weg gegangen und hatte sie wochenlang kaum berührt.

Tobias hatte sich immer mehr Nähe gewünscht. Er hatte nie einen Zweifel daran gelassen, dass er bereit war, sich ganz an sie zu binden. Er hatte sich stets bemüht, sie zu verstehen. Ihre Wohnung hatte ihm gefallen. Nie hatte er darüber geklagt, dass sie sich in dem einen Zimmer zusammendrängten, weil das andere der Malerei gehörte. Nie hatte er sie gestört, wenn sie für viele Stunden darin verschwand. Er konnte zuhören und er hatte Geduld. Seine lachenden Augen waren wie leuchtende Fixsterne am dunklen Firmament gewesen. Nina hatte sie geliebt, genauso wie die tapsige Art, mit der er sich bewegte. Ja, wenn sie sich je hätte festlegen wollen, dann wäre er wohl der Mann gewesen. Aber jetzt war er fort. Nie hatte sie sich vorstellen können, dass er sie einmal verlassen würde. Doch dann war alles ganz plötzlich gekommen.

Er habe sich in eine andere Frau verliebt, gestand er eines Morgens beim Frühstück mit zerknirschter Miene. Zuerst glaubte Nina es nicht, hielt es für einen schlechten Scherz, mit dem er ihre Beziehung aus dem Gleichklang reißen wollte. Nina aufrütteln, sie zwingen wollte, ihm ihre Aufmerksamkeit zu schenken. Tatsächlich war es mit ihm und der anderen schon seit Wochen gegangen, und sie hatte nichts davon bemerkt.

Das alles lag nun schon fast zwei Jahre zurück. Hin und wieder traf sie Tobias noch, doch sie waren beide irritiert, dass ihre Trennung sie nicht wirklich erschüttert hatte. Dabei waren sie doch schön gewesen, ihre gemeinsamen Jahre! Er hatte so viel Wärme in ihr Leben gebracht. Nicht umsonst war es mit ihm viel länger gegangen als mit den anderen zuvor. Er hatte ihr Raum gelassen und war für sie da gewesen, wann immer sie ihn brauchte. Er war ehrlich gewesen, und sie hatte sich wohl gefühlt in seiner Nähe. Also warum empfand sie keine quälende Eifersucht, wenn er jetzt schwärmerisch von der anderen sprach? Warum war sie nicht verletzt und wütend, nicht traurig und gekränkt?

Warum hatte sie ihn überhaupt verloren? Sie rollte sich zusammen, während ein fiebriger Schauer durch ihre Glieder fuhr. Das Glück schien es in ihrem Herzen nie lange auszuhalten. Jeder vielversprechende Anfang verkümmerte unter der Obhut ihrer ängstlichen Pflege, zerfiel förmlich unter dem Druck ihrer allgegenwärtigen Zweifel. Und manchmal hatte sie den Eindruck, es störte sie nicht einmal. Glück war zerbrechlich, Liebe gar Wahnsinn. War es nicht leichter, sich in der Monotonie eines vorhersehbaren Alltags einzurichten, als dem Auf und Ab unsteter Gefühle ausgesetzt zu sein und mit der Hoffnung auch immer das Bangen durchleiden zu müssen? Sie konnte keine Verletzungen mehr riskieren. Und die Kraft zu kämpfen hatte sie schon vor langer Zeit verlassen. Beklommen dachte sie an all die zerstörerischen Streitereien mit ihren Eltern zurück, mit denen sie vergeblich versucht hatte, ihren Schmerz zu vertreiben. Ja, sie hatte ihre Mutter und ihren Vater mit ihrem Zynismus gequält. Sie war ihnen mit Verachtung begegnet, bis jedes ehrliche Gespräch und jede liebevolle Geste unmöglich geworden war. Und dann war der milchweiße Opel ins Schleudern geraten. Auf einer fernen Straße in Bayern. Eine Träne zwängte sich hinter ihren geschlossenen Lidern hervor. Sie wischte sich über das schweißnasse Gesicht und seufzte ins Kissen hinein.

Ja, sie hatte alles verloren. Tobias, ihre Eltern, ihre Arbeit. Und ihre Selbstachtung, was das Schlimmste war. Sie hasste das Gefühl, sich nicht aufraffen zu können, sich nicht befreien zu können von ihrer Lethargie. Die Grippe, die sie nun endgültig in den Fängen hatte, erschien ihr beinahe wie ein Geschenk. Für ein paar Tage hatte sie einen akzeptablen Grund, tatenlos im Bett zu bleiben, war es in Ordnung, dass sie nichts zu Wege brachte. Wenn sie gesund war, gelang es ihr nie, sich einmal wirklich gehen zu lassen, auch wenn sie es sich manches Mal wünschte, davon träumte, den Zustand ihrer Seele sichtbar werden zu lassen. Dann würde sie sich nicht die Zähne putzen und mit fettigen, ungekämmten Haaren in der U-Bahn sitzen, und die Leute würden sie mustern und sich angewidert abwenden. Sie hätte Dreck unter den Fingernägeln und schimmliges Brot in der Küche und würde wochenlang die Bettwäsche nicht wechseln. Vielleicht sollte sie das einfach einmal tun, nur ein einziges Mal, aber es war unmöglich. Sie war unordentlich und sie war träge, aber was immer auch geschah in ihrem Leben, ein hartnäckiger Rest abscheulich anstrengender Manierlichkeit ließ sich nicht vertreiben. Sie sah ihren Vater, der mit Hingabe seine Schuhe auf Hochglanz polierte, wieder und wieder, auch wenn die Welt um ihn herum in Stücke fiel. Sie hörte ihre Mutter, die sie zur Sauberkeit ermahnte und dabei selbst mit ihren Ansprüchen rang. Hatte sie deshalb zu trinken begonnen? War es für sie die einzige Möglichkeit gewesen, Meister Proper zu entkommen? Wenn der Weinbrand auf dem Tisch stand, spiegelten sein glänzender Kahlkopf und sein süffisantes Lächeln sich jedenfalls nirgends mehr. Er verschwand im Fach unter der Spüle zwischen den Putzlappen, dem Möbelpflegespray und den bunten Rollen mit Schrankpapier. Und irgendwann war es Nina, die ihn dort zu suchen begann.

›Rufen Sie an!‹ hatte die Unbekannte sie beschworen, und ihre Stimme hatte nur so gestrotzt vor Energie. Wie sollte Nina reden mit so einer Frau? Andererseits konnte die Schauspielerin ihr sicher interessante Informationen geben. Nina könnte sich mit ihrer Hilfe auf die Begegnung mit Maria vorbereiten. Dann wäre sie vielleicht nicht wieder so gelähmt wie neulich im Theater und könnte sich endlich der Vergangenheit stellen. Sie würde Maria treffen und ihr entgegenschleudern, was ihr seit langer Zeit auf der Seele lag. Nina spürte, wie ihre Muskeln sich spannten und setzte sich auf.

Sie würde Maria wiedersehen! Vielleicht würde sie frei sein, wenn sie mit ihr fertig war, wenn sie dieses Kapitel abschließen konnte, das vor so langer Zeit begonnen und noch immer kein Ende gefunden hatte. Sie schleuderte die Decke fort, hob die Visitenkarte auf und marschierte zum Telefon, riss den Hörer von der Ladestation und sah auf ihn hinab. Doch die Zahlen verschwammen, und ihr Blickfeld verengte sich.

Es musste das Fieber sein, das sie so weit getrieben hatte! Sie schien nicht mehr ganz bei Verstand zu sein! Wollte sie sich denn noch diese letzte Blöße geben, sich bis auf die Knochen blamieren mit ihrem brüchigen Zorn und der Jämmerlichkeit ihrer Existenz? Welche Kraft sollte sie denn durch die Auseinandersetzung tragen, die sie auf sich zukommen sah, wenn sie jetzt telefonierte? Offene Fragen, verworrene Gefühle. Warum konnte ihr das alles nicht endlich einfach gleichgültig sein? Sie setzte sich auf das Fußende ihres Bettes und ließ den Hörer sinken.

Nein, sie sehnte sich ganz und gar nicht nach einer Konfrontation. Aber nach irgend etwas sehnte sie sich. Sie konnte nicht klar erkennen, was es war, doch ihre Ruhe war dahin, seit sie die Visitenkarte besaß. Sie war am Ende und sie musste etwas tun. So sehr sie es sich auch wünschte, so gern sie zurückgekrochen wäre in den trügerischen Schutz ihrer Isolation, kein Weg führte an diesem Anruf vorbei.

Es ist nur eine Fremde. Es ist nur eine Fremde. Ihre Finger zitterten so sehr, dass sie kaum in der Lage war, die richtigen Tasten zu treffen, als sie die Nummer wählte. Es ist nur eine Fremde. Ihr Magen verkrampfte sich. Dann hörte sie ein weit entferntes Tuten, und ihr blieb das Herz stehen. Die Leitung war frei.

## 4

›Gut‹, ›eng‹, ›nun‹, ›neun‹, überlegte Michelle, während sie die Buchstaben auf dem Bänkchen vor sich hin und her schob. Das alles war nicht sehr aufregend, da musste doch noch etwas Besseres zu finden sein.

»Nehmen wir nur deutsche Wörter oder sind wir international?« fragte Maria und sortierte ebenfalls ihre Steine. Das Licht der Lampe über dem hohen Tisch im Erker ihres Wohnzimmers warf einen warmen Glanz auf ihr faltiges Gesicht und spiegelte sich in der langen Perlenkette, die um ihren Hals lag.

»Oh, bitte nur deutsch, lass mir eine Chance!« Michelle wusste nur zu gut, dass ihre Tante in mehreren Sprachen zu Hause war. ›Tugend‹ entdeckte sie endlich und legte die Buchstaben aus.

»Was für ein interessanter Beginn«, frohlockte Maria und zählte die Punkte. Dann sann sie über ihre Möglichkeiten nach.

Michelle griff in die Tüte mit den Gummibärchen neben sich und schob sich zwei in den Mund. Dass sie nicht lassen konnte von den Dingern! Sie schaute durch die Erkerfenster hinaus in den Garten, der in der Dunkelheit des Abends nur zu erahnen war. Der Tag im Studio war anstrengend gewesen. Um so mehr genoss sie nun die Stille in Marias Wohnung und war erneut froh, dass sie die Einladung ihrer Tante angenommen hatte. Es war nicht weit von den Studios in Babelsberg bis zu der schmalen Straße im Süden Berlins, in der ihr behagliches Heim mit den drei komfortablen Zimmern, dem langen Korridor und der gemütlichen Küche lag. Maria verwöhnte sie, auch wenn das Rheuma ihr angesichts der nasskalten Spätwintertage heftig zusetzte, und unter ihrer Fürsorge erholte Michelle sich stets schnell von den Strapazen ihrer Arbeit. Wenn der Frühling kam, würde sie der alten Frau dabei helfen, den Garten zu bepflanzen und auf diese Weise etwas zurückgeben von der Liebenswürdigkeit, mit der sie aufgenommen wurde. Es war ein perfektes Arrangement, und sie war sich sicher, dass es das auch in den kommenden Monaten bliebe. Nur die Angelegenheit mit Nina Althaus bereitete Michelle zunehmend Kopfzerbrechen.

Maria war still gewesen an dem Abend im Theater. Michelle hatte bemerkt, dass sie das Stück nicht wirklich verfolgte. Anders als geplant waren sie nach dem Ende der Vorstellung gleich nach Hause gefahren, und Maria hatte sich zurückgezogen. Durch die halb geöffnete Tür zum Flur hatte Michelle beobachtet, wie sie in ihrem Schlafzimmer auf dem Hocker vor ihrer Frisierkommode saß und das verblichene Kinderfoto in den Händen hielt, das für gewöhnlich zwischen anderen gerahmten Bildern und einer stattlichen Anzahl halbvoller Flakons auf einem Spitzendeckchen stand. Maria wirkte kraftlos, ihre Wangen waren eingefallen, ihr Blick leer. Minutenlang verharrte sie regungslos, es war ein trostloser Anblick, und in jenem Moment war Michelle sich nicht mehr sicher gewesen, ob es richtig war, der scheuen Frau im Foyer ihre Visitenkarte zu geben. Vielleicht stand es ihr nicht zu, sich einzumischen. Sie kannte den Schmerz nur zu gut, den eine aussichtslose Lage bereiten konnte. Hatte sie vielleicht gerade deshalb versucht, eine Brücke zu bauen? Im Grunde war sie erleichtert gewesen, als Nina Althaus nichts von sich hören ließ. Aber nun hatte sie schließlich doch noch angerufen. Michelle spürte den Druck der Verantwortung, der seitdem auf ihr lastete.

›Woche‹ legte Maria auf das Brett und lehnte sich zurück. »Du bist so schweigsam«, bemerkte sie, als Michelle ihren Zug unkommentiert ließ. »Bist du müde?«

»Nicht besonders.« Michelle spielte mit ihrem Joker. »Ich war wohl in Gedanken.« Sie legte ›Wüste‹ und kassierte die doppelte Punktzahl für das ›Ü‹.

»Offensichtlich. Und woran hast du gedacht?« Maria hob den Kopf und sah ihre Nichte fragend an. Dann schob sie ohne zu überlegen ›Pforte‹ auf das Brett.

Michelle rutschte auf ihrem Stuhl herum. Sie mochte nicht lügen, aber sie wollte Maria auch nicht erzählen, dass sie sich in wenigen Tagen mit Nina Althaus treffen würde. Eigentlich hatte sie keine Ahnung, worüber sie mit dieser Frau reden sollte, und so fragte sie sich, wie sie Maria bis dahin ein paar Informationen entlocken konnte, ohne sie einzuweihen. Sie wusste nichts von der alten Geschichte, nichts außer diesem einen Namen und der Bedeutung, die mitschwang, wenn Maria ihn aussprach: Es musste etwas Tragisches geschehen sein, das bis heute Wirkung zeigte. Sie würde sich behutsam vortasten müssen, wenn sie in Erfahrung bringen wollte, was es war. Aber wie? Sie entschied sich für einen Umweg, ein strategisches Manöver, das geeignet war, ihre wahren Intentionen zu verbergen.

»Du hast mir nie erzählt, warum du eigentlich nach Deutschland zurückgekommen bist. Ich meine, '68 von Mailand in das eingemauerte West-Berlin, in diesen unruhigen Zeiten, das liegt ja nicht unbedingt auf der Hand.«

Maria hob überrascht die Brauen. »Wie kommst du denn jetzt darauf?«

»Keine Ahnung.« Michelles Blick wanderte hilfesuchend im Zimmer umher, dann kam ihr die Idee. »Ich habe gerade die Vasen in der Vitrine gesehen und mir vorgestellt, wie du sie in Italien gekauft hast. Ich fand immer, du und Italien, das passte. Darum fragte ich mich eben, was dich bewogen haben mag, zurückzukommen.« Sehr durchsichtig! Sehr plump! Ihr war nicht wohl bei dem Gedanken, Maria etwas vorzutäuschen, es auszunutzen, dass die alte Frau ihr nicht misstraute. Sie tröstete sich mit der Gewissheit, dass sie es in bester Absicht tat und warf sich erneut ein Gummibärchen in den Mund, um dem Gespräch eine beiläufige Note zu geben.

Maria lächelte und sah zu dem hohen Glasschrank hinüber, der in der gegenüberliegenden Ecke des Zimmers stand, zwischen Wohnzimmerfenster und der praktischen Flügeltür, die ihr den Weg über den Flur ersparte, wenn sie abends schlafen ging. Dezent beleuchtet hatte sie darin die vielen Trophäen arrangiert, die ihre Sammelleidenschaft bezeugten.

»Die Vasen, na ja«, begann sie leise und winkte ab, »die sind nicht alle aus Italien, die habe ich überall zusammengekauft. Ist eben früher eine Marotte gewesen. Aber das war ja nicht deine Frage.« Sie hielt inne und dachte nach. »Italien war vorbei, als Roberto und ich auseinandergingen. Wir hatten viele schöne Jahre, aber am Schluss hatte sich unsere Ehe dann doch ziemlich erledigt.« Es lag kein Groll in ihrer Stimme. Sie trank einen Schluck Spätburgunder, dann schwenkte sie das Glas zwischen ihren steifen Fingern und betrachtete die

Flüssigkeit darin. »Irgendwie war ich sogar ein wenig erleichtert, als wir ein Ende fanden. Ich glaube, ich hatte schon lange Heimweh gehabt, und nach der Trennung brach es richtig durch.«

Als Maria nach der Scheidung das Gerichtsgebäude verließ, hatte Roberto ihr versöhnlich die Hand gereicht, dann waren sie in verschiedene Richtungen davongegangen. Auf ihrem Weg zurück in das möblierte Zimmer, in dem sie wohnte, seit sie das Haus verlassen hatte, in dem sie mit Roberto lebte, kam sie an einer teuren Boutique vorbei. Ihre Gestalt spiegelte sich in der Schaufensterscheibe, und sie betrachtete sich: eine Frau von Ende Vierzig in einer stickigen, menschenleeren Gasse, von Roberto abgefunden, kinderlos, heimatlos, ohne jedes Ziel. Es war ein ernüchterndes Bild, aber plötzlich spürte sie die Kraft, die trotz des Abschieds noch in ihr war. Das konnte nicht alles gewesen sein! Sie war gesund und sie war frei, und weil Roberto großzügig gewesen war und unkompliziert, besaß sie sogar Geld. Sie war zu Wohlstand gekommen, und es war Frieden. Warum sollte es ihr nicht gelingen, ihrem Leben eine neue Richtung zu geben, wo sie es doch schon einmal unter weit schwierigeren Bedingungen geschafft hatte?

Das erste Mal hatte ein Zug sie nach Berlin gebracht, als sie noch fast ein Mädchen gewesen war, vor dem Gesetz gerade erwachsen, aber naiv und vollkommen mittellos. Es war allein die Sehnsucht gewesen, die sie von den Feldern und Ställen ihrer Heimat fortgeführt hatte, die Neugier und die Flucht vor endloser Monotonie und Plackerei. Sie hatte ihr Dorf verlassen, weil es dort nicht auszuhalten gewesen war. Und sie hatte Katharina, eine Freundin in der Stadt, die ihr half.

Maria wohnte bei ihr in den ersten Monaten. Es war eine vornehme Frau, die Tochter des Gutsbesitzers, bei dem sie einst in Stellung gegangen war. Sie hatte Beziehungen und beschaffte Maria Arbeit in einem Hotel nahe dem Kurfürstendamm. Es war nichts Besonderes, nur Betten beziehen und die Zimmer putzen, aber es war ein Anfang und bedeutete eigenes Geld.

Dann kamen die Bomben und mit ihnen die Angst. Maria überlebte in übervollen Kellern, doch die Freundin starb unter den Trümmern ihres Hauses. Sie hatte Maria einmal einen Schal gestrickt, der mehr gewesen war als ein wärmendes Kleidungsstück. Er war gelb und weich, und Maria hatte ihn gehütet wie einen Schatz. Und als die Freundin erschlagen zwischen den Steinen lag, da dachte Maria daran, wie er sich angefühlt hatte, und wusste, dass sie von Stund an allein war.

Nach den Bomben kamen der Hunger, die Blockade und die Ungewissheit, was die Zukunft betraf. Aber es boten sich auch neue Möglichkeiten. Im Hotel wohnten nun englische Offiziere. Maria lernte ihre Sprache, denn darin lag ihr Talent, wie Katharina ihr stets versichert hatte. Tatsächlich fiel es Maria leicht, sich die fremden Worte zu merken, und als das Hotel wieder für Gäste geöffnet wurde, bekam sie eine Chance an der Rezeption. Die Geschäftsleute kamen und flirteten mit ihr, wenn sie das Zimmer bezahlten. Maria begegnete ihnen freundlich und doch gelassen, bis Roberto kam. Er war galant und roch gut, hatte ein wunderbares Timbre in der Stimme und verstand es, mit der bezaubernden Melodie seiner Sprache zu spielen. Maria lernte Italienisch, und als die Deutschen noch nicht zehn Jahre nach dem Ende ihrer Schreckensherrschaft auf einem grünen Rasen in der Schweiz die Ungarn besiegten und sich schon wieder als die Größten auf der Welt feierten, ging sie mit ihm über den Brenner.

»Ich war mir schon damals nicht sicher, ob es gutgehen würde.« Maria rückte die Steine auf dem Spielbrett gerade.

»Warum?« Michelle hatte die Erzählung ihrer Tante gebannt verfolgt. Aber was geschehen war, als sie nach Berlin zurückkam, wusste sie noch immer nicht.

»Er bewunderte mich, weil ich es geschafft hatte, mir ein Leben aufzubauen, und zwar ganz allein, dazu noch in den Wirren des Krieges und in den schwierigen Jahren danach. Soviel Tatkraft und Entschlossenheit imponierten ihm, besonders bei einer Frau. Viele Männer lassen sich dadurch einschüchtern. Roberto nicht, das hat mir gefallen. Aber er war ein Kaufmann, Michelle, ich hatte Zweifel, ob das zu mir passt. Er war an vielem so gar nicht interessiert. Wenn er ein Buch las, dann war es garantiert eines über Steuerrecht, verstehst du? Und von der Mailänder Scala schwärmte er auch nur, um mich zu beeindrucken.«

»Aber hast du nicht einmal gesagt, er käme aus einer sehr gebildeten Familie?« Michelle schloss die Gummibärchentüte und warf sie auf die breite Fensterbank in ihrem Rücken, um sie aus ihrem Blickfeld zu verbannen.

Maria nickte und tauchte wieder in ihre Erinnerungen ein. »Ja, das stimmt. Von seiner Herkunft her stand er weit über mir. Er hatte alles in die Wiege gelegt bekommen, Wohlstand, Bildung, Ansehen, aber vielleicht hatte er gerade deshalb kein Interesse daran. Als er dann auf seinen Reisen in unserem Hotel abstieg und anfing, mir den Hof zu machen, da traf er auf einen Menschen, der für all das hart gekämpft hatte, was ihm so selbstverständlich war.«

»Schade, dass es nicht gehalten hat«, bemerkte Michelle mit ehrlichem Bedauern und lehnte sich zurück.

»Ja, ein bisschen schon. Vielleicht wäre es anders gekommen, wenn wir Kinder gehabt hätten.«

»Warum hattet ihr keine?«

»Ich weiß es nicht! Ich war ja schon vierunddreißig, als wir heirateten. Und ich bin einfach nicht schwanger geworden. Mein Arzt hat nichts gefunden. Vielleicht lag es an Roberto, aber er wollte sich nicht untersuchen lassen. ›Gott wird schon wissen, was er tut‹, sagte er einfach.«

»Haben dir Kinder denn gefehlt?« Langsam und vorsichtig tastete Michelle sich zum Zentrum ihrer Fragen vor.

»Nein. Eigentlich nicht. Sieh mal, ich hatte fünf jüngere Geschwister. Und meine Mutter hatte kaum Zeit, sich um sie zu kümmern. Das habe ich statt dessen getan.« Sie schüttelte den Kopf. »Nein, ich hatte sicher kein Verlangen mehr nach Rotznasen, Masern und Babygeschrei.«

»Und Nina?« Es war eine harte Wendung. Michelle gab sich alle Mühe, beiläufig zu klingen.

Maria zuckte zusammen, dann richtete sie sich auf. Der Ausdruck inneren Friedens, der ihr Erzählen begleitet hatte, schwand abrupt aus ihrem Gesicht. »Das war etwas anderes.«

»Wie war es denn?« Michelle legte den Kopf schräg und bemerkte das innere Widerstreben ihrer Tante.

»Ach, Kindchen!«

»Du hast mir nie etwas darüber erzählt!« So schnell wollte Michelle nicht lockerlassen. Sie musste etwas in Erfahrung bringen, bevor sie diese Fremde in Babelsberg traf. Wie sollte sie sonst auf sie einwirken können?

Maria spielte nervös mit den Perlen ihrer Kette und sah aus dem Fenster in die Nacht. »Ich denke nicht, dass das ein gutes Thema ist.« Ihr Ton war freundlich, aber entschlossen. Michelle erschrak, als sie erkannte, dass sie eine Grenze überschritten hatte; sie schwieg, um Maria nicht weiter zu bedrängen. Dann beugte sie sich über den Tisch, kniff die Lippen zusammen und betrachtete ihre Steine. »Ich glaube, ich war dran«, brachte sie schließlich mühsam hervor und schob die Buchstaben vor sich hin und her, ohne etwas Verwertbares zu finden.

»Sie waren meine Nachbarn«, begann Maria plötzlich leise und drückte die Spitzen ihrer Finger fest aneinander. Michelle sah auf und begegnete ihrem Blick, der tief und dunkel war.

Maria ergriff ihr Glas und trank es hastig leer, dann seufzte sie und deutete auf das Spiel. »Vielleicht sollten wir das hier beenden, meinst du nicht? Ich glaube, das wird heute nichts mehr. Ich brühe uns einen Tee auf, bevor wir weiterreden. Und lass uns zum Sofa hinübergehen.« Sie stützte sich auf den Armlehnen ab und verzog schmerzhaft das Gesicht, als sie aufstand.

»Lass mich das machen!« wandte Michelle ein, aber Maria winkte ab und schlurfte zur Tür. »Nein, bleib hier, ich brauche die paar Schritte.« Dann verschwand sie in der Küche und ließ Michelle mit einem schlechten Gewissen zurück. Warum musste sie an Marias Wunden rühren? Sie räumte das Spiel zusammen, dann ging sie auf dem dichten Orientteppich auf und ab, bis Maria mit einem schweren Tablett in den Händen erschien. Michelle eilte ihr entgegen und nahm es ihr ab, stellte es auf den marmornen Couchtisch und setzte sich in einen tiefen Polstersessel neben dem Sofa, auf das Maria sich stöhnend fallen ließ.

»Du hattest recht, es war nicht leicht, nach Berlin zurückzukommen. Vierzehn Jahre sind eine lange Zeit. Als ich damals in diesem Interzonenzug saß, hatte ich wirklich den Eindruck, ich sei wieder auf dem Weg in ein Kriegsgebiet.« Maria griff ein blau besticktes Kissen, das zu nichts anderem in ihrem Wohnzimmer passen wollte, und legte es sich auf den Schoß; dann beschwor sie das Bild herauf, das sich ihr damals geboten hatte.

Sie war ganz allein in ihrem Abteil und hatte viel Platz, um ihre riesigen Koffer zu verstauen. Der Zug rollte gemächlich durch einen verregneten Herbsttag. Sein gleichmäßiges Tempo und ein durchdringender Geruch nach Lysol ließen sie schläfrig werden. Am Fenster liefen dicke Tropfen herunter, und vom anderen Ende des Wagens vernahm sie Gitarrenklänge und fröhliches Stimmengewirr. Ein gemütlicher Dicker mit Hornbrille und aufgeklapptem Koffer vor dem Bauch kontrollierte ihren Pass. ›Machen Sie bitte mal das Ohr frei!‹ befahl er freundlich, aber bestimmt, als er das Foto mit ihrem Antlitz verglich.

Der Zug hielt nicht ein einziges Mal in der gesamten DDR. Er rollte vorbei an beschrankten Bahnübergängen und gemähten Feldern, auf denen die Krähen in die Erde hackten, an beschaulichen Dörfern und einsam gelegenen Bahnhöfen, auf denen nur wenige Reisende warteten und die Köpfe wandten, um ihm nachzusehen. Erst kurz vor der Grenze nach West-Berlin kam er zum Stehen. Maria fuhr zusammen, als sie die Soldaten sah. Und erst die Hunde! Junge Burschen mit hellem Flaum über den Lippen und geschultertem Gewehr führten sie um sämtliche Wagen herum. Als sie an Marias Abteilfenster vorbeikamen, hielt sie unwillkürlich den Atem an.

»Ich weiß nicht, was sie gesucht haben. Menschen, nehme ich an, Flüchtlinge.« Sie legte eine Pause ein, die ihren Worten Bedeutung verlieh. »Ich war so erschrocken, als ich ihre grimmigen Gesichter sah. In diesem Augenblick begriff ich wohl erst wirklich, wohin ich fuhr. Und da sehnte ich mich tatsächlich nach Mailand zurück, nach der Gewissheit immer gleicher Tage und dem breiten Grinsen der munteren Bäckersfrau, bei der ich fast jeden Morgen das Brot für uns gekauft habe. Sogar nach Roberto.« Sie lachte kurz auf und rührte ihren Tee um, gedankenverloren. Michelle konnte förmlich sehen, dass ihre Erinnerungen wie ein Film vor Marias innerem Auge abliefen. Sie vergaß die dampfende Tasse, vergaß den Schmerz ihrer entzündeten Gelenke, vergaß sogar ihre Nichte, die sich im Sessel zurückgelehnt hatte und schweigend ihrer Erzählung lauschte.

Maria fand eine Wohnung in Charlottenburg, ganz in der Nähe des alten Hotels, in dem sie schon einmal beschäftigt gewesen war und wo sie erneut Arbeit fand. Sie war froh, wieder unter Menschen zu sein; sie hatte die Gespräche mit den Kolleginnen und Kollegen ebenso vermisst wie den Anblick aufgeregter Gäste, die durch das Foyer und die Flure schwirrten. In den gesellschaftlichen Kreisen, in denen sie mit Roberto verkehrt hatte, war es nicht schicklich gewesen, dass sie berufstätig war. So hatte sie die meiste Zeit des Tages zu Hause verbracht, einzig damit beschäftigt, die Dienstboten anzuweisen. Es war fremd für sie gewesen, plötzlich auf der anderen Seite zu stehen, aufregend und neu am Anfang, doch bald nur noch Gewohnheit und schließlich Inbegriff zermürbender Langeweile. Im Hotel fand sie das Leben wieder. Es tönte ihr entgegen im hellen Klang der Glocke an der Rezeption und durchströmte sie jedesmal, wenn sie schwungvoll einen Schlüssel über die Theke reichte.

Ihre Wohnung befand sich im dritten Stockwerk des Vorderhauses. Das Gebäude hatte schon bessere Zeiten gesehen, und auch die Räume waren in einem traurigen Zustand, als Maria sie in Augenschein nahm. Die Tapeten waren verschlissen und lösten sich von den Wänden, die Badewanne war fleckig verkalkt, die Rahmen der zugigen Doppelfenster waren gesplittert, und das Parkett wies zahlreiche Risse auf, in denen sich der Schmutz gesammelt hatte. Maria wurde sofort gewahr, wieviel Arbeit es kosten würde, ihr neues Zuhause behaglich zu gestalten. Aber sie erkannte auch, dass es möglich war. Der Blick aus dem Fenster fiel auf die hohen Bäume einer Grünanlage. Die modernen Heizkörper waren zwar schmucklos, aber weit bequemer zu bedienen als die ausgedienten Kachelöfen in den Ecken der Zimmer, und die vielen Nischen und Winkel boten jede Menge Platz. Auch der winzige Raum hinter der Küche faszinierte sie. Er musste einmal die Dienstmädchenkammer gewesen sein. Maria betrachtete ihn lächelnd. Sie würde eine bessere Nutzung dafür finden.

Allein die breite Straße unter dem Fenster war in der Anfangszeit ein ernstes Problem. Eine nicht enden wollende Autokolonne donnerte rund um die Uhr über den Asphalt, Busse hielten und fuhren wieder an, Lastwagen ließen die Erde erzittern. Jede Nacht lag sie wach, der Schein der Straßenlaterne drang durch die Vorhänge und ihre geschlossenen Lider, der Lärm und die ungewohnte Helligkeit raubten ihr den Schlaf und die Zuversicht. Sie wälzte sich herum in dem schmalen Bett, dessen nagelneue Matratze ihren Rücken malträtierte wie die aufkommenden Zweifel ihr Gemüt. Dann setzte sie sich auf, drückte den Schalter der geschwungenen Messinglampe auf dem Tischchen neben ihrem Bett, ergriff den goldenen Füllhalter und das in braunem Leder gebundene Buch, Robertos letztes Weihnachtsgeschenk, und schrieb ihre Gedanken nieder. ›Habe ich die Kraft für ein Dasein inmitten eines umzingelten Eilands, für ein Leben im Auge des Hurricans, auf einem politischen Pulverfass?‹ fragte sie sich sorgenvoll. ›Werde ich hier je wieder glücklich sein?‹

»Hast du gar nicht versucht, deine Familie wiederzusehen?« Michelle dachte an die wenigen Kilometer, die zwischen ihnen gelegen hatten und die doch unüberwindbar gewesen waren.

Maria lächelte sie an. »Deinen Großeltern wollte ich lieber nicht begegnen. Und außer deinem Vater und Lisbeth waren meine anderen Geschwister längst tot, aber das weißt du ja.«

Tatsächlich hatte Michelle alles gehört über ihren Onkel, der im Krieg geblieben war, und über die beiden Tanten, die eine Kehlkopfdiphtherie dahingerafft hatte. ›Im ersten Winter nach der Befreiung‹, hatte ihr Vater mehr als einmal erzählt. Und: ›Beide in einer Woche.‹

»Lisbeth und ich haben uns immer geschrieben, aber '68 durfte ich sie von West-Berlin aus nicht in der DDR besuchen. Das kam erst später. Sie hat mir manches von deinem Vater erzählt und auch von euch, sie hat schon immer die Rolle der Nachrichtensprecherin in der Familie für sich in Anspruch genommen; ich glaube, sie wollte eine Art Bindeglied zwischen uns allen sein. Als ich zurückkam nach Berlin, hat sie mich ermuntert, deinem Vater zu schreiben. Ich hab es auch getan, aber er hat mir nicht geantwortet.« Sie unterbrach ihre Erzählung, sah versonnen auf das blau bestickte Kissen, das noch immer in ihrem Schoß lag, und strich mit der Hand darüber. »Ja, so blieben mir nur meine Nachbarn.«

Charlotte und Theodor Althaus waren ein unauffälliges Paar und lebten in der Wohnung gegenüber von Maria auf derselben Etage. Er war Anfang Vierzig und Lehrer für Deutsch und Geschichte am nahe gelegenen Gymnasium, ein großer, schlanker Mann mit glattem dunklem Haar, das er pomadig über den Scheitel nach hinten gekämmt trug, was seine hohe Stirn betonte. Er hatte ein kantiges Gesicht mit einem energischen Kinn und leicht abstehende Ohren. Seine Augen, die fast so blau waren wie die ihren, bildeten einen scharfen Kontrast zu seinen kräftigen schwarzen Brauen. Maria sah ihn nicht oft im Hausflur, wenn sie ihn jedoch traf, grüßte er freundlich und korrekt, was seiner gesamten Erscheinung entsprach. Stets trug er Anzug und Krawatte über einem makellos gebügelten Hemd und blank geputzten Schuhen. Seine langen Beine verliehen seinem aufrechten Gang einen leicht schlaksigen Einschlag, wenn er die Treppen hinunterstieg.

Charlotte war ein Abbild ihrer Zeit. Ihr aschblondes toupiertes Haar ragte turmhoch über ihrem hageren Gesicht auf. Obwohl sie kaum über dreißig war, umrahmten tiefe Falten ihre schmale Nase und den fein gezeichneten Mund. Maria erkannte die Unsicherheit im Blick ihrer eisgrauen Augen, wenn sie im Treppenhaus mit ihr sprach. Ihre Haut war gelblich-blass, und sie trug wenig Schmuck, nur ihre winzigen Ohrläppchen zwang sie zwischen kneifende Clips. Sie war mittelgroß und mager, ihre Hüften und ihre Knie wirkten spitz. Oft ließ sie die Schultern hängen, wenn sie die Treppe erklomm, und ihr schwerer, schleppender Gang passte nicht zu ihrem schmächtigen Körper.

Und dann war da noch ihre Tochter. Maria hatte sie am Tag ihres Einzugs das erste Mal gesehen. Das kleine Mädchen von gut drei Jahren lugte mit aufgerissenen Augen aus der einen Spaltbreit geöffneten Wohnungstür, als die Möbelpacker ächzend durch das Treppenhaus stapften. Maria hatte sie angelächelt und ein paar Worte zu ihr gesagt, doch statt einer Antwort nur forteilende Schritte vernommen. Nina Althaus war schüchtern. Dennoch war sie es, die den Anstoß gab für Marias Freundschaft mit der Familie von nebenan.

Maria richtete sich ein. Die Badewanne glänzte, das Parkett wurde abgezogen, neue Tapeten sorgten für Behaglichkeit. Sie kaufte Lampen, die anheimelndes Licht verströmten, und ein Tischler richtete die Fenster. Die Bäume waren kahl geworden in der Zwischenzeit, und als die zweite Kerze brannte im Advent, da klingelte es an ihrer Tür.

Charlotte Althaus hielt einen Teller vor der Brust. Sie wirkte kleiner als sonst in den flachen Pantoffeln, und ihre Augen wanderten unruhig umher. »Wir haben Plätzchen gebacken«, begann sie und wies mit dem Kopf auf das Kind. »Nina wollte, dass ich Ihnen welche bringe.«

Maria hatte lachen müssen, als sie das Mädchen sah. Nina hatte sich hinter den dünnen Beinen ihrer Mutter verschanzt. Sie hatte Krümel am Kinn, Schokolade an den Fingern und sagte keinen Ton. Sie trug ein dunkelbraunes Wollkleid und keine Schuhe, die cremefarbene Strumpfhose warf in den Kniekehlen Falten. Ihre Augen waren klar und weit blauer als Maria sie von ihren Begegnungen im Treppenhaus in Erinnerung hatte; sie glichen denen des Vaters und waren vor Aufregung geweitet. Maria hatte gerade Kaffeewasser aufgesetzt. Sie nahm den Plätzchenteller entgegen und bat die beiden herein.

»So haben wir uns kennengelernt. Lotte blieb den ganzen Nachmittag bei mir. Ich hatte den Eindruck, sie war froh über die Abwechslung. Erst war sie sehr zurückhaltend und unsicher, aber als ich ihr ein Kompliment machte für den Pullover, den sie trug, taute sie auf. Sie erzählte stolz, dass sie den selbst gestrickt habe. Beim Handarbeiten war sie in ihrem Element, und wenn sie darüber sprach, vergaß sie ihre gewöhnliche Zurückhaltung, wie ich später noch oft feststellen konnte. Im Sommer trug sie wunderschöne Blusen, die sie selbst nähte. Als junges Mädchen hatte sie Schneiderin werden wollen, aber ihre Pflegeeltern haben sie ins Büro gesteckt, weil sie jemanden kannten, bei dem sie lernen konnte.« Sie nippte an ihrem Tee. »Ja, sie hatte geschickte Hände. Damals noch.«

»Was war mit Nina? Warum wollte sie dir Plätzchen bringen?«

»Das war eine komische Sache.« Maria legte das Kissen neben sich. »Am Anfang saß sie ganz still da und sagte keinen Ton. Nicht einmal ihren Kakao hat sie angerührt, wenn ich mich richtig erinnere. Sie guckte nur immer von einer zur anderen und hörte zu. Und nach einer Weile schlief sie ein.«

»Sie schlief ein?« Michelle runzelte verwundert die Stirn.

»Ja, das war schon erstaunlich. Ich meine, andere Kinder werden quengelig mit der Zeit, nicht? Wir haben schließlich eine ganze Weile zusammengesessen. Aber sie hat sich irgendwann im Sessel zusammengerollt und ist weggenickt. Ich glaube, Lotte hat sie erst noch ermahnt, dass sie sich nicht so flegeln soll, aber als sie merkte, dass mich das nicht störte, hat sie nichts mehr gesagt. Und als sie ging, nahm sie das Mädchen einfach hoch und schritt mit ihr zur Wohnungstür. ›Sie wird immer schwerer. Bald schaffe ich das nicht mehr‹, hat Lotte gestöhnt und ihre schmalen Hände fest um das Mädchen gelegt. Nina war langsam aufgewacht. Sie rieb sich die Augen, und dann ...« Maria unterbrach ihre Erzählung und schüttelte den Kopf.

Michelle hob fragend eine Braue. »Dann?«

»... sah sie mich über Lottes Schulter hinweg direkt an.« Maria richtete sich auf und holte tief Luft. »Ich erschrak richtig in diesem Moment. Wie soll ich es erklären?« Sie hob die Hände, suchte nach einer treffenden Beschreibung. »Sie war ja verschlafen, und so lag etwas Verträumtes in ihrem Blick, aber auch etwas Bedeutsames. Es traf mich völlig unvorbereitet und fuhr mir in alle Glieder. Irgendwie spürte ich in diesem Moment, dass etwas Neues begann.« Maria blickte auf, um zu ergründen, ob Michelle sie verstand. Der Ausdruck auf ihrem Gesicht verriet, dass sie mit einem Gedanken rang. Schließlich erhob sie sich und ging zum Wohnzimmerschrank hinüber. »Kannst du mir kurz helfen?« bat sie, und Michelle sprang auf. »Hol dir doch einen Stuhl aus der Ecke und guck mal da oben rechts.« Sie zeigte auf eine Tür ihres Wohnzimmerschrankes, an die sie trotz ihrer Größe nicht heranreichte. »Ganz hinten müsste so ein dickes rotes Album sein.«

Michelle kam ihrer Bitte nach, suchte, bis sie das beschriebene Buch entdeckte, und hielt es ihrer Tante dann hin. Maria nickte und setzte sich wieder. »Jaja, das ist es. Bring es her.«

Michelle nahm neben ihr auf dem Sofa Platz und legte das Fotoalbum auf den Tisch. Maria strich mit den Fingern über das glatte Leder. »Ich habe es lange nicht mehr in der Hand gehabt«, verkündete sie flüsternd.

Michelle vernahm die Wehmut in ihrem Ton. »Bist du sicher, dass du es mir zeigen willst?« fragte sie, als Maria langsam die erste Seite aufschlug.

»Nein, ich bin nicht sicher.« Sie lächelte müde und seufzte erneut. »Aber nun sind wir ja schon dabei.«

Michelle biss sich auf die Lippen. Wieder keimte das schlechte Gewissen in ihr auf, doch schließlich beugte sie sich über das Buch und schob ihre Bedenken fort, als Maria das knisternde dünne Einlageblatt hob, das die Bilder schützend bedeckte.

»Das ist sie.« Maria zeigte auf ein dünnes Mädchen in einem hellblauen Kleid und mit weißen Kniestrümpfen, die einen Brotbeutel umklammerte und scheu in die Kamera blinzelte. Michelle erkannte den Blick der zusammengekniffenen blaugrauen Augen auf dem Foto. Sie hatte ihn im Theater gesehen. »Erstaunlich«, murmelte sie. »Das Bild hier hättest du auch vor zwei Wochen aufnehmen können. Nur die Brille fehlt.« Sie lachte kurz auf. »Und ich habe mich gewundert, wie es möglich war, dass du sie so sicher erkannt hast.«

Maria schwieg, blätterte um und saß nun selbst verjüngt in einem anderen Zimmer, auf einer anderen, olivgrün bezogenen Couch vor einer beigefarbenen Tapete mit verschlungenem Muster. Eine munter aussehende Blondine mit steifem Haar, glasigen Augen und Luftschlangen um den Hals hatte einen Arm um ihre Schultern gelegt. Beide Frauen prosteten in die Kamera, und Charlotte hatte ihre Wange vertraulich an Marias geschmiegt. ›Silvester 1971/72‹ stand zwischen diesem Foto und dem nächsten, auf dem Theodor seine Tochter an den Händen hielt und mit ihr tanzte. Er hatte die Ärmel seines weißen Hemdes hochgekrempelt und den Kragenknopf geöffnet, doch sein Haar war tadellos zurückgekämmt, wie stets. Nina strahlte ihn an, ihre Zahnreihen zeigten etliche Lücken. Sie trug ein spitzes Papierhütchen auf dem Kopf, dessen schleudernde Bommeln auf dem Foto nur verwischt zu erkennen waren. Vater und Tochter hatten beide das gleiche energische Kinn, und die Art, wie sie sich ansahen, bezeugte ihre ausgelassene Stimmung.

Michelle studierte das Bild. »Er ist wirklich groß«, dachte sie laut.

Maria reagierte nicht. Michelle löste sich von den Fotos und betrachtete ihre Tante. Sie erkannte die Traurigkeit in ihrem Blick.

»Ich kann es nicht fassen, dass sie tot sind«, flüsterte die alte Frau und starrte auf die Bilder hinab. Ihre Stimme klang kraftlos, sie brachte ihre Worte nur mühsam hervor. »Und dass nicht einmal das Nina bewogen hat, mich zu informieren. – Ich habe immer angenommen, ich würde vor ihnen sterben. Sie waren doch beide um einiges jünger als ich. Besonders Lotte.« Sie schloss das Album. »Und dann ein tödlicher Unfall! Beide zugleich!« Tränen traten ihr in die Augen.

Michelle strich ihr über den Rücken. »Du hast viel darüber nachgedacht in den letzten zwei Wochen, stimmt's?«

Maria lachte ironisch auf. »Seit der Begegnung im Theater

gehen mir immer wieder dieselben Fragen durch den Kopf. Warum hat Nina sich nicht bei mir gemeldet? Wie tief verletzt muss sie nach all den Jahren noch immer sein, wenn sie es nicht tut?«

Michelle hatte keine Antwort auf die Fragen ihrer Tante. Sie schwieg.

»Ich bin froh, dass du hier bist«, sagte Maria plötzlich.

»Dann nimmst du es mir nicht übel, dass ich dieses Thema angesprochen habe?«

»Nein, natürlich nicht.« Maria stand langsam auf und streichelte wortlos Michelles Wange, dann verließ sie mit schleppenden Schritten das Zimmer.

## 5

»Nein, nein, so geht das nicht!« polterte Pit Kowalski, der Regisseur des Films, ein untersetzter Mittfünfziger mit ausladendem Bauch, borstigen Bartstoppeln und Pferdeschwanz. Er fuchtelte wild mit den Armen und scheuchte die Beleuchter zum wiederholten Male quer durch die Kulissen. Michelle mochte seine überzogenen Gesten nicht, aber seine Erfahrung schätzte sie sehr. Die Tatsache, dass er es war, der diesen Film drehte, war für sie ein zusätzlicher Anreiz gewesen, das Angebot anzunehmen. Schon seit langem spielte sie mit dem Gedanken, einmal selbst hinter der Kamera die Fäden zu ziehen, und sie hoffte, von ihm lernen zu können. Er besaß die Gabe, allein durch seine Anweisungen die Charaktere eines Films zum Leben zu erwecken. Dennoch ließ er seinen Akteuren genug Raum, sich in ihrem Spiel zu entfalten.

Michelle genoss es, mit ihrer Rolle experimentieren zu können. Seit ihr mit *Unterwelt* der Durchbruch gelungen war, unterschrieb sie keinen Vertrag mehr, der ihr nicht ein gewisses Maß an künstlerischer Freiheit garantierte. Das Ergebnis ihrer Arbeit sollte sich formen aus dem Tanz verschiedener Ideen. Sie hatte ihren Beruf nicht gewählt, um sich dem Diktat eines starren Drehbuchs zu beugen und dabei ihre Ausdrucksfähigkeit zu ersticken. Der Intendant ihres Theaters machte ihr oft genug das Leben schwer mit seiner absoluten Bestimmtheit. Und auch während des Studiums hatte sie sich von festen Regeln eingeengt gesehen.

Dabei hatte sie sich so auf ihre Ausbildung gefreut! Von mehr als eintausend Talenten hatte die Auswahlkommission gerade vierzig auserkoren, nur vierzig, und sie war darunter! Michelle hatte sich gefühlt, als öffne das Paradies ihr seine goldenen Pforten. Ihr großer Traum sollte wahr werden! Solange sie sich erinnern konnte, hatte es für sie immer nur diesen einen Wunsch gegeben, wenn es um die Frage nach ihrer beruflichen Zukunft ging. Schon als kleines Mädchen hatte sie die Monologe der Kinofilme vor dem häuslichen Badezimmerspiegel wiederholt und darüber die Zeit vergessen, bis ein deutlich vernehmbares Kichern ihr verriet, dass Bertram sie durch das Schlüsselloch beobachtete. Im Theater der Freundschaft war sie stets begeistert mitgegangen, hatte mit weit aufgerissenen Augen das Geschehen auf der Bühne verfolgt. Mit ihren Freundinnen hatte sie sich lustige Geschichten ausgedacht und sie bei Sommerfesten in der Nachbarschaft oder in der Sportgemeinschaft aufgeführt. Auch an der Schule spielte sie Theater und war mit Feuereifer dabei, als zum Jahresabschluss ein Stück einstudiert wurde. Sie hatte gerade die zweite Klasse hinter sich gebracht. Es sollte ihr erster großer Auftritt werden. Sie probte ihre Rolle von früh bis spät, lernte den Text, wiederholte ihn wieder und wieder, bis er sogar in ihre nächtlichen Träume drang. Es war eine Passion, atemberaubend und schwindelerregend zugleich. Das Lampenfieber war kaum zu ertragen, als es endlich soweit war. Ihre Haut glühte, und die Spielleiterin musste sie mehr als einmal ermahnen, nicht auf den Fingernägeln herumzukauen. Sie zog und zerrte an dem lindgrünen Kostüm, das sie trug und das partout nicht sitzen wollte. Die ganze Aula war voller Menschen, bis auf den letzten Platz besetzt. Ihr Herzschlag übertönte das gleichförmige Gemurmel des Publikums vor dem Beginn der Vorstellung, und als sie das Signal für ihren Einsatz erhielt, setzte er beinahe aus.

Der Vorhang hob sich, das grelle Licht des Scheinwerfers blendete sie, doch es durchdrang sie auch auf wundersame Weise, verwandelte sie und ließ sie eben jene verzauberte Elfe werden, die darzustellen ihr ganzes Wollen war. Sie vergaß die Bühne, vergaß ihre Aufregung und sogar die dichtbesetzten Reihen vor sich. Sie deklamierte ihren Text, als hätte sie nie etwas anderes getan. Ihre Stimme schwang auf und ab, erfüllte den Raum bis in seinen hintersten Winkel. Ihre Bewegungen unterstrichen jedes ihrer Worte mit graziöser Eleganz. Ihr Körper bog sich geschmeidig, richtete sich auf, verharrte, erstarrte und begann von neuem, sich im Spiel zu vergessen. Nichts störte sie dabei, nichts lenkte sie ab, denn im Saal war es vollkommen still. Erst als der Geist des fabelhaften Wesens sie wieder verließ, zuckte sie unter dem aufbrausenden Beifall zusammen, der einer tosenden Welle gleich auf sie zugerollt kam und sie umzuwerfen drohte. Ihre Mutter strahlte sie aus der ersten Reihe an und applaudierte begeistert, Bertram glotzte voller Staunen, und ihr Vater verschränkte zufrieden die Arme über seiner stolzgeschwellten Brust. Das war es, wusste sie in jenem Moment, glücklich erfüllt von der Gewissheit, ihre Bestimmung gefunden zu haben.

Michelle war erst acht Jahre alt in jenem Sommer, und alle sagten ihr, dass es ›Flausen‹ waren, was sie im Kopf hatte. Sie aber hielt an ihrem Traum fest. Sie hätte Ingenieur werden können wie ihre Eltern, vielleicht hätte sie sogar im selben Kombinat arbeiten können wie sie. Auch im Sport hätte sie sicher eine Chance gehabt, sie konnte ausgezeichnet schwimmen. Doch das Herz hatte längst entschieden. Nach dem Schulabschluss absolvierte sie ihren Ernteeinsatz, dann wartete das Schauspielstudium auf sie. Voller Euphorie stürzte sie sich in das langersehnte Abenteuer.

Die Ernüchterung ließ nicht lange auf sich warten. Die Lehrkräfte waren mit ihren Vorgaben so streng, dass sie bei jeder neuen Übung verkrampfte. In den Tanzstunden zählte sie die Schritte, bis sie sich vollkommen verhaspelte und ihrem Gegenüber schließlich auf den Füßen stand. Im Fechtunterricht brach sie sich beinahe das steif gewordene Handgelenk. Und in den Spielproben raubte die harsch auf sie niederprasselnde Kritik ihr fast den Glauben an ihre Begabung.

Den anderen Neulingen erging es nicht besser. Einige gaben auf, andere rebellierten, und wieder andere zogen sich tief in den hintersten Winkel ihrer Seele zurück. Michelle teilte ihre Sorgen und konnte sie verstehen, doch sie beschloss zu kämpfen. Alles war möglich, wenn man nur konsequent genug dafür arbeitete, war ihre Devise. Sie stürzte sich in ihre Rollen und forderte sich bis zum Äußersten, sie schulte ihre Beobachtungsgabe, experimentierte im Bewegungsunterricht mit ihrem Körper und paukte Theatergeschichte und historischen Materialismus in der Bibliothek. Sie diskutierte ihr Spiel mit den anderen Eiferern des ersten Semesters und bekam die Welt um sich herum nicht mit. Selbst als die junge Frau aus dem Jahrgang über ihr beinahe der Schule verwiesen wurde, tauchte sie kaum aus ihrer Versunkenheit auf.

Dabei war es eine interessante Kollegin, diese Vanessa Schenk. Michelle hatte sie oft bei den Proben beobachtet. Eine geheimnisvolle Faszination ging von ihr aus, aber alle sprachen nur davon, dass sie eine aufsässige Rebellin war, stolz und eigensinnig, und dass sie einen scheinbar unbezähmbaren Hang zum Widerspruch in sich trug. Und dann kam sie eines Tages mit diesem Aufnäher an. ›Schwerter zu Pflugscharen‹ – was sollte das nur? Lebten sie nicht in einem sozialistischen Staat, dem der Frieden heilig war? Mussten sie nicht bereit sein, diesen Frieden zu schützen? Nein, für Aufwiegelei gab es keinen Platz in Michelles Leben. Und auch nicht für die verstörenden Phantasien um diese Abtrünnige, deren kratzige Stimme in ihren Ohren so sinnlich klang und deren Bild immer wieder vor ihrem geistigen Auge erschien.

Während das Team mit hektischer Betriebsamkeit die kleine Sequenz vorbereitete, die Michelle an diesem Tag noch zu spielen hatte, trank sie einen Schluck Kaffee, ging das Drehbuch noch einmal durch und vertiefte sich in die Gefühlswelt der Figur, der sie schon seit dem Morgen ihr ganzes Können widmete. Eine Maskenbildnerin puderte ihr die Wangen, dann kam Kowalski auf sie zu und ging vor ihr in die Hocke. »Michelle, lass es langsam angehen«, begann er beschwörend wie der Trainer in der Ecke des Boxrings kurz vor der entscheidenden Runde. »Denk dran, die Kamera ...«

»Entschuldigen Sie die Störung«, unterbrach eine Assistentin seine Erläuterungen und wandte sich an Michelle. »Da wartet eine Frau Althaus am Eingang auf Sie.« Kowalski seufzte hörbar und sank entnervt zusammen. »Doch nicht jetzt!« zeterte er.

Michelle war peinlich berührt. »Nein, jetzt nicht«, stimmte sie ihm zu, aber ihr Ton war freundlicher und sehr ruhig.

Kowalskis Sorge um den Fortgang der Dreharbeiten war überflüssig, denn trotz des langen Arbeitstages, der schon hinter ihr lag, und der Unterbrechung war sie vollkommen konzentriert. »Sie möchte in meiner Garderobe auf mich warten. Bitte richten Sie ihr das aus.« Eigentlich wollte sie um diese Zeit schon fertig gewesen sein, doch ein Problem mit der Technik hatte den vorgesehenen Tagesablauf verzögert. Die Assistentin warf noch einen knappen Blick auf den Regisseur, der sie so unbeherrscht angefahren hatte, dann marschierte sie schmollend davon. Kowalski fuhr fort, seine Vorstellungen zu erläutern. Michelle stellte ihren Kaffeebecher ab und ließ sich noch einmal die dunkelrot geschminkten Lippen nachziehen. Dann sammelte sie sich, stand auf und ging in Position.

Nina trommelte mit den Fingern auf ihr Knie. Mit übergeschlagenen Beinen hockte sie nun schon seit einer halben Stunde auf einem unbequemen Klappstuhl und wartete. Alle anderen Sitzgelegenheiten waren mit Kleidungsstücken belegt, wie überhaupt der ganze Raum von scheinbar achtlos abgelegten Requisiten, Perücken und Kostümen überquoll. Die Luft war stickig und von einem scharfen Geruch nach Haarspray erfüllt. Ein Hauch von Kälte sickerte durch das künstliche weiße Licht.

Wenigstens ist es still, dachte Nina und strich den Anorak auf ihrem Schoß glatt. Wenigstens war sie dem Durcheinander dieser unbekannten Welt entkommen, das sie umgeben hatte, seit sie im Studio angekommen war. Hier war sie allein. Sie konnte sich sammeln und noch einmal wappnen für die schwierige Begegnung, die vor ihr lag. Sie zog ein Taschentuch aus ihrer engen Jeans und putzte sich die Nase. Ein leichtes Frösteln überlief sie. Noch immer fühlte sie sich krank.

Die vielen Stunden im Bett, die seit ihrem Anruf bei Michelle Odebrecht vergangen waren, hatten kaum Linderung gebracht. Ihre Nase glänzte rot und war geschwollen, die Halsschmerzen waren nur gewichen, um einem kraftraubenden Reizhusten das Feld zu überlassen. Auch fühlte sie sich wieder fiebrig nach der langen Fahrt. Die Schauspielerin hatte am Telefon zu bedenken gegeben, dass die Studios in Babelsberg mit Bahn und Bus nur umständlich zu erreichen waren, doch ihr Terminkalender war voll, und Nina mochte nicht mehr warten. Sie wollte dieses Treffen, von dem sie sich ohnehin nichts versprach, hinter sich bringen. Im Grunde war sie nur gekommen, um das Drängen in ihrem Inneren zu beenden, das ihr den Schlaf und den Frieden raubte, seit sie Maria im Theater gesehen hatte und diese Visitenkarte besaß. Eine kurze Unterredung würde beweisen, wie sinnlos diese Begegnung war. Dann hätte sie ihre Schuldigkeit getan, konnte mit gutem Gewissen nach Hause fahren und endlich ihre Grippe auskurieren.

Michelle klopfte an, bevor sie ihre Garderobe betrat. »Entschuldigung, tut mir leid, dass Sie nun doch warten mussten. Aber so genau lässt sich das leider nie vorhersagen.« Sie musterte Nina, die sich auf ihrem Stuhl kerzengerade aufrichtete, ihre Brille zurechtrückte und sie überrascht anstarrte.

»Das ist das Make-up«, erriet sie Ninas Gedanken und streckte ihr die Hand entgegen. »Geben Sie mir ein paar Minuten, dann erkennen Sie mich wieder.« Sie nahm ein rougeverschmiertes Handtuch von dem mit orangefarbenem Kunstleder bezogenen Sessel vor dem Frisiertisch und setzte sich.

»Es ist nicht nur das Make-up – es sind auch die Haare«, befand Nina.

»Natürlich«, schmunzelte Michelle durch die Maske aus weißer Creme, die nun ihr Gesicht bedeckte. »Unser Geschäft ist die Verwandlung. Die Farbe gehört dazu.« Sie griff nach der Schachtel mit den Kosmetiktüchern und betrachtete Nina im Spiegel. »Apropos Farbe. Sie sehen ziemlich blass aus. Bis auf die Nasenspitze, wenn ich das mal so sagen darf. Sind Sie erkältet?«

Nina hustete zur Antwort in den Ärmel ihres anthrazitfarbenen Schurwollpullovers. »Scharf kombiniert. Ich hoffe, Sie haben keine Angst, sich anzustecken.«

»Nein. Alle husten um diese Jahreszeit, aber mein Vertrag sieht keine Krankheiten vor.«

»Klingt nach Stress. Was spielen Sie – die Hauptrolle?«

Michelle nickte. »Eine der Hauptrollen. Es gibt zwei in diesem Film.«

»Tut mir leid, wenn ich keine Ahnung habe. Bestimmt müsste ich Sie kennen. Aber ich gehe so selten ins Kino, eigentlich lese ich fast immer. Nehmen Sie's nicht persönlich.« Nina sah sich noch einmal um. Was eben noch einer unaufgeräumten Rumpelkammer glich, verwandelte sich im Verlauf des Gesprächs mit Michelle Odebrecht allmählich in ein munteres Chaos. Doch die Fremdheit der Umgebung bereitete ihr noch immer Unbehagen.

Michelle erkannte die Anspannung in den Zügen ihres Gegenübers. Es war eine Wohltat, endlich einmal wieder einem Menschen zu begegnen, der ihrer Popularität so gleichgültig gegenüberstand. Nina Althaus bewunderte sie in keiner Weise. Sie war nervös, aber nicht eingeschüchtert. Vielleicht lag es an Marias Erzählung, dass ihr das Antlitz der Frau auf dem Klappstuhl so vertraut und zerbrechlich erschien. Vielleicht lag es aber auch ganz einfach an ihrer melancholischen Ausstrahlung. »Wollen wir das nicht lassen?«

»Was?« fragte Nina irritiert.

»Das mit dem ›Sie‹. Wenn ich mir die grauen Strähnchen herausgewaschen habe, bin ich wirklich noch nicht so alt.«

»Von mir aus gerne.« Nina entspannte sich ein wenig. »Worum geht es denn in dem Film? Was spielst – du?« Sie lächelte scheu und errötete. Michelle studierte die kleinen Grübchen um ihren Mund.

»Ich spiele eine Wirtin in Prenzlauer Berg. Sie führt eine alte Berliner Eckkneipe und kämpft um ihre Existenz, weil die Gegend schick und teuer geworden ist und ihre Stammkunden wegziehen müssen. Es geht um ihr Leben und um das Schicksal ihrer Gäste. Es ist so etwas wie eine Milieustudie. Interessante Dialoge, spannende Wendungen. Und für mich ist es wohl auch ein Stück Vergangenheitsbewältigung. Schließlich habe ich da ja mal gelebt.« Michelle hatte ihr Gesicht inzwischen von der Schminke befreit. Sie stand auf, streifte die getigerte Seidenbluse ab und verschwand hinter dem wackeligen Paravent, über dem ihre eigene Kleidung hing, eine weinrote Jeans und ein modisches weißes Shirt, das kaum über den Bauchnabel reichte.

»Du kommst aus Ost-Berlin?« Nina redete gegen die spanische Wand, hinter der Michelle verschwunden war.

»Ich gestehe!« schallte es ironisch durch die Lamellen des Sichtschutzes.

»Das hätte ich nicht gedacht.«

»Wieso?« Michelle senkte die eben noch unbeschwerte Stimme zu einem argwöhnischen Raunen, als wappne sie sich vor einer unbestimmten Gefahr. »Was habe ich denn an mir, was mich zum ›Wessi‹ macht?« ergänzte sie gleichermaßen zynisch wie barsch und dachte an ihren Vater, der sie nach der Wende immer wieder auf der Suche nach Insignien des Verrats gemustert hatte.

»Wessi? Äh ...Was?« stammelte Nina, runzelte die Stirn und erschrak. Der Griff um ihre Jacke wurde fester. »Ich dachte nur, weil du anscheinend Maria so gut kennst.«

Michelle kam hinter dem Paravent hervor und rieb sich verlegen die Schläfen. Warum hatte sie so heftig reagiert? All die verletzenden Vorurteile und gedankenlos dahingesagten Bemerkungen, die ihr nach der Wende von allen Seiten entgegengeschlagen waren, hatten eine tiefe Spur des Misstrauens hinterlassen und führten sie schnell in Versuchung, sich angegriffen zu fühlen. Hier aber lag sie eindeutig falsch. Nina war es egal, dass sie eine erfolgreiche Schauspielerin war. Nina war es egal, woher sie kam. Sie warf ihr einen entschuldigenden Blick zu. »Tut mir leid«, sagte sie kleinlaut. »Wollen wir ein bisschen spazierengehen? Ich habe heute noch kein Tageslicht gesehen.«

Sie schlenderten über das weite Gelände des Filmparks, das noch im Winterschlaf lag. Die Luft war kalt und trocken, eine tiefstehende Februarsonne schien von einem wolkenlosen Himmel auf ihre Gesichter. In den Mulden spärlich begrünter Wiesen schmolzen die letzten Reste verharschten Schnees.

»Es war ein spontaner Entschluss, dir meine Karte zu geben. Der Gedanke kam mir erst, als ich schon fast auf meinem Platz saß. Maria war völlig konsterniert nach eurem Gespräch. Ich hab gesehen, wie sehr euer Zusammentreffen sie durcheinandergebracht hat. Möglich, dass ich etwas in Gang setzen wollte. Maria ist eine sehr alte Frau. Wer weiß, wie lange sie noch lebt. Ich mag sie sehr und ich hasse es, sie unglücklich zu sehen.« Michelle vergrub die Hände in den Manteltaschen. »Sie ist meine Tante.«

Nina blickte sie erstaunt an. Diese Möglichkeit hatte sie nicht in Betracht gezogen. Niemals hatte sie Verwandte bei

Maria gesehen. Auch hatte sie nie über ihre Familie gesprochen. Über den Krieg, ja, auch schon einmal über das alte Berlin. Aber für Nina hatte das Leben ihrer fast fünfzigjährigen Nachbarin im Grunde erst begonnen, als die in das Haus zog, in dem auch sie mit ihren Eltern wohnte. Allenfalls gab es noch die Jahre in Italien, denn von ihrer Ehe und der Vergangenheit in jenem Land erzählte das Namensschild an ihrer Tür und die Tatsache, dass sie Nina hin und wieder »Piccola« nannte oder »Bella«, wenn ihre Mutter sie hübsch angezogen hatte. Nie war es Nina in den Sinn gekommen, dass das nicht alles gewesen sein konnte. Nie hatte sie sich gefragt, welche Orte und welche Geschichten darüber hinaus wichtig gewesen sein mochten für diese Frau. Und nun versetzte es ihr einen Stich, als sie plötzlich erkannte, dass es noch etwas anderes gab, etwas anderes geben musste. »Ich hatte keine Ahnung«, murmelte sie nachdenklich.

»Ich auch nicht. Das heißt, ich wusste schon, dass mein Vater noch eine Schwester im Westen hatte. Aber wir hatten keinen Kontakt zu ihr. Ich habe sie erst nach der Wende kennengelernt. Lange Zeit wusste ich nicht einmal, wie sie hieß. Erst als ich sechzehn war, kam einmal ein Brief mit einem West-Berliner Absender. Es war reiner Zufall, dass ich ihn aus dem Briefkasten geholt habe. Aus irgendeinem Grund ist mir dann nicht nur der Name, sondern auch die Adresse im Gedächtnis geblieben, vielleicht weil es so ungewöhnlich war. Wir bekamen sonst nie Post von drüben. Und nach der Wende war ich doch neugierig, besonders weil mein Vater und ich ...« Sie brach ab und schürzte die Lippen. »Jedenfalls habe ich sie dann einfach mal besucht, als die Mauer gefallen war.«

Nina hatte schweigend zugehört. Sie betrachtete die kahlen Bäume, und eine düstere Ahnung kroch in ihr empor. »Wie alt bist du?«

»Was?« Michelle verstand den Sinn ihrer Frage nicht.

»Ich möchte wissen, wann du sechzehn warst«, flüsterte sie. Im Grunde kannte sie die Antwort schon.

»Du willst wissen, wann der Brief kam, nehme ich an.« Nina nickte stumm.

»Nun, wie gesagt, ich war sechzehn, also muss es '79 gewesen sein. Ich glaube, es war in der Weihnachtszeit. Warum ist das so wichtig?«

Ninas Miene war wie versteinert. Sie war unfähig zu sprechen. Ihre Gedanken überschlugen sich.

Wird wohl kein Zufall gewesen sein, dass gerade Michelle den Brief gefunden hat, dachte sie. Hatte wohl so sein sollen! Schließlich gab es für alle und jeden einen Ersatz. Sie war nichts weiter als ein austauschbares Mädchen gewesen. Maria hatte sich einfach eine neue Familie gesucht. Wozu brauchte sie Nina? War diese Michelle nicht viel interessanter und lebendiger mit ihren geheimnisvollen dunklen Augen und dem aufrechten, anmutigen Gang? Sie kämpfte gegen die Tränen und fand sich jämmerlich.

»Ich fahre jetzt besser nach Hause, glaube ich«, brachte sie schließlich mit brüchiger Stimme hervor.

Michelle blieb stehen, kniff die Augen zusammen und musterte sie. »Was hast du?«

Nina wich zurück. »Maria ist '79 ausgezogen«, entgegnete sie kaum hörbar. »Am 19. September.« Um zehn nach drei, dachte sie im stillen, doch das konnte sie nicht sagen, denn es hätte wohl lächerlich geklungen.

Michelle verstand noch immer nicht, was Nina sagen wollte, doch ihr wurde klar, dass sie ebenso unter dem Zerwürfnis litt wie Maria. »Warum besuchst du sie nicht einfach?« fragte sie daher.

»Nein.« Nina schüttelte entschieden den Kopf. Ihr Ton

klang endgültig. Für eine kurze Zeit hatte sie gehofft, sie fände vielleicht einen Weg, mit der Vergangenheit ins reine zu kommen. Aber jetzt war die Tür wieder zu.

Michelle ließ nicht locker. »Was bedeutet Maria dir?«

Nina begriff, dass Michelle sie mit ihrer Frage herausfordern wollte. Sie lachte bitter, dann überlegte sie eine kleine Ewigkeit. »Sie war einmal alles für mich«, antwortete sie und sah Michelle unverwandt an. »Sie war alles, woran ich geglaubt, alles, worauf ich vertraut und mich verlassen habe.« Sie schwieg und richtete ihren Blick in die Ferne. »Und ich habe mich geirrt.«

Michelle sah nachdenklich zu Boden. »Weißt du, was ich heute vormittag getan habe?«

»Was?«

»Ich habe jede Szene des Drehbuchs auf hundert verschiedene Arten gespielt. Das ist das Schöne an meinem Beruf, besonders vor der Kamera. Die Arbeit erinnert mich immer wieder daran, dass wir in jedem Moment unseres Lebens die Wahl haben, uns auf die eine oder andere Weise zu verhalten. Wie sehr wir immer wieder überlegen müssen, welchen Aspekt unseres Seins wir in den Vordergrund rücken wollen.« Sie sah Nina eindringlich in die Augen. »Es ist letztendlich deine Entscheidung.«

»So einfach ist das nicht.« Nina strich sich eine Strähne hinter das Ohr, dann ging sie zu einer in der Nähe stehenden Parkbank, setzte sich auf die kalte Kante und rieb ihre klammen Finger.

»'79 warst du sechzehn, ich war gerade vierzehn. Und seit zehn Jahren war ich mehr bei Maria gewesen als bei mir zu Hause. Jedenfalls bekam ich das immer wieder zu hören. ›Warum stellst du nicht gleich dein Bett bei ihr auf?‹«

Sie benutzte die Worte ihrer Mutter, sprach sie gleichförmig aus, denn sie konnte sich nicht entscheiden, welche Betonung sie dem Satz verleihen sollte. Ihre Mutter sagte ihn nicht immer auf die gleiche Weise. Manchmal flötete sie ihn belustigt, manchmal brachte sie ihn zittrig-klagend hervor, umfasste dabei Ninas Handgelenke und drückte sie so sehr, dass es schmerzte. Meistens aber schleuderte sie ihr die Worte beleidigt entgegen, lallend, und verzog dabei das Gesicht zu einer hässlichen Fratze.

Ninas Mutter mochte Maria, aber sie wurde unruhig, wenn Nina zu lange bei ihr blieb. Vielleicht weil sie nicht wusste, worüber sie redeten. Vielleicht wäre sie einfach gern dabeigewesen. Maria hatte die Arbeit im Hotel und wusste interessante Geschichten zu erzählen, sie aber hatte nur schmutzige Wäsche, das Essen auf dem Herd und einen Ehemann, der lieber in der Schule als zu Hause war.

Einmal war etwas geschehen, das Nina nicht verstanden hatte. Ihre Mutter weckte gerade die Birnen ein, die ihr Vater vom Gartenfest einer Schülerin aus seiner Abiturklasse mitgebracht hatte, als sie plötzlich innehielt und zu weinen begann. Nina erschrak, als sie es sah, und ging zu ihr. ›Warum weinst du denn, Mama?‹ fragte sie ängstlich, und ihre Mutter strich ihr über den Kopf. ›Weil meine Träume in diesen Gläsern gefangen sind‹, antwortete sie, dann wischte sie die Tränen fort und machte weiter, legte den Gummiring auf, Deckel zu, fertig.

Ninas Vater war im Grunde ein freundlicher Mann, aber er war von seinem ganzen Wesen her ernst und konnte auch zu Hause nicht vergessen, dass er Lehrer war. Er verbrachte lange Stunden in seinem Arbeitszimmer, und selbst wenn er herauskam, wusste er noch auf alles eine Antwort. Seine Anweisungen waren Gesetz, und niemand würde auch nur im Traum daran denken, sie in Frage zu stellen.

Er sprach sie ruhig aus und bedächtig, während er penibel seine Pfeife säuberte, um sie anschließend neu zu stopfen. Nina mochte den süßlichen Duft des Tabaks, wenn er rauchte. Sie liebte ihren Vater, aber sie schaute auch voller Ehrfurcht zu ihm auf. Und manchmal glaubte sie zu erkennen, dass auch ihre Mutter es tat. Dann erschien er ihr wie ein versiegeltes Buch, gewichtig und bedeutungsvoll, aber letztlich nicht zu lesen. Er blieb ihr ein Rätsel. Und er war immer weit weg.

Maria hingegen war da. Sie hatte Schichtdienst in ihrem vornehmen Hotel, aber Nina wusste stets, wann sie nach Hause kam. Am Anfang wagte sie nicht, die fremde Frau anzusprechen, wenn sie nach der Arbeit die Stufen zu ihrer Wohnung erklomm. Statt dessen saß sie auf der Treppe und wartete, Betty im Arm, ihre Lieblingspuppe, die Arme und Beine bewegen, »Mama« sagen und mit den Augenlidern klimpern konnte, wobei ihre langen schwarzen Wimpern besonders schön zur Geltung kamen. Maria lächelte ihnen beiden immer schon entgegen, wenn sie kam, dann sagte sie ein paar freundliche Worte und verschwand hinter ihrer Wohnungstür.

So ging es über einige Monate, bis Nina und Betty eines Tages schon im Zwielicht der Morgendämmerung auf den schmutzigen Stufen saßen. Sie hatten nicht geschlafen, und die Augen fielen ihnen fast zu, aber sie hielten mühsam durch, bis Maria von der Nachtschicht kam. Als endlich alles still geworden war, hatten sie sich aus dem Bett geschlichen. Nina war auf Zehenspitzen gegangen, und vorsichtshalber hatte sie Betty eine Hand auf den Mund gelegt, damit die Puppe sie nicht aus Versehen verriet. Sie hatten beide Angst, im Treppenhaus entdeckt zu werden, aber sie mussten mit Maria sprechen nach dieser Nacht.

Es gab Momente, da fand Nina es gar nicht so schlimm, wenn ihre Mutter dieses eklig riechende Zeug trank, denn nach dem ersten Glas war sie viel fröhlicher als sonst und schimpfte auch nicht, wenn Nina ihre Legosteine auf dem Fußboden verstreut liegen ließ oder wenn sie auf dem Sofa herumhopste, bis der Schonbezug herunterrutschte. Auch wenn ihr Vater nach Hause kam, änderte sich erst mal nichts daran. Nina sah, dass er seine Stirn in Falten legte, wenn er die Flasche auf dem Tisch erblickte. Manchmal nahm er sie in die Hand und guckte sie genau an, und wenn sie viel leerer war als noch am Abend zuvor, verzog er das Gesicht. Ninas Mutter aber lachte nur, wenn sie es sah. Sie fand es auch nicht schlimm, wenn er auf eine Laufmasche in ihrer Perlonstrumpfhose zeigte oder wenn er böse war, weil sie kein Mittagessen gekocht hatte und er eine Dosensuppe aufmachen musste. Sie lachte einfach.

Irgendwann aber lachte sie nicht mehr. Nina fand es unheimlich, wie plötzlich sie wütend werden konnte. Von einer Sekunde auf die andere waren die Legosteine Dreck, den Nina gefälligst wegräumen sollte, und manchmal sagte sie sogar, wenn eine Feder aus dem Sofa springt, setzt's aber was. Doch auch wenn sie laut wurde, merkte Nina, dass die Wut ihrer Mutter vor allem gegen den Vater gerichtet war. Sie verstand nicht, was ihre Mutter meinte, wenn ihre Eltern sich stritten. »Du hast mich getäuscht!« schrie sie oft und nannte ihn einen langweiligen Besserwisser. Es ergab für sie auch keinen Sinn, was ihre Mutter tat. Einmal hatte Nina mitbekommen, wie sie schimpfte, er solle zum Teufel gehen, und als ihr Vater daraufhin aus der Küche lief, war sie ihm nachgerannt und hatte ihre Arme um seinen Hals geworfen. Nina hatte gemerkt, dass er das überhaupt nicht leiden konnte, genau wie ihr Schreien. Wenn ihre Mutter schrie, wurde er selbst immer stiller, aber das machte sie bloß noch wütender, bis sie schließlich tobte. Manchmal verließ er dann ganz einfach die Wohnung.

An diesem Samstagabend hatte Nina sich im Bett verkrochen, als ihre Eltern wieder einmal stritten. Sie hatte Betty fest an sich gedrückt, denn ihre Mutter hatte so heftig getobt wie niemals zuvor und bis spät in die Nacht hinein, solange bis ihr Vater es nicht mehr ertrug. »Ich komme wieder, wenn du nüchtern bist!« hatte er plötzlich zurückgebrüllt, und allein die Tatsache, dass es einmal seine Stimme war, die sie von ihrem Zimmer aus verstehen konnte, machte sie schrecklich bange. Als die Tür dröhnend ins Schloss fiel, zog sie sich die Decke bis über die Nasenspitze. Sie hoffte, dass es nun vorbei sein würde, doch sie ahnte, dass es nicht so war.

Schon öffnete sich die Tür zu ihrem Zimmer, und ihre Mutter stand im Raum. Nina konnte sie in dem spärlichen Licht, das vom Flur hereinfiel, erst gar nicht richtig sehen. Ihre Mutter hielt eine Zigarette in der Hand und nahm einen Zug, die Glut leuchtete im Dunkeln auf. Dann kam sie näher und hockte sich auf Ninas Bett.

»Nun ist er fort, der aufgeblasene Hund!« zeterte sie. Ihre Augen waren verquollen und rot gerändert, die Haare zerzaust. »Von uns aus kann er gleich wegbleiben, oder?« Sie warf unkontrolliert den Kopf herum, als sie das ›oder‹ zackig herausschleuderte, wie sie es immer tat, wenn sie getrunken hatte. »Wir beide brauchen ihn nicht, oder?« Sie schnaufte und schielte auf Nina herab, und als sie keine Antwort bekam, kniff sie die Augen zusammen. »Was starrst du so?« lallte sie weiter, und Nina spürte, wie ein paar Tröpfchen Spucke ihre Stirn trafen. »Meine Tochter!« rief ihre Mutter. »Bist ganz wie er, oder? Glotzt kuhäugig deine eigene Mutter an! Willst mich nicht sehen, was? Ich soll abhauen, oder? Das denkst du doch, he?« Sie kam Nina noch näher. Die Asche ihrer Zigarette fiel auf die Bettdecke, und ihr Atem, der nach Alkohol, kaltem Rauch und irgendwas Saurem stank, drang Nina in die Nase. Sie musste würgen und drückte sich tiefer in die Matratze.

»Sag was!« Sie stieß Nina gegen die Schulter. »Sag mir ruhig, dass ich abhauen soll! Dass ich dich ekle!«

Nina zitterte am ganzen Leib. Das war nicht die Mutter, die sie am Abend ins Bett gebracht, die mit ihr gelacht und Bettys Augenlider hatte klimpern lassen. Ja, sie fand sie jetzt ekelig. Und sie schämte sich für sie. Vielleicht hatte ihre Mutter ja den Verstand verloren. Jetzt stöhnte sie, und wieder roch Nina den widerlichen Gestank. Sie zwang sich, nicht den Kopf wegzudrehen. Ihre Hände waren schweißnass um Betty geschlungen. »Sag was!« wiederholte ihre Mutter. Ihr Ton wurde drohender. »Soll ich abhauen, he? Soll ich ...«

»Ja!« schrie Nina jammervoll, und ihre Antwort übertönte beinahe das schreckliche Geräusch, das dumpf durch die Bettdecke drang. War es von Betty gekommen? Nina wusste es nicht, sie schluchzte, und heiße Tränen rannen an ihren Schläfen herab und bis in ihre Ohren, denn sie konnte sich nicht bewegen, um sie fortzuwischen.

Ihre Mutter wich zurück. Plötzlich sah sie erschrocken aus, nicht mehr wütend. Einen Moment verharrte sie regungslos, dann stand sie auf und verließ schweigend das Zimmer.

»Nanu, was ist denn los?« fragte Maria, als sie die Treppe heraufkam, sichtlich verwundert, dass Nina um diese frühe Uhrzeit schon auf war. »Was ist denn mit deiner Puppe passiert?«

»Das Bein ist ab.« Nina zuckte mit den Achseln und schaute zu ihr hoch.

»Das sehe ich! Und was ist vorgefallen? Hatte sie einen Unfall?« Als Nina nicht gleich antwortete, setzte Maria sich zu ihr, nahm ihr das aus dem Gelenk gerissene Puppenbein aus der Hand und untersuchte es genau.

»Ich hab's kaputtgemacht«, antwortete Nina nach einer Weile kaum vernehmlich.

Die Frau neben ihr wurde ernst. »Du selbst hast das getan?«

Nina nickte stumm und blickte verlegen die Stufen hinab.

»Warum?« Maria betrachtete sie forschend. Das strahlende Blau ihrer Augen zwang Nina zu antworten.

»Weil sie böse war.«

Erst tat Maria gar nichts. Dann legte sie ihren Arm um Nina, streichelte ihre Schulter und schwieg für lange Zeit. Schließlich nahm sie die Puppe an sich und strich ihr die Haare aus der Stirn. »Wir sollten sie wieder gesund machen, meinst du nicht?« Sie sprach leise und sanft. Nina nickte und sah traurig auf Betty hinab.

»Maria hat die Puppe tatsächlich repariert. Das Bein war seitdem ein bisschen nach außen gedreht und ließ sich im Gelenk nicht mehr gut drehen, aber es war wieder dran.« Nina räusperte sich und blickte kurz zu Michelle hinüber. »Von da an ging ich bei ihr ein und aus.«

Michelle faltete die Hände im Schoß und schaute zum Horizont, der sich violett zu färben begann. »Warum hast du mir das alles erzählt?«

»Damit du verstehst, dass es nicht immer verschiedene Möglichkeiten gibt. Ich hatte damals keine Wahl. Ich habe Maria gebraucht und ich habe sie geliebt. Ich habe ihr vertraut wie niemandem sonst und ich war mir sicher, dass sie mir niemals weh tun würde. Aber sie hat es getan, auf eine Weise, die ich nicht für möglich gehalten hätte. Sie hat mich im Stich gelassen, nachdem sie so viele Jahre lang meine ganze Hoffnung gewesen war. Es gab nichts, was ich dagegen hätte tun können. Da war keine Alternative zu dem Schmerz, den ich empfand.« Sie schüttelte entschieden den Kopf. »Ich war verzweifelt, als sie ausgezogen ist. Ich mag nicht einmal mehr daran denken. Nein, ich will sie nicht sehen!«

Michelle legte den Kopf schräg. »Und warum hast du mich angerufen?«

»Ich weiß es nicht.« Nina betrachtete ihre schmutzigen Stiefel und den Kies zu ihren Füßen. »Diese Begegnung im Theater kam so unerwartet. Ich war nicht darauf vorbereitet. – Noch ehe ich begriff, was vor sich ging, war es schon wieder vorbei. Die ganze Situation erschien mir im nachhinein wie eine Halluzination. Oder wie ein Loch in der Zeit.« Sie schnaubte in ihr zerknülltes Taschentuch und spürte ihren Worten nach. »Ja, genau, wie ein Wurmloch im Universum. Du bist an einem Ort, dann reißt dich etwas aus deiner Mitte, und du findest dich plötzlich in einer völlig unwirklichen Welt wieder. Nur für wenige Augenblicke, dann zieht es dich zurück, und du bist wieder da, wo du herkamst. Und doch ist alles verändert. Die Visitenkarte mit deiner Nummer war der einzige Beweis, dass es wirklich geschehen war, etwas, an dem ich mich festhalten konnte. Das war nett von dir. Danke.« Sie stand auf und blinzelte auf Michelle hinunter. »Aber jetzt will ich nach Hause.«

Die untergehende Sonne tauchte Ninas Silhouette in ein warmes Licht. Michelle musterte sie. Auf ihrem Gesicht lag ein Ausdruck des Bedauerns. »Soll ich dich nach Berlin mitnehmen?« fragte sie leise, aber Nina schüttelte den Kopf.

»Nein, danke. Ich glaube, ich fahre lieber mit der Bahn. Ich muss nachdenken und möchte alleine sein.«

Michelle drückte Ninas Hand und hielt sie fest. »Die Astronomen glauben, Wurmlöcher sind die Brücken zwischen den Galaxien.«

»Ja«, nickte Nina, »das glauben sie. Aber sie wissen es nicht genau.«

## 6

Der Winter hatte sich zurückgezogen und dem ersten warmen Tag des Jahres die Stadt überlassen. Die frisch verputzten Häuser in der Greifenhagener Straße erstrahlten vor einem wolkenlosen Himmel in sonnigem Licht, nur gegenüber der Gethsemanekirche ertönte noch Baulärm hinter bröckelndem Putz. Für Außenaufnahmen war es eigentlich noch zu früh, denn die kahlen Bäume passten nicht zum restlichen Drehplan, der die weiteren Aufnahmen in diesen Straßen erst für Ende April vorsah. Doch einer der Nebendarsteller, ein vielbeschäftigter Mime mit affektiertem Grinsen, hatte den März für seinen Einsatz zur Bedingung erhoben. Kowalski stritt mit ihm über die Auffassung seiner Rolle, während Michelle die Kirche betrachtete und in ihren Erinnerungen versank.

Seit Wochen hatte sie diesem Augenblick entgegengesehen, hin- und hergerissen zwischen Neugier und Beklemmung. Als der Turm des Gotteshauses sie nun schweigend grüßte, spürte sie ein wehmütiges Brennen in der Brust. Alles war so ruhig. Eine alte Frau pflanzte lila-weiße Stiefmütterchen in die mit frischer Erde aufgefüllten Beete des Kirchhofs, ein Schaukasten kündigte die Termine religiöser Veranstaltungen an. Gottesdienste, Bibelstunden, Gesprächskreise. Das Gebäude hatte seine Geschichte hinter sich gelassen, lediglich eine Gedenktafel erinnerte an die Geschehnisse der Wendezeit.

Sie aber erzählte nur von jenen Begebenheiten, die alle kannten, deren Bilder in die Welt hinausgegangen waren. Zeugnisse stummen Aufbegehrens und friedlichen Protests. Auch Michelle kannte diese Bilder, doch sie hatte dazu noch ganz andere, eigene, die nur ihr gehörten und die ihr noch immer nahe gingen, wenn sie jetzt auf die unerschütterliche Backsteinfassade sah. Die Kirche, die für so viele zum Symbol der Veränderung geworden war in den Jahren der Wende, war auch für sie ein Ort des Wandels gewesen, Zentrum ihrer persönlichen Metamorphose und Revolution. Die Mauern vor ihr hüteten auch ihre Geschichte, beschworen sie herauf, als sie nun zwischen Mikrofonen, Kameras und Kabelkästen stand.

Michelle fand es absolut passend, dass es ihre Arbeit als Schauspielerin war, die sie hierher zurückführte. Denn eigentlich hatten die Geschehnisse, die sie mit der Kirche verbanden, schon viel früher begonnen, dort, wo sie den Grundstein gelegt hatte für ihren Beruf, in jenen Jahren, als das Aufbegehren im Lande noch kaum spürbar gewesen war, als es sich erst allmählich zu zeigen begann, wie ein Keim, der nur zaghaft durch die Erde bricht.

Es war der Frühsommer des Jahres 1983. Das erste Studienjahr ging zu Ende, und einmal mehr hatte Michelle ein Vorspielen verpatzt. Sie saß auf der steinernen Treppe vor dem Gebäude der Hochschule, ließ die Schultern hängen und fühlte sich erschöpft. Eine allumfassende Leere hatte sich in ihrem Kopf ausgebreitet und jeden Gedanken verbannt, jedes Bild der desolaten Vorstellung, die sie geboten hatte, jede Erinnerung an den Sturm kritischer Bemerkungen, der über sie hinweggefegt war und ihre Träume mit sich gerissen hatte.

Vanessa Schenk setzte sich wortlos neben sie. Sie holte Tabak und Blättchen aus der Gesäßtasche ihrer Jeans, drehte mit geübten Fingern eine Zigarette und hielt sie Michelle hin. »Möchtest du?« fragte sie beiläufig und ohne aufzusehen. Michelle schüttelte wortlos den Kopf. Ihr Asthma hatte sie schon am Morgen geplagt, und ihre Bronchien hatten sich unter den strengen Augen der Schauspiellehrer weiter verengt.

Vanessa steckte die Zigarette zwischen ihre Lippen und zündete sie an. Sie sog den Rauch tief ein und blies ihn gemächlich in die drückende Mittagshitze. »Ich finde, du hast es ganz gut hingekriegt«, sagte sie mit dem typischen Kratzen in der Stimme, das Michelle schon oft gehört hatte, und beobachtete die schwatzenden Kommilitonen, die in kleinen Gruppen die Hochschule verließen.

Auch Michelle registrierte das Gewimmel, von dem sie umgeben waren. Was, wenn nun einer der Dozenten sie mit dieser Frau zusammensitzen sah? Hatte sie für heute noch nicht genug Kredit verspielt? »Da bist du aber wohl die einzige«, antwortete sie zögerlich, nicht sicher, ob sie dieses Gespräch wirklich wollte.

»Vielleicht, aber das macht nichts. Ich fand es keinesfalls gefühlsduselig. Das sagen sie doch immer. Sie wollen dich nur in ihr Schema pressen.« Vanessa schob den Tabak in die Hosentasche zurück.

Michelle wollte ihre Worte nicht hören. Sie vertraute auf den Sachverstand ihrer Lehrer und nahm ihr Urteil an, auch wenn es hart war. Was wollte diese Frau mit ihren merkwürdigen Ansichten und dem beunruhigenden Duft ihrer strubbeligen dunkelblonden Haare? »Du weißt wohl genau Bescheid, was? Besser als alle anderen?« antwortete sie zynisch und hoffte, die Unterhaltung auf diese Weise zu beenden.

Vanessa aber ließ sich nicht beirren. »Nein, besser weiß ich es wohl nicht. Aber ich sehe die Dinge eben mit anderen Augen.« Sie warf ihre Kippe fort.

»Ich kenne deinen Blick auf die Welt. Und ich teile ihn nicht.« Michelle wunderte sich über sich selbst, darüber, wie schnippisch sie war. Es war für gewöhnlich nicht ihre Art, so abweisend einer Kollegin gegenüber zu sein, die ihr Trost spenden wollte.

Vanessa zeigte sich noch immer unbeeindruckt. »Nein, das musst du ja auch nicht«, entgegnete sie, »aber vielleicht teilst du heute abend ein Bier mit mir?«

Michelle erschrak und spürte, dass sie rot anlief. Bloß das nicht, jetzt bloß nicht nervös werden! Die Leere in ihrem Kopf wich einem heftigen Disput widerstreitender Stimmen. »Warum?« stammelte sie schließlich und ärgerte sich darüber, dass sie ihren inneren Aufruhr nicht verhehlen konnte.

Vanessa zuckte gleichmütig mit den Achseln. »Nun, ich dachte, weil Freitag ist und weil du ein wenig Ablenkung gebrauchen könntest, nachdem sie dich heute so fertiggemacht haben und ...«

»Sie haben mich nicht fertiggemacht. Sie hatten recht. Ich habe in meiner Darstellung überzogen.« Michelle brachte ihre Worte mit Nachdruck hervor und schlug sich mit der flachen Hand auf die Oberschenkel, als wolle sie sich geißeln.

»Ja, sicher.« Vanessas Tonfall war voller Ironie, dann aber seufzte sie und wurde ernst. Sie sah Michelle nachdenklich mit ihren hellbraunen Augen an. »Warum sagst du nicht einfach ja oder nein? Es geht doch nur um ein Bier.«

Michelle wusste auch Jahre später noch nicht genau, warum sie damals eingewilligt hatte. Ein einfaches Nein hätte ihr vermutlich alles erspart, was sich in den nächsten Jahren ereignen sollte. Ein kurzes Kopfschütteln, und Vanessa wäre gegangen, hätte nicht mehr hinterlassen als ein unbestimmtes Bedauern. Doch zu ihrem eigenen Erstaunen und gegen jede Vernunft sagte sie ja.

Nur wenige Stunden später holte Vanessa zwei Gläser Bier von der Theke und trug sie zu einem wackeligen Holztisch in einer dunklen, überfüllten Kneipe. Die Luft war durchdrungen von beißendem Qualm, und die Musik schepperte viel zu laut aus blechern klingenden Boxen. Michelle und Vanessa mussten gegen den Lärm anschreien, um einander verstehen zu können. Sie redeten über die Schauspielschule und über das Theater, aber dabei blieb es nicht. Bald schon dozierte Vanessa über die Kunst in der DDR und die ihr auferlegten Beschränkungen, beklagte die allgegenwärtige Zensur und die Beschneidung der Meinungsfreiheit. Michelle war erstaunt, wie offen sie sprach. Zwar blickte Vanessa sich immer wieder nach allen Seiten um, aber ihr gegenüber zeigte sie keinerlei Scheu, ihre Standpunkte darzulegen. Michelle widersprach ihr, verteidigte vehement die Vorzüge des sozialistischen Staates, der sich in seiner Kultur unterscheiden müsse von westlicher Effekthascherei und Oberflächlichkeit. Was nütze es schon, fragte sie rhetorisch, alles sagen zu können, wenn es niemanden interessierte?

Sie diskutierten hitzig und ereiferten sich, dehnten das Spektrum ihrer Themen immer weiter aus. Vanessa kritisierte den Mangel an Entfaltungsmöglichkeiten in einem dogmatischen System, das keinen Raum für individuelle Interessen ließ; Michelle pries die Vorzüge einer Gesellschaft, in der jeder seinen Platz finden könne und seine Aufgabe, im Beruf und in der Freizeit, sich verwirklichen könne im Engagement für die Gemeinschaft in einem Leben ohne Angst vor Armut und Einsamkeit.

Worüber sie auch sprachen, sie stimmten in nichts überein. Sie saßen sich gegenüber und tranken schnell, fanden keinen gemeinsamen Nenner und blieben doch, bis mehr Gäste gingen als kamen und das Lokal sich allmählich zu leeren begann. »Ich liebe mein Land«, bekannte Michelle schließlich pathetisch, um die Diskussion zu beenden.

Vanessa betrachtete sie eine Weile mit neugierigem Blick. »Und ich liebe Frauen«, konterte sie wirkungsvoll. »Du nicht auch?«

Michelle wurde heiß und kalt. Sie runzelte die Stirn und lächelte Vanessa ungläubig an, ganz so, als sei ihre Frage völlig abwegig. In ihrem Kopf aber überschlugen sich Bilder und Gedanken. Sie erinnerte sich an den geschmeidigen Körper ihrer Sportlehrerin, den sie häufig bewundert, von dem sie geträumt hatte in der zehnten Klasse, ohne es sich einzugestehen. Sie dachte an Peter, der sanft zu ihr war und liebevoll und den sie dennoch nicht hatte wiedersehen wollen, nachdem sie mit ihm geschlafen hatte. Und dann fiel ihr dieses Mädchen wieder ein. Michelle hatte sie im letzten Sommer während des Ernteeinsatzes kennengelernt. Sie hieß Elke, und sie war siebzehn Jahre alt. ›Darf ich dich küssen?‹ hatte sie gefragt, und Michelle war fortgelaufen. Fortgelaufen. Fortgelaufen.

Sie wollte nur Schauspielerin sein. Diesem Ziel galt ihr Streben, ihre Konzentration. Die Liebe musste warten. Sie war noch nicht einmal zwanzig Jahre alt. Sie wohnte bei ihren Eltern. Sie fühlte sich wohl, so wie ihr Leben eingerichtet war. Und jetzt diese Frage! Ihre Kehle zog sich zusammen und war wie ausgetrocknet. Vanessa musterte sie eindringlich. Michelle wich ihrem Blick aus und versuchte ihre Gedanken zu vertreiben, indem sie ihre Aufmerksamkeit auf das Geschehen richtete, das sie umgab. Der Wirt spülte gelangweilt schaumverklebte Gläser, ein junges Paar in der Ecke küsste sich begierig über den Tisch hinweg, und eine betrunkene

Frau ließ ihren Kopf auf die Theke sinken. Michelle schlug das Herz bis zum Hals. Wieder hätte ein Nein genügt und sie ohne Zweifel gerettet. Aber sie schaffte es nicht zu antworten, verharrte statt dessen regungslos, nur ihre Finger krampften sich um ihr Glas.

Vanessa schwieg eine Weile. Dann stand sie auf, zahlte und kehrte zu ihrem Tisch zurück. »Komm«, sagte sie leise, nur »komm«.

Es war ja nicht ihre Schuld gewesen! Vanessa hatte sie überrumpelt! An diesem Tag, an dem alles schiefgelaufen war, hatte sie sich an Michelle herangemacht und ihr Bedürfnis nach Zuwendung und Trost schamlos ausgenutzt. Irgendwie hatte Vanessa sie dazu gebracht, ihr nach Hause zu folgen. Michelle hätte nicht sagen können, wie sie da hingekommen war. Vielleicht hatte sie doch zuviel getrunken? Sie hatte es sich so schön zurechtgelegt, als Vanessa die Wohnungstür aufschloss. So widerrufbar. Ein Abenteuer mit Notausgang.

Aber dann war alles ganz anders gekommen. Sie ahnte es schon, als Vanessa ihren Nacken küsste. Sie schloss die Augen, als Vanessa mit ihren Fingern durch ihre Locken glitt, über ihre Schläfen, ihre Schultern und ihre Brüste. Und als Vanessas Zunge sanft ihre Lippen öffnete, da ließ sie sich fallen und dachte nicht mehr, erschrak nicht mehr vor ihrem Wollen, das immer nur als Ahnung in ihr geschlafen hatte. Sie begrüßte es und kostete es ganz und gar aus.

Ein Trabant knatterte die Stargader Straße entlang und erfüllte die Luft mit dem altvertrauten Geruch nach seinem Benzingemisch. Das Geräusch seines Zweitaktmotors klang wie eine holprig gespielte Hymne aus längst vergangenen Tagen. Michelle sah ihm versonnen nach und schlenderte zum Catering-Wagen, um sich etwas zu trinken zu holen.

Kowalski kämpfte noch immer mit seinem Widersacher. Der Rest der Crew drückte sich gelangweilt in den Hauseingängen herum und streckte das Gesicht der Sonne entgegen. Am Set sammelten sich die ersten Neugierigen und beobachteten, was geschah. Michelle registrierte, dass es ein bunt gemischtes Häufchen war, das sich hinter der Absperrung zusammenfand. Zwei ältere Männer mit strähnigem Haar, zerschlissenen Jeans und Bierdosen in der Hand schienen die Abwechslung von einem monotonen Alltag zu genießen. Eine stämmige Frau in einem geblümten Kostüm und mit einer Handtasche in krokodilledernem Design über der Schulter fotografierte die Kirche. Drei Punks saßen auf der Erde und spielten mit ihrem Terrier. Michelle war müde, noch bevor der Dreh begonnen hatte. Sie setzte sich in Kowalskis Regiestuhl, der verwaist im Zentrum des Geschehens stand und für gewöhnlich einem Heiligtum gleich von niemandem angetastet wurde. Dann trank sie einen Schluck Mineralwasser, schwenkte den Becher und betrachtete die aufsteigenden Perlen.

Der Sommer war ein einziger Rausch gewesen. Zum ersten Mal in ihrem Leben war Michelle wirklich verliebt. Eine nie gekannte Leidenschaft hatte Besitz von ihr ergriffen und versetzte sie in Bewegung. Plötzlich war alles anders. Ihr Körper pulsierte und war voller Energie, sie war atemlos und rund um die Uhr von Sehnsucht getrieben. Vanessa war eine hinreißende Frau. Michelle gefiel nicht, was sie sagte, aber *wie* sie es sagte und wie sie Michelle dabei ansah, sie verschlang mit ihren Blicken, erregte sie in höchstem Maße. Michelle genoss ihr Begehren, genoss die Klarheit, die mit der Liebe in ihr Leben getreten war. Die Tage und Nächte mit Vanessa, ihr Lachen, ihre Hände und der Duft ihrer Haut fegten jeden

Zweifel fort. Sie fühlte sich beschwingt und erwachsen und war so glücklich wie niemals zuvor.

Plötzlich war alles anders. Zum ersten Mal hatte sie Geheimnisse. Ihre Eltern bemerkten das Leuchten ihrer Augen und warfen sich verschmitzte, vielsagende Blicke zu, wenn sie erst morgens nach Hause kam. Mit beiläufig eingestreuten Andeutungen forderten sie Michelle auf zu erzählen. Immer war sie ein offenes Buch gewesen, für ihre Familie, für ihre Freunde. Jetzt aber blieb sie stumm. Nur zu gern hätte sie über die Liebe gesprochen, die ihr Leben erfüllte. Alles in ihr verlangte danach, von Vanessa zu schwärmen, von ihr zu reden und immer nur von ihr. Aber hätten sie es verstanden? Hätten sie sich mit ihr gefreut, so wie ihr Glück es verdiente? Sie bliebe bei einer Freundin, sagte sie, wenn sie bei Vanessa übernachtete. ›Versteh schon‹, antwortete ihre Mutter mit unüberhörbarer Ironie in der Stimme, aber sie verstand eben nicht. ›Muss ja eine sehr interessante Freundin sein‹, kommentierte ihr Vater, als sie bald kaum noch nach Hause kam. ›Das ist sie auch‹, bestätigte Michelle und hoffte, sie würden eines Tages von selbst darauf kommen. Doch anstatt zu begreifen, nahm ihr Vater sie zur Seite und warnte sie. ›Denk an deine Ausbildung, Mädchen, lass dir jetzt kein Kind andrehen.‹ Michelle starrte ihn entgeistert an. Was sollte sie nur tun?

Die Frage wurde mit jedem Tag drängender. Es ärgerte sie, dass sie so blind waren. Wie konnte Michelle ihnen etwas mitteilen, das es für sie gar nicht gab, das als Möglichkeit in ihrem Denken überhaupt nicht vorzukommen schien? Das Schweigen erzeugte bald eine Kluft zwischen ihnen, die mit jedem Tag, mit jedem neuen Geheimnis tiefer wurde. Michelle reagierte gereizt, sah die Ratlosigkeit in den Augen ihrer Mutter und die Sorge in denen des Vaters. Etwas stimmt hier nicht, sagten ihre Blicke, die zunehmend misstrauischer wurden.

Plötzlich war alles anders. Auch Vanessa war verliebt, aber Michelle entging dennoch nicht, dass sie immer wieder in sorgenvollen Gedanken versank. Dann zeichnete sich ein Ausdruck schwermütigen Bangens auf ihrem Gesicht ab, und Michelle wagte nicht, Vanessa zu fragen, was sie in solchen Momenten beschäftigte. Sie hatte nur vage Vorstellungen von dem, was Vanessa tat und wen sie traf, wenn sie nicht zusammen waren. In ihrer Wohnung fand sie Flugblätter von verbotenen Friedensgruppen, vom Protest gegen die Mobilmachung von Frauen im Verteidigungsfall. Vielfach gelesene Werke westlicher Feministinnen lagen unter ihrem Bett. Michelle wollte nichts davon wissen. Und doch blieben die Diskussionen nicht aus. Vanessa konnte geschickt argumentieren. Zum ersten Mal musste Michelle hinterfragen lassen, was für sie immer selbstverständlich gewesen war. Warum wurden die Geschehnisse in ihrer Heimat von einer einzigen Partei gelenkt? Ohne Kontrolle? Ohne Widerspruch? Warum mussten sie mit der Gewissheit leben, fast überall überwacht werden zu können? Und warum eigentlich durften sie Rom nicht besuchen?

Vanessa liebte Rom. Ein großer farbiger Bildband über die Stadt der sieben Hügel stand in ihrem Bücherregal. Eines Abends holte Vanessa ihn hervor, setzte sich neben Michelle ins Bett und schlug ihn auf. »Siehst du dieses warme goldene Licht?« fragte sie ergriffen und legte den Arm um ihre Geliebte. »Wie gerne würde ich dort mit dir unter den Zypressen spazierengehen, am Ufer des Tiber entlang oder zwischen den Ruinen.« Ihre Stimme klang so sehnsüchtig, dass es Michelle schmerzlich berührte.

»Kann es nicht auch Budapest sein? Oder Prag?«

Vanessa lächelte sie traurig an. »Sprechen sie denn in Prag italienisch? Oder schlendern sie in Budapest mit einem Stück Pizza in der Hand durch die Gassen?« Vanessa streichelte Michelles Wangen.

Michelle ließ sich von ihrem Traum gefangennehmen. »Vielleicht kommen wir ja doch eines Tages hin.« Sie fuhr mit den Fingern vorsichtig über ein Foto, auf dem der ›Mund der Wahrheit‹ abgebildet war. »Dann lade ich dich zu einem riesigen Eisbecher ein, mit mindestens vier Kugeln und Sahne und bunten Streuseln obendrauf.«

»Ja, das machst du.« Vanessa legte das Buch zur Seite und setzte sich rittlings auf Michelles Schenkel, umfasste ihr Gesicht mit den Händen. »Und wir hören Gianna Nannini und flanieren im Mondlicht über die Piazza Navona.« Sie küsste Michelle auf den Mund.

»Ja.« Michelle lachte, legte ihre Arme um Vanessas Rücken und zog sie zu sich herunter. »Und wir springen in den Trevi-Brunnen, und es gibt einen Skandal.«

Vanessas Augen hatten Feuer gefangen, ihr Atem ging flach. »Und dann lieben wir uns mitten auf dem Palatin.«

Michelle warf sie herum. »Ja, irgendwann, aber erst einmal lieben wir uns hier.«

»Okay, es kann losgehen!« rief Kowalski deutlich vernehmbar über das Set. Erleichterung trat auf die Gesichter der Beteiligten. Hinter der Absperrung drängte die inzwischen größer gewordene Menge der Neugierigen sich dichter zusammen. Michelle hatte Mühe, in die Gegenwart zurückzufinden. Sie trank ihren Becher leer und versuchte, sich zu konzentrieren, während die Kameras in Position geschoben wurden. Einer der Assistenten kam zu ihr herüber und reichte ihr noch einmal das Script. Verwundert senkte sie den Blick. Die oberste Seite begann in ihren Händen zu vergilben, der Text verschwamm, und plötzlich verkündete das verschmierte Schriftbild einer uralten Schreibmaschine am unteren Rand des Blattes: ›Nur für den innerkirchlichen Dienstgebrauch‹.

»Hast du deinen Eltern nun endlich von uns erzählt?« fragte Vanessa, als der Herbst die ersten Blätter färbte.

Michelle schüttelte den Kopf und stellte das Apfelmus auf den Tisch, das ihre Mutter von den Früchten in ihrem Garten gekocht hatte. »Es ist ja nicht so, dass ich es nicht will. Ich weiß nur nicht, wie ich es anstellen soll.«

Vanessa löffelte den Brei aus geriebenen Kartoffeln in eine Pfanne und verteilte ihn gleichmäßig. »Ich will dir ja nicht auf die Nerven gehen, indem ich schon wieder dieselbe Platte auflege, aber warum kommst du heute abend nicht einfach mit?«

Wieder dieses Thema! Michelle deckte missmutig den Tisch. Wieder war Sonntag, und seit ein buntgemischter Haufen lesbischer Frauen im Sommer unter dem Dach der Kirche einen Ort gefunden hatte, um sich zu begegnen, bekamen sie regelmäßig Streit miteinander. Vanessa liebte diese Gruppe, deren Mitglieder sie bei einer kirchlichen Friedensveranstaltung kennengelernt hatte und von denen die meisten ihre politischen Ansichten teilten. Zu jedem Treffen fuhr sie den weiten Weg von ihrer kleinen Wohnung in Friedrichshain hinaus nach Hohenschönhausen, um mit den anderen Frauen zusammenzusein. Oft schon hatte sie Michelle gebeten, einmal mitzukommen.

Doch Michelle wollte nicht. Sie liebte Vanessa, aber sie sah keinen Grund, ihre Privatangelegenheiten zum Gegenstand konspirativer Zusammenkünfte werden zu lassen. Mit ihren

Gefühlen von der Allgemeinheit nicht wahrgenommen zu werden war vermutlich zu ertragen. Mit ihren Ansichten zu einer Außenseiterin unter scheinbar Gleichgesinnten zu werden war es sicher nicht. Warum sollte sie Vanessa begleiten? Niemand dort würde sie ernst nehmen mit ihrer Treue zum System, die ihrer festen Überzeugung entsprach, auch wenn die Diskussionen mit Vanessa sie nachdenklicher gemacht hatten. Ihre grundsätzliche Haltung würde sich nicht ändern.

Und dennoch bereitete ihr diese Gruppe tiefes Unbehagen. Es war jedesmal spät, wenn Vanessa von dort zurückkam, und sie war immer wie verwandelt, sprühte vor Begeisterung und Energie, und in solchen Momenten war es nicht Michelle, die diesen Zustand auslöste. Michelle war eifersüchtig auf die anderen Frauen, und sie hatte Angst. Was, wenn nun eine andere sich in Vanessa verliebte? Was, wenn es eine war, die ihrer Freundin im Denken und Handeln näher stand? Nein, Michelle wollte von all dem nichts wissen. Sie wollte nicht mitgehen und sie wollte auch die Flugblätter nicht lesen. ›Nur für den innerkirchlichen Dienstgebrauch‹ stand am Rand eines jeden, was eine unzensierte Verbreitung garantierte. Die Texte ärgerten sie. Ein echter Bibelkreis war es nicht gerade, der dort zusammenkam. Manchmal hatte Michelle den Eindruck, die Mitglieder der Gruppe suchten förmlich die Konfrontation mit dem Staat.

Vanessa knallte demonstrativ die ersten fertigen Kartoffelpuffer auf die Teller und setzte sich an den Tisch. »Antworten könntest du mir wenigstens!« grummelte sie und ließ das Apfelmus vom Löffel klatschen, so dass es nach allen Seiten spritzte.

»Du kennst meine Antwort doch«, entgegnete Michelle gereizt. »Lass uns nicht schon wieder davon anfangen.«

Vanessa aß einen Bissen und verbrannte sich den Mund.

Wütend schmiss sie die Gabel hin. »Du könntest es dir wenigstens mal ansehen, finde ich.« Ihre Stimme klang gleichermaßen vorwurfsvoll wie enttäuscht. Michelle spürte den Druck ihrer fordernden Worte und zog sich in sich zurück. Auch Vanessa kapselte sich ab, das Gespräch erstarb.

Sie verständigten sich darauf, sich an Vanessas Gruppentagen nicht mehr zu treffen. Michelle nutzte die Abende, um nach Hause zu fahren, denn sonst war sie fast nur noch bei Vanessa. Der Hausgemeinschaftsleiter dort stellte keine Fragen mehr und ihre Eltern auch nicht. Michelle war irritiert, dass ihre Blicke nicht länger ratlos waren, sondern anklagend. Eine stumme Übereinkunft ließ sie nur über die Dinge des Alltags miteinander reden, und selbst als Bertram heiratete, kam kein Wort über ihre Zukunftspläne auf, über ihre Liebe, über ihre Träume. Niemand wollte wissen, was Glück für sie bedeutete. Und sie schaffte es noch immer nicht, über ihre Beziehung zu reden, auch wenn das Schweigen sie selbst immer stärker belastete. Es war ja nicht nur die Familie, es waren auch die offenen Gespräche mit den alten Freunden, die ihr fehlten. Sie versuchte sich einzureden, dass es ihre eigene Entscheidung war, ihre ehemaligen Klassenkameraden aus der Schulzeit, mit denen sie früher mehrmals in der Woche zusammengekommen war, nur noch selten zu treffen, weil sie ihre Zeit lieber mit Vanessa verbrachte. Sie glaubte manchmal selbst, dass es ganz natürlich war, wenn sich die Kontakte aus den Pionierjahren allmählich verloren. Dann wieder spürte sie eine wachsende Unzufriedenheit darüber. Niemand bekam etwas von ihrem Leben mit. Die Erkenntnis weckte ein Gefühl der Einsamkeit in ihr. Es wurde anstrengend, es wurde quälend. Sie musste einsehen, dass sie sich geirrt hatte. Vanessa allein genügte nicht. Sie wollte anderen Frauen begegnen, die empfanden wie sie.

Die Gruppe war umgezogen. Sie traf sich nun in den Räumen der Gethsemanekirche, die, näher im Stadtzentrum liegend, einen größeren Zulauf garantierte. Michelle war nervös. Sie hatte Mühe, die neugierigen Blicke auszuhalten, mit denen sie gemustert wurde. Es war anders als auf der Bühne. Einige der Frauen hielten sich an den Händen und küssten sich. Einige lächelten sie an, anderen stand unverhohlene Feindseligkeit in den Augen. »Das gibt sich«, flüsterte Vanessa ihr ins Ohr, als sie Michelles Anspannung bemerkte.

Doch es gab sich nicht. Sie wusste nichts zu sagen und traute sich kaum aufzusehen. Die Gespräche gingen an ihr vorbei. Alles war so neu. Nirgends sonst waren lesbische Frauen zu sehen. Die *Sibylle* schrieb nicht über sie, im DFF schien es keine zu geben, und auch im Fernsehen hatte sie noch nie welche gesehen, nur einmal waren da diese Lehrerinnen im West-Programm gewesen, aber sie hatten sich kaum angefasst und Shirley MacLaine hatte sich am Ende erhängt. Michelle war vierzehn, als der Film gesendet wurde, und sie wollte leben. Und nun so viel Frauenliebe auf engem Raum! Die anderen waren selbstbewusst in ihrem Tun und ihrem Reden. Es war unwirklich, es war zuviel. Die Zeit floss zäh dahin. Michelle atmete auf, als das Treffen endlich zu Ende ging.

»Dann erzähl mal schön!« rief eine der Frauen ihr nach, als sie mit Vanessa die Kirche verließ. Michelle wusste nicht, was sie meinte. Vanessa drehte sich um und runzelte die Stirn. »Du irrst dich, Gabi«, erwiderte sie barsch und ging mit Michelle in die frische Abendluft hinaus.

»Was sollte das?« Michelle hatte keine Ahnung, was es mit Gabis Bemerkung auf sich hatte.

Vanessa schlug den Kragen ihrer Jacke hoch. »Sie hält dich für eine ...« Sie brach ab und sah verlegen zu Boden, während sie schnellen Schrittes in Richtung Schönhauser Allee zur U-Bahn liefen.

Es dauerte eine Weile, bis Michelle verstand, was sie hatte sagen wollen. Dann aber blieb sie abrupt stehen. Sie war empört. Ihr Herz hämmerte mit einemmal wild gegen ihre Brust. Was für eine Ironie! Da hatte sie sich endlich durchgerungen, Vanessa zu begleiten und wurde ausgegrenzt! Wo sie Verständnis finden wollte, schlug ihr Ablehnung entgegen! Hätte Vanessa es nicht ahnen und sie vorwarnen müssen? Was hatte sie denn diesen Frauen von ihr erzählt?

»Das ist nicht meine Schuld!« erriet die Geliebte ihre Gedanken. »Du musst sie verstehen.«

Michelle brauste auf. »Ich muss verstehen, dass sie mich für eine Denunziantin halten?«

»Nun ja, ich hatte gehofft, dass dir das erspart bleibt. Ich habe ihnen letztes Mal gesagt, dass du heute mitkommen wolltest. Einige haben deinen plötzlichen Sinneswandel nicht so ganz nachvollziehen können. Ich habe versucht, ihnen das Misstrauen zu nehmen.«

»Na, das ist dir ja wunderbar gelungen!« Michelles Kiefer mahlten heftig. Vanessa sah ihren Zorn und trat ungeduldig von einem Bein auf das andere, blickte in die Ferne und presste die Lippen aufeinander.

»Spuck's schon aus!« forderte Michelle sie auf, die wusste, was der Ausdruck auf dem Gesicht ihrer Freundin zu bedeuten hatte. »Sag schon, was dir durch den Kopf geht.«

»Vielleicht ist es ganz gut, wenn du mal am eigenen Leibe erfährst, was dein Land aus uns macht! Was erwartest du denn?« Vanessa gestikulierte aufgeregt mit den Händen. »Mehr als ein Jahr lang hast du dich nicht für die Gruppe interessiert, hast die Frauen abgelehnt, hast nicht wissen wollen, was sie denken und fühlen. Gabi ist ganz in Ordnung.

Weißt du, wie oft sie schon erkennen musste, dass sie der Falschen vertraut hat? Hast du eine Ahnung, wie weh das tut? Diese Gruppe ist nach außen offen. Sie will es sein, das ist ihr Sinn. Die Frauen können sich nicht abkapseln. Immer wieder kommt jemand von der Stasi vorbei. Manche sind leicht zu erkennen. Aber andere nicht! Wir können auch nicht immer wissen, wen sie unter Druck setzen und mit welchen Mitteln. Und für einige von uns steht eine Menge auf dem Spiel. Viele der Frauen wollen weg, haben Ausreiseanträge gestellt oder denken darüber nach. Für sie ist die Gruppe auch ein Übergang, bis sie ihre Koffer packen. Ihre Gedanken kreisen allein um diese Entscheidung, dieses eine Ziel und alles, was damit verbunden ist. Weißt du, wie es ist, sich nicht einlassen zu können aus Angst vor dem Schmerz, der dich trifft, wenn wieder eine geht? Ich habe hier schon manchen Abschied erlebt, Michelle. Ich musste mich schon von vielen liebgewonnenen Freundinnen trennen. Ohne jede Chance auf ein Wiedersehen! Es ist dein Staat, der sie mir genommen hat! Es ist dein Staat, der hier Akten über uns führt! Ist es da nicht ein bisschen naiv und selbstgerecht, die Beleidigte zu spielen?«

Michelle war zusammengefahren, als Vanessas Worte auf sie niederprasselten. Alles war mit einemmal in Frage gestellt. Ihre Überzeugungen, ihre Geschichte, ihre Liebe. Es waren nicht nur die Frauen aus der Gruppe, das Ressentiment Michelle gegenüber stand nun auch in Vanessas Gesicht. Es war ein Schock, so viel Ablehnung in ihren Augen zu erblicken. Hier ging es nicht um kritische Theorien oder politische Ideale. Hier ging es um etwas viel Persönlicheres. »Und du?« flüsterte sie. »Willst du auch weg?«

Vanessa wandte den Blick ab und antwortete nicht. Die Angst in Michelles Stimme schien ihren Zorn aufzulösen.

Michelle stockte der Atem. Sie starrte die Geliebte entgeistert an. Obwohl sie wusste, wie sehr Vanessa unter den Verhältnissen in ihrer Heimat litt, hatte sie nie auch nur im entferntesten die Möglichkeit erwogen, dass sie den Wunsch hegen könnte, dem Land und damit auch ihr den Rücken zu kehren. War die Liebe, die sie füreinander empfanden, nicht einzigartig und ließ eine Trennung ganz und gar undenkbar erscheinen?

Vanessa seufzte schwer und sah Michelle mitfühlend an. »Ich weiß es nicht!« stieß sie hervor, und die Verzweiflung in ihrer Stimme verriet ihre Ambivalenz, verriet auch, wie lange sie schon mit ihr rang.

Michelle glaubte, alle Kraft sei aus ihrem Körper gewichen. Ihre Knie drohten nachzugeben, ihre Gedanken wirbelten wild durcheinander, mündeten in einen einzigen stummen Schrei. Wäre sie doch bloß zu Hause geblieben! Hätte sie doch nur weiter weggesehen! Die Ahnung, die sie schon lange beschlichen hatte, verdichtete sich zu einer unumstößlichen Gewissheit.

Vanessa hatte etwas ausgesprochen, das sich nie mehr verdrängen lassen würde. In ihren Augen stand die Angst, die ihre eigenen Worte heraufbeschworen hatten. Sie rieb sich mit den Händen über das Gesicht. Dann nahm sie Michelle in die Arme, zog sie an sich und schluchzte in sie hinein.

»Können wir jetzt *bitte* anfangen?« Kowalski hatte sich vor ihr aufgebaut und klang gereizt. Michelle hatte nicht bemerkt, dass er zu ihr getreten war. Vermutlich hatte er sie schon mehrmals angesprochen, denn alle Augen waren auf sie gerichtet. Eine Assistentin wartete mit Puderquaste und Kamm in den Händen auf ein Signal, die kleinen Schönheitsfehler beseitigen zu dürfen, die das lange Warten verursacht hatte.

»Entschuldigung«, stammelte Michelle und zog den Kopf ein. Es war ihr peinlich, den anderen so zerstreut zu begegnen. Jetzt musste sie den Schalter umlegen, irgendwie. Sie schaute noch einmal auf das Blatt, das nun wieder schneeweiß und ordentlich bedruckt in ihren zitternden Händen lag.

Kowalski hob die Augenbrauen, als er ihre Ergriffenheit erkannte. Er wusste, dass eine persönliche Geschichte sie mit diesem Ort verband. »Wird es gehen?« fragte er und umfasste behutsam ihre Schultern.

Sie nickte schwach und senkte die Lider. »Gib mir einen Augenblick.« Dann atmete sie mehrmals tief ein und aus, schob ihre Erinnerungen entschlossen fort und war dankbar, in die Rolle einer Frau schlüpfen zu dürfen, die von ihrem Schicksal nichts wusste.

## 7

Der Abend des Gründonnerstag zog sich endlos hin. Nina hatte sich darauf gefreut, Tobias wiederzusehen, aber die Umstände ihres Treffens waren denkbar schlecht. Sie hatte mit ihm allein sein wollen, aber er hatte sich standhaft geweigert, die Hochschwangere an seiner Seite auch nur für ein paar Stunden aus den Augen zu lassen. So drehte sich schließlich alles um das sehnlichst erwartete Baby, dessen Ankunft kurz bevorstand. Und Nina erfuhr bis ins kleinste Detail alles über Säuglingspflege und Ultraschalluntersuchungen, die pränatale Geschlechtsbestimmung des Fötus und die hormonellen Veränderungen während der Schwangerschaft, die der werdenden Mutter schier unbeschreibliche Momente der Euphorie und Glückseligkeit zu schenken vermochten. Die Niederkunft war schon einige Tage überfällig, und die ganze Atmosphäre war geprägt von erwartungsfroher Spannung, die eine echte Unterhaltung unmöglich machte. Der Mann, mit dem Nina vor nicht allzu langer Zeit noch Bett und Gedanken geteilt hatte, der aufmerksam gewesen war und zärtlich, bemerkte nun kaum ihre Anwesenheit, hörte nichts von dem, was sie sagte, war allein fixiert auf jene zyklisch wiederkehrenden Augenblicke, in denen sich seine neue Liebe in ihrem Sessel räkelte und mit schriller Stimme »Jetzt – jetzt – jetzt tritt er!« rief. Dann lief er eilig zu ihr hinüber, legte seine Hand auf die pralle Rundung unter ihrer Brust und verkündete rührselig: »Ja, ich kann es fühlen.«

Nina sah immer häufiger verstohlen auf die schmale Uhr an ihrem Handgelenk, als wollte sie die träge kriechenden Zeiger mit ihren Blicken vorwärtstreiben. Sobald es die gebotene Höflichkeit erlaubte, brach sie unter Verweis auf den weiten Heimweg, der vor ihr lag, auf. Tatsächlich lebte Tobias in einem ganz anderen Teil von Berlin, der nichts gemein hatte mit der quirligen Gegend, in der ihr Zuhause lag. Er war weit weggezogen, als er sich mit der anderen eine Wohnung nahm. Früher waren sie oft noch spät am Abend ausgegangen, hatten eine Musikperformance in einer alten Fabrikhalle besucht oder eine Vernissage in einer provisorischen Galerie, waren anschließend durch klare Nächte geschlendert, hatten auf den Häuserwänden die in roter Farbe geschriebenen Botschaften gelesen, die zum revolutionären Kampf aufriefen, zum Widerstand gegen Abschiebungen und zum Nein zur Globalisierung. Manchmal waren sie in eine der zahlreichen Kneipen eingekehrt, um ein schnelles Bier zu trinken, und nicht selten erst im Morgengrauen heimgekehrt, beschwipst, lachend und zum Schlafen viel zu aufgedreht.

Jetzt betrachtete Nina durch die Scheiben des Busses die ruhigen Straßen, die von frisch verputzten und doch grauen Fassaden gesäumt bereits im Dämmerschlaf lagen, obwohl die Dunkelheit den ausklingenden Tag gerade erst verschlungen hatte. Die Fenster der Wohnungen waren hell erleuchtet, die Bürgersteige hingegen wie leergefegt, nur eine ordentlich frisierte Rentnerin beobachtete ihren Pudel beim Verrichten seiner Notdurft und las mit einem Papiertaschentuch und spitzen Fingern das Ergebnis auf.

»Fahren Sie zur Wildenowstraße?« Die schwache Stimme des gebrechlichen Greises drang in ihr Bewusstsein vor. Die Busfahrerin nickte, und der Alte erklomm mühsam eine Bank in ihrer Nähe. Nina richtete sich kerzengerade auf und war hellwach. Wildenowstraße? Bis heute hatte sie sich niemals gefragt, wie es wohl aussehen mochte, dort, wo Maria wohnte, seit sie aus ihrer Nachbarschaft fortgezogen war. Sie hatte immer geahnt, dass es eine vornehme Gegend sein musste, doch bis heute war ihre Adresse im Telefonbuch nicht mehr gewesen als eine kleingedruckte Zeile auf dünnem Papier. Jetzt aber war sie neugierig geworden, verfolgte mit wachsender Aufregung den Ablauf der Haltestellen, deren Namen eine säuselnde Automatenstimme durch leere Sitzreihen klingen ließ.

Der Bus schaukelte eine Weile über schlecht ausgebesserte Straßen, bevor die Fahrerin dem Hochbetagten signalisierte, dass er aussteigen müsse. So behäbig, wie er sich gesetzt hatte, erhob er sich nun, und während seine knochigen Hände nach den Haltestangen tasteten, erblickte Nina das Straßenschild. Es war noch nicht spät, sie war noch nicht müde. Einem unwiderstehlichen Impuls nachgebend, drückte sie auf den Knopf für die hintere Tür. Noch ehe sie sich's versah, stand sie auf der Straße und schaute den Rücklichtern des Doppeldeckers nach.

Hier also lebte Maria. Ja, diese kleine Gasse am Schnittpunkt von vorstädtischer Idylle und zentrumsnahem Flair passte zu ihr. Beschauliche Vorgärten, in denen Plastik-Ostereier an knospenden Magnolien hingen, gediegene Villen mit Blick auf den Botanischen Garten, mit pedantischer Pflege heraufbeschworene Behaglichkeit, aber dennoch keine geistige Einöde, denn die Universität war nah und das Leben der Metropole nur wenige Straßen entfernt. Auf dem schmalen Gehweg schritt Nina die Häuser ab, drückte sich in den Schatten der Bäume und hatte das Gefühl, etwas Verbotenes zu tun.

Dabei wollte sie nur einmal gucken. Nummer 15, Nummer 13, Nummer 11. Hier musste es sein. Das zweistöckige, leicht von der Straße zurückgesetzte und mit Efeu bewachsene Haus erschien ihr zu groß, um Maria allein zu gehören. Tatsächlich entdeckte Nina vier Namen auf einem blanken beleuchteten Schild neben der Gartenpforte. Sie trat einen Schritt zurück, um nicht gesehen zu werden. Eine beklemmende Illusion von Nähe breitete sich in ihr aus und beflügelte ihre Phantasie. Wo war Maria? fragte sie die stumme Fassade. Hinter welchem Fenster saß sie an ihrem Sekretär und schrieb Tagebuch? Wo stand der Sessel, in dem sie einnickte, wenn sie genug gelesen hatte? Nina hatte das früher oft beobachtet, wenn sie abends bei ihr gewesen war. Manchmal hatte sie dann vorsichtig das Buch von ihrem Schoß genommen und es fortgelegt. Aber vielleicht passierte Maria das ja gar nicht mehr. Haben nicht viele alte Menschen eher Schwierigkeiten einzuschlafen? Würde Maria heute einen Schlummertrunk zu sich nehmen, um leichter ins Reich der Träume zu finden, eine heiße Milch oder einen Kräutertee? Stand sie vielleicht gerade in ihrer Küche und bereitete ihn zu?

Oder war sie am Ende gar nicht zu Hause? Die Wirklichkeit holte Nina ein. Es gab keinen heimlichen Weg in Marias Leben, keinen Zugang, der ihr die schützende Deckung ließ. Ein älterer Mercedes fuhr langsam über das holprige Kopfsteinpflaster. Der Fahrer beobachtete sie argwöhnisch, bevor er in der benachbarten Auffahrt verschwand. Sie ging ein Stück die Straße entlang, als hätte sie ein Ziel. Es begann zu regnen, und sie beschleunigte ihren Schritt, vergrub die Hände in den Taschen ihres Anoraks. Wenn doch nur dieser eine Tag nicht gewesen wäre, diese eine verfluchte Stunde vor fünfundzwanzig Jahren, die alles zerstört hatte und mit ungebrochener Macht Ninas Sehnsucht bannte, sie von Maria fernhielt und selbst auf ihren Erinnerungen an all die anderen Begebenheiten lastete, die sie mit dieser Frau verbanden und die etwas in ihr trotz allem lebendig hielt, so wie das Bild, das sich nun vor ihre Gedanken schob, schwach zunächst und unscharf, um schnell an Kontur zu gewinnen.

Es war ein drückender Sommertag. Die Sonne brannte, die Luft war schwül, und kein Windstoß erfrischte die Menschen, die sich träge über den Asphalt schoben. Am Horizont türmten sich bedrohlich wirkende Gewitterwolken auf. Nina war froh, dass sie es nach der Schule noch trocken nach Hause schaffte. Ihre Mutter öffnete ihr die Tür. Sofort erkannte Nina, dass sie wieder getrunken hatte. Jetzt begann es schon am Vormittag! Und es war schlimm! Ihre Mutter schwankte bedenklich, ihre glasigen Augen stierten dumpf an Nina vorbei, und ihr Gesicht war von fahlgrüner Farbe. Mühsam lallte sie eine Begrüßung, dann taumelte sie zurück ins Wohnzimmer und fiel auf die Knie. Der Himmel hatte sich inzwischen verdunkelt. Als die ersten Blitze die schweren Wolken teilten, erbrach sie sich auf den Teppich, mit dem Donner fiel sie vornüber in den ausgestoßenen Brei.

Musste es denn gerade heute sein? Nina ließ die Schultern sinken. Gerade heute, wo Gitti ihren siebten Geburtstag feierte, ihre beste Freundin, die in der Klasse neben ihr saß und so lustig aussah mit ihren Sommersprossen und den wilden rotblonden Locken. Seit Wochen schon hatte sie sich auf diesen Tag gefreut. Tina würde kommen und Schirien und Kai. Ihre Mutter hatte am Abend zuvor noch das Geschenk kunstvoll verpackt, das scharlachrote Poesiealbum mit Ninas gerade geborener Handschrift auf der ersten Seite. Das Päckchen sah toll aus, so wie alles, was die Finger ihrer Mutter zu zaubern vermochten. Nina hatte zugesehen, wie sie flink am Werk gewesen waren, das Papier falteten, die Schleife zu kunstvollen Blüten formten. ›Drück da mal drauf‹, hatte ihre Mutter sie ab und zu angewiesen, und Nina hatte ihr geholfen. Es war selten, dass sie etwas gemeinsam taten. Doch als das Geschenk fertig eingepackt war, hatten sie einander mit zufriedenem Lächeln angesehen.

Ein heftiger Windstoß peitschte den Regen gegen die Fenster. Nina ging auf ihre Mutter zu, schüttelte sie und zog sie am Arm. Es dauerte lange, bis ein schwaches Murmeln zu hören war, noch länger, bis sie sich regte. Langsam, sehr langsam hob sie den verklebten Kopf, dann rappelte sie sich auf, schleppte sich zur Couch, ließ sich darauf fallen und war wieder fort.

Ihren Vater konnte Nina nicht erreichen, seine Klasse hatte Wandertag. Sie sah auf ihre Mutter herab, die sich nicht rührte und keinen Laut von sich gab. Atmete sie noch? Würde sie je wieder erwachen? Würde sie Nina je wieder in die Arme nehmen?

Nina lief in die Küche, riss ein paar Tücher von einer großen Rolle und eilte ins Wohnzimmer zurück. Tränen stiegen ihr in die Augen, als sie versuchte, die stinkende lauwarme Masse mit den dünnen Papierlappen vom Boden aufzunehmen. Der Geburtstag war in unerreichbare Ferne gerückt. Sie würde nicht klatschen, wenn Gitti die Kerzen auf ihrer Torte ausblies. Sie würde sich nicht mit verbundenen Augen im Kreis drehen, nicht mit Schal und Handschuhen bekleidet Schokolade auspacken und keine Eier über die Straße vor dem Kinderladen balancieren. Und Gitti würde sie vermissen, was das Schlimmste war. Noch eben hatten sie in der großen Pause zusammen getuschelt und Pläne für den Nachmittag geschmiedet. Aber jetzt zählte das alles nicht mehr. Sie wimmerte leise und presste das letzte Tuch auf den Teppich.

Plötzlich klingelte es an der Tür. Nina zuckte zusammen und duckte sich instinktiv. Niemand sollte das hier sehen, niemand, nicht einmal Maria! Schon oft war sie während eines Gewitters zu ihnen herübergekommen, als suche sie Schutz vor großer Gefahr. In solchen Momenten erkannte Nina sie kaum wieder – wenn sie sich ängstlich und stumm in eine Ecke verkroch, die weit weg war von jedem Fenster, ein Kissen vor den Bauch nahm und die Arme darum schlang. Sie fürchtete den Donner mehr als den Blitz. Es habe etwas mit dem Krieg zu tun, hatte der Vater Nina einmal zu erklären versucht, aber sie hatte es nicht verstanden. Sie mochte es gar nicht, wenn Maria so verschreckt war.

Noch einmal klingelte es, länger, schriller und hartnäckiger als zuvor. Nina blickte auf ihre verklebten Finger, auf das leblose Häufchen, das ihre Mutter war, und schließlich hinüber in Richtung Wohnungstür. Dann wischte sie mit der Armbeuge ihre Tränen fort, warf die nassen Lappen in den Müll und ging dem Läuten entgegen.

Nina fragte, wer da sei, und Maria klang aufgeregt, als sie antwortete. Sie war kreideweiß, wie Nina gleich sah, nachdem sie ihr geöffnet hatte. Aber der ängstliche Ausdruck auf Marias Gesicht schwand sofort, als sie Nina betrachtete. »Was ist los?« fragte sie besorgt. Ohne eine Antwort abzuwarten, trat sie ein und lief suchend durch die Wohnung. Sie entdeckte Ninas Mutter auf dem Sofa, sah den feuchten Fleck auf dem hellen Teppich und rieb sich die Stirn.

Nina war in der geöffneten Tür stehengeblieben. Sie hielt den Kopf gesenkt, als Maria zu ihr zurückkam und ihr über die Wange strich. »Wasch dir die Hände«, flüsterte sie ihr zu. Nina ging zur Spüle in der Küche, und während sie ihre Finger einseifte, beobachtete sie, wie Maria ein Glas aus dem Schrank nahm, es mit Salz und Wasser füllte und damit verschwand. Nina blieb an der Spüle stehen, hörte nur, wie Marias Stimme wenig später im Bad Anweisungen erteilte und wie ihre Mutter stöhnte und sich erneut zu übergeben schien.

Das Gewitter hatte inzwischen eine Pause eingelegt, aber Nina bemerkte, wie Maria schluckte, als sie in die Küche zurückkam, aus dem Fenster blickte und einen weiteren Berg pechschwarzer Wolken heranziehen sah. »Ich komme gleich wieder«, murmelte sie und eilte fort. Kurz darauf kam sie mit Gummistiefeln, Regenmantel und Schirm in der Hand zurück. »Hol deine Jacke«, sagte sie, »und dein Geschenk.«

Nina starrte sie ungläubig an.

»Was ist? Hast du deine Freundin vergessen?« Maria klang ungewöhnlich gereizt, während sie in den Himmel blickte.

Nina begriff noch immer nicht. »Wir können doch jetzt nicht gehen!« stammelte sie verständnislos.

»Natürlich können wir«, kam es postwendend zurück, aber Nina stand da wie angewurzelt. Maria rieb sich das Kinn, dann ging sie vor ihr in die Hocke und umfasste ihre Arme. »Hör zu«, begann sie eindringlich. »Deiner Mutter geht es gut, sie schläft. Ich bringe dich jetzt zu Gittis Geburtstagsfeier, und wenn du heute abend nach Hause kommst, ist sie bestimmt schon wieder wach. Und dein Vater wird dann auch da sein. Vielleicht holt er dich ja ab. Wenn nicht, komme ich um halb sieben. Und bis dahin brauchst du dir keine Sorgen zu machen.«

»Aber ...« Nina wollte erneut protestieren, doch Maria legte ihr einen Finger auf die Lippen. »Vertrau mir einfach. Deine Freundin wartet auf dich.«

Nina wollte nicht lockerlassen. »Aber es ist doch Gewitter!« rief sie durch das düstere Zimmer, und kaum hatte sie es ausgesprochen, verschmolzen Blitz und Donner über ihrem Haus zu zuckendem Krachen. Maria schrak zusammen, doch dann stand sie auf und reichte Nina ihre Jacke. »Ja, da hast du recht«, seufzte sie. »Und es ist kein Ende abzusehen. Aber für vier große Kreuzungen bist du einfach noch zu klein.«

Zehn Minuten lang eilten sie durch die menschenleeren Straßen, über denen sich ein Wolkenbruch ergoss. Maria schritt entschlossen voran, ihre eiskalte Hand krampfte sich mit jedem Donnerschlag über ihren Köpfen fester um Ninas Finger. Sie stemmte den Regenschirm gegen die Fluten und sagte keinen Ton. Nina konnte kaum mithalten mit ihrem forschen Tempo. Sie presste das Geschenk unter ihrer Jacke schützend an sich, um es trocken zu halten. Ob es Gitti gefallen würde? Nina würde es bald erfahren, es war nicht mehr weit. Ob schon alle anderen Kinder da waren? Wenn der Regen aufhörte, könnten sie in die Pfützen springen. Hoffentlich kriegte sie dabei nicht zu viele Spritzer ab. Ihre Mutter würde schimpfen, wenn Nina schmutzig nach Hause kam.

Ihre Mutter. Sie schlief jetzt, hatte Maria gesagt. Und ihr

Vater würde heute abend zu Hause sein. Nina war verwirrt und benommen und doch erfüllt von einer seltsamen Leichtigkeit. Jetzt würde sie doch noch feiern. Maria hatte daran gedacht und brachte sie hin, trotz des Gewitters. Der Kinderladen kam in Sicht. Gitti stand in der Tür und winkte ihr entgegen. Maria verlangsamte ihren Schritt, und als sie angekommen waren, beugte sie sich zu Nina hinab, um sich zu verabschieden. Ihr Regenmantel war klitschnass, aber Nina legte die Arme um sie und hielt sie lange fest.

Als sie die menschenleere Gasse beinahe schon wieder verlassen hatte, riss ein kurzes Hupen hinter ihr Nina aus ihren Gedanken. Sie blickte sich um und erschrak. Durch das offene Fenster eines roten Käfers erblickte sie Michelles fragendes Gesicht.

Sie spürte, wie augenblicklich Schamesröte in ihr aufschoss und ihre Wangen erhitzte. Das war der Gipfel der Peinlichkeit! Am liebsten wäre sie fortgelaufen, ohne jeden Gruß, ohne Erklärung, doch ein gnadenloser Zwang zur Höflichkeit ließ ihr keine Wahl. Sie trat an den Wagen und nickte ein stummes Hallo.

Michelle lächelte und öffnete die Beifahrertür. »Steh nicht im Regen!« befahl sie, und als Nina eingestiegen war, fuhr sie die Straße hinunter und parkte vor Marias Haus.

Eine Weile saßen sie schweigend nebeneinander. Dicke Tropfen trommelten auf das Autodach. Nina konnte nicht denken. Verzweifelt suchte sie nach etwas Sinnvollem, das sie hätte sagen können, doch das Pochen ihres Herzschlags in ihren Ohren ließ keinen vernünftigen Gedanken zu.

»Möchtest du ein paar Gummibärchen?« Michelle hielt ihr eine Tüte hin und musterte sie. Nina schüttelte den Kopf und musste schmunzeln, dankbar für die Unbefangenheit ihres Gegenübers. Noch immer aber wusste sie nichts zu sagen.

»Ich hatte nicht erwartet, dich noch einmal wiederzusehen.« Erneut war es Michelle, die versuchte, ein Gespräch in Gang zu bringen. Es lag etwas unerwartet Zärtliches in ihrem Ton, das sie selbst überraschte. Sie bemerkte, dass sie aufgeregt war und wusste nicht warum. Ihre letzte Begegnung lag fast sechs Wochen zurück, und seit jenem Tag in Babelsberg hatte sie nicht mehr an Nina gedacht. Jetzt aber genoss sie ihren Anblick. »Hast du Maria nun doch besucht?«

Nina räusperte sich. »Nein.«

»Wolltest du sie besuchen?«

»Ich ...«, begann Nina gereizt, »ich war zufällig in der Nähe. Ich wollte bloß ...« Sie brach ab. »Du wohnst bei ihr?«

Michelle spielte mit den Autoschlüsseln in ihrer Hand. »Ja. Bis ich mit meiner Arbeit hier fertig bin.«

Nina schluckte. »Es wäre nett von dir, wenn du ihr nicht erzählst, dass du mich hier getroffen hast.«

Michelle verspürte einen Anflug von Zorn. »Keine Angst, ich werde schon nichts verraten.« Die Ironie in ihrem Tonfall war nicht zu überhören. Sie sah, dass Nina erschrak und zurückwich, doch sie konnte sich nicht mehr bremsen. Sie war es gewohnt, direkt zu sein, selbst gegenüber einer Fremden. Und Nina erschien ihr nicht einmal fremd. »Weißt du, dass du unheimlich stur bist?« sagte sie barsch. »Stur und stolz! Zu stolz, den ersten Schritt zu tun. Zu verbohrt, um über den eigenen Schatten zu springen. Lieber leiden und andere leiden lassen!« Sie musste sich zügeln, um sich nicht in etwas hineinzusteigern. Wie oft hatte sie in den letzten Jahren versucht, ihren Vater zu erreichen? Wie oft hatte ihre Mutter ihn bekniet? Inzwischen hatten sie beide es aufgegeben. Manche Menschen waren wie Granit.

»Ich muss jetzt gehen!« Nina hatte die Hand schon auf dem Türgriff, aber Michelle umfasste ihren Arm und hielt sie zurück. »Warte!« rief sie. »Meinst du nicht, es wäre an der Zeit, auf Maria zuzugehen? Du willst es doch offenbar – es gibt doch etwas, das dich hierhergeführt hat! Worauf willst du denn warten? Maria ist eine alte Frau! Ich weiß nicht, was zwischen euch gewesen ist, aber ...«

»Ganz genau!« fiel Nina ihr wütend ins Wort. »Du weißt es nicht, das ist der springende Punkt! Du hast keine Ahnung, worum es eigentlich geht! Aber du maßt dir an, über mich zu urteilen! Frag sie doch! Geh doch hinein und frag sie, warum sie damals fortgezogen ist! Vielleicht wirst du dann verstehen, dass es nichts mit Stolz zu tun hat oder mit Sturheit, sondern damit, dass sich vielleicht nicht alles im Leben wieder in Ordnung bringen lässt! Und schon gar nicht von mir! Maria hat sich nie darum bemüht! Warum verlangst du nicht von ihr, einen Anfang zu machen?« Ihre Augen funkelten herausfordernd. Sie zitterte am ganzen Leib.

»Weil ich glaube, Maria hält es für aussichtslos, auf dich zuzugehen. Und wenn ich dich so erlebe, dann muss ich annehmen, dass sie recht damit hat!«

»So, musst du das!« Nina lehnte sich in ihrem Sitz zurück, verschränkte die Arme vor der Brust und schwieg eine Weile, doch ihr Anblick verriet den Zorn, der in ihrem Inneren tobte. »Und ich muss mir das nicht anhören!« stieß sie plötzlich hervor, stieg aus und knallte die Wagentür zu.

»Dann vergrab dich doch in deinem Selbstmitleid und deiner Schmollerei!« rief Michelle ihr hinterher und bereute es sofort. Das war zuviel, und es galt auch nicht Nina. »Mist!« fluchte sie und schlug mit den Handballen auf das Lenkrad. »Mist, Mist, Mist!« Nicht genug, dass dieser verdammte verstockte alte Kerl sie aus seinem Leben aussperrte, jetzt schlich er sich auch noch heimtückisch in ihre Gespräche und ließ sie ungerecht werden. Sie sprang aus dem Auto und suchte die Straße ab, aber Nina war nirgends mehr zu sehen.

## 8

»Schade, dass es noch immer so kalt ist«, bemerkte Maria ohne wirkliches Bedauern in der Stimme, denn der Ostermorgen war freundlich und hell, auch wenn ein kühler Nordwind ihren Plan, im Garten zu frühstücken, zunichte gemacht hatte. So saßen sie wieder an dem Tisch im Erker des Wohnzimmers und genossen die wärmenden Sonnenstrahlen im Schutz der hohen Fenster, die ihre festlich gedeckte Tafel flankierten.

»Du hast den Frühling doch schon hereingeholt.« Michelle deutete auf den frischen Strauß gelber Tulpen, die sich ihr aus der Vase entgegenreckten. Sie kam nur selten dazu, den Tag mit Maria zu beginnen; oft sahen sie sich nicht vor dem späten Abend. Heute aber hatte sie Zeit für ihre Tante und freute sich auf die gemeinsamen Stunden mit ihr. Sie griff in ein mit Ostergras ausgelegtes Körbchen und nahm ein buntverziertes Ei heraus. »Hast du das selbst gefärbt?« fragte sie vergnügt und betrachtete das kleine Kunstwerk, bevor sie es auf ihren Teller schlug und zu pellen begann.

Maria lachte. »Nein, über solche Spielereien bin ich wohl hinaus. Die Eier haben mir die Kinder von nebenan gestern gebracht. Ich glaube, sie haben die ganze Nachbarschaft damit versorgt.«

Michelle aß den ersten Bissen. »Bertram hat zu Ostern immer ganz viele Eier gegessen, als wir noch Kinder waren, mindestens vier oder fünf. Und wenn ich ihn dann erstaunt anstarrte und meine Mutter ihn ermahnte, mit dem Unsinn aufzuhören, aß er noch eines, und am Ende war ihm schlecht.«

Maria schmunzelte und rührte in ihrer Tasse. »Wie geht es deinem Bruder denn jetzt eigentlich? Siehst du ihn manchmal?«

Michelle lehnte sich entspannt zurück. »Eher selten. Aber wir telefonieren hin und wieder. Es geht ihm ganz gut, soweit ich weiß. Er hat genausoviel zu tun wie ich nach seiner Umschulung. Macht jetzt irgendwas mit Computern, Programme entwickeln, glaube ich. Nur seine Frau hat immer noch keine Arbeit. Ist wohl auch ziemlich schwer in Rostock. Aber der Kleine macht bald sein Abitur.«

»Der Kleine«, wiederholte Maria gedehnt und lächelte bedeutungsvoll.

Michelle verstand, was sie sagen wollte. »Ja, es ist merkwürdig, dass man so an alten Gewohnheiten hängenbleibt, stimmt's? Daniel ist erwachsen, ist praktisch mit der Schule fertig und für mich wird er doch immer ein Küken bleiben.« Sie schüttelte den Kopf. »Ich glaube, das mit den vielen Eiern zu Ostern hat er sich übrigens bei seinem Vater abgeguckt. Und er hat früher schon Wochen vor dem Fest sein Taschengeld gespart, um allen ein Schokohäschen schenken zu können. Ich habe das ein paarmal miterlebt. Das war wirklich rührend. Den ganzen Morgen hat er kein Wort darüber verloren, und wenn wir dann nach dem Essen nach Warnemünde gefahren sind, um ein bisschen am Strand spazierenzugehen, hat er sie im Sand versteckt und war ganz aufgeregt, während wir suchten. Dabei brauchten wir eigentlich nur seinem Blick zu folgen, denn er hat sie die ganze Zeit über argwöhnisch bewacht, damit ja kein anderer sie etwa vor uns findet und mitnimmt.«

Maria lachte erneut. »Und du? Was hast du als Kind zu Ostern Besonderes gemacht?«

»Ich weiß es gar nicht so genau.« Michelle überlegte und kniff die Augen zusammen. »Oder doch! Ich habe vorher die Eier für den Strauß bemalt.«

»Das hat Nina auch getan.« Maria legte ihr Brötchen aus der Hand, ließ die Ellenbogen auf die Stuhllehnen sinken und faltete die Hände. »Und vorher hat sie die ganzen Eier dafür ausgeblasen. ›Mach mal Eierkuchen‹, bettelte sie immer, damit sie Nachschub bekam. Sie wollte sowieso immer Eierkuchen, nicht nur in der Zeit vor Ostern. Es war das einzige, mit dem ich sie kriegen konnte, wenn ich wollte, dass sie etwas aß. Ich glaube, es waren weniger die Eierkuchen selbst, auf die sie so versessen war, als vielmehr das Spektakel, das ich veranstaltete, wenn ich sie in der Pfanne wendete. Das fand sie unheimlich toll. Schon von dem Moment an, in dem ich den Teig in die Pfanne gab, stand sie wie gebannt neben dem Herd und wartete, bis es endlich soweit war. Dann zählten wir zusammen von zehn rückwärts, und spätestens bei drei waren ihre Augen weit aufgerissen. Ich legte dann immer noch eine kurze Pause ein, um sie ein bisschen hinzuhalten, bis sie aufgeregt »zwei« forderte und »eins« und manchmal einen Luftsprung machte, wenn ich den Eierkuchen endlich hochwarf. Sie strahlte mich an, sobald ich ihn wieder aufgefangen hatte, aber einmal ging auch einer daneben und fiel runter. Das fand sie natürlich klasse. Sie schlug sich erschrocken die Hand vor den Mund. Und dann fing sie an zu lachen – sie hat sich fast kaputtgelacht. Es war aber auch wirklich urkomisch, wie das Ding da auf dem Fußboden landete, mit der noch ungebackenen Seite nach unten, natürlich. Wir haben uns beide köstlich amüsiert.« Sie hielt inne und lächelte Michelle an. »Ja, und vor Ostern saß sie dann in meiner Küche und blies die Eier aus, bis ihr Gesicht puterrot war. Sie machte immer gleich zwei Sträuße, einen für sich zu Hause und einen für mich. Dabei war ich an den Feiertagen sowieso die meiste Zeit über bei ihrer Familie.«

Michelle dachte plötzlich an Ninas wütende Worte vom Gründonnerstag. »Warum bist du eigentlich damals von dort weggezogen?« fragte sie unvermittelt.

Maria blickte erschrocken auf. Sie überlegte lange, ehe sie antwortete: »Weil es zuviel wurde.«

Michelle hörte die Resignation in ihren Worten und schwieg. Sie wollte diesen Morgen nicht mit drückenden Erinnerungen belasten. Maria aber seufzte schwer, sah aus dem Fenster und tauchte in der Zeit zurück.

Je länger Maria in Ninas Nachbarschaft wohnte, desto mehr wurde sie zu einem Teil ihrer Familie. Sie ging bei Althaus' ein und aus, genoss die enge Freundschaft in so unmittelbarer Nähe, auch wenn sie voller Sorge registrierte, dass Charlotte immer häufiger und hemmungsloser trank. Es tat ihr weh zu erleben, wie das Leben der ganzen Familie immer stärker vom Alkohol belastet wurde und wie sehr vor allem Nina unter den Exzessen ihrer Mutter litt, in deren Verlauf alles an die Oberfläche gespült wurde, was sie im nüchternen Zustand nicht auszudrücken vermochte, sie, die Waise, die ihren Vater nie gesehen und deren Mutter die Befreiung Berlins in der Gewalt sowjetischer Soldaten erlitten hatte, bis sie den Verstand verlor und ihre Tochter nicht mehr erkannte. Charlotte hatte es Maria eines Nachmittags erzählt, als Theo mit Nina in den Zoo gegangen war – die Geschichte ihrer Mutter und all das andere, das ihr keinen Frieden ließ.

Charlotte hatte Geborgenheit gesucht, als sie Theo kennenlernte. Sein Werben war eine Erlösung, eine Abwechslung von ihrem eintönigen Alltag im Sekretariat des Gymnasiums, an dem er unterrichtete, und es schmeichelte ihr. Sie brühte Kaffee auf für seine Pausen, und er kam und trank ihn, bat oft noch um eine zweite Tasse. Seine Schülerinnen und Schüler standen Spalier vor der Kirche, in der sie heirateten, und als Nina in ihr heranwuchs, unterschrieb sie mit ihrem neuen Namen die Kündigung.

Dann war sie zu Hause. Sie bügelte, und während sie das Eisen über seine knittrigen Hemden schob, kamen die Gedanken und ließen sich nicht glätten. Sie putzte und wusch, doch mit jedem Griff nach Schrubber und Staubtuch traten die Flecken auf ihrer Seele deutlicher hervor. Wo war das Glück, das sie doch empfinden sollte? Wo war die Zufriedenheit? Die alten Kolleginnen versicherten ihr, wie gut sie es getroffen habe, und sie nickte. Der Kassierer im Supermarkt war freundlich, wenn er ihr das Wechselgeld gab. ›Grüßen Sie Ihren Mann‹, trug er ihr auf, und sie grüßte ihren Mann. Aber eines Tages schrie Nina in ihrem Kinderbett und Charlotte ging zu ihr, wie sie es immer tat, wollte sie trösten, wie sie es immer tat, sie beruhigen, wie sie es immer tat, doch sie konnte es nicht, denn plötzlich erschien es ihr, als erklinge aus dem winzigen Mund des Babys ihr eigener lange verdrängter verzweifelter Schrei. Sie stand vor dem Kind und betrachtete es, sah die Tränen in den Augenwinkeln, sah das verzerrte Gesicht und die hilflos in der Luft gestikulierenden Hände, die nicht wussten, wonach sie greifen sollten. Das Mädchen rang um Atem und fand ihn, doch ihr blieb die Luft weg. Sie spürte, wie ihr schwindlig wurde und hielt sich am Kinderbett fest. Sie hatte nie ein Leben gehabt, und jetzt war es vorbei. Minutenlang hing sie diesem Gedanken nach, dann löste sie sich von dem Bett und lief ziellos durch die Wohnung auf der Suche nach Halt. Nichts fiel ihr ein, das sie retten konnte, nichts versprach Trost, und so öffnete sie den Schrank, in dem der Cognac stand, eine unangebrochene Flasche von der teuersten Sorte, die sie vor langer Zeit eingekauft hatte, als sie im Angebot war, für unvorhergesehenen Besuch.

»Ich habe oft versucht, irgendwie Einfluss zu nehmen. Sie war so unberechenbar, wenn sie trank. Ich wollte sie überreden, wieder arbeiten zu gehen, damit sie unter Menschen war und etwas anderes erlebte als das Einerlei im Haushalt. Nina hätte in den Kindergarten gehen können, das wäre für sie wahrscheinlich toll gewesen, sie war schließlich immer allein und ohne Spielgefährten. Ich habe Lotte sogar vorgeschlagen, doch noch eine Ausbildung zur Schneiderin zu machen. Es wäre möglich gewesen! Damit habe ich sie beinahe gekriegt, aber ...« Maria schüttelte den Kopf. »Ich glaube, sie war einfach schon zu lange zu Hause, hatte überhaupt kein Zutrauen mehr in ihre Fähigkeiten. Und dann der Alkohol. Sie hat den letzten Schritt einfach nicht geschafft. So blieb alles beim alten und wurde immer schlimmer. Alle fanden sich mit den Gegebenheiten ab und richteten sich irgendwie ein. Es schien immer so weiterzugehen, aber dann kam die Veränderung ganz plötzlich, fast buchstäblich über Nacht.«

Charlottes Blick war trübe geworden. Sie hatte an allem das Interesse verloren, und ihre Finger zitterten, wenn sie nüchtern war. Sie war noch immer eine hagere Frau und doch aufgeschwemmt, ihre Haut schimmerte gelblich-orange. Theo hatte sie wieder und wieder bekniet, mit dem Trinken aufzuhören. Auch Maria redete in regelmäßigen Abständen auf sie ein, aber niemand drang wirklich vor in die Welt, in der sie sich im Kreis drehte. Manchmal verlor sie die Kontrolle, immer häufiger mit der Zeit, und hinterher beteuerte sie stets, dass es anders werden würde. Sie versprach es Nina, sie schwor es sich selbst. Doch ihre Vorsätze fielen stets in sich zusammen, noch bevor der Tag zu Ende war.

Viele Jahre lang hielt Charlottes Körper irgendwie durch, aber dann kapitulierte er von einer Stunde auf die andere. Sie erbrach sich unter Schmerzen und stand Todesängste aus, bekam Fieber, Atemnot und Herzjagen, ihr Gesicht verfärbte sich dunkelrot. Eine Bauchspeicheldrüsenentzündung, diagnostizierte die am späten Abend herbeigerufene Bereitschaftsärztin, akut und lebensbedrohlich, und schickte sie ins Krankenhaus. Wochenlang wurde sie künstlich ernährt, dann erholte sie sich und begriff, dass sie gerade noch einmal davongekommen war. Sie entschied sich, dem Alkohol zu entsagen.

Es war im Frühling des Jahres 1975. Charlotte kam aus der Klinik und trank nicht mehr. Eine nie gekannte Euphorie legte sich über die ganze Familie, die von Frieden und Hoffnung getragen wurde. Die zehnjährige Nina strahlte wie niemals zuvor. Theo kam immer schneller aus seinem Arbeitszimmer hervor, und Charlotte schwebte voller Elan durch ihre Tage. Der Stolz, es geschafft zu haben, wohnte jeder ihrer Gesten inne. Auch ihre Handarbeit nahm sie wieder auf. Ihre Finger fanden zu ihrer alten Geschicklichkeit zurück, häkelten und stickten flinker als je zuvor und brachten wahre Meisterwerke zustande.

Alle beteten, dass es halten würde. Am Anfang zählten sie die Tage, dann die Wochen, schließlich die Monate. Als Charlotte ein Jahr lang nüchtern geblieben war, hatte die Zuversicht die Skepsis vertrieben. Doch das neugewonnene Glück blieb ihnen nicht treu. Niemand hätte sagen können, was der Auslöser gewesen war. Nach über dreieinhalb Jahren, am zweiten Weihnachtsfeiertag des Jahres 1978 verließ Charlotte gegen Abend die Wohnung und kam erst mitten in der Nacht zurück. Sie war sternhagelvoll.

»Es war ein Schock, kann ich dir sagen.« Maria griff nach der Serviette, die zusammengefaltet neben ihrem Teller lag. »Ich konnte es nicht fassen. Theo war abgrundtief verzweifelt, und Nina war wie gelähmt. Ich glaube, irgendwie sind sie alle drei daran zerbrochen. Lotte trank mehr als je zuvor und verschloss sich ganz und gar, Theo gab seine Ehe verloren, und Nina wurde zynisch. Das war das Schlimmste. Ein Kind zu erleben, das seine Unbeschwertheit verliert, sein Lachen. Über all die Jahre zuvor hatte sie es irgendwie retten können. Sie war groß geworden mit den alltäglichen Dramen, aber dann hatte sie den Unterschied kennengelernt und konnte sich nicht mehr damit abfinden, dass ihr Leben nun wieder von Sorge und Unberechenbarkeit bestimmt werden sollte. Sie war ja schon dreizehn und verstand mehr von dem, was da vor sich ging. Jedenfalls, bis Charlotte rückfällig wurde, waren sie trotz aller Probleme noch immer eine Familie gewesen. Aber danach brach alles auseinander. Niemand kam über die Enttäuschung hinweg.«

Michelle hatte ihre Erzählung gebannt verfolgt. »Aber hast du nicht danach noch eine Weile da gewohnt?«

Maria schaute ihrer Nichte ernst in die Augen. »Ja«, flüsterte sie, »ein Dreivierteljahr. Bis Lotte versucht hat, sich das Leben zu nehmen. Dann konnte ich nicht mehr.«

Betretenes Schweigen erfüllte die kleine Nische, in der die beiden Frauen saßen. Die Sonne war inzwischen höher gestiegen und schien Maria nun direkt in die Augen. Geblendet schloss sie die Lider.

Michelles Miene verfinsterte sich, als sie sich vorzustellen versuchte, wie Maria die Tragödie, die sich vor ihren Augen abspielte, nicht mehr hatte mit ansehen können. Sie konnte verstehen, dass Maria Abstand gebraucht hatte. Aber warum hatte sie den Kontakt zu der Familie ganz und gar abgebrochen? Sie hatte Nina doch geliebt. Hatte sie nicht das Bedürfnis gehabt, sie weiterhin zu sehen? Und warum saß sie ihr nun so unruhig gegenüber, so nervös und aufgelöst? Waren es die Bilder der Vergangenheit, die sie so quälten? Michelle beobachtete sie schweigend, und Marias Worte kamen ihr noch einmal in den Sinn. ›Lotte trank mehr als je zuvor ...‹, hörte sie die Stimme ihrer Tante. ›Nina wurde zynisch ... Theo gab seine Ehe verloren‹

Sie stutzte, stolperte plötzlich über diesen Satz, den Maria gesagt hatte, ohne weiter darauf einzugehen. ›Theo gab seine Ehe verloren ...‹ – ›Theo gab seine Ehe verloren‹? Sie sah Maria an, und als ihre Tante ihrem Blick auswich, begriff Michelle schlagartig. »Charlotte hat versucht, sich das Leben zu nehmen. Aber das war nicht alles, stimmt's?« fragte sie leise, und Maria seufzte schwer.

Der Kaffee in ihrer Tasse war inzwischen kalt und bitter geworden. Maria trank ihn, ohne eine Miene zu verziehen. Sie hatte nicht vorgehabt, über das zu sprechen, was nun ans Tageslicht drängte. Fünfundzwanzig Jahre lang hatte sie nie ein Wort darüber verloren. Es war ihr ganz persönliches Martyrium gewesen, für sich zu behalten, was damals geschehen war, die Buße, die sie sich selbst auferlegt hatte. In all der Zeit hatte sie geglaubt, sie würde ihre Erinnerungen mit ins Grab nehmen, ohne ihr Herz zu erleichtern. Zu groß war ihre Scham gewesen, zu groß das Gefühl der Schuld, das nicht weichen wollte seit jenem Morgen, an dem Nina sie fassungslos, ungläubig angestarrt hatte, ihr Theos zärtlichen Brief entgegenhielt und tonlos fragte: »Was hast du getan?«

Bis heute hatte diese Frage sie nicht losgelassen. Sie war ihr bis in ihre Träume gefolgt, hatte sie eingeholt, wenn sie im Sommer durch schattige Alleen schritt und im Winter über frisch gefallenen Schnee. Sie war da, wenn sie ein Buch zur Hand nahm und wenn sie es fortlegte, wenn sie im Theater saß oder in ihrem Garten, wenn sie Gedichte schrieb oder die Tropfen abzählte, die das Reißen in ihren Gliedern erträglich machen sollten. Die Frage hatte Maria stets begleitet, aber eine wirkliche Antwort hatte sie bis heute nicht gefunden. Jetzt aber verlangte Michelle danach. Was sollte sie ihr sagen? Wie sollte sie beginnen? Und warum tat sie es überhaupt? Warum wollte sie Michelle die Antwort geben, die sie Nina eine Ewigkeit lang schuldig geblieben war? Ihre Nichte war ihr in den letzten Wochen so vertraut geworden wie niemand seit langer Zeit. Sie hatte nicht mehr darauf zu hoffen gewagt. Sie war eine alte Frau und hatte sich eingerichtet in dem Alleinsein, in einem Leben, das, unterbrochen von gelegentlichen Verabredungen, vor allem in der Rückschau bestand. Mit Michelle war noch einmal die Wärme menschlicher Nähe an sie herangetreten. Sie konnte sich ihr nicht verschließen, nicht noch einmal hatte sie die Kraft für die Flucht in die Einsamkeit. Vielleicht sollte es ja so sein. Sie hatte Nina nach all den Jahren wiedergesehen, als sie mit Michelle zusammengewesen war. Vielleicht war es ein Wink des Schicksals gewesen, auf jeden Fall aber war es unerlässlich, dass sie sich endlich anvertraute, dass sie endlich sprach.

»Nein, das war nicht alles«, begann sie leise. »Da war noch etwas anderes.« Sie spürte, wie ihr das Herz in der Kehle schlug.

Schon bald nachdem Maria die Familie Althaus kennengelernt hatte, wurde ihr bewusst, dass Theo ihr besser gefiel, als es ihr recht sein konnte. Es waren nicht nur seine gepflegte Erscheinung, seine glattrasierten Wangen und sein herbes Aftershave, die sie nachhaltig beeindruckten. Nein, es war wohl vor allem seine nachdenkliche Art und sein tiefgründiger Ernst, dem sie sich nicht zu entziehen vermochte. Wenn er sprach, wählte er seine Worte mit Bedacht, und was er sagte, verriet ein feinsinniges Gespür, das er jedoch hinter einer strengen Miene zu verbergen suchte. Als Lehrer für Deutsch und Geschichte verkörperte er in ihren Augen eben jenes Prinzip von Schöngeistigkeit und kritischem Verstand, von dem sie sich schon seit ihrer Jugend angezogen gefühlt hatte, in den längst vergangenen Zeiten, in denen ihr Alltag noch bestimmt war von Landarbeit und Monotonie. Maria fiel auf, dass sie in Theos Gegenwart etwas empfand, was sie in den vielen Jahren ihrer Ehe mit Roberto so schmerzlich vermisst hatte. Es war ein Frieden verströmendes Gefühl von Heimat, eine tiefe Gewissheit, angekommen zu sein. In ihm spürte sie den Geist der verlorenen Freundin, die im Bombenhagel das Leben gelassen hatte, Katharinas Geist, und sein Anblick wärmte sie ganz genauso wie der weiche Schal, den Katharina ihr vor so langer Zeit geschenkt hatte. Es verstörte Maria, und doch suchte sie bald immer häufiger Theos Nähe. Sie kostete die Momente aus, in denen sie mit ihm zusammen war, studierte seine Züge und betrachtete ihn verstohlen, wenn es niemand mitbekam. Sie hatte sich in Theo verliebt, in einen Mann, der um einiges jünger war als sie, gebunden an eine Frau, die ihre Freundin geworden war, und Vater eines Mädchens, deren Vertrauen und Liebe sie genoss.

Auch Theo fühlte sich zu ihr hingezogen, spürte sie bald. Er klingelte immer häufiger an ihrer Tür mit kleinen Bitten und belanglosen Fragen oder kam, um nach seiner Tochter zu sehen, die in Marias Wohnzimmer aus Wolldecken, Besenstielen und Wäscheklammern ein Zelt errichtete. Maria ließ sich auf kleine Plaudereien mit ihm ein und verdrängte die Gewissheit, dass unter der stillen Oberfläche etwas zu wachsen begann, das irgendwann mit Macht ans Tageslicht drängen würde. Es ist nichts geschehen, beruhigte sie ihr Gewissen nach jeder Begegnung mit ihm, auch noch als ihre Gespräche intensiver wurden, auch noch als er auf ihrem Sofa saß, seine Pfeife rauchte und ihr seine Gedanken anvertraute, seine Sorgen um Charlotte und seinen Kummer aus längst vergangenen Tagen.

Seit sein Urgroßvater väterlicherseits in die aufstrebende Hauptstadt des Kaiserreiches gekommen war, um Jura zu studieren, lebte seine Familie in Berlin, hatte die Monarchie in den gutbürgerlichen Kreisen der Reichshauptstadt gesehen, die Geburt der Demokratie, ihre Wirren in den Zwanziger Jahren und schließlich ihren Untergang. Schon sein Großvater war Lehrer gewesen, dann sein Vater, seine Onkel und nun er. Auch seine Brüder wollten diesen Weg einschlagen, als sie noch Kinder waren, aber dazu kam es nicht. Friedrich war dreizehn, als ein Freund des Vaters ihm das braune Hemd überstreifte; Johannes war zwölf, als sein jüdischer Zahnarzt ihn mit Zange, Äther und tröstendem Schulterklopfen von dem pochenden Schmerz in seinem Unterkiefer befreite. Friedrich war achtzehn, als er mit Pinsel und Farbe Worte des Hasses an die Türen seiner Nachbarn schmierte und ihnen die Scheiben einschlug. Johannes war siebzehn, als er half, die Scherben zusammenzukehren und mit Bürste und Schwamm versuchte, die Schmähungen wieder abzuwaschen und dabei doch begriff, dass seine Mühe vergeblich war, dass die Buchstaben den Putz der Häuserwände längst durchdrungen hatten, in Schichten eingesickert waren, die tiefer lagen und die kein Schwamm und keine Bürste zu erreichen vermochte. In Johannes wuchs eine beklemmende Angst und ein drängendes Verlangen, das Unheil aufzuhalten. In Friedrich aber wuchs das Verlangen nach Macht. Mit Stolz trug er bald den Totenkopf vor der Stirn und genoss die Furcht in den Augen seines Gegenübers, wenn er sich straffte, seinen rechten Arm hob und seine Stimme donnern ließ.

Als der Krieg zu Ende war, lagen beide unter der Erde. Johannes war seinen Weg in den Untergrund gegangen, bis man ihn fasste und zum Tode verurteilte. Friedrich hatte sich selbst gerichtet, als sein Traum von tausendjähriger grenzenloser Herrschaft in Schutt und Asche fiel. Theo aber hatte in den letzten Tagen der Schlacht um Berlin in den Gräben der Heimatfront gelegen, die zittrigen Hände um ein viel zu schweres Gewehr gekrampft und nichts mehr verstanden. Die Panzer waren auf ihn zu gerollt mit einem Dröhnen, das direkt aus der Hölle zu kommen schien, und während sie näher kamen, hatte er an seine Brüder gedacht, an beide, hatte sich des Augenblicks erinnert, in dem sie ihn in die Mitte genommen und in die Luft geschwungen hatten, nur um sein vergnügtes Glucksen zu hören. Friedrich hatte seine rechte Hand gehalten und Johannes seine linke. Damals hatte er keinen Unterschied bemerkt, und als er im Schützengraben lag und ziellos gegen seine Verzweiflung anschoss, hatte er den Druck ihrer Finger beinahe gespürt. Niemals, hatte er sich mitten im Kugelhagel geschworen, niemals wieder wollte er an all das denken, wenn er das Inferno überlebte. Und das Schießen nahm ein Ende. Und er kam durch. Unversehrt, wie es hieß.

Auch Maria hatte noch nie jemandem ihre Gefühle aus jenen Tagen anvertraut. Jetzt sprach auch sie, erzählte Theo von ihren Erlebnissen in der brennenden Hauptstadt, von ihrer

Angst vor den Bomben und vom Kampf um jede Scheibe trockenen Brotes. Sie hatte ihre Familie verlassen, um nach Berlin zu gehen, zu Katharina, die ihr einen Schal gestrickt hatte und die ihr half. Und dann fand sie sich wieder in einem Trümmerhaufen, aus dem ihr der Gestank von verkohlten Leichenteilen in die Nase stieg. Ein Heer fremder Toter, und die Freundin mittendrin.

Sie saßen immer häufiger zusammen, tranken Wein und hörten einander zu. Maria war froh über diese scheinbar harmlose Lösung, dankbar, ihre Gefühle in eine vermeintlich ungefährliche Richtung lenken zu können. Zwei Menschen in der Mitte ihres Lebens, die über die Schrecken ihrer Jugendjahre sprachen.

Doch hinter den Worten lauerte das Begehren. Maria vermied es immer häufiger, Theo anzusehen. Er dagegen suchte ihren Blick, berührte sie wie zufällig am Arm und schenkte ihr Komplimente, ohne seine ernste Miene aufzugeben. Schließlich schafften sie es nicht mehr, die mühsam aufrechterhaltene Distanz zu wahren. Sie kannten sich seit vier Jahren, als er ihr seine Liebe gestand.

»Nina saß in meinem Wohnzimmer und sah fern. Ich glaube, es war eine Übertragung von den Olympischen Spielen in München.« Maria pickte gedankenverloren ein paar Krümel vom Teller, während sie weitersprach. »Theo war herübergekommen, um sie etwas zu fragen. Ich war gerade von der Frühschicht zurück, stand in der Küche und packte meine Einkäufe aus. Er begrüßte mich etwas scheu, und dann merkte ich, dass er mich beobachtete. Er stand einfach schweigend im Türrahmen. Eine ganze Zeit lang, es kam mir vor wie eine Ewigkeit. Schließlich wurde mir unbehaglich zumute, und ich fragte ihn, was los sei. Da schloss er die Tür hinter sich, trat zu mir und sagte unvermittelt: ›Ich liebe dich.‹« Sie sah Michelle an, die sie ernst betrachtete.

»Was hast du getan?« fragte sie vorsichtig, und Maria zuckte zusammen angesichts ihrer Wortwahl. Nein, noch hatte sie nichts getan, noch lange nicht.

»Einen Augenblick war ich wie versteinert. Ich erinnere mich, dass ich mich kurz am Küchentisch festgehalten habe. Es war unerträglich. Er sah mich an mit einem Ausdruck im Gesicht, wie ich ihn noch nie zuvor bei ihm gesehen hatte.« Sie senkte den Blick, um die Bilder einzufangen. »Es lag Güte in seinen Augen und Verletzlichkeit. Für einen Moment habe ich gedacht, ich würde alles vergessen. Ich stand da mit Butter und Milch in den Händen, an einem ganz gewöhnlichen Sommertag, und Nina saß nebenan, und alles war falsch. Oder vielleicht war es auch ganz richtig. Jedenfalls besann ich mich, öffnete die Tür wieder und sagte ihm, er solle gehen.«

Michelle schob ihren Teller fort, stützte die Ellenbogen auf die Tischplatte und rieb sich mit den Fingerspitzen über die Nasenflügel, bevor sie fragte: »Und – wie hat er reagiert?«

Maria lachte bitter. »Er ist gegangen.«

»Und danach?«

Maria zuckte mit den Achseln. »Wir haben nicht mehr davon gesprochen. Wir gingen auf Distanz. Er kam nicht mehr zu mir, und auch ich versuchte ihn zu meiden. Aber wir hatten natürlich weiterhin Kontakt.« Sie schüttelte den Kopf. »Ich habe damals schon überlegt, ob ich ausziehen sollte, aber ich konnte es nicht. Ich wollte Nina nicht im Stich lassen. Lotte ging es so schlecht. Und wahrscheinlich hatte ich mich auch viel zu sehr an sie alle gewöhnt. Ich habe wohl geglaubt, ich könnte einfach über das, was in meiner Küche geschehen war, hinweggehen. Ich fing sogar an, Männer zu treffen, die ich über die Arbeit kennenlernte. Kollegen, Gäste. Aber es half alles nichts. Ich kam nicht von Theo los.«

Eine endlose Weile schwiegen beide. Maria nutzte die Zeit zur Rückbesinnung. Dann begann sie erneut zu sprechen.

»Es war doch jahrelang gutgegangen! Ich gebe zu, dass ich es genossen habe, neben dieser Familie zu leben, vielleicht mit ihr. Ich war auch oft mit Lotte zusammen. Ich verwarf den Gedanken auszuziehen. Ich war mir vielleicht zu sicher, dass ich alles unter Kontrolle behalten würde.« Wieder hielt sie inne, und wieder seufzte sie schwer. »Ich habe mich geirrt, Michelle. Heute weiß ich das. Es war ein Fehler, aber ich war damals nicht in der Lage, das zu erkennen.«

Michelle spürte die Verzweiflung hinter ihren Worten, und ein zärtliches Mitgefühl erfasste sie. Es lag ihr fern, sich zur Richterin aufzuschwingen. Die alte Frau ihr gegenüber litt mehr als genug unter der Last ihrer Erinnerungen. »Was ist passiert?« fragte sie behutsam.

Maria und Theo trafen sich nicht mehr allein in der folgenden Zeit. Die Befangenheit, die seit jenem Nachmittag in Marias Küche über ihren Begegnungen lag, wich allmählich einer sachlichen Routine. Es schien eine unausgesprochene Übereinkunft zwischen ihnen zu bestehen, die ihnen gebot, zu tun, als ob nichts geschehen sei. Theo, der es gewohnt war, zu verbergen, was er empfand, zog sich hinter seine nüchterne Fassade zurück. Maria stürzte sich in die Arbeit und in glanzlose Abenteuer mit bemühten Kavalieren, denen es nicht gelang, eine Tür zu ihrem Herzen zu finden. Ihre Gedanken galten Nina, die heranwuchs, sich mit scheuer Geste die Haare hinter die Ohren strich und sie aus offenen Augen vertrauensvoll ansah. Das allein war wichtig, spürte Maria in jenen Momenten, in denen das Mädchen bei ihr war. Alles andere würde vergehen.

Aber es verging nicht. Manchmal glaubte Maria, Theos Nähe ertragen zu können, ohne den Wunsch zu verspüren, ihn zu berühren. Dann wieder quälte sie die Sehnsucht nach ihm, wenn er nur neben ihr stand. Er ließ sich nicht anmerken, was er empfand. Maria vermutete schon, sie sei ihm gleichgültig geworden. Jahrelang geschah nichts, kein zaghaftes Lächeln, kein heimlicher Blick. Doch eines Tages nahm er sie plötzlich in die Arme und küsste sie.

»Es war kurz bevor Lotte krank wurde und kam völlig überraschend«, erzählte Maria, »genauso wie damals, als er in meiner Küche stand.« Sie senkte die Lider und betrachtete ihre Hände in ihrem Schoß. »Im ersten Moment habe ich ihn gewähren lassen. Ich glaubte, alles um mich herum löse sich auf. Mit einemmal war die ganze Anspannung fort, die inneren Kämpfe, die Zweifel und Bedenken. Ich wollte mich einfach nur fallenlassen. Ich wollte ihn, und nichts anderes zählte mehr.« Sie hielt inne und sah auf, hinaus in den Garten, in dem die Narzissen sich öffneten, doch ihr Blick war leer. »Aber dann war da plötzlich eine ungeheure Wut. Auf ihn, weil er mich nicht in Ruhe ließ, auf mich selbst, weil ich ihm gestattete, was er tat. Sogar auf Lotte und Nina, was absurd war und verrückt. Zuerst wollte ich diese Wut gar nicht zulassen, aber sie wurde immer stärker, und wahrscheinlich war es gut so, denn sie half mir, die Kontrolle zurückzugewinnen.« Erneut brach sie ab und räusperte sich. »Es hat Kraft gekostet, ihn wegzustoßen.« Sie sann ihren Worten nach, und nur das Rufen der Spatzen im Garten fiel in die Stille. Dann ging ein Ruck durch ihren Körper, und sie richtete sich auf. »Kurz darauf wurde Lotte krank und gab das

Trinken auf. Als ich sah, wie glücklich danach alle waren, fiel mir ein Stein vom Herzen, dass ich Theos Drängen nicht nachgegeben hatte. Aber natürlich spürte ich auch, dass ich plötzlich am Rande stand. Wieder habe ich überlegt, fortzuziehen. Und wieder zögerte ich. Dabei wäre es wirklich der beste Zeitpunkt gewesen. Ist es nicht merkwürdig, wie sehr die Umstände unser Handeln beeinflussen? Theo zog sich zurück, vielleicht auch weil ich ihn wieder abgewiesen hatte. Aber als Lotte dann rückfällig wurde, war er so verzweifelt. Und dann kam er wieder, und ich ...« Sie brach ab und zerknüllte die Serviette. »Ich gab mich geschlagen.«

Zehn Jahre lang hatte sie verzichtet, und dann konnte sie nicht länger widerstehen. Und sie wollte sich auch die Erfüllung nicht länger versagen, die es für sie bedeuten würde, mit ihm zusammenzusein. Sie liebte ihn, sie begehrte ihn seit ewiger Zeit. Was sollte daran falsch sein? Niemand musste davon erfahren. Charlotte wollte Theo doch gar nicht wirklich, und Maria tat schließlich nichts, das Nina schaden würde. Es ginge nur sie etwas an, sie und ihn.

»Am Anfang war es tatsächlich wunderschön«, sagte sie leise, »so, als sei ein langgehegter Traum endlich wahr geworden. Da war so viel Leidenschaft. Und für eine Weile tatsächlich so etwas wie Glück.« Sie sah Michelle eindringlich an, bat mit ihrem Blick um die Absolution, die sich selbst zu erteilen sie letztlich nie in der Lage gewesen war.

»Und dann?« Michelle war hin- und hergerissen. Sie kannte das Verlangen, das ihre Tante beschrieb, nur zu gut. Und sie dachte an Nina, die mit den verletzten Augen eines Kindes neben ihr im Auto gesessen hatte.

Maria sah aus dem Fenster. Die Sonne war höher gestiegen und fiel ihr nicht mehr in die Augen. »Es konnte nicht von Dauer sein.«

Die Heimlichkeit, mit der sie sich die Zeit stahlen, quälte sie beide. Und das Gewissen. Jetzt liebten sie sich im Verborgenen, aber ihre Gespräche verstummten unter der Last ihrer schuldbewussten Gedanken. Maria ging auf Distanz zu Charlotte, und auch ihr Verhältnis zu Nina verschlechterte sich. Sie hielt die offene Zuneigung des Mädchens kaum aus. Dennoch traf sie Theo immer wieder.

»Ein halbes Jahr ging es insgesamt. Bis zum Sommer '79.«

»Bis Lotte versuchte, sich das Leben zu nehmen? Hat sie es euretwegen getan?«

Wieder schüttelte Maria den Kopf. »Nein, das wohl nicht. Ich glaube nicht, dass sie etwas mitbekommen hat. Dafür lebte sie zu sehr in ihrer eigenen Welt und in ihrem immerwährenden Rausch. Aber Nina hat davon erfahren. Und das hat meine Beziehung zu ihr zerstört.«

Michelle vernahm die Trauer in ihrer Stimme und beugte sich vor. »Wie hat sie es erfahren?«

Maria ging über die Frage hinweg. »Es ist merkwürdig. Nachdem ich ausgezogen war, war alles vorbei. Meine Liebe zu Theo erlosch in dem Moment, in dem Nina ... Und als es aus war ...« Sie stockte mitten im Satz und sackte in sich zusammen. Michelle ermutigte sie mit fragendem Blick, weiterzureden. Maria räusperte sich, doch ihre Stimme blieb tonlos.

»Ich habe mich entsetzlich geschämt. Und ich habe so darunter gelitten, Nina verloren zu haben. Nina, nicht Theo! Tag und Nacht habe ich mich ihretwegen gemartert. Aber irgendwie empfand ich es auch als gerechte Strafe, dass sie sich von mir abgewandt hatte.«

»Du kannst es ihr kaum verdenken.«

»Ja, ich weiß. Und ich dachte auch, ich hätte kein Recht, mich mit ihr auszusöhnen. Ich wusste, sie würde mich niemals verstehen. Wie denn auch? Sie war gerade vierzehn und hatte weiß Gott genug Probleme, auch ohne mein Zutun. Und sie musste sich auch mit ihrem Vater auseinandersetzen. Ich wollte mich nie wieder in ihr Leben einmischen – das habe ich mir damals geschworen.«

Michelle schürzte die Lippen. »Ist das wirklich die ganze Wahrheit?«

Maria riss die Augen auf. »Wie meinst du das? Was willst du damit sagen?«

»War es nicht auch eine Flucht?«

Maria runzelte die Stirn. »Ja, das war es vielleicht. Vor mir selbst, dachte ich damals. Aber vielleicht auch vor Ninas Vorwürfen. Vor ihrer Missbilligung. Sie war längst kein Kind mehr. Sie war so verbittert, seit ihre Mutter rückfällig geworden war. Und sie konnte grausam sein. Ich hatte das bis dahin niemals zu spüren bekommen, aber sie hätte allen Grund gehabt.« Sie hielt inne und nickte entschieden. »Ja, ich hatte wohl zuviel Angst, ihr zu begegnen, ihren Zynismus ertragen zu müssen, der sich bis dahin nie gegen mich gerichtet hatte. Vielleicht sogar ihren Spott, vielleicht sogar ihre Verachtung. Hass in den Augen des Mädchens zu lesen, das mich einmal geliebt hatte. Ja, davor bin ich wohl auch davongelaufen.«

»Aber es wäre an dir gewesen, das Gespräch zu suchen.« Michelle wurde sich bewusst, dass ihr Mund trocken geworden war. Sie sah nach, ob noch Kaffee in der Kanne war und verteilte den spärlichen Rest.

»Ja, das wäre es wohl«, flüsterte Maria und wischte eine Träne fort.

## 9

Michelle balancierte ein volles Glas zu einem Stehtisch in der hintersten Ecke der Bar, von dem aus sie die Tanzfläche beobachten konnte. Sie sah ihren beiden Freundinnen zu, die sich eng umschlungen zum Rhythmus der langsamen Musik bewegten. Das Lokal war nur spärlich besucht. Einige Frauen unterhielten sich über die Theke hinweg mit der Bedienung, wenige andere saßen in den gemütlichen Sitznischen.

Michelle trank vorsichtig den ersten Schluck, spürte, wie der Wein durch ihre Kehle glitt und sie entspannte. Sie war lange nicht mehr in der Szene unterwegs gewesen, an diesem Abend jedoch war sie froh über das Treffen mit dem befreundeten Paar, denn sie brauchte Zerstreuung, etwas, das sie ablenken würde von dem Aufruhr in ihrem Inneren, den Marias Erzählung ausgelöst hatte. Die Erinnerung an den Anblick der alten Frau, die ihren Kummer am Tag zuvor nicht vor ihr verborgen hatte, berührte sie noch immer. Ihre Reue war so lebhaft gewesen und auch der Ausdruck der Verlorenheit in ihrem Gesicht. Die Zeit hatte keine einzige ihrer Wunden geschlossen. Warum gab es Bilder, die niemals verblassten? War es der Preis der Lebendigkeit, der Sehnsucht bedingungslos folgen zu müssen, auch wenn das leidvolle Ende absehbar war? Dem Begehren schonungslos ausgeliefert zu sein, auch wenn es maßlosen Kummer heraufbeschwor? Sie kannte keine Antwort auf diese Fragen, wohl aber kannte sie die alles verschlingende Einsamkeit, die sie in den glanzlosen Augen ihrer Tante gesehen hatte. Sie wusste, wovon Maria sprach. Auch Michelles Seele war nicht frei, auch sie spürte noch immer einen scharfen Schmerz, wenn sie zurückdachte an die Ereignisse des Jahres 1985, des Jahres, in dem sie Vanessa verloren hatte.

Sie wusste, dass sie keine Chance hatte, aber dennoch wollte Michelle um ihre Liebe kämpfen. Keiner Diskussion wich sie mehr aus. Sie musste Vanessa überzeugen, sie auf diese Weise zum Bleiben bewegen. Michelle wollte beweisen, dass beides möglich war in ihrem Staat: die Treue zu einer Idee, die den Menschen Glück verhieß, und die Kritik an einem System, das sich selbst zu blockieren drohte. Sie würde zeigen, dass Widerspruch möglich war, wenn er diente, die Sache voranzubringen, anstatt sie zu zerstören. Auf die Grundhaltung käme es an, beharrte sie voller Inbrunst.

Doch Vanessa gab nicht nach und fand keinen Frieden. Michelle erkannte die Ungeduld in ihrem ruhelosen Blick. Sie spürte ihre Anspannung, wenn sie in ihren Armen lag. An der Schauspielschule suchte sie fast täglich die Konfrontation. Sie war bereits in ihrem Abschlussjahr. Die Dozenten verwehrten ihr anspruchsvolle Aufgaben, wollten ihren Widerstand brechen, doch mit jedem ihrer Versuche war Vanessa nur rebellischer geworden, erfüllt von Bitterkeit und Trotz. Gleichzeitig resignierte sie und hatte Angst, wurde unzufriedener mit jedem neuerlichen Vorkommnis.

Michelle versuchte alles, um sie aus der Isolation zu reißen. Auch sie war schon lange nicht mehr die sorglose junge Frau des ersten Semesters, die von einer glanzvollen Zukunft auf den großen Bühnen ihres Heimatlandes geträumt hatte. Alles in ihr war in Bewegung geraten. Vanessa war gekommen mit ihrer glatten Haut und ihren scharf formulierten Argumenten, die sie zum Nachdenken zwangen. Oft sehnte Michelle sich nach der Zeit, in der sie noch keine Ambivalenz kannte, zurück in die Jahre, in denen sie noch Antworten hatte auf die Fragen nach Recht und Unrecht, nach dem richtigen Weg und dem falschen. Dann fuhr sie zu ihren Eltern, wo noch immer ihr Zuhause war, genoss für eine Weile die Übereinstimmung im politischen Gespräch, solange, bis die Sehnsucht sich ihrer bemächtigte und sie wieder zu Vanessa trieb.

Michelle hatte ihre Freundin nicht noch einmal in die Kirche begleitet. Sie sprachen nie wieder von dem misslungenen Abend, an dem sie mitgegangen war. Sie redeten überhaupt nicht mehr über die Gruppe. Michelle wusste nicht, womit die Frauen ihre Zeit verbrachten, was bei ihren Treffen geschah oder was sie unternahmen. Vanessa ging immer stärker in diesem fremden Kreis auf. Oft war sie weit fort in Gedanken, und Michelle hatte Mühe, zu ihr durchzudringen. Sie spürte, dass etwas im Gange war, seinen Schatten vorauswarf, und doch war sie nicht darauf vorbereitet, als der Tag der Entscheidung schließlich kam.

Die Dämmerung war schon hereingebrochen, als der pensionierte Arzt von gegenüber klingelte und mit ihrer Mutter sprach. ›Telefon für Ihre Tochter‹, hörte Michelle ihn sagen. Sie trat aus ihrem ehemaligen Kinderzimmer und folgte seinem schlurfenden Schritt, genoss den Duft des Frühlings auf dem kurzen Weg zu seinem Haus.

Als sie die Stimme am anderen Ende der Leitung hörte, wusste sie sofort, dass etwas nicht stimmte. Vanessa klang müde und erschöpft, und sie sprach in Rätseln. »Komm«, sagte sie schließlich, genauso wie damals, als Michelle das erste Mal mit ihr gegangen war, doch jetzt klang es traurig, ein mühsames Flehen ohne Spannung und Kraft. Michelle legte auf und machte sich auf den Weg.

»Sie haben uns die Ausweise abgenommen!« Es war nicht die oft vernommene Empörung, die Vanessas Bericht begleitete; es war eine Mischung aus Fassungslosigkeit und Scham, jener Art von Scham, die einer Erniedrigung folgt, der Erfahrung eigener Ohnmacht im Angesicht einer erlittenen Demütigung. »Heute morgen standen sie schon vor dem Haus. Haben sich die Schaufenster angesehen, um sechs Uhr früh! Und dann haben sie uns in Fürstenberg auf dem Bahnhof abgefangen. Wir sind gar nicht bis zur Gedenkstätte in Ravensbrück gekommen. Sie wussten genau, wer zu uns gehört, obwohl wir einzeln gefahren waren. Schon im letzten Jahr haben sie unseren Eintrag aus dem Besucherbuch genommen. Und heute haben sie uns auf Lastwagen verfrachtet und uns beschimpft. Dann sind sie mit uns rumgefahren, raus aus der Stadt und wieder rein, keine von uns wusste, wohin es eigentlich ging. Es lag so viel Verachtung in ihren Blicken. Schließlich haben sie uns in einer Schule festgehalten und jede von uns einzeln verhört. Keine hat etwas gesagt. Wir hatten nicht das Geringste verbrochen. Erst als die Gedenkveranstaltung in Ravensbrück schon zu Ende war, haben sie uns wieder freigelassen. Wir durften nicht mehr hin, wir mussten zurück nach Berlin.« Sie kauerte auf dem Boden ihres Wohnzimmers, hatte die Knie angezogen und die Arme darum geschlungen. Michelle saß neben ihr, wollte sie berühren, aber Vanessa wich zurück. »Ich kann es nicht glauben«, rief sie angewidert und schüttelte den Kopf. »In was für einem Land leben wir! Es ist eine Schande!«

Michelle war zutiefst erschrocken über das, was Vanessa erzählte. Sie verstand ihre Empörung und teilte sie, wusste jedoch nichts zu sagen. In ihrem Kopf sprangen die Gedanken durcheinander, bestürmten sie, aufgescheucht von der zermürbenden Angst, diese neuerliche Ungeheuerlichkeit würde Vanessa noch weiter von ihrem Land entfremden und ihre Liebe zerstören. »Vielleicht waren die Polizisten falsch informiert«, versuchte sie gegen die eigene Überzeugung die Wogen zu glätten. Bleib bei mir, geh nicht weg!

»Falsch informiert?« Vanessas Stimme überschlug sich vor

Wut. »Du spinnst wohl! Die wussten genau, was sie taten, und ich sag dir noch was: Sie haben es genossen!« Mit Eiseskälte stieß sie die letzten Worte aus.

»Ich verstehe dich ja.« Michelle hob beschwichtigend die Hände, aber Vanessas Augen blitzten vor Zorn.

»Nein – nein, das ist es ja. Du verstehst es eben nicht! Du warst ja nicht dabei. Warum eigentlich nicht? Haben wir irgend etwas getan, was deinem politischen Ehrgefühl widerspricht? War irgend etwas an unserer Idee nicht in Ordnung? Sag es mir, erkläre du mir, was wir getan haben!« Sie konnte sich noch immer nicht beruhigen, schrie lauter mit jedem Satz.

»Ihr habt gar nichts ...«

»Die Nazis haben lesbische Frauen ermordet, und wir dürfen ihrer nicht gedenken! Nicht einmal am vierzigsten Jahrestag der Befreiung! Wir dürfen hier leben, aber sehen soll man uns nicht! Sie lassen uns keinen Kranz niederlegen. Sie bringen uns nicht um, aber sie schweigen uns tot! Jemand sagte sogar, es würde die Leute gegen uns aufbringen, wenn wir unserer ermordeten Schwestern gedenken.«

»Das ist nicht richtig!« Michelle fiel ihrer Freundin ins Wort, die sich in einen tiefen Hass hineinzusteigern schien. »Und du weißt, dass ich das genauso schrecklich finde wie du. Aber dir muss doch klar sein, dass auch bei uns die Dinge nur langsam in Bewegung kommen. Es ist unerhört, wie sie euch behandelt haben, aber die Veränderung braucht ...«

»Nein, Michelle, ich kann es nicht mehr hören! Soviel Zeit habe ich nicht! Es reicht, hörst du, es reicht!« Vanessas Tonfall verriet, dass eine Tür für immer zugefallen war.

Michelle starrte sie erschrocken an. »Was willst du damit sagen?«

Vanessas Kiefer mahlten, doch sie schwieg.

»Antworte mir!«

»Dass ich genug habe, will ich sagen! Ich hab die Schnauze voll! Ich stelle einen Ausreiseantrag und haue hier ab, sobald sie mich lassen. Und wenn sie mich nicht lassen, finde ich einen anderen Weg. Es gibt nichts mehr, was mich hier halten kann, gar nichts!«

Michelle spürte, wie die Farbe aus ihrem Gesicht wich. Wie ein Pfeil waren Vanessas Worte in ihre Brust gedrungen. Nichts könne sie halten, hatte sie gesagt. Und sie hatte es so gemeint.

Vanessa erschrak, als sie Michelles bleiches Antlitz sah. Ihre Wut verflog. Verlegen presste sie die Fingerspitzen gegeneinander.

»Das hast du doch aber nicht erst heute beschlossen, stimmt's?« flüsterte Michelle mit erstickter Stimme. Sie kämpfte gegen ihre Tränen an und rang um jeden Atemzug.

»Doch – nein – doch. Ich denke seit langem darüber nach, das ist wahr. Aber seit heute weiß ich, dass es für mich hier keine Zukunft gibt.«

»Du willst mich also verlassen – einfach so?« Michelle verharrte regungslos. Das Asthma ließ kaum mehr Luft in ihre Lungen, alles in ihr war tot.

Vanessa überlegte, bevor sie antwortete. »Nicht einfach so, ganz bestimmt nicht. Was glaubst du wohl, warum ich solange unschlüssig war? Ich liebe dich, Michelle, ich schwöre, dass es so ist.«

»Und doch willst du weg.« Michelle hörte nicht die Bedeutung dessen, was Vanessa gesagt hatte. Nichts könne sie halten, gar nichts. Für Michelle zählte nur dieser eine Satz.

»Und was ist mit dir?«

Michelle registrierte den Unmut in Vanessas Frage und verstand nicht, was er zu bedeuten hatte. Sie blickte auf und runzelte die Stirn.

»Verlässt du mich nicht auch immer wieder? Gehst du nicht auch jedesmal, wenn du mir erzählst, man müsse versuchen, die Veränderungen innerhalb des Systems zu erreichen, man müsse Geduld haben und diesen ganzen Mist?«

»Ich habe mich auf dich zu bewegt! Ich habe mir immer angehört, was du zu sagen hattest! Ich bin sogar einmal mit in diese Gruppe gegangen! Für wen wohl, für was?«

»Ja, das ist es ja gerade! Für *mich* hast du das getan, für *uns*. Aber es ist nicht das, was *du* willst, was *dir* wichtig ist!«

Michelle räusperte sich und hustete, doch das Pfeifen ihres Atems ließ sich nicht vertreiben. Früher hätte sie Vanessas Einwand akzeptieren müssen. Jetzt war sie sich nicht mehr sicher. Hatte sie nicht längst selbst eine innere Distanz entwickelt zu vielem, mit dem sie immer einverstanden gewesen war? Und wäre sie nicht schon viel häufiger mit Vanessa zu den Treffen dieser Lesbengruppe gegangen, wenn die Frauen ihr damals nicht so argwöhnisch begegnet wären? Sie wusste es nicht, aber wie es auch war, letztlich hatte Vanessa recht. »Jedenfalls kann ich nicht weggehen von hier. Soweit bin ich nicht. Und ich glaube, da komme ich auch niemals hin.«

Jetzt war es Vanessa, die zusammenzuckte. Ihr Blick wurde trübe, sie nickte und seufzte schwer. »Lass es gut sein«, schloss sie. »Lass uns aufhören davon, sonst erstickst du mir noch.« Sie legte Michelle einen Arm um die Taille, zog ihren Kopf an sich, und beide weinten still.

»Silent Wings«, tönte Tina Turners Stimme wehmütig aus den Boxen und holte Michelle aus ihren Erinnerungen zurück. Ihre Freundinnen tanzten noch immer. Michelle bemerkte, dass eine Fremde sie beobachtete, die nicht weit entfernt in einer Nische saß. Es war ein unverhohlen abschätzender Blick, und Michelle spürte, wie ihre Muskeln verkrampften.

Sie hasste es, so taxiert zu werden. Es war eine unverschämte, plumpe Belagerung. Selbst damals hätte sie auf so etwas nicht reagiert, damals, in den ersten Jahren nach der Wende, als sie die neuen Möglichkeiten genoss und mit ihren Filmen bekannter wurde. Sie hatte schon gewusst, dass nicht jedes offenkundige Interesse ihrer Person galt, sondern der Schauspielerin, die sie war, ein Spiegel unbenannter Wünsche. Doch es war ihr nur recht gewesen. Flüchtige Kontakte, kurze Flirts, ohne sich öffnen zu müssen. Amüsante Nächte, schneller Sex, nichts, was störte in ihrem Lebensplan. Niemand vermisste sie, wenn sie ging. Keine fragte, was sie dachte oder wer sie war. Ein bekanntes Gesicht, eine Ost-Frau in Köln, mehr war nicht nötig für bierselige Stunden. Die Frauen waren nett, sie waren schön, und doch schmeckte der Abschied schaler mit jedem verkaterten Morgen, an dem sie eine Fremde ein letztes Mal küsste und eine Tür hinter sich zuzog. Der Reiz solcher Begegnungen war schon lange verflogen. Die Frau kam auf sie zu und forderte sie zum Tanzen auf. Michelle schüttelte den Kopf und tauchte wieder in ihre Erinnerungen ab.

Der November hatte sich schon den ganzen Tag über von seiner hässlichsten Seite gezeigt. Vanessas Räume lagen im dumpfen Grau der Herbstfinsternis, als Michelle sie betrat. Sie streifte die Schuhe ab und warf ihre Tasche achtlos von sich, als etwas ihr verriet, dass sie nicht allein war. Zögernd betrat sie das Wohnzimmer, in dem Vanessa in ihrem verschlissenen Lieblingssessel kauerte und die Laterne auf der Straße fixierte.

»Du bist schon da?« Michelle hatte sie erst später am Abend erwartet.

Vanessa drehte sich nicht um. Erst als Michelle das Licht einschaltete, hob sie abwehrend die Hand und bat: »Nein, mach es wieder aus.«

Michelle erfüllte ihren Wunsch und ging langsam auf sie zu. Ihr Herzschlag beschleunigte sich mit jedem ihrer Schritte. Eine kräftige Böe rüttelte an den zugigen Fenstern, und eine eisige Angst erfasste sie. Etwas stimmte nicht. Vanessa war ungewöhnlich still, scheinbar abwesend und doch ganz und gar da; sie wirkte nicht so verschlossen wie in den Tagen zuvor. Michelle kniete sich vor sie hin, ergriff ihre kalten Hände und spürte keine Abwehr, keinen Widerstand wie so häufig in den vergangenen Wochen, wenn sie versucht hatte, ihr nahe zu sein. Dann sah Vanessa auf, schaute ihr unverwandt in die Augen, und das Blut stockte Michelle in den Adern. Vanessas Blick war von jener erbarmungslosen Traurigkeit erfüllt, die endgültig war und mehr erklärte als alles, was sie je hätte sagen können.

Michelle wusste sofort, es würde keinen Streit mehr geben. Sie hatte verloren, und alles war vorbei. »Wann?« fragte sie tonlos.

»Am Ende des Monats.« Vanessa strich ihr zärtlich über die dunklen Locken.

Michelle konnte nicht weinen. Ihr Herz raste nicht mehr, es blieb stehen. Ein Anflug von Panik überwältigte sie. Warum erst am Ende des Monats? Warum nicht morgen? Warum nicht jetzt gleich? Wie um alles in der Welt sollte sie die kommenden Tage ertragen, wie sollte sie das überleben? Sie hatten so viel Zeit vergeudet mit wertlosen Debatten. Alles umsonst. Warum hatten sie sich das angetan?

Die normalen Dimensionen hatten sich aufgelöst in den verbleibenden zwei Wochen. Die Stunden verrannen unaufhaltsam und erbarmungslos, doch in einzelnen Momenten schien die Zeit stillzustehen. Michelle wollte Vanessa ganz in sich aufnehmen, wollte jeden Augenblick mit ihr verewigen. ›Einmal wissen, dieses bleibt für immer‹, flehte City. Was für ein frommer Wunsch! Verzweifelt spürte sie, wie alles bröckelte und sich aufzulösen begann. Sie war wie betäubt, paralysiert und hin- und hergerissen zwischen dem Wunsch, ganz und gar in der Geliebten aufzugehen, und dem Wissen um die Notwendigkeit, inneren Abstand zu gewinnen, wenigstens eine Spur von Distanz, die sie retten konnte, wenn es soweit war. Die unerträgliche Enge in ihrer Brust quälte sie bei Tag und bei Nacht. Sie konnte nicht schlafen, nicht essen und sich nicht konzentrieren; sie nahm die Welt um sich herum nicht mehr wahr.

An der Schauspielschule meldete sie sich krank. Sie wollte nicht unentschuldigt fehlen in ihrem letzten Jahr, obwohl es ohnehin nicht weiter wichtig zu sein schien, denn auch sie wurde immer öfter übergangen. Wie hart hatte sie gearbeitet in all den vergangenen Semestern! Wie sehr hatte sie darum gekämpft, den Ansprüchen derer gerecht zu werden, die sie unterrichtet und kritisiert hatten! Und jetzt schien alles umsonst gewesen zu sein. In einer anderen Zeit wäre sie allein daran zerbrochen. Ihr Vaterland wandte sich von ihr ab und ließ sie im Stich. Wo sollte sie spielen, wenn das Studium zu Ende war? An welches Theater konnte sie noch gehen? Aber vielleicht war sie ja auch wirklich nicht gut genug für die Bühne. Nie hatte sie eine tragische Rolle wirklich überzeugend gespielt. Jetzt erst verstand sie die Kritik ihrer Lehrer. Jetzt erst begriff sie, was es bedeutete zu leiden, mit der Einsamkeit zu ringen und in einer alles verschlingenden Dunkelheit zu versinken, aus der kein Entrinnen möglich war.

Es gab keine Diskussionen mehr, keinen Zwist. »Und? Was wirst du nun tun?« fragte Michelle schicksalsergeben und rollte sich neben Vanessa im Bett zusammen, als der Monat zu Ende ging. Sie hatte die Geliebte nie zuvor nach ihren Plänen für ihr Leben in der anderen Welt gefragt. Es schien, als hätte eine stillschweigende Vereinbarung ihnen bislang auferlegt, dieses Thema unbedingt zu meiden. Jetzt aber ließ es sich nicht mehr aufschieben.

Vanessa überlegte lange, ehe sie antwortete. »Meine Angst überwinden, hoffe ich.«

Michelle erschrak. Plötzlich spürte sie, was der Abschied für die andere bedeuten musste, die alles hinter sich ließ, was ihr vertraut war, ihre Wohnung, ihre Freundinnen, ihre Heimat. Sogar ihre Widerspenstigkeit. Wie groß musste ihre Verzweiflung sein, um all das auf sich zu nehmen?

»Du wirst arbeiten können.« Michelle schluckte ihre Tränen hinunter, versuchte, der Geliebten Mut zu machen, aber Vanessa nickte nur matt und betrachtete Michelles Finger.

»Du wirst gute Rollen bekommen, bestimmt.« Michelle legte ihre ganze Überzeugung in ihre Worte, doch Vanessas Blick blieb leer.

»Bald kannst du nach Rom fahren. Schon im Frühling vielleicht«, flüsterte Michelle schließlich und spürte, wie die letzte Kraft aus ihrem Körper wich.

Vanessa lächelte ernst und müde. »Rom ist so weit weg. Und so fremd.« Ihre Hände zitterten und waren eiskalt, als sie Michelle mit vertrauter Geste über die Schläfen fuhr. Sie schwiegen lange, aber irgendwann hielt Michelle es nicht mehr aus. Die Frage, die sie seit Wochen peinigte, brach nun aus ihr heraus. »Hat meine Liebe nicht gereicht?«

Vanessa stöhnte gequält. Ihre Stimme war fremd und kraftlos, als sie antwortete. »Deine Liebe war wundervoll, und meine war es auch. Aber welche Chance hätte sie noch gehabt, wenn ich zugelassen hätte, dass sie mich festhält?«

Der Morgen dämmerte, und Michelles Blick wanderte durch das beinahe leere Zimmer, in dem nur noch das breite Bett und eine alte Kommode geblieben waren. Sie vergrub ihr

Gesicht zwischen Vanessas Brüsten. Warum konnten sie nicht für alle Ewigkeit so liegen bleiben? Warum konnte nicht ein mächtiger Zauber verhindern, dass sie ging?

Vanessa wollte nicht, dass Michelle sie zur Grenze begleitete. Sie stand erst auf, als es schon an der Tür klingelte und ihre Freundinnen kamen, um sie abzuholen. Sie küsste Michelle innig, dann stieg sie schweigend in ihre Jeans und kämpfte mit dem sperrigen Koffer, der alles enthielt, was ihr von ihrem alten Leben blieb, ein Koffer, den sie kaum tragen konnte.

Michelle blieb regungslos liegen, nur ihre Finger gruben sich in das Kissen, genau an der Stelle, an der Vanessas Kopf eine Mulde hinterlassen hatte. Ihre Zähne klapperten, als die Tür ins Schloss fiel, und das Asthma nahm ihr den Atem, doch auch das war bedeutungslos. Jemand hatte das Licht ausgeknipst, es gelöscht, sie gelöscht. Niemals wieder würde sie lachen. Niemals wieder würde irgend etwas wichtig sein. Nicht ihre Eltern, nicht ihre Freunde, nicht einmal die Bühne oder das Land, in dem sie aufgewachsen war und dessen Hymne sie auswendig kannte. »Auferstanden aus Ruinen«. Sie würde nie wieder auferstehen. Sie war zweiundzwanzig, und ihre Zukunft war vorbei.

Stundenlang lag sie so da, dann erhob sie sich mühsam, zog sich an und verließ die Wohnung. Sie lief ziellos durch die nassen Straßen und spürte nicht, dass sie fror.

Vanessa war fort, sie hatte die Grenze passiert. Michelle spürte, dass es so war. Sie sah die Menschen nicht, die ihr auf der Straße entgegenkamen, die mit eingezogenen Köpfen dem Dauerregen trotzten und unter ihren Schirmen Schutz suchten. Sie sah nicht die Ampeln und nicht den Verkehr, bemerkte nicht das Hupen der Autos und das Klingeln der Straßenbahn. Ein kräftiger Arm zog sie von der Fahrbahn, eine aufgeregte Stimme ermahnte sie heftig und verstummte, als ihr Besitzer ihre ausdruckslose Miene sah. Sie schleppte sich weiter, schob sich vorwärts ohne Sinn und ohne Ziel, bis sie plötzlich merkte, dass sie vor der Kirche stand.

Sie zuckte zusammen. Das riesige Gebäude verkörperte alles, was sie von Vanessa trennte. Warum war sie hierhergekommen? Es gab nichts, was ihr gefiel an diesem Ort. Sie glaubte an keinen Gott und keine freundliche Macht. Und die Gruppe, die Vanessa eine Heimat gewesen war, hatte Michelle nicht gewollt.

Aber Vanessa war fort. Noch konnte Michelle die Wärme ihres Körpers spüren, noch war sie erfüllt vom Duft ihrer Haut. Und doch war es schon eine Erinnerung. Vergangenheit. Für immer vorbei. Sie ging auf die hohen Mauern zu, öffnete die schwere Tür und schlich hinein. Im Inneren war es kalt und still. Die Weite des Gewölbes verschluckte sie und verstärkte ihr Gefühl von Winzigkeit. Ihre Schritte hallten von den Wänden wider, obwohl sie nur schlich, als sie weiterging. Sie taumelte zwischen die Bankreihen, krümmte sich und tat, was sie noch nie zuvor getan hatte. »Lieber Gott«, bettelte sie, »lass es nicht wahr sein, lass es nicht wahr sein, lass es nicht zu!« Dann setzte sie sich, vergrub das Gesicht in den Händen und weinte hemmungslos, bis die Erschöpfung sie in einen friedlichen Dämmerzustand versetzte und ein junger Pfarrer ihr schließlich auf die Beine half.

## 10

Durch die zerkratzten Scheiben des U-Bahn-Wagens blickte Nina von der Hochbahntrasse hinab auf die Fassaden und Dächer ringsum, die unter einem wolkenlosen tiefblauen Himmel in der Sonne glänzten. Endlich war der Frühling zu spüren! Die Menschen strömten in Scharen in die Cafés und tranken ihren Espresso im Freien, die Apotheken stellten Werbetafeln für Heuschnupfensprays auf, die ersten Motorräder schlängelten sich an den Autos vorbei, kreuz und quer über alle Spuren der Straße, die parallel zu den Schienen verlief. Nina genoss den langersehnten Wetterumschwung, und auch die anderen Fahrgäste schienen nach den Monaten der Dunkelheit aufzublühen. Ein quirliges Mädchen mit langen Zöpfen turnte ausgelassen zwischen den Haltestangen umher und drehte sich endlos im Kreis; ihre Mutter schälte sich aus der dicken Winterjacke und mühte sich, sie in ihrem Rucksack zu verstauen; ein blondgescheitelter Student in frisch gewaschenen Jeans und einem enganliegenden schurwollenen Rollkragenpullover grinste versonnen in sich hinein, während er sich auf einer leeren Bank ausstreckte und aus der kleinen Wasserflasche trank, die er in den Händen hielt. Er hatte rosige Wangen, und eine funkelnagelneue Ledertasche lag auf seinem Schoß. Nina konnte fast die Meldebescheinigung sehen, die er zweifellos darin aufbewahrte und deren Datum keinesfalls älter als zwei Wochen war. Von Castrop-Rauxel nach Berlin-Kreuzberg. Von Oberwiesenthal in die Oranienstraße. Von der Schwäbischen Alb zum Görlitzer Park. Sicher hatte er noch nie zuvor im Leben die Beine auf einen Sitz gelegt, ganz anders als die drei Halbwüchsigen am anderen Ende des Waggons. Mit Gel in den Haaren und ausladenden Gesten gefielen sie sich selbst, während sie sich in stetigem Wechsel von Türkisch und Berlinerisch lässig und laut unterhielten.

›Ey, Alter, ey!‹ Wie oft hatte Nina diese Floskel schon gehört? Wie gut kannte sie die brüchige Fassade der Großspurigkeit, die darin zum Ausdruck kam, allen auf die Nerven ging und das wahre Wesen derer verbarg, die sie aussprachen, ihr

Chaos der Gefühle und das Leiden an sich selbst. Nina hatte mit Jugendlichen gearbeitet. Sie hatte sie gesehen, wenn sie Rotz und Wasser heulten, weil die Angebetete sie nicht beachtete oder der Hamster der kleinen Schwester gestorben war. Sie hatte ihnen zugehört und sie verstanden. Und sie hatte für sie gekämpft, mehr als für sich selbst, so lange, bis sie nicht mehr kämpfen konnte und ihr der Sinn verlorengegangen war. Das alles lag hinter ihr.

Der Zug fuhr schrill quietschend in den Bahnhof ein. Von der U-Bahn bis zu ihrem Haus war es nicht weit. Die Treppe von der Hochbahntrasse hinunter nahm sie mit großen Sprüngen, sie überquerte die Straße und streckte sich dem warmen Wind entgegen, der ihr Gesicht streichelte. Endlich keine Kälte mehr, die Kopf und Körper in dicke Kleidung zwang! Eilig lief sie auf die bewachsene Häuserfassade zu, hinter der ihr Zuhause lag. Die Schlüssel klangen in ihrer Hand, sie öffnete die schwere, in flammendem Rot gestrichene Eingangstür und glitt in den Schatten des noch winterlich klammen Hausflurs, holte Werbung aus dem Briefkasten und Rechnungen und – einen Brief.

Der Anblick von Marias Handschrift traf sie wie ein Stromstoß. *Nein!* war alles, was sie zu denken vermochte, während sie um Fassung rang und den Umschlag weit von sich hielt, als ginge eine tückische Gefahr von ihm aus. Sie erstarrte wie schon im Theater, stand regungslos vor dem noch geöffneten Briefkasten, bis die Werbetexterin aus dem Büro im Dachgeschoss die Treppen hinuntergehopst kam und sie überschwenglich grüßte. »Hallo, was für ein wundervoller Tag heute, stimmt's?«

Nina sah durch sie hindurch und antwortete nicht. Gedankenverloren schloss sie den Briefkasten, dann schleppte sie sich hinauf in die erste Etage, stieß die Wohnungstür auf und ließ die Einkäufe einfach zu Boden gleiten, als sie in ihren vier Wänden war. Dann ging sie in die Küche und nahm aus der Besteckschublade ein scharfes Messer. Behutsam schob sie seine Spitze unter den kleinen Hohlraum am oberen Ende des gefütterten Umschlags und öffnete ihn, Zentimeter für Zentimeter, sorgsam darauf bedacht, dass er nicht weiter einriss als unbedingt nötig und das blütenweiße Papier in seinem Inneren keinen Schaden nahm. Langsam, fast andächtig holte sie den Brief hervor und faltete ihn auseinander. ›Berlin, den 15.4.2004‹ stand ganz oben. Sie hielt inne, ging in ihr Wohnzimmer hinüber und legte den Brief auf ihr ungemachtes Bett.

Hatte sie eigentlich nachgesehen, ob der Anrufbeantworter blinkte? Er tat es nicht. War es nicht an der Zeit, das Zimmer aufzuräumen? Sie stapelte ein paar Zeitungen ordentlich aufeinander und legte einen Pullover zusammen. Die Luft im Raum war abgestanden und stickig. Sie öffnete das Fenster. Ein kräftiger Windstoß wehte herein und ließ die Bögen auf ihrem Bett aufflattern. Es waren drei Blätter. Beidseitig beschrieben. Zögerlich ging Nina auf sie zu und nahm sie wieder auf. Das Herz hämmerte ihr bis zum Hals. Sie ließ sich auf die Bettkante sinken und begann zu lesen.

Berlin, den 15.4.2004

*Liebe Nina,*

vielleicht wirst Du Dich wundern, vielleicht sogar erschrecken, dass Du heute diesen Brief von mir bekommst. Aber es ist an der Zeit. Unsere kurze unerwartete Begegnung liegt nun auch schon wieder zwei Monate zurück, aber sie hat die alten Gefühle wiederbelebt und mich nicht mehr losgelassen. Seit jenem Abend ringe ich mit mir, kämpfe um den Mut, zum

Stift zu greifen und wohl auch um die richtigen Worte. Die Sprache, die mir stets so viel bedeutete und mein Tor zu einem besseren Leben war, will mir jetzt nicht zur Seite stehen für diese wichtigen Zeilen, die sicher zu spät kommen, viel zu spät. Denn zu lange habe ich geschwiegen, habe mich zurückgezogen aus Angst vor Deinem Zorn und meiner Verantwortung, bin Dir über die Jahre eine Erklärung schuldig geblieben. Vielleicht denkst Du, es sei ein selbstsüchtiges Bedürfnis, mein Gewissen zu erleichtern, wenn ich jetzt darüber schreibe, was damals geschehen ist – was ich fühlte, dachte und tat in bezug auf Deinen Vater, Deine Mutter und Dich. Ich könnte es Dir nicht verübeln, und doch möchte ich Dich bitten, diesen Brief zu lesen und mir so die Chance zu geben, Dir die Wahrheit zu sagen, ungeschönt, ehrlich und hoffentlich befreiend, für mich, aber – so hoffe ich, meine liebe Nina – besonders auch für Dich.

Wie aber beginnen? Einen wirklichen Anfang gab es eigentlich nicht. Nachdem ich Dich und Deine Familie kennengelernt hatte, waren wir alle doch ziemlich schnell miteinander vertraut. Ich fühlte mich auf eine Weise mit Dir verbunden, die wichtig für mich war. Und was Du damals nicht verstehen konntest: So war es auch mit Deiner Mutter und Deinem Vater, natürlich auf eine jeweils andere Art. Doch Ihr alle wart mir ans Herz gewachsen. Ich habe Eure Nähe genossen, und vermutlich hat es daran gelegen, dass ich nicht aufhalten konnte, was ich hätte kommen sehen müssen. Das soll keine Entschuldigung sein, nur eine Erklärung, die ich brauchte, um mich selbst und mein Verhalten zu verstehen. Ich zog in die Wohnung neben Euch, und Ihr alle wart einfach da, so präsent, so selbstverständlich. Da war Deine Mutter mit ihrer Enttäuschung, ihrer Wut und ihrer hoffnungslosen Suche nach dem Glück. Da war Dein Vater mit seiner Contenance und Tapferkeit, hinter der er seine wahren Gefühle verbarg. Und da warst Du, hast mich berührt mit Deinen fragenden Augen und dem tiefen Vertrauen, das immer ein Geschenk für mich war, ein kostbares Geschenk und gleichzeitig eine Verpflichtung, die ich gerne übernommen habe.

Ich wollte Dir niemals weh tun, Dich niemals enttäuschen. Und doch habe ich es getan. Es war wohl Selbstbetrug anzunehmen, mein Verhältnis zu Deinem Vater habe nichts mit Dir zu tun, aber genau das habe ich mir wieder und wieder einzureden versucht. Zuerst waren es ja auch nur meine eigenen Gefühle. In all den Jahren, in denen ich in Eurem Hause wohnte, verband mich mit Deinem Vater ja nicht mehr als eine heimliche Verliebtheit von der Art, wie man sie sich zulegt, wenn man sich seiner selbst nicht sicher ist, unerfüllt und ohne jede Konsequenz, geboren aus dem Bedürfnis, sich im Kreis zu drehen. Ich hatte gerade eine Trennung hinter mir. Ich war nicht bereit für eine neue Liebe. Und doch, nach der langen Zeit mit Roberto, in der nur noch Gleichförmigkeit mein Dasein bestimmte, hatte ich Sehnsucht nach jener Lebendigkeit, die nur die Liebe zu wecken vermag. Heute weiß ich das. Damals erkannte ich das leider nicht.

Wahrscheinlich war ich mir zu sicher, dass ich die Grenzen achten würde. Wie hätte ich auch daran zweifeln sollen? Ich war schon Ende Vierzig, als ich Euch kennenlernte. Nie hatte ich bis dahin der Liebe wegen die Kontrolle verloren. Vermutlich lag aber genau darin die Gefahr. Ich war mir zu sicher, dass ich das Tabu nicht brechen würde, das zwischen mir und Deinem Vater stand. Es war nicht Überheblichkeit, die mich zu dieser Überschätzung meiner moralischen Integrität verleitete. Nein, es war vielmehr die Freundschaft mit Deiner Mutter und besonders die Liebe zu Dir, die mir die Gewissheit gaben, niemals leben zu wollen, was in den Blicken lag, die ich mit Deinem Vater wechselte. Es war ein Paradox, und das machte es besonders bitter, denn so gelangte ich zu der Überzeugung, dass ich niemals Schaden anrichten würde.

Vielleicht lag es daran, dass ich so etwas zuvor nie erlebt hatte und nicht wusste, wie sehr das Begehren imstande ist, sich an sich selbst zu nähren. Meine Gefühle schwächten sich nicht ab mit der Zeit, wie ich anfangs annahm und später oft verzweifelt hoffte, wenn mein Gewissen Alarm schlug. Ganz im Gegenteil. Es gab Augenblicke, da konnte ich es kaum ertragen, in der Nähe Deines Vaters zu sein, seine Aura zu spüren, wenn er neben mir stand, nur ein wenig dichter, als es üblich war. Mein Verstand beschwor mich dann, warnte mich. Mein ganzes Leben lang war ich ihm gefolgt und gut dabei gefahren. Doch irgendwann konnte ich ihm nicht mehr gehorchen, nicht, als er mir befahl, von Euch fortzuziehen, um das Leiden an dieser unerfüllten Liebe zu beenden. Nicht, als er verlangte, den Verzicht immer und immer wieder zu erneuern. Gott weiß, ich habe mich oft zurückgenommen. Aber irgendwann bin ich schließlich doch über eine Grenze getreten, zuerst in Gedanken, dann in dem, was ich tat. Als ich mich auf die Beziehung mit Deinem Vater einließ, hatte mein Verlangen die Führung übernommen, und es war mir beinahe gleichgültig geworden, wohin die Reise ging. Ich hatte viel zu lange dagegen angekämpft.

Ich schämte mich vor Deiner Mutter, vor Dir und vor allem vor mir selbst. Ich hatte Schuldgefühle, und Dein Vater ebenfalls. Was zwischen uns geschah, passte nicht im geringsten zu seinen Wertvorstellungen. Deine Mutter hatte sich oft geärgert über seine oberlehrerhafte Art, wie sie es nannte; sie hatte darunter gelitten, weil sie glaubte, es ihm nie recht machen zu können. Sie fühlte sich schwach und klein neben ihm; für sie war es unmenschlich, wie korrekt er sich stets gab.

Aber so war sein Naturell, und es ging alles in die Brüche, als er davon abwich.

Wir sahen uns heimlich, und wir liebten uns, genossen jede gestohlene Minute und verwünschten sie im gleichen Augenblick. Nach außen ging alles weiter wie zuvor. Es war eine parallele Welt, eine andere Dimension, die wir neben der bekannten betraten. Wir redeten uns ein, niemand käme zu Schaden. Ich hoffe, es bleibt Dir erspart zu erfahren, wie leicht es ist, sich selbst so grausam zu betrügen.

Deine Mutter hat es nicht gewusst. Und ich betete, dass auch Du es nie erfahren würdest. Aber vielleicht musste es geschehen. In all den vergangenen Jahren hat mich die Erinnerung an diesen fürchterlichen Morgen in meiner Küche verfolgt. Noch heute möchte ich mein Gesicht in den Händen verbergen, wenn ich zurückdenke an den verstörten Blick Deiner unschuldigen Augen, der mich traf bis ins Mark. Als ich Dich damals vor mir stehen sah, den Brief Deines Vaters in den Händen, da begriff ich, dass alles aus war. Ja, liebe Nina, erst in jenem Moment erwachte ich wie aus einer langen Trance.

Und dann bin ich weggelaufen. Vor Deiner kranken Mutter, der ich im Weg stand, vor Deinem Vater, der verstummte, vor allem aber vor Dir. Es hat mir das Herz zerrissen, ohne Abschied zu gehen, ohne jede Aussicht auf ein Wiedersehen. Es tat so unglaublich weh, dass kein Wort es je beschreiben könnte, und doch brauchte ich diesen maßlosen Schmerz, war er doch das einzige, was mich meine Schuldgefühle ertragen ließ. In meiner Selbstbestrafung aber nahm ich auch Dir die Möglichkeit, Deinem Entsetzen Ausdruck zu verleihen. Ich rannte davon, voller Furcht, Du könntest angewidert von mir sein; ich dachte wieder nur an mich selbst und redete mir ein, dass meine überstürzte Flucht nur zu Deinem besten war.

So habe ich auch Dich bestraft, und das tut mir unendlich leid. Vielleicht ist es zu spät, Dich um Verzeihung zu bitten für alles, was ich Dir angetan habe. Aber wenn ich damals auch weggegangen bin, so habe ich Dich niemals wirklich verlassen. Ich war stets bei Dir, das sollst Du wissen, und ich werde es immer sein. Und von ganzem Herzen wünsche ich Dir alles Glück, das diese Welt zu geben vermag.

*Maria*

Ein Flügel des Fensters war zugefallen. Eine dicke Fliege klatschte gegen die Scheibe, prallte zurück und nahm einen neuen Anlauf. Nina beobachtete sie. Wieder schlug der surrende schwarze Punkt hart auf. Dann stürzte die Fliege auf die Fensterbank und lag sekundenlang auf dem Rücken. Die winzigen Beine strampelten, der Körper kreiselte. Als sie sich aufgerappelt hatte, zog sie eine Schleife im Raum, um schließlich ein weiteres Mal gegen die Scheibe zu prallen, mit größerer Wucht noch als zuvor. Wie oft hatte sie das schon getan? Wie oft würde sie es noch tun? Was trieb sie zu dieser qualvollen, nutzlosen Wiederholung, die doch immer wieder zu dem gleichen Ergebnis führte? War es wirklich die Suche nach der Freiheit oder wohnte vielleicht ein grausamer Zwang zur Selbstzerstörung allem Lebendigen inne?

Nina wusste es nicht. Sie schob den Brief in den Umschlag zurück und legte ihn auf die Kommode neben ihrem Bett, versteckte ihn beinahe unter dem alten klobigen Fernseher, auf dem sich der Staub gesammelt hatte. Es war schmutzig in ihrem Zimmer. Ihre Mutter hätte mit dem Finger eine Spur durch die feine graue Schicht gezogen und die Nase gerümpft. In ihren guten Zeiten. Jetzt war sie selbst nur noch Staub. Oder war sie erst halb zerfressen? Nina stellte sie sich vor, wie sie in ihrem Sarg unter der Erde lag. Ein lebloser Körper im Zersetzungsprozess. Ein unbewohntes verfallendes Haus.

Einmal hatte ihre Mutter sterben wollen. Nina ging in die Küche. Irgendwo musste noch eine Flasche Sherry sein. Tobias hatte ihn einmal mitgebracht. Ob man ihn noch trinken konnte? Sie nahm ein hohes Glas aus dem Schrank, goss es voll bis zum Rand und trank einen großen Schluck. Dann betrachtete sie die bernsteinfarbene Flüssigkeit. Ihre Mutter hatte sterben wollen, und sie hatte es beinahe geschafft. Nina stürzte den Sherry hinunter, aber das Bild war immer noch da. Es ließ sich nicht vertreiben.

Sie war von diesem leichten Ziehen im Unterleib geweckt worden, das sie erst vor wenigen Monaten kennengelernt hatte, in eben jener Nacht, als sie das erste Mal ihre Regel bekam. Schon als sie aufstand und ins Bad ging, beschlich sie das Gefühl, dass etwas Schweres über diesem Morgen lag. Es war schon halb zehn. Ihr Vater musste längst fort sein. Sie hatte ihn nicht gehört, als er zum Sonntagsausflug mit seiner Abiturklasse aufgebrochen war. Jetzt war alles still, gespenstisch still, nur in der Ferne hörte sie das Läuten der Kirchenglocken.

Ihre Mutter war nirgends zu sehen. Sicher hatte sie wieder getrunken bis spät in die Nacht und schlief ihren Rausch aus. Vielleicht sollte Nina nach ihr sehen? Ein heftiger Widerwille breitete sich in ihr aus bei dem Gedanken an den Geruch von stickiger gegorener Luft. Sie hatte keine Lust, in das Schlafzimmer ihrer Eltern zu gehen, in dem die eine Hälfte des Doppelbettes verlassen sein würde und die andere belegt von einem verlorenen, vom Schnaps gezeichneten Körper. Alles in ihr sträubte sich, und doch ließ eine unbestimmte Sorge ihr keine Ruhe. Eine deutlich vernehmbare Stimme in ihrem Kopf warnte: »Geh nicht!« Eine andere befahl: »Geh!«

Vorsichtig öffnete Nina die Schlafzimmertür und lugte hinein. Ihre Mutter lag auf dem Rücken, die Decke bis unter das Kinn gezogen, und rührte sich nicht. Nina trat ein und näherte sich dem Bett. Die Haut ihrer Mutter war von weißlichem Grau, ihre Lippen ein blutleerer Strich. Es war heiß im Zimmer. Musste sie nicht schwitzen? Nina musterte sie, sah die roten Äderchen auf ihren Wangen, die blasser schienen als sonst, studierte die dunklen Ringe unter ihren Augen. Die warnende Stimme meldete sich wieder. »Geh!« drängelte sie. Die andere forderte: »Bleib!« Und sie forderte noch etwas. »Zieh die Decke zurück!« befahl sie förmlich, wieder und wieder, als Nina tatenlos verharrte. Es blieb ihr nichts anderes übrig, die Stimme würde keine Ruhe geben. So gab Nina nach, zog das bauschige Federbett zur Seite und erblickte einen Strom aus halb getrocknetem Blut, der seinen Ausgang in den offenen Venen ihrer Mutter nahm.

Nina taumelte. Sie wollte schreien, aber sie konnte nicht. Ihr drehte sich der Magen um, doch sie übergab sich nicht. Kalter Schweiß trat ihr auf die Stirn, und ihre Beine wurden bleischwer. ›Maria‹, war das einzige, was zu denken sie imstande war.

Nina schenkte sich nach. Bis heute konnte sie sich nicht erinnern, wie sie den Weg zu ihrer Nachbarin bewältigt hatte. Irgendwann klingelte sie bei ihr, stand vor ihr und musste gar nichts sagen. Maria erkannte sofort den Schrecken in ihrem Gesicht und lief hinüber. Nina blieb allein im Hausflur zurück, spürte den Luftzug zwischen den geöffneten Türen, dachte plötzlich an das, was drei Wochen zuvor geschehen war.

»Ich fürchte, daraus wird nichts«, hatte ihre Mutter entschlossen verkündet, als Nina sie fragte, ob sie auf Svens Party gehen dürfe.

»Aber warum denn?« Nina runzelte verwundert die Stirn. Ihre Mutter war schon im Begriff, ihr Zimmer zu verlassen, nachdem sie ihre Entscheidung kundgetan hatte. Nina kannte diesen Sven kaum, der in der Schule im Jahrgang über ihr war. Doch es war Samstag, und alle ihre Freundinnen würden zu dieser Fete gehen.

Ihre Mutter drehte sich zu ihr um. »Er wohnt zu weit weg. Vergiss nicht, dass du erst vierzehn bist, mein Fräulein.«

»Aber ich würde doch mit Ute und Regina fahren. Auch zurück.« Nina erhob sich von ihrem Schreibtischstuhl und packte ihre Ordner für den Montag in die Schultasche. Sie war mit ihren Hausaufgaben fertig.

»Ich habe nein gesagt.«

»Aber ich habe mich doch schon mit Ute und Regina verabredet! Und außerdem ...«

»Ich will nicht darüber diskutieren!« Ihre Mutter hatte ihre Hand auf der Türklinke, war bereits auf dem Weg hinaus, doch dann wandte sie sich Nina noch einmal zu. »Manchmal hat es eben auch Nachteile, wenn der Vater am selben Gymnasium ist wie man selbst. Er kennt diesen Sven und seine ganze Clique. Es ist bekannt, dass die Hasch rauchen.«

Nina sah sie verständnislos an. »Und? Was interessiert es mich, was Svens Clique macht? Meine ganze Klasse wird da sein, und ich habe versprochen, meine neue Single von Suzi Quatro mitzubringen.«

Ihre Mutter schüttelte den Kopf. »Da hast du dann wohl zuviel versprochen.«

Nina wurde ärgerlich. »Glaubst du wirklich, ich will da Hasch rauchen?«

»Nein.«

»Aber warum ...?«

Ihre Mutter wand sich. »Ich sagte doch schon – keine Diskussion!«

Nina ging auf sie zu. »Aber ich sehe nicht ein, warum ich nicht ...«

»Weil ich nicht will, dass du dich in einer Umgebung herumtreibst, in der Drogen genommen werden! Punkt, Schluss!«

Nina starrte sie entgeistert an, spürte ihren Worten nach. Dann lachte sie ironisch. »So, das willst du nicht, nein?« Sie lief hinüber zu dem ausgedienten Kachelofen, der in der Ecke ihres Zimmers stand, öffnete die Kohlenklappe, holte eine Flasche Weinbrand heraus und drückte sie ihrer Mutter in die Hand. »Dann brauche ich ja wohl ein neues Zimmer, nehme ich an. Aber welches könnte das sein? Im Wohnzimmer liegt der Schnaps unter der Couch, in eurem Schlafzimmer in der Wäschetruhe, unter dem alten Laken, das nie gewaschen wird und nur dazu da ist, ihn zu verbergen. Und im Bad liegt er im untersten Fach der Ablage hinter den Putzmitteln. Also, Mama, wo soll ich denn hin?«

Ihre Mutter schluckte, sah abwechselnd die Flasche und Nina an. »Geh, wohin du willst«, krächzte sie, dann verließ sie das Zimmer.

»... die Pulsadern aufgeschnitten«, drang Marias Stimme vom Telefon her zu ihr durch und »... atmet noch.«

Nina wurde schwindelig. Sie schlich sich in Marias Wohnung auf der Suche nach Halt, einfach so, wie tausend Male zuvor. Es roch nach Kaffee und getoastetem Brot. Der Radiosprecher verkündete den Wetterbericht. Schwül würde es werden und noch heißer als an den vergangenen Tagen. Sie setzte sich auf einen Küchenstuhl, vor sich Marias Frühstück. Ein halb gegessenes Ei. Ein Klecks Marmelade auf dem Teller. Ein zusammengefalteter Briefbogen. Was geschah nebenan? Ihr Herz schlug wild. Wie einen Rettungsring ergriff sie das blassblaue Blatt, öffnete es und erkannte die Schrift ihres Vaters. Sie las:

*Maria, mein Herz,*

ich danke Dir für Deine Zärtlichkeit. Oft weiß ich nicht, wie ich Dir sagen soll, was unsere Stunden mir bedeuten. Meine Liebe zu Dir erfüllt mich mit einem Glück, das zu finden ich nicht mehr erwartet hatte. In Gedanken bin ich bei Dir und freue mich auf Dich.

*Dein Theo*

Nina stand auf und setzte sich wieder. Dann stand sie erneut auf. Was geschah nebenan? Was geschah hier?

Das war doch alles nicht wahr! Die Wirklichkeit sah anders aus! Auch der Brief existierte nicht! Sie spürte das Papier zwischen ihren Fingern und sah die Tinte, aber beides war nicht real, konnte es nicht sein, durfte es nicht sein! Sie drehte sich um, und da stand Maria, regungslos. Ihr Gesicht war schneeweiß, und ihr Mund stand offen.

»Was hast du getan?« hörte Nina sich mit fremder Stimme fragen, den Brief in der erhobenen Hand.

Maria schluckte. Endlose Sekunden verstrichen, bis sie mit erstickter Stimme sagte: »Der Notarztwagen fährt gleich los. Du sollst kommen. Sie wird es wohl schaffen, sagen sie.«

Etwas Kaltes, Nasses tropfte auf ihre Zehen. Nina hatte nicht bemerkt, dass sie das Glas schräg hielt. Wieder trank sie es leer. Dann stellte sie es ab und ging mit der Flasche in der Hand ins Zimmer zurück. Der Boden unter ihren Füßen wankte. Marias Brief lag noch da, wo sie ihn hingelegt hatte. Es gab kein Entrinnen, es war kein böser Traum. Sie setzte sich auf das Bett.

Ihre Mutter war tot und auch ihr Vater. Sie aber lebte noch. Und Maria auch. Es war alles noch da. Das Krankenzimmer, in dem es nach Desinfektionsmittel roch. Die verbundenen Handgelenke auf dem blanken, kalten Bettgestell. Stumme Fragen, die ihr im Hals steckengeblieben waren, ein Bibelspruch an der Wand. Noch heute konnte sie die Blumen riechen, die ihr Vater nervös in der Vase arrangiert hatte. Noch heute hörte sie, wie er sich nach dem Essen erkundigt hatte, ob es schmecke und ob es auch richtig warm sei. Nina hatte ihn genau beobachtet, hatte versucht, den Mann wiederzufinden, neben dem sie aufgewachsen war, der still gewesen war und in sich gekehrt und doch ihr Vater, dem sie zugesehen hatte, wenn er zeichnete und von dem sie ihren ersten Malkasten geschenkt bekommen hatte. Sie hatte sein Gesicht gesucht, die vertrauten Züge, die ihr nur noch wie eine Maske erschienen waren. Niemals wieder würde sie ihm etwas glauben, hatte sie bei seinem Anblick gedacht. Ihre Mutter hatte in diesem Bett gelegen, und er war verstört um sie herumgeirrt. Nina hatte beide wie Fremde betrachtet.

Die Flasche war beinahe leer. Sie stellte sie auf den Fußboden neben das Bett, legte sich auf den Rücken und starrte an die nicht mehr ganz weiße Decke.

Maria war ausgezogen. Die neuen Nachbarn klebten »Atomkraft – nein danke!« an ihre Tür. Ihr Vater verschwand in seinem Arbeitszimmer, und ihre Mutter war für lange Zeit fort. Alles hatte sich verändert, und sie hielt es zu Hause nicht mehr aus. Das Leben hatte seinen Sinn unwiederbringlich verloren.

Was zählte ein Dasein, in dem es keine Wahrheit gab? Wie sollte sie an eine Zukunft glauben, wenn es nichts gab, auf das sie sich verlassen konnte. Und niemanden.

Das Begehren, das im Stande ist, sich an sich selbst zu nähren, hatte Maria geschrieben. Nina hatte es oft gesucht seit dem Tag, an dem sie fortgezogen war, aber sie hatte es nicht gefunden. Die Schule war ihr gleichgültig geworden, die gefährdete Versetzung auch, selbst die Jungen, die ihr nachliefen, interessierten sie nicht wirklich. Nina lachte sie aus, doch sie ließ sie gewähren. Das Begehren lernte sie kennen als schmales Rinnsal dunklen Blutes auf ihrem nackten Oberschenkel. Ein fremder Wille riss sie auf, aber sie spürte nichts, nicht beim ersten Mal und auch nicht danach, dachte nur, dass es besser war, als zu Hause zu sein. Ihr Schoß war ihre Eintrittskarte in ein anderes Leben. Zwischen feuchten Laken konnte sie beweisen, dass sie erwachsen war. Verschwitzte Körper stießen die Kindheit aus ihr heraus.

Ihre Mutter war nun nüchtern, wenn sie mit ihr sprach und sie anzusehen versuchte, aber Nina beachtete sie nicht; sie sah nur die Narben an ihren Handgelenken, die auch mit den Jahren nicht verblassen wollten. Ihr Vater hüllte sich in Schweigen, wirkte erbärmlich und jammervoll, wenn er Nina gegenübersaß und manierlich das Fleisch auf seinem Teller zerschnitt. Sie dagegen stieß ihre Gabel mit Wucht in den Sauerbraten, wenn sie sah, wie ihre Eltern sich anlächelten, zwei Karikaturen am Küchentisch, deren Hände auf einer kleinkarierten Wachstuchdecke lagen. Und Maria?

Nina trank den letzten Schluck aus der Flasche und warf sie achtlos fort, so dass sie geräuschvoll über den Fußboden rollte. Dann robbte sie hinüber ans Fußende des Bettes, wo eine zweite Kommode stand, wühlte in der untersten Schublade und fand sofort, was sie suchte. Das silberne Armband war ein bisschen angelaufen, aber es lag noch immer in der hölzernen Schatulle. Maria hatte es ihr zur Konfirmation geschenkt, es ihr um das Handgelenk gelegt und sie auf die Wange geküsst. Nina nahm es zwischen die Finger und befühlte die einzelnen Glieder. Sie hatte es nicht lange getragen; sie hatte es abgelegt, als sie aus dem Krankenhaus zurückgekommen war. Es war schwierig gewesen, es vom Arm zu bekommen. Ihre Hände hatten so sehr gezittert, dass sie den glatten Pin am Verschluss kaum zu fassen bekam. Eigentlich hatte sie es wegwerfen wollen, aber das hatte sie dann doch nicht fertiggebracht. So hatte sie es fortgeschlossen und nie wieder angesehen. Bis heute.

Der Sherry verfehlte seine Wirkung nicht. Nina hatte Mühe, ihren Blick zu fixieren, der jetzt wieder auf den Brief gerichtet war. Maria habe sie geliebt, stand darin. Auch ihre Mutter hatte sie geliebt. Und ihr Vater. »In Liebe, Deine Eltern«, hatten sie nach ihrem Abitur auf eine Glückwunschkarte geschrieben. Sie hatte all diese Liebe teuer bezahlt. Noch immer gingen die Raten von ihrem Seelenkonto ab. Es war die Liebe, die das Tor zu ihrem Herzen offengehalten und bewirkt hatte, dass sie schutzlos gewesen war. Sie allein hatte Nina so verletzbar bleiben lassen. Nein, mit dem Versprechen von Liebe konnte sie niemand mehr überrumpeln. Alle schienen sich danach zu sehnen, aber Nina wollte keine Liebe mehr. Es war schwer zu vertrauen. Aber es war unerträglich, denen zu vertrauen, die mit ihrer Liebe um sie warben. Tobias. Ihre Mutter. Ihr Vater. Alle hatten sie sie auf ihre Weise betrogen. Auch Maria. Sie legte das Armband zurück in die Schatulle und klappte den Deckel zu. Dann stand sie auf und schloss das Fenster. Die Schönheit des Tages war fort.

## 11

Es habe ihr keine Ruhe gelassen, hatte Michelle am Telefon erklärt. Und dann habe sie sich daran erinnert, dass sie Ninas Nummer nach ihrem ersten Telefonat in ihrem Handy gespeichert hatte. Ob sie auf einen Sprung vorbeikommen könne? Sie sei gerade in der Nähe.

Der unerwartete Anruf kam zur rechten Zeit. Zwar war sie gerade in das Bild auf ihrer Staffelei versunken gewesen, aber sie hatte auch seit Tagen mit niemandem mehr gesprochen. Nur Tobias hatte sich gemeldet, sein Sohn war endlich geboren. Er war glücklich. Sie wollte ihn nicht sehen.

Marias Brief lag noch immer unter dem Fernseher. Auch die leere Flasche musste noch irgendwo sein. Sie war müde und konnte doch nicht schlafen. Jeden Morgen war sie in der Dämmerung aufgestanden, war ans Fenster getreten und hatte den Mauerseglern nachgeblickt, die über den Dächern kreischend ihre Runden drehten. Und dann hatte sie gemalt, so wie gerade eben. Aber jetzt kam Michelle. Zehn Minuten würde sie brauchen, bis sie bei ihr war, hatte sie gesagt. Lange genug, um einen frischen Pullover anzuziehen. Zu kurz, um aufzuräumen.

»Eine Kleinigkeit zum Kaffee.« Michelle überreichte Nina eine Tüte Croissants und lächelte verlegen.

Nina bedeutete ihr hereinzukommen und ging in die Küche voraus. Warum musste sie andauernd essen? ›Iss etwas, du bist so dünn‹, hatte ihre Mutter wieder und wieder gesagt, dabei war sie selbst nur Haut und Knochen. Auch Maria bot ihr immer etwas an, aber nicht einmal bei ihr hatte sie etwas essen wollen. Außer Eierkuchen. Jetzt also Croissants. Das Papier der Tüte kannte sie nicht. »Die hast du wohl nicht hier unten in der Bäckerei gekauft?«

»Nein, schon heute morgen in Babelsberg. Hoffentlich sind sie noch einigermaßen frisch.«

Nina suchte den Küchenschrank ab »Ich fürchte, ich muss dich enttäuschen. Ich habe nur Tee im Haus, glaube ich.«

»Also dann Tee. Ist doch wunderbar.«

Nina setzte Wasser auf. »Meine Wohnung sieht schlimm aus. Ich war nicht auf Besuch eingestellt.«

Michelle schmunzelte. »Ja, ich weiß, in dieser Hinsicht bin ich wohl ein alter Ossi geblieben. Da haben wir uns meistens ohne Vorankündigung besucht. Wer hatte schon Telefon ...« Sie sah sich in der geräumigen Küche um. Das Durcheinander wirkte gemütlich auf sie.

Nina ging ins Wohnzimmer vor, wischte ein paar Krümel aus dem Ohrensessel und bat ihre Besucherin wortlos, sich zu setzen.

»Das ist ein schöner Raum.« Michelle studierte das Zimmer genau und las die Titel der Bücher, die im Regal standen, bevor sie sich niederließ.

Nina stellte Tassen, Teller und die Teekanne auf den kleinen runden Tisch und setzte sich in den zerknautschten Sitzsack davor. »Na ja, er ist wie ich. Ziemlich verstaubt und heruntergekommen, nichts passt zueinander.«

Michelle kniff die Augen zusammen und legte den Kopf schräg, aber sie ging nicht darauf ein. »Ich muss mich bei dir entschuldigen«, begann sie statt dessen und suchte Ninas Blick, der in weiter Ferne zu weilen schien. »Ich hatte kein Recht, so heftig zu reagieren neulich abend. Es war ziemlich dumm von mir. Mir sind da wohl ein paar Dinge dazwischengerutscht, die mit dir gar nichts zu tun hatten. Tut mir leid.«

Nina betrachtete das zerknirschte Gesicht ihr gegenüber. »Iss etwas«, sagte sie nun ihrerseits und schob Michelle den Teller hin. Sie wollte nicht über ihre letzte Begegnung sprechen. Noch immer war es ihr peinlich, von Michelle vor Marias Haus ertappt worden zu sein.

Michelle schien ihr Unbehagen zu ahnen. »Ich habe so etwas auch einmal getan. Es muss wohl zwei Jahre her sein. Ich war zu Besuch bei Freundinnen in Berlin. Es war ein Sommerabend, und wir haben am Wasser gesessen, an der Rummelsburger Bucht. Irgend jemand hat Gitarre gespielt, und wir haben gesungen. Die alten Lieder aus Zeit vor der Wende. Es kamen so viele Erinnerungen hoch. Wir fühlten uns wohl miteinander, und es ging uns gut, aber ...« Sie legte eine Pause ein und strich mit den Fingern über die Sessellehne. »Plötzlich verspürte ich eine seltsame Melancholie. Ich konnte danach nicht nach Hause gehen. Ich bin nach Biesdorf gefahren zum Haus meiner Eltern. Einen Moment lang habe ich gedacht, ich würde klingeln, aber es war schon sehr spät, und alle Fenster waren dunkel. Ich wusste, sie waren da und doch unerreichbar. Es war schrecklich.« Sie zog eine Grimasse, die ihre Worte unterstrich, dann lächelte sie matt. »Ich vermisse meinen Vater. Aber er vermisst mich anscheinend nicht.«

»Was hat er denn gegen dich?« Nina legte ihre Hände um die Tasse und beobachtete den aufsteigenden Dampf.

Michelle zuckte mit den Achseln. »Wenn ich das erklären könnte! Vielleicht war es die Wende, vielleicht wäre es auch so geschehen, aber nein, so schlimm wohl nicht. Ich glaube, die Veränderungen haben uns ganz einfach auseinandergebracht. Die in der DDR und meine eigenen.«

Nach Vanessas Ausreise hatte sie für kurze Zeit wieder bei ihren Eltern gewohnt, aber sie spürte schnell, dass sie es dort nicht mehr aushielt. Ihre Trauer um die verlorene Liebe beherrschte sie, doch sie fand dort keinen Raum dafür. Als hätte Vanessas Geist von ihr Besitz ergriffen, zog es sie nun ihrerseits in die Kirchengruppe. Und plötzlich wurde sie akzeptiert, denn die Frauen erkannten ihren Schmerz und ihre Verwirrung darüber, was geschehen war, und begannen ihr zu vertrauen.

Ihr Denken hatte sich gewandelt. Das ehemalige sozialistische Vorzeigekind war gestorben, als Vanessa über die Grenze trat. Mehr und mehr verlangte auch in ihr alles nach Rebellion. Es gab Streit mit ihren Eltern, als sie mit einemmal begann, dieselben Fragen zu stellen, die Vanessa einst ihr gestellt hatte. Ihre Mutter schüttelte den Kopf und ließ sich nicht auf Diskussionen ein. Die DDR war ihre Heimat, und Michelle war ihre Tochter. Sie liebte beides. Ihr Vater aber stritt mit ihr, und sie kannte seine Argumente, waren sie doch oft genug über ihre eigenen Lippen gekommen. Sie wusste sie zu entkräften, aber sie kapitulierte vor der Missbilligung, die in seinem Blick lag, wenn sie ihm widersprach oder wenn er sie zur Rede stellte wegen eines Buches, das in ihrem Zimmer lag und dort nicht liegen durfte. Es war gar nicht ihre Absicht gewesen, alles zu verwerfen, woran sie einmal geglaubt hatte. Aber sie wollte die Werte und Regeln ihrer Heimat ansehen dürfen, sie prüfen. Doch ihr Vater strich sich über das stoppelige Haar und schob die Unterlippe vor, wenn sie ihre Sätze mit ›Warum‹ begann. Dann hinkte er aus dem Raum.

Sie hätte nicht sagen können, ob es politische Ideale waren, die ihr Handeln lenkten oder allein die Verzweiflung. Aber sie begann sich zu engagieren. Und sie zog aus. Gemeinsam mit ihren neuen Freundinnen sanierte sie eine Ausbauwohnung in der Nähe des Kollwitzplatzes. Es war ein sehr heruntergekommenes Haus, aber für sie wurde es zu einem rettenden Hafen. Endlich ein Ort für ihre Gedanken, für ihre Zweifel. Endlich Menschen, mit denen sie reden konnte, die ihr zuhörten und sie in die Arme nahmen, wenn sie von Vanessa sprach und davon, wie sehr sie ihr schelmisches Lachen vermisste, ihre kratzige Stimme und die Berührung ihrer Hände.

Als die Wohnung fertig hergerichtet war, packte sie ihre Koffer, und ihr Vater kehrte ihr zum ersten Mal den Rücken.

»Hast du deine Freundin nach der Wende wiedergesehen?« Nina erinnerte sich an den Tag, an dem sie die Nachrichten im Fernsehen nicht verstanden hatte und erst die Flut von Wartburgs und Trabis auf den West-Berliner Straßen sie begreifen ließ, was geschehen war.

Michelle schüttelte wortlos den Kopf.

»Und was ist mit deinem Vater? Ich meine, die Wende und so, das alles ist doch schon lange her.«

»Ja, für uns. Aber für ihn war es gestern. Seine Zeit ist stehengeblieben, als die Mauer fiel.« Vorsichtig zerteilte Michelle ein Croissant und schob sich ein Stück in den Mund.

Nina sah ihr aufmerksam zu. »Hast du dich deshalb an Maria gewandt?«

Michelle schaute auf. Warum kamen sie immer wieder auf ihre Tante zu sprechen? »Ja, vielleicht. Es war ganz schön turbulent für mich am Anfang. Der Mauerfall war meine Chance, endlich so in meinem Beruf arbeiten zu können, wie ich es immer wollte. In der DDR hatte ich da keine echte Möglichkeit mehr. Man bot mir nur noch kleine Engagements an völlig unbedeutenden Häusern an, und mein Geld verdiente ich hauptsächlich mit einem Job in einem privaten Frisiersalon, der jemandem gehörte, den ich kannte. Haare waschen, Locken wickeln. Ich wollte das nicht mehr, ich wollte spielen!« Sie streifte ihre Turnschuhe ab, zog die Beine auf den Sessel und umschlang sie mit den Armen.

Jetzt habe sie wohl erreicht, was sie wollte, hatte ihr Vater in bitterem Ton verkündet, als die Menschen aus Ost und West gemeinsam am Brandenburger Tor feierten. Sie sah es im Fernsehen, und sie schaute ihn an, aber sie wusste nichts zu sagen. Die Rasanz der Entwicklung hatte selbst sie überrascht. Im Oktober noch hatte sie für die Freilassung Oppositioneller Kerzen angezündet, und nun sahen die Soldaten der Grenztruppen zu, wie die Menschen nach Lust und Laune zwischen den einst strikt getrennten Welten hin und her pendelten. Nun hätte sie auch in Berlin arbeiten können, aber sie wollte fort. Nachdem sie jahrelang an die Umgebung gebunden gewesen war, die immer wieder schmerzliche Erinnerungen in ihr wachrief, wollte sie Abstand und einen Umbruch. Es war nicht der Westen, der sie lockte. Diese Versuchung hatte sie nie gekannt. Es war die Aussicht auf neue Eindrücke, die ihr helfen sollten, den Ballast der Vergangenheit abzuwerfen.

Und die Rechnung schien aufzugehen. Sie bewarb sich in der ganzen Republik. Als das Theater in Köln ihr ein Engagement anbot, überlegte sie nicht lange. Sie mietete sich eine kleine Wohnung und stand auf der Bühne. Und von ihrer ersten Gage zahlte sie den Käfer an. Dieses urige Auto, das schon in ihrer Kindheit über die Transitstrecken durch die DDR gerollt war, hatte sie schon immer bezaubert.

Es war eine aufregende Zeit. Nach den Vorstellungen durchstreifte sie die Kneipen und Bars der Kölner Szene, vertrieb sich die Nächte mit Frauen, deren rheinische Aussprache sie ebenso faszinierte wie die Vorurteile, die sie ihr entgegenbrachten. Sie dachte nicht oft an Vanessa, versuchte, es nicht zu tun. An den freien Tagen fuhr sie mit ihrem betagten, aber unverwüstlichen Wagen ziellos umher: Holland, Belgien, Frankreich. Begierig sog sie das Neue in sich auf. Ihre Tage waren erfüllt vom Spiel auf der Bühne, ihr Terminkalender war voll.

»Am Anfang hat mir meine Familie nicht gefehlt«, bekannte sie überzeugend.

»Haben sie dich nicht in Köln besucht?« Nina gefiel es, dass Michelle sich bei ihr so entspannte. Und es gefiel ihr, wie offen sie sprach.

»Meine Mutter und mein Bruder schon. Mein Vater nicht. Aber damals standen wir noch in Kontakt miteinander, wenn auch spärlich. Er war so verstockt.« Sie verzog das Gesicht und sammelte ein paar Krümel von ihrem Pullover. »Anfang '92 war ich zu einer Stippvisite in Berlin, wollte meine Freunde treffen und auch meine Eltern. Aber es gab wieder nur Streit. Ihr Betrieb stand kurz vor der Schließung, und sie hatten Angst vor dem, was kommen würde. Sie waren erst Ende Fünfzig und hatten immer gern gearbeitet. Ihr Kombinat bedeutete ihnen so viel. Natürlich konnte ich sie verstehen. Aber war es meine Schuld? Meine Mutter war vor allen Dingen traurig, aber mein Vater hat mich behandelt, als sei ich gekommen, um sein Kombinat persönlich abzuwickeln. Ja, und da fiel mir plötzlich meine West-Berliner Tante wieder ein, die in gewisser Weise auch eine Ausgestoßene war. Ich war einfach neugierig.« Sie schwenkte die Tasse in ihrer Hand.

Endlich griff auch Nina nach einem Croissant und biss ein winziges Stück ab. »Und? Bist du einfach hingefahren?« Sie lächelte über die kleine Anspielung, die in ihrer Frage lag.

Michelle verstand den neckischen Wink. »Ja, ohne Vorankündigung. Sie war sehr überrascht.«

»Das kann ich mir vorstellen.« Nina lehnte sich zurück. »Aber sicher angenehm«, schob sie leise hinterher.

Michelle hob die Augenbrauen und ließ die Bemerkung auf sich wirken. Dann wurde sie ernst. »Ich habe sie gefragt, was gewesen ist.«

Sofort schreckte Nina auf. War ein Gespräch zwischen Michelle und Maria der Grund für den Brief gewesen? Was hatte sie Michelle erzählt? Sie ergriff die leere Kanne und erhob sich. »Soll ich noch Tee machen?« Sie ging hinaus, ohne die Antwort abzuwarten.

Michelle sah ihr nach. Wie schmal ihre Taille ist, dachte sie. Sie hatte gewusst, dass dieses Thema die angenehme Stimmung zunichte machen würde, aber sie wollte es auch nicht aussparen.

»Und – hat sie dir geantwortet?« fragte Nina in gleichmütigem Ton, als sie zurückkam, und als Michelle nickte, schob sie das Kinn vor. »Dann brauche ich ja wohl nichts mehr zu erklären.«

»Nein, das brauchst du nicht.« Michelle schaute sie eindringlich an, warb mit den Augen um Vertrauen.

Nina konnte ihrem Blick nicht standhalten. Sie sah an ihr vorbei aus dem Fenster »Danke, dass du mich nicht verraten hast.«

Michelle war froh, dass die aufkommende Spannung wich. Sie wollte nicht weiter über Maria reden. »Also, jetzt habe ich so viel von mir erzählt. Und was machst du so?«

Nina blieb ernst. Ihr Blick wanderte unruhig und ziellos umher, dann verzog sie den Mund. »Nun, ich fürchte, mein Leben ist nicht so aufregend wie deines. Im Grunde sitze ich hier und warte darauf, dass es sich ändert.« Dass es einmal besser wird, hätte sie sagen sollen, aber glaubte sie daran? War es nicht immer schwer gewesen, war nicht alles ein ewiger Kampf? Und gleichzeitig gab es doch nichts, das sie wirklich berührte. Überall lauerten Gefahren und Ungewissheit. Nichts war von Dauer. Warum sollte sie sich anstrengen, Träume zu entwickeln, wenn sie ihre Erfüllung nicht ertrug aus lauter Sorge, das Erreichte wieder zu verlieren? Die Angst war ihre ständige Begleiterin bei allem, was sie tat. War es da nicht wirklich besser, gar nichts zu tun? Sie hatte Ruhe gefunden in den letzten Jahren, aber Glück? Eine wirkliche

Aufgabe hatte sie nicht. Keine Freundinnen, keine Freunde, einmal abgesehen von Tobias, der sich im Grunde nicht mehr für sie interessierte. Wer wusste schon etwas von ihr? Wem konnte sie sich öffnen? War nicht das Verschlossensein seit langem ihr einziger Schutz? Manchmal hatte sie das Gefühl, ihr Leben sei eigentlich schon vorbei. Und es war ihr egal. Sie nahm es hin, wie sie alles hingenommen hatte. Sie hätte ihre Arbeit vielleicht behalten können. Mit einer Klage hätte sie gute Chancen gehabt. Sie hätte vielleicht auch Tobias behalten können. Aber hatte sie ihn gewollt? War da nicht sogar eine Spur von Erleichterung gewesen, als er ging? Keine fragenden Blicke mehr, niemand, der ständig bei ihr anklopfte. All die schwierigen Auseinandersetzungen war sie so leid gewesen. Sie war erschöpft. Aber wie sollte sie das dieser Frau erklären, die ihr im Sessel gegenübersaß und deren Energie aus jeder ihrer Gesten sprach? Sie bereute ihre Antwort und versuchte es erneut.

»Ich war einmal Sozialpädagogin, falls dir das etwas sagt.« Die Selbstironie war nicht zu überhören, aber als sie sah, dass Michelle ihr aufmerksam folgte, sprach sie ernsthaft weiter. »Ich hab mit Jugendlichen gearbeitet, aber mit der Zeit wurde es immer komplizierter. Dieses Land glaubt es sich leisten zu können, seine Probleme einfach wegzukürzen. Jedenfalls wurden meinem Arbeitgeber die finanziellen Mittel knapp, und ich wurde entlassen.« Sie lächelte müde. »Nicht nur bei euch gab es eine Wende, als die Mauer fiel.«

Michelle runzelte die Stirn. »Wie meinst du das?«

»Na ja, der Kapitalismus in Deutschland konnte es sich doch nach '89 erlauben, auf seinen sozialen Anstrich zu verzichten. Es gab ja mit einemmal keine Alternative mehr.«

»Jetzt klingst du ganz wie mein Vater. Waren wir denn das – eine Alternative?«

»Das kann ich nicht beurteilen. Aber jetzt geht es doch überall nur noch um Geld. Die meisten Menschen sind so verunsichert, dass sie sich mit Statussymbolen eindecken müssen, um ihre Sorgen nicht zu spüren. Und West-Berlin in seiner Einzigartigkeit ist sowieso verschwunden. Alle haben gerufen: Hauptstadt, hurra! Aber wer hat schon um das getrauert, was hier Stück für Stück verlorengegangen ist? Nach West-Berlin sind früher einmal diejenigen gekommen, die andernorts erstickt sind an kleinbürgerlichem Mief und tödlicher Langeweile. Die Stadt hatte doch genau den richtigen Abstand zu Westdeutschland, um zu benennen, was nicht richtig lief. Eine gesunde, kritische Distanz, die dem ganzen Land gutgetan hat. Jetzt kommen genau die Leute hierher, vor denen die Querdenker früher geflohen sind.« Nina dachte an die Zeiten zurück, als Kreuzberg ein brodelnder Schmelztiegel war, in dem politische Visionen entstanden. Sie dachte an all die Wohnungen, in denen einmal große Familien und bunte Wohngemeinschaften lebten und die jetzt besetzt waren von Rechtsanwaltskanzleien und Steuerbüros. Nur ihr alter Mietvertrag hatte sie gerettet, sonst hätte auch sie schon längst ihr Zuhause aufgeben müssen.

»Aber hier ist es doch noch ziemlich lebhaft.« Michelle erinnerte sich der vielen Cafés, Läden und Handwerksbetriebe, an denen sie auf ihrem Weg zu Nina vorbeigekommen war. Die Gegend gefiel ihr. Es musste schön sein, hier zu wohnen.

»Ja, ein bisschen was ist noch da. Aber viele Existenzen gehen kaputt, verschwinden einfach. Und dann kommen die selbstverliebten Profiteure mit ihren Designerklamotten und ihrem sechsstelligen Bankkredit. Die Schere klappt einfach auseinander, und alles versinkt in Dekadenz.«

Michelle massierte gedankenverloren ihre Füße. »Wir sind früher oft am Wochenende nach Mecklenburg gefahren, besonders im Sommer, wenn wir baden wollten oder rudern oder angeln. Ich fand das immer so idyllisch. Die Seen waren sauber, wir konnten die Fische schwimmen sehen, wenn die Sonne auf die Wasseroberfläche schien. Überall konnten wir mit dem Boot anlegen für ein kleines Picknick. Meine Eltern sagten damals, wenn das alles im Westen läge, wäre jeder Zugang zum Wasser privat und für die Allgemeinheit gäbe es nur Zäune und Verbotstafeln am Beginn eines jeden Weges. Exklusivität, käufliche Lebensqualität für einige wenige, Aussperrung für den Rest. Ich glaube, damit hatten sie recht.«

»Ja, vermutlich. Hm, Mecklenburger Seen, ich muss gestehen, da war ich noch nie.« Nina nahm die Teekanne und deutete auf Michelles Tasse. »Möchtest du noch?«

Michelle überging ihre Frage. »Du warst noch nie an den Mecklenburger Seen?« rief sie ungläubig.

Nina stutzte. »Nein, bisher nicht.«

»Es sind keine zwei Stunden von hier aus!«

»Na ja, ich hab es nicht so mit dem Wasser.«

Michelle musterte sie lange und eindringlich. »Womit hast du es denn?«

Nina schluckte. Hatte sie nicht schon deutlich genug zum Ausdruck gebracht, dass es nicht viel gab, das ihr etwas bedeutete? Das Malen, ja. Aber das war ihre Privatangelegenheit. Tobias hatte davon gewusst. Und er hatte sie gewähren lassen, wenn sie sich in ihr zweites Zimmer zurückzog, das ihr Heiligtum war. Sollte sie Michelle davon erzählen? Eigentlich wollte sie es nicht, aber der herausfordernde Blick ihres Gegenübers provozierte sie. »Komm mit«, sagte sie daher, stand auf und führte Michelle an eben jenen Ort, von dem das Telefon sie eine Stunde zuvor weggelockt hatte. Sie wollte nichts erklären, wollte einfach nur beobachten, was geschah.

Michelle erblickte die Staffelei und erkannte sofort, dass die Farbe auf dem Bild noch nicht getrocknet war. »Ich habe dich gestört, als ich gekommen bin.«

Nina sagte noch immer nichts. Eine unbekannte Aufregung erfasste sie, als Michelle ihr Werk betrachtete, ein surreales Geflecht ohne Formen, das noch im Werden war.

»Es ist düster, aber es ist gut.«

»Verstehst du denn was von Malerei?« Nina trat neben sie und roch ihr frisches Parfum, das ihr zuvor nicht aufgefallen war.

»Nein, ehrlich gesagt, nicht wirklich. Aber es gefällt mir.«

»Ich habe immer schon gerne gemalt. Mein Vater wollte mir das Zeichnen beibringen. Er hatte Talent. Klare Linien und Konturen entsprachen ihm. Aber ich wollte mich nicht festlegen. Ich male lieber abstrakt. Während meiner Zeit an der Fachhochschule habe ich nebenbei Kurse besucht.«

Michelle studierte noch immer die Einzelheiten des Bildes, auf dem Nuancen von Grau und Braun in einem Strudel miteinander rangen. »Hast du noch andere?«

Es war eine unnötige Frage. Überall an den Wänden lehnten gerahmte und ungerahmte Leinwände. Nina vergrub die Hände in den Taschen ihrer Jeans. »Es ist nur ein Hobby, nichts Besonderes.«

»Ja, klar.« Michelle wandte sich zu ihr um und warf ihr einen ironischen Blick zu. »Darf ich sie mir trotzdem ansehen?«

Nina nickte scheu, dann griff sie sich einen trockenen Pinsel und spielte damit herum, während Michelle in die Hocke ging und schweigend Bild für Bild in Augenschein nahm. »Sie sind faszinierend.«

Nina strich sich eine Strähne hinter das Ohr. War es ein Kompliment oder nur eine höfliche Floskel? Wie konnte eine

Frau, die von Malerei nichts verstand, ihre Werke beurteilen?

Michelle stand auf und drehte sich um. »Ich meine das vollkommen ernst. Die Formen, die Farben, die ganzen Kompositionen sind sehr ausdrucksstark.«

Nina glaubte ihr noch immer nicht recht. »Was siehst du denn darin?« Sie war selbst erstaunt über ihre Frage, die ihr spontan herausgerutscht war und die sie am liebsten wieder eingefangen hätte.

Michelle fuhr sich durch die Locken. Sie schien zu überlegen, ob sie wirklich sagen sollte, was ihr beim Anblick der Bilder in den Sinn gekommen war, aber Ninas Skepsis forderte sie heraus. »Ich sehe viel Kraft darin. Mehr als zu haben du zugibst. Und ich sehe eine Suche, eine Sehnsucht nach Orientierung.«

Nina schluckte und verschränkte die Arme vor der Brust. Sie konnte sich nicht erinnern, sich je so nackt gefühlt zu haben. Niemals hatte Tobias so etwas zu ihr gesagt. Hatte er ihre Bilder überhaupt jemals genau angesehen? Hätte sie es zugelassen?

»Warum versteckst du das alles hier drin?« fragte Michelle in Ninas Gedanken hinein und strich ihr über den Arm, als sie die Panik in ihren Augen erkannte.

Nina betrachtete die sehnige Hand, die sie berührte. »Du hast es doch gerade selbst gesagt. Die Bilder haben mehr Kraft als ich. Sie lassen sich nicht kontrollieren.«

Michelle schüttelte entschieden den Kopf. »Nein, das habe ich nicht gesagt! Du bist die Malerin. Die Bilder können nichts verkörpern, was nicht aus dir erwachsen ist. Und ganz sicher ist das alles hier zu schade, um unbeachtet ...«

»Wie lange bist du noch in Berlin?« unterbrach Nina sie und schaute sie unverwandt an.

Michelle erwiderte ihren Blick. Sie bemerkte, wie ein Anflug von Freude sie erfasste, und war sich nicht sicher, ob ihr das gefiel. »Bis der Film fertig ist«, antwortete sie verdutzt. »Einen Monat ungefähr.«

»Ich habe im Mai Geburtstag. Vielleicht, wenn du Zeit hast ... Ich meine, wenn dein Drehplan es erlaubt ...« Nina trat von einem Bein auf das andere. Sie hatte nicht die geringste Ahnung, woher die Tollkühnheit kam, die durch ihre Worte schimmerte. Seit Jahren hatte sie ihren Geburtstag nicht mehr gefeiert. Das letzte Mal musste es mit Tobias gewesen sein. Und sie wusste auch gar nicht, wieso er ihr gerade jetzt einfiel. Aber sie spürte noch immer die Stelle auf ihrem Arm, wo Michelle sie gestreichelt hatte.

»Soll das eine Einladung sein?« Michelle hätte sich ohrfeigen können für diese dumme Bemerkung. Etwas in ihrem Bauch begann zu schwingen, und ihre Gedanken überschlugen sich. Hoffentlich würde sie es einrichten können! Die Termine waren sehr eng gesteckt in den letzten Wochen der Dreharbeiten, schließlich kostete jeder Tag Geld, und die Produktionsfirma drängelte schon. Wie sollte sie Kowalski überreden? Wann im Mai? Wann? Und warum war es so wichtig? Eine Glocke in ihrem Inneren begann zu schrillen. »Am wievielten denn? Wenn ich Zeit habe, können wir ja vielleicht was zusammen unternehmen, wenn du willst.« Sie spürte ihren eigenen Worten nach. Ihre Antwort sollte beiläufig erscheinen, aber sie klang einfach nur hohl.

Nina trat einen Schritt zurück. »Am fünften«, murmelte sie und stellte keine weiteren Überlegungen an. Sie rückte die Bilder wieder dichter an die Wand.

Michelle sah auf die Uhr. »Tja, jetzt bin ich viel länger geblieben, als ich vorhatte, aber nun muss ich auch los.«

Nina nickte. Gemeinsam gingen sie ins Wohnzimmer zurück. Michelle zog schweigend ihre Schuhe an und warf sich die Jacke über.

Nina begleitete sie zur Tür. Sie hatte die Hände tief in den Hosentaschen vergraben. »Vielen Dank für die Croissants«, brachte sie zum Abschied mühsam hervor.

Michelle lächelte und war schon beinahe fort, dann aber drehte sie sich noch einmal um. »Ich würde mich freuen, dich an deinem Geburtstag zu sehen«, stieß sie entschieden hervor und fragte sich, warum es ihr so schwerfiel, das auszusprechen.

Für einen kurzen Moment legte sich Ninas Stirn in Falten, aber dann entspannte sie sich. »Dann rufe ich dich an.« Als sie die Tür schloss, erfasste sie eine atemlose Euphorie. Sie wusste nicht, wie ihr geschah, aber sie spürte noch immer die Stelle auf ihrem Arm, wo Michelle sie gestreichelt hatte.

## 12

Eigentlich war Michelle nach dem langen Tag am Set viel zu müde, um noch im Garten zu arbeiten, aber sie hatte es Maria versprochen. So betrat sie mit der Schaufel in den Händen das kleine Stück Grün hinter der alten Villa, um den am Morgen erworbenen Dahlien eine Heimat zu geben. Der Boden war noch getränkt vom Regen der vergangenen Nacht, doch der Abend war mild und sonnig. Eine sanfte Brise wehte den süßen Duft eines blühenden Ginsterstrauches zu ihr hinüber. Der Frühling drang mit Macht in ihr Bewusstsein, und nachdem sie vor der Kamera über Stunden den Regungen einer Fremden Ausdruck verliehen hatte, versuchte sie nun ihre eigenen zu ergründen.

Nina hatte sich nicht mehr gemeldet, seit sie zwei Wochen

zuvor bei ihr gewesen war. Michelle hatte darum gekämpft, den fünften Mai freizubekommen. Es war nicht leicht gewesen. Sie hatte Kowalski bekniet und Versprechungen gemacht, auf ihre professionelle Arbeitsweise verwiesen, mit der sie die verlorene Zeit wieder hereinholen würde, und an sein Verständnis appelliert. Es sei wichtig, hatte sie ihm versichert, beinahe selbst überrascht, wie überzeugt sie davon war. Kowalski hatte schließlich nachgegeben, aber er hatte es nicht gern getan. Jetzt stand sie in seiner Schuld, und Nina meldete sich nicht.

Dabei rückte der fünfte Mai unaufhaltsam näher. Michelle dachte öfter daran, als ihr lieb war. Sie ertappte sich dabei, wie sie Pläne schmiedete und sich das Wiedersehen ausmalte. Sie hatte sich sogar eine neue Bluse gekauft, im Vorbeigehen, als sie auf der Suche nach einem Geschenk unterwegs gewesen war. Sie hatte es eigentlich nicht gewollt, sie hatte in der Umkleidekabine gestanden, den Stoff an ihrem Körper glattgestrichen und ihre Brüste kritisch beäugt. Sie hatte sich gesagt, sie brauchte nichts Neues anzuziehen. Nina würde es egal sein, was sie trug, sie würde gar nicht darauf achten. Und Michelle mochte ihr auch nicht gefallen wollen. Aber dann stand sie plötzlich an der Kasse und wusste gar nicht, wie sie dort hingekommen war.

Sie drückte einen Wurzelballen in der feuchten Erde fest. Maria saß auf einem Gartenstuhl hinter ihr, sprach über den kommenden Sommer, gab Anweisungen und sah ihr zu. Michelle hoffte, ihre Tante würde nicht bemerken, wie abwesend sie war. Ihre widerstreitenden Gefühle nagten an ihr und verlangten ihre Aufmerksamkeit, ohne dass sie sich dagegen wehren konnte. Sie war enttäuscht, und sie war auch wütend. Doch in erster Linie war sie verwirrt. Sollte sie selbst zum Telefon greifen? Es war doch sonst nicht ihre Art, tatenlos abzuwarten. Ihr Vater zwang sie dazu, und das war schlimm genug. Er war nicht zu erweichen. Vanessa war einfach gegangen. Michelle hasste es, sich hilflos zu fühlen, sie konnte es nicht ertragen. Niemand sollte sie je wieder zur Untätigkeit verdammen. Und nun lag das Handy im Gras neben ihr, eingeschaltet und empfangsbereit, mit vollem Akku und guter Verbindung zum Netz. Auf all das hatte sie geachtet in den vergangenen Tagen, für alles hatte sie gesorgt. Nur forcieren wollte sie nichts. Und so musste sie warten, und das ärgerte sie, doch als die bekannte Melodie aus dem Rasen aufstieg, drückte sie schon nach den ersten Tönen auf den Knopf.

Sie ging ins Haus, als sie Ninas Stimme vernahm. Es war ein kurzes Gespräch, und als sie es beendet hatte, schlenderte sie betont lässig in den Garten zurück. Sie wollte nichts erklären, aber sie spürte, dass Maria sie nachdenklich musterte.

»Willst du mir nicht etwas sagen?« fragte die alte Frau mit ernster Miene.

Michelle wusste nicht, was sie antworten sollte. Bislang hatte sie nicht erzählt, dass sie Nina traf, um Maria nicht weh zu tun. Jetzt aber ließ es sich nicht länger verschweigen. Sie fühlte sich, als hätte sie etwas Verbotenes zu beichten, und trat von einem Bein auf das andere.

Maria straffte die Schultern. »Das war Nina, habe ich recht?«

Michelle wischte sich die schmutzigen Hände an ihrer Hose ab und schaute in den Sonnenuntergang. »Ja«, sagte sie leise, und Maria nickte. Michelle spürte, dass ihre Antwort ihrer Tante einen Stich versetzte. Sie biss sich auf die Lippen, zog einen zweiten Gartenstuhl herbei und setzte sich neben sie. »Woher weißt du das?«

Maria befreite eine Pflanze aus ihrem Plastiktopf. »Es war so eine Ahnung. Ich habe euch neulich abend gesehen. Ich habe deinen Käfer auf der Straße gehört. Nicht viele solcher Wagen fahren hier herum. Der Motor ging aus, aber du bist nicht hereingekommen. Da habe ich aus dem Fenster geguckt, ich wollte wissen, ob ich mich geirrt hatte. Aber dein Auto stand direkt vor dem Haus, und Nina stieg aus und lief fort.«

Michelle senkte den Kopf. ›Danke, dass du mich nicht verraten hast‹, vernahm sie Ninas Stimme in ihrem Ohr. Sie konnte die Begegnung am Gründonnerstag nicht einmal erklären. »Warum hast du nichts gesagt?« fragte sie statt dessen. Ihre Freude über die Verabredung, die sie gerade getroffen hatte, war verflogen.

Maria zuckte mit den Achseln. »Ich war viel zu irritiert. Und dann dachte ich, du hast sie meinetwegen getroffen. Ich habe mir vorgestellt, dass du sie vielleicht einfach mitbringen wolltest. Ist ja so deine Art, immer drauflos.« Sie lächelte Michelle liebevoll an, aber dann wurde sie ernst und schüttelte den Kopf. »Aber so ist Nina nicht. Nicht die Nina jedenfalls, die ich einmal kannte. Am Ostermorgen haben wir von ihr gesprochen. Ich hatte die ganze Zeit über gehofft, du würdest vielleicht etwas sagen.«

Michelle hob entschuldigend die Hände. »Es tut mir leid.«

Maria nickte gedankenverloren. »Ich habe dir alles erzählt an diesem Morgen. Ich wusste nicht, worüber ihr geredet habt. Ich wollte, dass du meine Sicht der Dinge erfährst.«

Michelle begriff, wie verunsichert Maria gewesen sein musste. »Nina und ich haben nicht über eure Vergangenheit gesprochen. Ich wollte schon wissen, was zwischen euch gewesen ist, aber sie wollte, dass ich dich frage – nicht ohne Groll allerdings.«

Maria stellte die Pflanze auf den Boden, dann umfasste sie den Arm ihrer Nichte und beschwor sie. »Lass es sein, Michelle, ich bitte dich, dring nicht weiter in sie. Ich weiß, du wolltest mir einen Gefallen tun, aber es hat keinen Sinn, wenn sie nicht bereit dazu ist.«

Michelle spürte den Druck auf ihrem Arm und auf ihrer Seele. Einen Moment lang sammelte sie Mut, dann sprach sie es aus. »Es geht nicht mehr um dich.«

»Wie meinst du das?« Maria zog ihre Hand zurück.

Michelle rutschte auf ihrem Stuhl herum. Dann stand sie auf, nahm die Pflanze auf, die Maria gerade abgestellt hatte, schüttelte ein paar Krümel Erde aus ihren Blättern und setzte sich wieder hin. »Ich habe sie vor kurzem besucht. Und wir treffen uns übermorgen wieder.«

»Übermorgen!« Maria runzelte die Stirn. Michelle nickte.

»Weißt du, was übermorgen für ein Tag ist?«

»Ja, ich weiß, es ist ihr Geburtstag.«

Maria erhob sich und ging ein paar Schritte durch den Garten, bevor sie erneut zu sprechen begann. »Michelle, überlege dir, was du tust«, mahnte sie. »Ich glaube, du machst einen großen Fehler.«

Michelle blickte erschrocken auf. Nie zuvor hatte sie eine derart entschiedene Missbilligung im Blick der blauen Augen gesehen. Was mochte der Grund für den Ärger ihrer Tante sein? War es die Sorge um Nina? War es Eifersucht? Michelle war sich nicht sicher. Sie fuhr sich durch ihre Locken. »Aber ich möchte sie sehen!«

»Warum?« kam es postwendend zurück.

»Weil ... ich sie mag«, stotterte Michelle und stand ebenfalls wieder auf. Sie konnte es nicht ertragen, dass Maria so erbost auf sie heruntersah. Ihre Augen wanderten unruhig durch den Garten, doch ihre Tante umfasste ihre Schultern und zwang sie, sie anzusehen.

»Jetzt hör mir mal zu. Du bist ein liebes Mädchen, und wir

beide haben uns immer gut verstanden. Aber jetzt bist du auf dem falschen Weg. Ich weiß nicht, was du von Nina willst, aber ich möchte nicht, dass sie noch einmal verletzt wird!«

Michelle starrte sie entgeistert an. »Wie meinst du denn das? Wir wollen nur ihren Geburtstag zusammen feiern.«

»Und warum?«

Michelle schüttelte verständnislos den Kopf.

»Willst du mir nicht antworten?«

»Ich weiß nicht, worauf du hinauswillst.«

»Dann will ich es dir sagen.« Maria schürzte die Lippen und zwang sich zur Ruhe, bevor sie von neuem ansetzte. »Du bist eine lesbische Frau, Michelle. Und du bist mit niemandem liiert, soviel ich weiß. Du kennst so viele Menschen – was willst du von Nina? Ich habe keine Ahnung, wie es um ihre Gefühle oder ihr Liebesleben bestellt ist, aber ich kann mir vorstellen, dass sie sehr empfänglich ist für jemanden, der gut zu ihr ist. Ich habe einfach Angst, dass ihr beide euch in etwas verrennt. Das könnte ein böses Erwachen geben. Du würdest das vielleicht verkraften, aber bei Nina bin ich mir da nicht so sicher.«

Marias Worte trafen Michelle völlig unvorbereitet. Sie hatte ihrer Tante einmal gesagt, dass sie Frauen liebte, aber es war allgemein geblieben und abstrakt. Die alte Frau wusste nichts von Vanessa, nichts von all den Jahren, in denen sie sich bei jedem Flirt, bei jedem erotischen Abenteuer gezwungen hatte, auf Distanz zu bleiben. »Ich will doch gar nichts von Nina«, erwiderte sie unsicher. »Und überhaupt, warum glaubst du, ich könnte es verkraften, wenn ...«

Maria bemerkte, wie blass Michelle geworden war. Sie überdachte noch einmal, was sie ihr gesagt hatte. »Ist es nicht so?« fragte sie vorsichtig. »Ich meine, du bist eine selbstsichere Frau, hast Ziele, deinen tollen Beruf ...«

»Und deshalb bin ich vor Enttäuschungen gefeit?«

»Das ist niemand.« Marias Ärger war verflogen. »Und doch sind wir nicht alle in gleichem Maße zerbrechlich.«

Michelle sah sie forschend an. »Denkst du das wirklich? Glaubst du tatsächlich, dass die Menschen sich so sehr unterscheiden in dem, was eine Verletzung in ihnen auslöst?«

»Ja, das glaube ich. Wir alle leiden irgendwann. Aber einige von uns überwinden es und lassen los, und andere schaffen das nicht.« Sie zog ihre Jacke enger um sich.

»Und wie lautet die Zauberformel, die den Unterschied ausmacht?«

»Selbstvertrauen. Das ist es, nur das kann dich schützen. Die tiefe, unerschütterliche Gewissheit, dass du ein Recht hast auf Liebe und Glück und dass das Leben beides für dich bereithält.«

Michelle lachte bitter. »Kann man noch daran glauben, wenn man jemanden verloren hat, der einem wirklich am Herzen lag? Du bist ja wohl auch eine selbstbewusste Frau. Hat es dir was genützt, als du aus Ninas Nachbarschaft weggezogen bist?«

Maria senkte nachdenklich den Kopf. »Ich war fast sechzig.«

»Na und? Ist das eine Frage des Alters?«

»Nein, du hast recht, das ist es wohl nicht. Aber ich habe meine Selbstsicherheit verloren, als Nina damals in meiner Küche diesen Zettel fand. Ich habe einen hohen Preis bezahlt für die Liebe zu ihrem Vater. Mein Leben ist stehengeblieben seit jenem Tag.«

Michelle rieb sich die Stirn. »So einfach ist es also nicht mit dem Loslassen.«

Maria erkannte die Traurigkeit hinter ihren Worten. »Was ist los? Ich sehe doch, dass dich etwas bedrückt. Willst du es mir nicht sagen?« Sie setzte sich wieder und musterte ihre

Nichte aufmerksam. Michelle erwiderte ihren Blick. Einen Moment lang blieb sie unschlüssig, aber dann vergrub sie die Hände in den Hosentaschen und sprach.

Sie erzählte Maria von Vanessa, die ganze Geschichte vom Anfang auf der kalten Steintreppe vor der Schauspielschule bis zu jenem Tag, als die Geliebte die Tür ihrer Wohnung zum letzten Mal hinter sich ins Schloss fallen ließ. Noch nie hatte sie sich erlaubt, die Vergangenheit so schonungslos offen heraufzubeschwören. Die alten Bilder gewannen in Marias Garten an Lebendigkeit, lange verdrängte Erinnerungen nahmen im Dämmerlicht der hereinbrechenden Nacht Gestalt an. Sie erlebte von neuem, wie es gewesen war, Vanessa in den Armen zu halten, die Augen zu schließen und in dem Gefühl aufzugehen, das die Hände ihrer Geliebten in ihr weckten, wenn sie gleichermaßen zärtlich und bestimmt über ihren Körper glitten. Erneut empfand sie die tiefe Intimität, die in den vielen kleinen Gesten lag, die sie einander schenkten, wenn sie für kurze Augenblicke vergaßen, dass es immer etwas gab, das zwischen ihnen stand. Das alles erzählte sie, und als sie geendet hatte, da trat plötzlich noch eine andere Gewissheit aus dem Schatten, die sie sich nie zuvor eingestanden hatte: Sie hatte Vanessa mehr gebraucht als umgekehrt. Sie war es gewesen, die sich ganz und gar eingelassen hatte. Vanessa war ihre erste Liebe gewesen, und Michelle hatte keine Grenzen gekannt in ihrer Hingabe. Doch von Anfang an hatte sie ihre Freundin teilen müssen. Vanessa hatte andere Träume gehabt, andere Ziele. Auch sie hatte die Beziehung mit Michelle gewollt, doch nicht genug, um zu bleiben. Nicht erst als sie über die Grenze gegangen war, hatte sie Michelle verlassen. Vanessa hatte sich schon lange zuvor von ihr entfernt, ganz langsam und Stück für Stück.

»Für mich war es anders«, bekannte Michelle nun. »Sie ist diejenige gewesen, die mich hat erkennen lassen, wer ich bin, wer ich sein kann jenseits des alltäglichen Daseins. An ihrer Seite war das Glück. Es war ein Fall ins Bodenlose, als sie ging – alles war nur noch trostlos. Das Spielen hätte mich retten können, vielleicht. Aber meine Dozenten haben mich ziemlich kaltgestellt im letzten Jahr.« Sie wischte sich mit den erdigen Fingern ihre Tränen aus dem Gesicht. Ein dunkler Fleck blieb auf ihrem Jochbein zurück. Dann setzte sie sich wieder hin.

»Was war mit deinen Freunden?« Maria schlug umständlich die Beine übereinander und sah ihre Nichte mitfühlend an.

Michelle lachte bitter auf. »Freunde! In den Jahren mit Vanessa hatte ich keine Freunde, glaube ich.«

»Das kann ich mir bei dir kaum vorstellen.«

»Und doch war es so. Ich habe auch eine Grenze überquert, als unsere Beziehung begann. In gewissem Sinne habe auch ich wohl ein Land verlassen, um in ein anderes zu gehen. Meine alten Freunde konnten mir nicht folgen, oder sie wollten es nicht. Den einen habe ich von meiner Liebe nichts erzählt, weil ich wusste, sie würden es nicht verstehen. Aber es ist natürlich unmöglich, jemandem nahe zu sein, dem man das Wichtigste in seinem Leben verschweigt. Den wenigen, denen ich wirklich vertraute, habe ich es gesagt. Ich habe gedacht, sie würden mir zuhören, zumindest annehmen, was ich ihnen zu erzählen hatte. Aber ich habe mich geirrt, und es war hart, das begreifen zu müssen. Ich genoss es unglaublich, so verliebt zu sein, genau das zu empfinden, was alle so bemerkenswert finden, wenn es dem anderen Geschlecht gilt. Bei mir wurde es aber nicht wahrgenommen. Die Menschen interessieren sich immer nur für das, was Teil ihrer eigenen Erfahrungswelt ist. Ich habe lange versucht, mir einzureden, es hätte etwas mit Vanessas Idealen zu tun. Das war einfacher, weniger persönlich. Aber am Ende musste ich doch einsehen, dass es nicht die Politik war, die mich von meinen Freundinnen und Freunden trennte, nicht der Sozialismus oder die Opposition. Es war nur ganz gewöhnliches Desinteresse gegenüber dem, was mir so viel bedeutete, vielleicht gepaart mit Enttäuschung. Vielleicht fühlten sie sich von mir verraten, denn schließlich war ich es ja, die das Terrain verlassen hatte, auf dem wir uns zuvor gemeinsam bewegten. Erst als Vanessa fort war, kamen sie wieder auf mich zu. Aber nicht, um mich zu trösten! Nein, da war kein Mitgefühl. Sie waren erleichtert. Sie dachten, nun würde alles wieder werden wie zuvor. Sie wollten mich zurück. Aber das ging nicht mehr.« Sie schüttelte widerstrebend den Kopf, holte ein Taschentuch hervor und schnaubte sich die Nase. »Selbstvertrauen hast du gesagt – ja, ich bin immer ein selbstbewusster Mensch gewesen. Es hatte nie einen Grund gegeben für irgendwelche Zweifel. Meine Mutter hat mich geliebt, und mein Vater hat mich vergöttert. Ich bin aufgewachsen im blauen Hemd der Pioniere. Alles war richtig. Im Schwimmen habe ich Preise gewonnen, aber wichtiger noch als die Medaillen um meinem Hals war das Wissen, dass die Menschen um mich herum stolz auf mich waren und sich mit mir freuten. Die Gemeinschaft, die bei uns so viel bedeutete, sie war immer da in meiner Jugend, und ich fühlte mich geborgen darin.« Wieder blickte sie zum Horizont. Die Sonne war längst verschwunden, nachtblaue Wolken lagen über dem Firmament, in einem schmalen Streifen verglühte der Tag. »Und mit einemmal war das alles vorbei.«

»Und was war mit deinen Eltern? Was hast du ihnen gesagt?«

»Ich musste ihnen nichts sagen, sie haben es gewusst. Anfangs habe ich geglaubt, sie hätten es von selbst begriffen, aber so war es nicht. Die Stasi hat es ihnen gesteckt.«

»Was?«

»Ja, sie waren wohl an Vanessa dran wegen ihrer Aktivitäten in der Friedensbewegung. Otto, ein Freund meines Vaters, gehörte zu diesem Verein. Er hat es ihm gesagt – wollte wohl, dass er auf mich einwirkt. Mich sozusagen auf den rechten Weg zurückbringt. Meine Mutter hat es mir einmal gestanden, als Vanessa längst weg war und ich nicht mehr bei ihnen wohnte.«

»Hast du dich deshalb mit deinem Vater überworfen?« Maria dachte an das Kind, das er gewesen war, als sie das kleine Dorf in Mecklenburg verlassen hatte. Sie erinnerte sich an den aufgeweckten Jungen, den sie auf den Knien geschaukelt hatte und der verängstigt zu ihr in den Stall gehinkt kam, wenn die Jungen von der HJ ihn hänselten. ›Krüppel-Karl‹, hatten sie ihm nachgerufen, und Maria war mit der Mistgabel in der Hand auf sie zu marschiert und hatte sie verjagt.

»Nein, damit hatte es nichts zu tun. Natürlich war ich ziemlich perplex, als ich es hörte. Aber ich habe ihm nicht einmal vorgeworfen, dass er mich nie darauf angesprochen hat. Irgendwie konnten wir nicht darüber reden. Vielleicht gerade weil er es nicht von mir erfahren hatte.« Sie zog die Beine an und schlang die Arme um die Knie. »Ich hatte genug Zeit gehabt, es selbst zu sagen. Ich weiß nicht, ob es besser gewesen wäre. Ich hatte Angst. Ich habe dir gerade von der Enttäuschung erzählt, die ich mit meinen damaligen Freunden erlebt habe. Wie hätte ich mich wohl gefühlt, wenn mein Vater und meine Mutter genauso reagiert hätten? Was ich lebte, gab es für sie nicht. Ich habe ja gesehen, wie sie damit umgegangen sind, als Bertram heiratete. Er war dran, danach käme ich. Das war klar. Ein Leben auf einem vorgezeichneten Weg. Sie tun sich ja heute noch schwer damit. Meine Mutter umschifft das Thema geschickt, wenn wir uns sehen. Und ich mache das noch immer mit, auch wenn es mir jedesmal weh tut. Es ist Selbstverleugnung, oder nicht? Wie wirkt sich so etwas auf das Selbstvertrauen aus?«

Maria verzog das Gesicht. »Mir ist schon klar geworden, dass meine Bemerkung vorhin nicht sehr glücklich war. Es tut mir leid.«

Michelle lächelte sie an. »Ist schon gut.«

»Nein, das ist es nicht. Was du über deine Freunde gesagt hast, muss ich mir wohl auch ans Revers heften. Auch ich habe nie nachgefragt. Es ist schwer, etwas zu begreifen, das letztlich nicht sichtbar wird. Du warst ja schließlich immer allein bei mir.«

»Ja, das stimmt. Es gibt auch niemanden im Moment. Ich bin sehr vorsichtig geworden. Deine Sorgen wegen Nina sind also völlig unbegründet. Ich bin keine Draufgängerin.« Sie versuchte ihren letzten Worten einen scherzhaften Unterton zu geben, aber es gelang ihr nicht. Nach flüchtigen Affären stand ihr tatsächlich nicht mehr der Sinn, aber auch wenn sie noch immer Angst davor hatte, so sehnte sie sich doch danach, sich zu verlieben. Und sie hatte von Nina geträumt in der Nacht, nachdem sie bei ihr gewesen war. Das aber behielt sie für sich.

»Was war denn nun zwischen dir und meinem Bruder? Du hast einmal erwähnt, er hätte dich rausgeschmissen. Warum hat er das getan?«

Michelle biss sich auf die Lippen. Gab es kein Thema mehr, das ungefährlich war? Sie überlegte genau, ehe sie antwortete. »Ich glaube, es hatte mit dir zu tun.«

»Wie bitte?« flüsterte Maria. Die Dunkelheit verschluckte bereits ihre Züge, und doch konnte Michelle das Erschrecken auf ihrem Gesicht erkennen.

Es fiel Michelle nicht schwer, sich den letzten Besuch im Haus ihrer Eltern ins Gedächtnis zu rufen, auch wenn er schon lange zurücklag. Wieder und wieder hatte sie jenen verhängnisvollen Nachmittag in der Vorweihnachtszeit des Jahres 1992 im Geiste heraufbeschworen und über das Geschehene nachgegrübelt, bis ihr der Kopf schmerzte. Hatte es an den Umständen gelegen? Hätte sie es verhindern können? War es ihre Schuld gewesen oder seine? Fragen, die ins Leere liefen. Ratlosigkeit. Für das, was damals geschehen war, hatte sie selbst nie eine befriedigende Erklärung gefunden, und so war sie versucht, Maria eine ausweichende Antwort zu geben. Dann aber entschied sie sich anders.

Sie hatte die gespannte Atmosphäre im Raum schon gespürt, als sie sich setzte. Ihre Mutter brachte den Stollen herein, den sie am Tag zuvor gebacken hatte. Bertram und seine Frau Katrin saßen auf dem Sofa, während Daniel leise summend einen Polizeiwagen über den Wohnzimmerteppich schob. Es war das einzige Geräusch, das zu vernehmen war, als ihre Mutter den Kuchen in Scheiben schnitt. Alle sahen ihr schweigend zu, und ihre Hand zitterte leicht, so dass die Stücke uneben wurden und an den Rändern brachen. Michelle war gerade erst eingetroffen und wusste, dass sie selbst den Grund geliefert hatte für das Knistern in der Luft. Sie hatte es nicht gewollt, und doch hatte sie schon wieder einen Fehler begangen.

»Siehst du, Bertram, das ist eben der Unterschied. Kein kleiner Weihnachtsstern, ein protziger Blumenstrauß in glitzernder Folie muss es sein, wenn du im Westen ankommen willst.« Ihr Vater deutete auf das farbenfrohe Arrangement, das Michelle mitgebracht hatte. Ihre Mutter liebte Blumen, und Michelle war so glücklich gewesen über den Vertrag, den sie am Vortag unterschrieben hatte. *Unterwelt* hieß das Projekt. Ihre erste Hauptrolle in einem Kinofilm, eine anspruchsvolle dazu. Sie konnte es noch gar nicht fassen. Aber sie musste erkennen, dass hier kein Platz war für ihre Freude.

So war es immer! Sie trank einen großen Schluck Kaffee, dann musterte sie ihren Vater, registrierte seine vorgeschobene Unterlippe und den leeren Blick seiner bernsteinfarbenen Augen. Sie erinnerte sich daran, wie lebendig sie einmal gefunkelt hatten, an jenem schwülheißen Ferientag, an dem sie zum ersten Mal ganz ohne Ring ihre Runden durch das abgesteckte Areal der Badeanstalt im See geschwommen war. Sie betrachtete ihn und spürte förmlich seine behutsamen Hände unter ihrem Bauch, die ihr die Sorge genommen hatten, sie könne untergehen. Sie sah ihre Mutter, die mit den Füßen im Wasser stand und ein Foto schoss. An der Stelle, an der die Träger ihres Badeanzugs in ihre Schultern schnitten, war ihre Haut von der Sonne leicht gerötet. Ihre blumenbesetzte Badekappe hatte ihre Dauerwelle geschluckt. Es war ein klares, greifbares Bild. Es erzählte von Frische und Ausgelassenheit, vom Einssein mit dem Leben.

»Lass es gut sein, Karl«, tadelte Friedel ihren Mann und schaute abwechselnd ihre Kinder an, die beide die Augen senkten. Dann deutete sie auf Daniel und lächelte verlegen. »Der Junge ist ja schon wieder gewachsen, nicht wahr?«

Katrin wollte gerade antworten, als Michelle ihr zuvorkam. »Es ist schön, hier zu sein, Papa, und ich habe Mama immer gerne Blumen geschenkt.« Sie streckte sich stolz, dann schob sie sich missmutig ein Stück Stollen in den Mund. Trockene Krümel blieben an ihrem Gaumen kleben.

»Ja, das stimmt«, murmelte Karl, doch seinem Ton war zu entnehmen, dass er nicht gewillt war, Frieden zu schließen. »Aber früher warst du nicht darauf aus, deinen Bruder auszustechen.«

»Halt mich da raus, bitte.« Bertram hob abwehrend die Hände und lehnte sich zurück, ohne sich zu entspannen.

Michelle dachte wieder an den Vertrag. Endlich hatte sie den Erfolg, von dem sie früher kaum zu träumen gewagt hatte. Endlich wurden ihre Leistungen anerkannt. Sie wollte es ihnen erzählen, aber es schien unmöglich zu sein. »Ich will Bertram doch gar nicht ausstechen! Wie käme ich denn dazu! Und im übrigen bist du es, der ihn beleidigt. Der Weihnachtsstern ist wunderschön!«

»Halt auch du mich da raus, Michelle«, wandte ihr Bruder sich nun auch an sie. Sein Ton war gereizt, doch niemand achtete auf ihn. Friedel rief Daniel zu, er solle endlich essen kommen. Katrin sah aus dem Fenster. Karl und Michelle belauerten sich in geduckter Angriffshaltung.

»Nein, darüber bist du erhaben. Mit uns nutzlosen, dummen Ossis musst du nicht konkurrieren.«

»Karl!« rief Friedel und starrte ihren Mann entgeistert an.

Michelle biss die Zähne zusammen und schwieg. Sie spürte, wie ihr das Blut in den Kopf schoss. Sie saß da, knetete ihre Finger und rang um Beherrschung, aber schließlich platzte es doch aus ihr heraus. »Ja, Papa«, begann sie langsam und wusste, dass nichts mehr aufzuhalten war. »Das bist du gerade: ein dummer Ossi.«

Er wich zurück wie von einem unerwarteten Stoß getroffen. Nie zuvor hatte seine Tochter so etwas zu ihm gesagt! Michelle sah sein ungläubiges Staunen, und der Damm brach endgültig.

»Seit ich nach Köln gezogen bin, nimmst du mir jede Chance, dich zu erreichen! Du hast mich nie besucht, bist nie in eine Vorstellung gekommen. Manchmal habe ich überlegt, dir Karten zu schicken für eine Premiere oder einfach für eine Aufführung am Wochenende. Wir hätten anschließend durch die Stadt bummeln können oder ein Bier trinken gehen. Mama wäre natürlich auch mitgekommen. Wir wären zusammen den Rhein hinaufgefahren. Ich habe es mir oft ausgemalt und gedacht, irgendwann werde ich es versuchen. Aber ich habe es immer wieder verworfen. Und soll ich dir sagen warum? Weil ich dich gesehen habe, wie du dagesessen hättest mit dieser trotzigen Miene und mit verschränkten Armen. Nicht auf eine zufriedene Weise verschränkt, so wie früher, sondern abwehrend. Unnahbar! Ich habe gelernt, die winzigen Nuancen zu erkennen, die den Unterschied ausmachen. Du hättest schon vorher beschlossen gehabt, dass dir nichts gefallen würde. Nicht die Stadt, nicht das Theater und nicht ich auf der Bühne! Und das wäre noch das geringere Übel gewesen. Wahrscheinlich wärst du gar nicht erst gekommen! Hättest mir die Karten zurückgeschickt in deiner selbstgerechten Verbitterung!«

»Selbstgerechte Verbitterung?« donnerte er und straffte sich, doch Michelle wich nicht zurück.

»Ja, genau, es ist selbstgerechte Verbitterung, die du seit Jahren zur Schau stellst! In meine Vorstellungen kommst du nicht, aber deine darf ich mir ansehen!«

Karl schnaubte verächtlich. Dann stand er auf, hinkte zum Schrank, kramte in einer Schublade und kam mit einem offiziellen Schreiben zurück. »Hier!« zischte er und warf Michelle den Brief hin. »Lies ihn dir gut durch. Das ist meine Kündigung! Betriebsbedingt, wie es heißt. Es gibt den Betrieb jetzt nämlich nicht mehr, den Friedel und ich aufgebaut haben! Alles nur noch Schrott! Dieser Wisch da ist alles, was von unserer Lebensleistung übriggeblieben ist! Reicht dir der eine oder soll ich den von deiner Mutter dazulegen? Oder das Schreiben an Bertram, in dem steht, dass er als Richter nicht übernommen wird, dass er nicht der Richtige ist für die

Art von Recht und Gerechtigkeit, die in deiner neuen Heimat herrschen. Nur um die Vorstellung komplett zu machen!«

Michelle blickte verlegen auf das Schreiben auf dem Tisch. Was sie da erfuhr, wollte sie beinahe nachgeben lassen. Aber etwas in ihr hinderte sie daran. Schon zu oft hatte er all seinen Ärger an ihr ausgelassen. »Es ist nicht fair, was sie Bertram antun«, sagte sie stattdessen in ruhigem Ton und bemerkte, wie unbehaglich dieses Gespräch ihrem Bruder war. »Und ich kann deine Enttäuschung verstehen, Papa. Aber auch ich habe Gefühle, hörst du, und ich möchte, dass du dich mit mir freust, wenn etwas Schönes in meinem Leben passiert.« Ihre Stimme brach, als sie endete, und Tränen quollen aus ihren Augenwinkeln hervor.

Karl zuckte zusammen, als er sie weinen sah, doch er blieb hart. »Na, deine Gefühle waren ja wohl schon immer das Problem«, murmelte er und wandte sich ab.

»Was?«

»Jetzt reicht es!« Friedel sprang auf und nahm den Brief vom Tisch, ohne irgend jemanden anzusehen. Ihr Einspruch fand kein Gehör.

Michelle wischte sich die Tränen aus dem Gesicht und wappnete sich. »Was hast du damit gemeint?«

»Bis diese Frau aufgetaucht ist, haben wir uns immer gut verstanden. Nie hatten wir irgendwelche Probleme. Aber dann hast du ihr jedes Wort nachgeplappert und alles getan, was sie wollte, und schließlich ist sie dir doch abgehauen! Wahrscheinlich läufst du ihr immer noch nach!«

Eisiges Schweigen erfüllte den Raum. Die Zeit stand still. Daniel hatte seinen Polizeiwagen auf dem Boden zurückgelassen und war längst verängstigt auf den Schoß seiner Mutter geklettert. Friedel ließ sich resigniert in ihren Sessel fallen. Karl verharrte regungslos, nur seine Kiefer mahlten ohne Unterlass.

Im ersten Moment fühlte Michelle überhaupt nichts. Sie konnte auch nicht mehr denken. Sie betrachtete die Blumen, die sie für ihre Mutter mit Liebe ausgesucht hatte. Dann sah sie ihrem Vater ins Gesicht und sagte langsam und ruhig: »Maria hat recht. Es ist ziemlich starrköpfig, wie du dich aufführst. Und rücksichtslos obendrein. Gegen alle. Sogar gegen dich selbst.«

Karl riss die Augen auf. »Maria?«

»Ja, deine Schwester aus dem Westen, die wir nie sehen durften. Ist eine wirklich nette Frau, die du uns da vorenthalten hast. Ich bin froh, dass wir uns so gut verstehen. Auf diese Weise habe ich immerhin erfahren, dass nicht alle in unserer Familie so hoffnungslos kleingeistig sind wie du!«

Es war kurz vor Weihnachten, aber schon der Blick in die Augen ihres Vaters verriet, dass an Familienfrieden nicht zu denken war. Friedel wimmerte leise, Bertram rieb sich mit den Händen das Gesicht.

»Raus!« flüsterte Karl kaum vernehmlich und doch mit einer Bestimmtheit, die endgültig war. »Raus«, wiederholte er und taumelte in den Flur. Mit Michelles Mantel in den Fäusten kehrte er zurück, warf ihn ihr in den Schoß und wies mit der ausgestreckten Hand in den dunstigen Wintertag. Michelle stand auf und wollte protestieren, aber keine Silbe kam über ihre Lippen. Ihre Bronchien verengten sich. Sie ermahnte sich selbst zur Ruhe, aber es half nichts. Das Atmen wurde schwer.

»Jetzt hört doch endlich auf!« flehte Friedel vergeblich.

Karl strafte sie mit einem vernichtenden Blick. »Raus!« wiederholte er noch einmal. »Und komm mir nicht mehr unter die Augen!« Nun schrie er so laut, dass Daniel zu weinen begann.

Michelle warf sich den Mantel über. Sie blickte ein letztes

Mal in die Runde, bevor sie aus dem Haus floh. Die Straße lag bereits im Dunkeln, obwohl es noch Nachmittag war. Ein surrendes Gaslicht wies ihr den Weg zu ihrem Käfer, der schon fast abbezahlt war und der neue Reifen brauchte. Sie hatte nichts erzählen können von ihrem Film. Ihre Reisetasche hatte sie noch im Auto gelassen, als sie gekommen war. Sie hatte nicht einmal ihr altes Zimmer wiedergesehen. Das war es dann wohl. Sie schloss den Wagen auf und sank auf den Sitz, umschlang das Lenkrad mit den Armen, ließ ihren Kopf darauf fallen und rang in angestrengten, viel zu kurzen Stößen pfeifend um Atem. Panische Angst stieg in ihr auf, und als sie glaubte zu ersticken, schluchzte sie den Schmerz heraus. Die Tränen kamen, und die Enge in ihrer Brust wich, doch das Schreien ihres Vaters hallte in ihr nach. Sie wusste, was kommen würde, sie kannte ihn und seine stolze Unnachgiebigkeit. Vielleicht würde er irgendwann bereuen, so heftig gewesen zu sein. Aber zurücknehmen, was er gesagt hatte, würde er nie. Und tatsächlich hatte sie ihn seit jenem Tag nicht wiedergesehen.

»Wollen wir hineingehen?« fragte Maria leise und erhob sich, als Michelle geendet hatte. »Ich kann kaum noch etwas erkennen.«

»Was ist mit den Dahlien?« Michelle tauchte nur mühsam aus ihren Erinnerungen auf.

»Morgen früh«, antwortete Maria entschieden. »Ich mache das schon.« Dann strich sie ihrer Nichte eine Locke aus der Stirn, hakte sich bei ihr ein und ging langsam neben ihr ins Haus.

## 13

Nur mit sich allein stieß sie an in der Nacht zu ihrem Geburtstag, und dann schob sie es auf den Sekt, dass sie nicht schlafen konnte. Es war schon weit nach zwei Uhr, aber ihr Geist fand keine Ruhe. Sie dachte an das Telefonat mit Michelle und an den Ausflug, der vor ihr lag. Es behagte ihr nicht, dass sie nicht genau wusste, was auf sie zukam. Michelle hatte es geheimnisvoll klingen lassen, als sie sagte, sie solle Badesachen mitnehmen und Sonnenmilch, sonst brauche sie nichts außer Zeit. Michelle hatte frei, und Nina war dankbar, dass sie sie durch diesen Tag begleiten würde, sie fortbringen würde von ihrem leeren Briefkasten und dem mitleidlos schweigenden Telefon, fort von dem Gedanken, dass es niemanden gab, der an sie dachte. Es war sogar fraglich, ob Tobias anrufen würde, denn er hatte ihr erzählt, das Baby sei krank, und so wie Nina ihn kannte, würde er über seiner väterlichen Sorge sicher alles andere vergessen. Ihr fielen die Jahre ein, in denen er neben ihr in eben jenem Bett gelegen hatte, in dem sie sich nun schlaflos wälzte und mit den Augen dem Lauf der wandernden Schatten folgte, die von den Lichtern der wenigen vorbeifahrenden Autos an die Wände geworfen wurden.

Es war ihre eigene Schuld, dass sie allein war. Tobias hatte sie immer verwöhnen wollen. ›Meine Schöne‹, hatte er ihr zärtlich ins Ohr geflüstert, ›meine wundervolle Nina.‹ An seinem Tonfall hatte sie erkannt, dass er meinte, was er sagte, doch aus irgendeinem Grund hatte sie es ihm dennoch nicht geglaubt. An ihrem Geburtstag war er stets besonders nett gewesen. Damals hatte sie schlafen können in der Nacht zuvor, und wenn sie erwacht war, lockte sie schon der Duft von frisch gebrühtem Tee in die Küche, und rote Rosen standen auf dem Tisch vor der Holzbank, auf der sie so gern saß. Er zündete eine Kerze an, die ein warmes Licht auf all die Köstlichkeiten warf, die er vor ihr ausgebreitet hatte. Wie ein aufgeregter Junge sprang er dabei um sie herum, und seine Augen blitzten. Sieh doch nur, forderten sie, ist es nicht schön, was ich dir darbiete? Zeig mir doch, dass du dich freust! Und sie hatte mühevoll gelächelt und keinen Hunger gehabt.

Drei Mal schlug die Uhr des Kirchturms, und Nina war immer noch wach. Dabei sehnte sie den Schlaf so sehr herbei. Sie wollte frisch sein, wenn Michelle am Morgen klingelte, ohne Ringe unter den Augen, ohne Spuren von Müdigkeit. Es war ein merkwürdiges Gefühl zu wissen, dass sie von Maria aus zu ihr kam. Würde sie ihrer Tante erzählen, wohin sie ging? Würde Maria noch wissen, was für ein Tag heute war?

Sie drehte sich auf den Rücken und verschränkte die Arme hinter dem Kopf. Früher hatte Maria ihr geholfen, die Geschenke auszupacken, wenn Nina die Schleifen nicht aufbekam. Es war Maria gewesen, die ihrer Mutter die kleinen Tütchen mit Brausepulver gegeben hatte, damit diese sie unter den verbeulten Emailletopf legen konnte, der nur zum Topfschlagen noch aufgehoben wurde.

Nina ergriff den Zipfel ihrer Decke und knetete ihn. Ja, ihre Mutter hatte sich immer große Mühe gegeben. Sie hatte Nina einen lustig verzierten Eierkuchen zum Mittagessen präsentiert und farbenfrohe Luftballons aufgehängt, eine Zahl auf die Torte gezaubert und mit ihren geschickten Händen bunte Servietten zu kleinen Schiffchen geformt. Sie hatte viel gelächelt, wenn die anderen Kinder kamen, und ihnen die mitgebrachten Blumen abgenommen, um sie ins Wasser zu stellen. Sie hatte nie getrunken an Ninas Geburtstag, auch wenn es ihr sichtlich schwergefallen war. Sie hatte ihr gutes Kleid angezogen und eine neue Strumpfhose. Dann war sie für lange Zeit im Bad verschwunden, um Make-up auf ihre schlaffen Wangen zu legen, die mit den Jahren immer blasser geworden waren. Wenn sie herauskam, glänzte sie förmlich, und Nina strahlte sie an, auch wenn sie sich im stillen fragte, warum es nicht jeden Tag so sein konnte.

Halb vier hörte sie die Kirchturmuhr noch schlagen, aber schließlich döste sie ein und glitt in einen traumlosen Schlaf. Als der Wecker klingelte, fand sie mühelos in den Tag, der sie freundlich begrüßte. Die Sonne schien durch die geschlossenen Vorhänge herein und vertrieb mit ihrer Wärme die Gespenster der Nacht. Sie öffnete die Fenster und atmete tief ein. Knapp zwei Stunden, dann käme Michelle. Sie duschte lange und frühstückte schnell, packte das Nötigste in einen alten Rucksack, der am Rand schon eingerissen war und probierte den Kleiderschrank durch: knittrige Blusen und ausgeleierte Pullover, abgetragene Jeans und Socken, die schon ganz dünn an den Fersen waren. Sie sollte wirklich mehr auf sich achten und wieder einmal einkaufen gehen! Sie war nie eitel gewesen, aber die Nachlässigkeit der letzten Jahre nahm überhand. Michelle verstand es, sich zu kleiden. Was immer sie trug, es schien für sie entworfen worden zu sein. An Nina dagegen sah alles nur aus wie ein zerschlissener Jutesack.

Sie fand eine hellgraue Jeans, die noch annehmbar war und ein dunkelblaues Polohemd, das die Farbe ihrer Augen betonte. Vor dem Spiegel zog sie sich an, zupfte hier und glättete da, betrachtete sich von vorn, von hinten und von der Seite und sah immer wieder auf die Uhr, deren Zeiger nicht voranschreiten wollten. Sie putzte die Turnschuhe, die einmal weiß gewesen waren. Wann hatte sie das zuletzt getan? Sie entfernte den verkrusteten Schmutz und polierte das Leder, sie bürstete und schrubbte und besserte nach, bis es nichts mehr auszusetzen gab und ein energisches Klingeln sie endlich erlöste.

Sie würde auf der Straße warten, hatte Michelle am Telefon gesagt. Als Nina aus der Haustür trat, stand sie vor ihr, lächelte schelmisch und drückte ihr eine brennende Wunderkerze in die Hand. »Alles Gute zum Geburtstag«, flötete sie vergnügt, »möge dein Leben funkeln und sprühen und bis zur letzten Stunde zauberhaft glühen.«

Nina musterte sie mit einem schnellen Blick. Sie sah die nagelneuen Sneakers, die enganliegende vanillefarbene Jeans und die leuchtend rote Bluse, die ihren sehnigen Körper umschmeichelte. Ein Anflug von Panik erfasste sie, während Michelles knisternde Gabe in ihren Fingern herunterbrannte. Sie starrte auf die wild tanzenden Funken und brachte kein Wort über die Lippen.

»Ich hätte dir Blumen mitgebracht, aber ich schenke dir lieber etwas anderes.«

Die Wunderkerze erlosch. »Was?«

»Oh, jede Menge Felder und Wiesen und –« Michelle lief hinüber zu ihrem Wagen, der in zweiter Reihe stand, öffnete die Beifahrertür und bedeutete Nina mit einer theatralischen Verbeugung einzusteigen. »– eine neue Erfahrung.«

Nina hob die Augenbrauen und trat einen Schritt zurück.

Michelle erahnte ihre Unsicherheit. »Wir fahren nach Mecklenburg, in das weite, ferne Land, das dich noch nie begrüßen durfte.«

Sie ließen die Stadt schnell hinter sich. Die schmale Allee Richtung Norden war wenig befahren, und die Bäume am Straßenrand verwandelten den Asphalt in ein wechselvolles Gemälde aus Licht und Schatten. Auf den Feldern arbeiteten die Bauern, die ersten Rapsblüten streckten sich dem Sonnenlicht entgegen, und in den kleinen Dörfern, durch die sie fuhren, saßen Störche in ihren Nestern. Michelle wies zu ihnen hinüber. »Sind sie schwarz-weiß oder sind sie muschig?« fragte sie und lachte, als sie Ninas verständnislose Miene sah. »Ihr Gefieder. In dem Dorf, aus dem mein Vater kommt, hieß es, dass man an den Störchen erkennen könne, wie der Sommer wird. Sind das Schwarze und das Weiße klar, wird er warm und sonnig, ist alles ein verwaschenes Grau, eben ›muschig‹, wird er verregnet. Also, wie sieht's aus?«

Nina drehte sich um und sah durch die Heckscheibe zurück auf die Dächer, an denen sie vorbeigekommen waren. »Na ja, so ganz klar scheint es nicht zu sein.«

»Nicht? Na, dann können wir ja nur hoffen, dass das Landvolk sich irrt!«

Michelle war eine routinierte Fahrerin. Verstohlen betrachtete Nina ihre Hände, die locker um das Lenkrad lagen. Es waren interessante Hände, kräftig und dennoch geschmeidig, und ihre kurzen Fingernägel waren ebenmäßig und gepflegt.

»Möchtest du Musik hören?« Michelle deutete auf das Handschuhfach. »Da drin sind ein paar Cassetten. Vielleicht gefällt dir ja was.«

Nina öffnete die Klappe vor ihr und blickte in eine unordentliche vollgestopfte Ablage. Eine Taschenlampe fiel ihr entgegen, zerknüllte Parkscheine hatten sich angesammelt, und eine fast leere Tüte Gummibärchen erinnerte sie an ihre peinliche Begegnung am Gründonnerstag. »Eigentlich mache ich mir nicht viel aus Musik«, antwortete sie kleinlaut und las dennoch die Beschriftungen. David Bowie, Marla Glenn, Rosenstolz. Klangvolle Namen, die ihr nichts bedeuteten. Aber die Schrift auf den Hüllen war schön.

»Ach, komm schon, wir fahren noch eine Weile, und der Tag ist wie geschaffen für ein paar nette Klänge. Versuch's mit Laurie Anderson, eine wirkliche Künstlerin, es wird dir gefallen!«

Nina suchte die vorgeschlagene Cassette heraus und legte sie ein. ›Strange Angels‹, schwärmte eine sinnlich-kehlige Frauenstimme. Auch das noch! Nina sah aus dem Seitenfenster hinaus der Sonne entgegen, versank in der sehnsuchtsvollen Melodie, die aus den Boxen erklang und die begleitet wurde von den Fahrgeräuschen des Käfers, der nun über das buckelige Kopfsteinpflaster einer Dorfstraße rollte. Erst jetzt bemerkte sie den Duft im Inneren des Wagens und erinnerte sich, dass Michelle ihn in ihrer Wohnung zurückgelassen hatte, als sie bei ihr gewesen war. Sie dachte an die Stunden, die vor ihr lagen, und an die seidig schimmernden Locken neben ihr, die sie nicht einmal ansehen musste, um sie vor Augen zu haben. Es ging etwas vor, für das sie keine Erklärung fand. Sie war nervös und aufgewühlt und ruhte doch in sich selbst wie nie zuvor. Am Morgen noch hatte sie befürchtet, der Tag mit dieser Fremden könne ihr lang werden, und jetzt wollte sie weiterfahren bis in alle Ewigkeit, mit dieser Musik, mit dem wechselnden Licht und mit der Frau, die neben ihr saß und den Text leise mitzusingen begann.

»Ist alles in Ordnung?« fragte Michelle, als Nina eine Weile geschwiegen hatte. Eine Schranke senkte sich vor ihnen, und der Fahrtwind eines entgegenkommenden LKW brachte das Gras am Wegesrand zum Schwingen.

»Ja, natürlich.« Ninas Stimme klang belegt, als sie antwortete. Der Wagen kam vor dem Bahnübergang zum Stehen. Michelle sah sie an, und etwas Wehmütiges lag in ihrem Blick. Dann stieg sie aus und streckte sich. Für den Bruchteil einer Sekunde legte ihre Bewegung die Haut zwischen dem Saum ihrer Bluse und ihrem Hosenbund frei. Nina wandte sich ab und biss sich auf die Lippen, dann kramte sie in ihrem Rucksack nach der Sonnenmilch. Der Deckel fiel herunter, als sie die Flasche aufschraubte, und als sie sich danach bückte, stieß sie sich den Kopf. Sie hielt inne und atmete tief durch. Dann verteilte sie etwas Creme auf ihren Armen und rieb mit schnellen Bewegungen ihre Unruhe fort.

Es war schon Mittag, als Michelle von einem holprigen Sandweg auf einen Parkplatz abbog. Nina war beinahe enttäuscht, als sie ankamen, aber der Ort, an dem sie sich befanden, passte ebenso zu ihrer Stimmung wie der Geruch der Buchen in der milden Frühlingsluft. Dichter Wald bedeckte die sanften Hügel ringsum, und am Fuße einer tiefen Schlucht erstreckte sich eine menschenleere Lichtung vor einem stillen See, der sich in einem engen Bogen um die Ecke schlängelte. Nina hielt den Atem an, als sie die weißen Wolken sah, die sich auf der Wasseroberfläche spiegelten.

»Der Schmale Luzin«, verkündete Michelle und deutete zufrieden den Hang hinab. »Ich bin lange nicht hier gewesen. Es ist immer noch ein phantastisches Plätzchen.« Sie holte eine Kühltasche und eine große Decke aus dem Kofferraum. Dann forderte sie Nina wortlos auf, ihr ans Ufer zu folgen.

»Du hast recht, es war ein Fehler, dass ich noch nie hier gewesen bin. Es ist wunderschön.« Nina sah einem Boot nach, das mit leise quietschenden Rudern vorbeifuhr.

Michelle breitete die Decke aus und lachte. »Nein, das war es nicht, sonst hätte ich es dir ja nicht zeigen können.« Sie holte Teller, Besteck und mehrere Frischhalteboxen aus der Kühltasche, dann öffnete sie eine Flasche Wein.

Nina verfolgte die Bewegung ihrer Muskeln, als Michelle den Korkenzieher in die Flasche drehte. Sie zog Schuhe und Socken aus und tauchte ihre Zehen ins Wasser. »Ist ja eiskalt!« rief sie erschrocken und zog den Fuß zurück.

Wieder lachte Michelle. Und wieder zeigte sich ein wehmütiger Ausdruck auf ihrem Gesicht. »Ja, es ist ein Endmoränensee. Von der Eiszeit geschaffen, sehr tief – dauert lange, bis der mal warm wird.« Sie wickelte zwei Gläser aus großen Stoffservietten und schenkte ihnen beiden ein.

»Du musst noch fahren.«

»Ich werde nur mit dir anstoßen. Der Rest ist für dich.« Michelle arrangierte ein letztes Schälchen und betrachtete zufrieden ihr Werk.

Nina setzte sich auf die Decke und bewunderte, was da vor ihr lag. Oliven und Käse, Weintrauben und Brot, Avocadocreme und Tomatensalat. Dann sah sie Michelle an, die sich setzte und ihr zuprostete. »Danke«, sagte Nina leise und trank einen großen Schluck.

Michelle erwiderte ihren Blick, beugte sich zu ihr hinüber und küsste sie auf die Wange. »Alles Gute für dich.«

Nina spürte den Wellen nach, die durch ihren Körper flossen, dann griff sie nach ihrem Rucksack und wühlte darin.

»Was suchst du?«

»Die Sonnenmilch.«

Michelle runzelte die Stirn. »Du hast dich doch schon im Auto eingerieben.«

»Ich hab nicht deine Haut.« Nina buddelte weiter, ohne aufzusehen, dann fand sie die Flasche und öffnete sie. Diesmal ging alles glatt.

»Soll ich dir den Rücken einreiben?« fragte Michelle beiläufig, lehnte sich zurück, starrte auf das Wasser und rupfte ein paar Grashalme aus.

»Nein! Nicht nötig! Ich bleibe lieber so.« Nina deutete auf ihr Polohemd, verteilte etwas Sonnenmilch auf Gesicht und Hals. Eine Weile schwiegen beide, dann tunkte Nina ein Stück Baguette in die Avocadocreme. Bevor sie probierte, fragte sie: »Wann kommt dein Film ins Kino?«

»Die Premiere ist im nächsten Februar auf der Berlinale. So ist es zumindest geplant.«

»Das ist ja wundervoll. Wie gesagt, ich gehe nicht oft ins Kino, aber da werde ich mich dann wohl doch mal nach einer Karte anstellen.«

Michelle schmunzelte. »Das wirst du nicht müssen.«

Sie plauderten über die Schauspielerei im allgemeinen und über jedes einzelne Genre, über Michelles Filme, die Bedeutung der Regie und die Erwartungen des Publikums.

»Was ist dein Lieblingsfilm?« wollte Michelle schließlich wissen und biss in eine Tomate.

Nina schob sich gedankenverloren eine Olive in den Mund und überlegte. Dann lächelte sie verlegen. »Das kann ich nicht sagen.«

Michelle hob die Augenbrauen. »Jetzt bin ich aber gespannt. Raus damit!«

»Nein!«

»Doch!«

»Es ist peinlich!«

»Quatsch!«

Nina gab sich geschlagen. »*Casablanca*.«

Michelle warf den Kopf in den Nacken und lachte. ›Ich seh dir in die Augen, Kleines‹, ja? Das hätte ich allerdings nicht gedacht.‹

»Ich wusste, du würdest dich darüber lustig machen«, beschwerte sich Nina gespielt beleidigt und streckte sich auf der Decke aus.

»Es ist lustig.«

Sie lachten gemeinsam, doch Nina wurde wieder ernst, als Michelle fragte: »Was gefällt dir daran?«

»Dass Rick Ilsa zu ihrem Mann zurückschickt, glaube ich.«

Michelle musterte sie. »Ich verstehe. Tja, ich bin sicher, die meisten wünschten sich, er hätte es nicht getan. Aber wäre er mit Ilsa zusammengeblieben, hätte vermutlich jeder den Film bald vergessen. Es sind immer die unerfüllten Sehnsüchte, die den Menschen keine Ruhe lassen.«

Nina nickte. »Warum ist das so?«

Michelle zuckte mit den Achseln. »Weil Hunger nur verspürt, wer nichts zu essen hat, nehme ich an.«

Eine Weile hingen beide ihren Gedanken nach, dann beendete Michelle das Schweigen. »Wollen wir schwimmen gehen?« rief sie und richtete sich auf, als hätte der plötzliche Einfall sie hochgescheucht.

»Bist du verrückt?« Mit ungläubigem Staunen prüfte Nina, ob die Frage ernst gemeint war.

»Nein, wieso? Das Wasser ist glasklar!« Michelle stand auf und zog ihre Jeans aus.

»Aber es hat keine fünfzehn Grad!«

»Ach, komm doch. Hinterher ist es wunderbar.«

Nina schüttelte energisch den Kopf. »Nein, aber geh du nur. Ich halte mich inzwischen an den Wein.«

Michelle sah auf sie herab. »Sicher?« fragte sie, und als Nina nickte, ging sie vor ihr in die Hocke und fuhr ihr mit den Fingerspitzen über eine leicht gerötete Stelle auf ihrem Jochbein. »Da hast du was vergessen«, sagte sie leise, dann streifte sie den Rest ihrer Kleidung ab und glitt ohne zu zögern in den eisigen See.

Es war riskant, was sie da tat. Nur zu leicht konnte der plötzliche Kälteschock ihre Bronchien verengen. Aber sie brauchte diesen kurzen Moment des Alleinseins in ihrem wohlvertrauten Element, brauchte die kraftvollen Bewegungen, mit denen sie durch das spiegelglatte Wasser kraulte. Der frostige Schmerz auf ihrer Haut ließ nicht nach; er drang tiefer in ihr Fleisch, in ihre Knochen und Gelenke, und sie war dankbar dafür. Alles war erträglicher als die Sehnsucht, die sie empfand, seit Nina am Morgen aus ihrer Haustür getreten war. Ihre Augen waren viel blauer gewesen, als Michelle sie in Erinnerung hatte, und mehr als einmal hatte sie sich selbst dabei ertappt, wie sie die kleinen Grübchen fixierte, die Ninas Lippen umspielten, wenn sie lächelte.

Und wie sie lächelte! Und wie verträumt sie ausgesehen hatte, als sie während der Fahrt aus dem Fenster in eine unbestimmte Ferne blickte! Zufrieden hatte Michelle bemerkt, dass die harten Züge in ihrem Gesicht sich unterwegs zunehmend entspannten, dass ihre Kiefer nicht mehr mahlten und das spitze Kinn sich lockerte. Sie musste sich eingestehen, dass sie Nina schön fand mit ihren feingliedrigen Fingern, ihren schlanken Schenkeln und den winzigen goldenen Härchen, die ihre Schläfen bedeckten und in der Sonne glänzten. Michelle hatte den zarten Flaum auf ihrer Haut gefühlt, als sie Nina auf die Wange küsste, und ihre Lippen spürten dem süßen Kitzeln immer noch nach.

Sie tauchte nun auch den Kopf unter Wasser. Das eisige Nass brachte sie zur Vernunft. Es durfte nicht sein, dass diese Frau sie aus der Bahn warf! Auf so etwas war sie nicht eingestellt. Und dann Maria! Michelle sei auf dem falschen Weg, hatte sie gewarnt. Hatte sie nicht recht? War Michelle nicht tatsächlich gerade dabei, eine verhängnisvolle Dummheit zu begehen?

Vielleicht sollte sie daran denken, dass sie Berlin bald wieder verließ, sich daran erinnern, dass nahezu jedes Gefühl auch wieder verging. Sie würde sich nichts mehr anmerken lassen – das sollte ihr gelingen, schließlich war sie Schauspielerin. Keine weiteren Berührungen mehr! Sie würde vernünftig sein für den Rest des Tages, das musste sie! Aber eine Wolke schob sich vor die Sonne, und die frische Brise, die sie begleitete, wehte die letzte Wärme aus ihrem Leib. Sie spürte kaum mehr ihre Glieder und musste aus dem Wasser heraus, zurück auf die breite und doch viel zu schmale Decke.

Nina nippte benommen an ihrem Wein. Was war das nur für ein Ausflug? Welcher Wahnsinn hatte sie hierhergebracht? Sie beobachtete Michelle, die mühelos das Wasser teilte, entsann sich ihres eindringlichen Blickes, der einem geheimnisvollen Schimmern glich, das sie im Innersten berührte. Seit Stunden sog Nina verstohlen ihre Nähe ein in der vergeblichen Hoffnung, es wäre irgendwann genug, sie wäre irgendwann satt vom Klang ihrer klaren Stimme, vom Anblick ihres sanften Lächelns und von der Anmut, die in jeder ihrer Bewegungen zum Ausdruck kam. Michelle hatte sie auf die Wange geküsst, aber das reichte nicht. Sie hatte ihr Jochbein berührt, aber es war nicht genug.

Das Begehren, das im Stande ist, sich an sich selbst zu nähren, hatte Maria geschrieben. War es das? Eine Frau? Seit sie an diesem See saß, kämpfte sie gegen eine wachsende Sehnsucht, die nun mehr und mehr die Führung übernahm. Nie zuvor hatte ein Verlangen so in ihr pulsiert wie in diesem Augenblick der Wunsch, Michelle anzufassen. Nie zuvor hatte sie sich so lebendig gefühlt wie in eben dieser Sekunde, in der die Frühlingssonne auf sie niederschien und Michelle fröstelnd aus dem Wasser kam.

»Brrr, jetzt reicht's, glaub ich«, sagte diese, als sie wieder bei Nina war, ihr flauschiges Handtuch griff und sich mit energischen Bewegungen die Gänsehaut fortrieb. Von ihren nassen Haaren fielen perlförmige Tropfen auf ihre Brüste. Nina wandte den Blick ab und schwenkte das Glas in ihrer Hand. »Ist wohl doch nicht so wunderbar, wie du dachtest. Ich hab dich ja gewarnt«, neckte sie in gespielt besserwisserischem Tonfall.

»Das kommt schon noch.« Michelle zog sich hastig an, dann ließ sie sich wieder auf der Decke nieder und rubbelte ihre Haare trocken.

Nina fiel auf, dass sie viel weiter von ihr weg saß als zuvor. Sie unterdrückte den Impuls, näher zu ihr hinüberzurutschen. Der Duft ihres Parfums war schwächer geworden. Warum war das wichtig? Sie hatte sich wohl wirklich zu sehr von der Welt zurückgezogen. In den letzten Jahren, und um so mehr, seit sie Maria wiedergesehen hatte. Nur so ließ es sich erklären, dass jedes bisschen menschliche Nähe sie beinahe aus der Fassung brachte. Das musste anders werden.

»Woran denkst du?« unterbrach Michelle ihr Sinnieren.

»Ich dachte gerade, wie schön es ist, jetzt hier zu sein. So etwas habe ich seit einer Ewigkeit nicht getan.« Nina lächelte sie dankbar an.

Michelle ließ das Handtuch sinken und legte es fort. »Gut«, antwortete sie, und ihr Ton klang beiläufig. »Ich muss gestehen, es war in gewisser Weise auch eine Verlegenheitslösung, dich hierher einzuladen. Ich wollte dir eigentlich etwas Schönes kaufen, aber ich hatte keine wirklich tolle Idee.«

Nina nickte irritiert. Eine Verlegenheitslösung? Was hatte denn das zu bedeuten? Sie dachte an die lange Autofahrt, die hinter ihnen lag und auf der Michelle neben ihr gesungen hatte. Sie betrachtete die vielen Köstlichkeiten, die vor ihr auf der Decke ausgebreitet darauf warteten, genossen zu werden. Sie erinnerte sich daran, wie Michelle sie auf die Wange geküsst hatte. Eine Verlegenheitslösung? Nina verstand nicht mehr, was vor sich ging. Sie wollte nicht, dass dieser gemeinsame Ausflug bedeutungslos war. Er durfte es nicht sein!

»Alles okay?« Michelle musterte sie fragend.

War ihr Blick nicht aufmerksam? Lag nicht sogar eine Spur von Zärtlichkeit darin? Oder war Nina wirklich zuviel allein gewesen, um die Reaktionen der Frau vor ihr richtig zu deuten? »Jaja«, antwortete sie nervös. Verflogen war das Gefühl von Nähe, das sie empfunden hatte, bevor

Michelle schwimmen gegangen war. Nina musste es wiederfinden.

»Ich hätte dir gern ein Geschenk gemacht.« Michelles Stimme klang nun wieder sanft.

Nina spürte ihren Worten nach, und eine plötzliche Entschlossenheit erfasste sie. Sie rückte näher an Michelle heran, so nah, dass sie einander beinahe berührten. Sie streichelte ihr Gesicht und sah ihr in die Augen. »Mach mir ein Geschenk«, flüsterte sie. Dann küsste sie Michelle, vorsichtig und sanft, dann zärtlich und drängend, schließlich gierig und fordernd, als sie spürte, wie die andere ihr entgegenkam und die Arme um sie schloss.

Manchmal liegt alles Sein in einem einzigen Augenblick, in einem blühenden Garten außerhalb der Zeit, in dessen sinnlicher Fülle alle Fragen sich auflösen, alle Ängste sich verlieren und alle Sorgen bedeutungslos sind, bis der Zweifel seine Verderben bringenden Fühler ausstreckt und die Liebe vergiftet.

Es war ein langer Kuss, und Nina hätte nie ein Ende gefunden, doch Michelle löste sich plötzlich, schob sie widerstrebend fort und stand auf. »Ich glaube nicht, dass das eine gute Idee ist«, flüsterte sie mit belegter Stimme, rieb sich die Stirn und richtete ihren Blick in eine unbestimmte Ferne.

Nina schwieg. Sie hatte nicht mehr geküsst, seit Tobias sie verlassen hatte. Und sie hatte es nicht vermisst. Jetzt aber war sie überwältigt von dem Verlangen, das sie ganz und gar gefangennahm und selbst ihren tiefverwurzelten Hang zur Vorsicht auszuschalten vermocht hatte. Die Stimmen, die immer nur warnten, klagten, bremsten, waren verstummt.

Michelle wandte sich ihr zu. »Sag was!« bat sie und schlang die Arme eng um den eigenen Körper.

»Es gibt nichts zu sagen.« Es war die Wahrheit. Wie hätte Nina Worte finden sollen für das, was sie empfand, für diesen alles umfassenden Frieden, der sie durchdrang und ihrem Wollen Kraft gab?

»Ich wusste nicht, dass du auf Frauen stehst.«

»Ich auch nicht.« Nina lachte leise. Sie war selbst überrascht von dem, was mit ihr geschah. Sie sah sich einer erstaunlichen Entdeckung gegenüber und begrüßte verwundert diesen Teil ihrer Persönlichkeit, von dem sie nicht gewusst hatte, dass es ihn gab und der ihr nun, da er sich zeigte, gleichermaßen unheimlich und willkommen war.

»Nina, ich kann das nicht!«

Zum ersten Mal, seit Nina sie kannte, wirkte Michelle verstört. Nina ging auf sie zu und legte den Arm um ihre Taille. »Aber gerade eben ... ich meine, du wolltest ...« Sie schaffte es nicht, ihre Sätze zu Ende zu sprechen, und dennoch kannte sie sich selbst nicht mehr. Seit wann war sie so offensiv?

»Nina!« rief Michelle gereizt und entzog sich ihrer Berührung. »Was wissen wir denn voneinander? Was verbindet uns denn? In ein paar Wochen bin ich wieder weg. Und was ist dann?«

Nina wollte es nicht hören. Sie glaubte schon lange nicht mehr an das Bleibende. Und gerade in diesem Augenblick gab es für sie nur die Gegenwart. »Wir haben den ganzen Tag.«

»Nein!« Michelle schüttelte energisch den Kopf, dann lief sie zur Decke zurück und packte eilig das Picknick zusammen.

»Was tust du?« Nina schaute ihr entgeistert zu.

»Wir fahren zurück.«

»Das meinst du doch nicht im Ernst!« Ein Schlauchboot steuerte auf das Ufer zu. Zwei junge Mädchen sprangen an Land und kicherten laut.

Michelle rollte mit hektischer Betriebsamkeit die Decke ein, dann erhob sie sich, fasste Nina bei den Schultern und streichelte sie. »Doch – bitte. Ich kann nicht. Ich will nicht.

Und es ist vielleicht auch besser für dich. Du hast ja keine Ahnung ...« Sie brach ab und seufzte.

»Wovon?« fragte Nina und versuchte Michelles Miene zu ergründen. Sie schien nicht nur verstört – da war noch etwas anderes. Sie sah auch traurig aus.

Michelle begann langsam und mühevoll zu sprechen. »Du hast ja keine Ahnung, was es kosten kann. Wir haben den ganzen Tag, sagst du? Nein, das geht nicht. Glaub mir, er ginge nie zu Ende, dieser Tag. Er würde sich in die Seele eingraben und nicht wieder zu vertreiben sein. Ich habe das schon einmal erlebt. Irgendwann würden wir feststellen, dass unsere Leben sich nicht zusammenbringen lassen. Meines auf der Bühne, deines hier. Und was dann? Noch haben wir die Chance, uns das nicht anzutun.«

Die Mädchen bespritzten sich mit Wasser und kreischten, dann rauften sie miteinander und kitzelten sich. Nina beneidete sie um ihre Ausgelassenheit. »Ist das so?« fragte sie tonlos. »Ich habe keine Ahnung, was so ein Tag bedeuten kann, sagst du. Aber du hast unrecht. Ich habe gerade eben eine Ahnung bekommen. Du hast Angst, ja? Die habe ich auch.«

Michelle schenkte Nina einen zärtlichen Blick, aber dann wich sie zurück, ergriff die Tasche und wandte sich zum Gehen. »Dann solltest du vielleicht auf sie hören.«

»Das habe ich mein ganzes Leben lang getan.« Nina sprach so leise, dass Michelle es nicht mitbekam. Sie hob die zusammengerollte Decke auf, umschlang sie und hielt sich daran fest. Unwillig setzte sie sich in Bewegung, drehte sich ein letztes Mal um und betrachtete das flachgedrückte Muster im Gras an der Stelle, an der sie eben noch gesessen hatten. Dann ging sie zögernd auf das Auto zu. Sie wusste, dass eine quälend lange Rückfahrt vor ihnen lag.

## 14

Eine Amsel wühlte mit dem Schnabel in der Erde und zog einen Wurm heraus, dann flog sie mit ihm davon. Maria schaute ihr nach und versuchte die bleierne Schwere zu ignorieren, die ihr in den Gliedern steckte. Die Sonne schien ihr ins Gesicht, und doch war ihr kalt. Sie verlangsamte ihren Schritt, als sie sich dem Haus näherte, in dem ihr Bruder wohnte. Es lag ruhig im Frühlingslicht, verborgen hinter einer zartgrünen Hecke und einem in hellem Gelb frisch gestrichenen Gartentor. Ihr Herz schlug heftig gegen ihren Brustkorb, als sie in den Vorgarten trat. Hinter den weit geöffneten Fenstern war keine Bewegung zu sehen. Sie straffte die Schultern bei den letzten Schritten bis zur Tür und drückte den Klingelknopf neben dem Namen ›Odebrecht‹, den auch sie einmal getragen hatte.

Eine Ewigkeit lang geschah nichts. Maria zupfte den Kragen ihres Sommermantels zurecht, hielt sich an den Riemen ihrer Handtasche fest und blickte sich um. Kein Mensch war zu sehen. Eine Hummel flog direkt an ihrem Ohr vorbei und ließ sich auf der sonnenbeschienenen Hauswand nieder, saß ganz still und reglos, gerade so, als hielte auch sie den Atem an, als erwarte sie gespannt das Schauspiel, das sich hier anzukündigen schien.

Für einen kurzen Moment waren schnelle Schritte von drinnen zu hören, dann wurde geöffnet, und zwei hellblaue Augen lugten Maria fragend an. »Ja, bitte?«

Die pummelige Frau auf der anderen Seite der Türschwelle wischte sich die Hände an ihrer geblümten Kittelschürze ab. Maria glaubte beinahe, Friedels rundliches Gesicht schon viele Male gesehen zu haben, so sehr glich es dem Bild, das Michelle in ihren Erzählungen von ihrer Mutter stets gezeichnet hatte. Sie registrierte die Dauerwelle, die Brille und die spitze

Nase, den kleinen Mund und die hohen Wangenknochen, auf denen tatsächlich der Schönheitsfleck prangte. Sie erkannte alles und stellte fest, dass diese Frau keinerlei Ähnlichkeit mit ihrer Tochter besaß, abgesehen von den kleinen Lachfältchen, die Friedels Augen ebenso umspielten wie Michelles. Noch einmal straffte sie sich, erinnerte sich daran, warum sie gekommen war, und verkündete entschlossen: »Ich bin Maria Conti – Karls Schwester.«

Sie sah, dass Friedel erschrocken die Augenbrauen hob, sich jedoch ansonsten nicht rührte. »Ich weiß, es muss Sie überraschen, dass ich so unerwartet hier erscheine«, fuhr sie fort, »aber ich muss meinen Bruder sprechen, und ich bin mir nicht sicher, ob er mich sonst empfangen hätte.«

Friedel rührte sich noch immer nicht. Das Misstrauen in ihren Augen war gewichen; ein Ausdruck der Sorge erschien statt dessen auf ihrem Gesicht. »Ich verstehe«, antwortete sie schließlich, öffnete die Tür ein Stück weiter und bedeutete Maria einzutreten. Sie gab ihr die Hand und musterte sie nun mit Interesse. »Dann sind Sie ja wohl meine Schwägerin, nicht wahr? Ich habe schon viel von Ihnen gehört – von verschiedenen Seiten.« Sie nahm Maria den Mantel ab, dann führte sie sie ins Wohnzimmer, das auf der kühlen Schattenseite des Hauses lag.

»Ja, das kann ich mir vorstellen.« Maria betrachtete den großen Strauß violetten Flieder, der in einer bauchigen Messingvase auf einer Anrichte stand und, obwohl seine Blüten schon welk zu werden begannen, den Raum mit seinem intensiven Duft erfüllte.

Friedel nahm eine Schale mit Gebäck aus einer Nische in der Schrankwand, die das Zimmer beherrschte. Sie stellte sie auf den niedrigen Couchtisch, auf dem eine frisch gestärkte blassrosa Decke lag. »Setzen Sie sich doch bitte«, sagte sie freundlich. »Karl ist einkaufen, er muss aber gleich zurück sein. Ich war gerade in der Küche und habe Kartoffeln geschält.« Sie deutete entschuldigend auf ihre Kittelschürze und zog sie aus.

Maria wunderte sich, wie vorbehaltlos Michelles Mutter sie empfing. »Es tut mir leid, dass ich hier so hereinplatze. Ich hoffe, ich komme nicht allzu ungelegen.« Sie stützte sich auf die glattpolierten Lehnen des Polstersessels, während sie sich langsam hineingleiten ließ. »Das Alter«, erklärte sie lächelnd, als sie bemerkte, dass Friedel jede ihrer Bewegungen aufmerksam verfolgte.

»Ja, das kenne ich. Kann ich Ihnen etwas anbieten? Einen Kaffee vielleicht oder einen Tee? Oder lieber einen Sprudel bei dem schönen Wetter?« Der Gong einer Wanduhr verschluckte beinahe ihre letzten Worte. Es war halb zwölf.

»Nein, vielen Dank, vielleicht später.« Maria war sich nicht sicher, ob Karl sie nicht hinauswerfen würde, sobald er sie sah, auch wenn sie entschlossen war, sich nicht so leicht abweisen zu lassen.

»Ich habe gehört, meine Tochter wohnt zur Zeit bei Ihnen?« Es lag nichts Feindseliges in Friedels Ton, nur eine Spur von Traurigkeit. Sie strich die Kissen auf dem Sofa glatt und sah auf die Uhr.

»Ja, das stimmt. Ich habe ihr das Gästezimmer überlassen, solange sie in Potsdam zu tun hat.«

Friedel nickte. »Sie ist ja wohl bald fertig, nicht wahr?« Sie rang nervös die Hände. Dann setzte sie sich in einen Sessel gegenüber, reckte sich vor und schob Maria die Gebäckschale hin. »Nehmen Sie doch, bitte. Wenn ich gewusst hätte, dass Sie kommen, hätte ich einen Kuchen gebacken. Oder möchten Sie mit uns zu Mittag essen?«

»Nein, wirklich, vielen Dank, ich habe keinen Hunger.«

Aus Höflichkeit griff Maria nach einem Waffelröllchen, als ein Schlüssel die Haustür aufschnappen ließ.

Friedel sprang auf und lief eilig hinaus. Maria spürte, wie ihr das Blut in den Adern stockte. Das zarte Gebäck zerbrach unter dem Druck ihrer Finger, und das Herz schlug ihr nun bis zum Hals. Sie hörte Friedel flüstern, dann brummte ein tiefer Bass in trotzigem Ton. Die Worte konnte Maria nicht verstehen. Die Stimmen wechselten sich ab. Es war ein aufgeregter Schlagabtausch, und schließlich wurde Friedel etwas lauter. »Nein, Karl«, vernahm Maria nun bruchstückhaft, und »... nicht tun ... da rein ... Michelle schuldig.« Maria sah, wie Friedel Karl förmlich ins Zimmer schob. Sie trat hinter ihm ein und bemühte sich, ihre verärgerte Miene zu glätten. »Nun, ich glaube, es ist wohl das beste, ich mache dann mit meinen Kartoffeln weiter, nicht wahr? Ihr beide kommt sicher ohne mich zurecht.« Sie warf Karl einen warnenden Blick zu und lächelte Maria noch einmal an, dann griff sie nach ihrer Schürze, die über der Sofalehne lag, ging hinaus und schloss die Tür.

Karl stand mitten im Zimmer und ließ die Hände in die Hosentaschen gleiten. Sein für die Jahreszeit viel zu dicker, in gedeckten Farben gemusterter Wollpullover dehnte sich leicht über seinem Bauchansatz. Er war unrasiert und hatte ein Doppelkinn, die Haut in seinem Gesicht wirkte spröde, seine kurzen stoppeligen Haare waren grau. Maria sah, dass ein alter Mann vor ihr stand, und doch war sie verblüfft, wie sehr er dem kleinen Jungen ähnelte, den sie auf ihren Knien hatte reiten lassen. Sie erkannte seine bernsteinfarbenen Augen, deren betörendem Blick sie einst nichts hatte abschlagen können, wenn er sie um etwas bat. Jetzt aber schauten sie trübe an ihr vorbei ins Leere, weigerten sich förmlich, ihre Nähe zur Kenntnis zu nehmen. Noch immer schob er die

Unterlippe vor, wenn ihm etwas absolut nicht gefiel, genauso wie damals. Die Zeit berührt die Seele nicht, dachte Maria und schluckte, überwältigt von einem Gefühl, das sie glauben machte, es seien erst wenige Momente vergangen, seit sie von ihm fortgegangen war, ein paar unbedeutende Augenblicke und nicht zwei ganze Leben. Als sie bemerkte, dass sich sein Gesicht unter ihrem Schweigen immer weiter verschloss, stand sie auf und ging auf ihn zu.

»Du hast eine nette Frau, Karl«, begann sie vorsichtig und sah ihn unverwandt an.

Er hatte seine Schwester nicht gesehen, seit sie mit einundzwanzig Jahren das Dorf verlassen hatte, in dem sie beide geboren waren, aber er stierte an ihr vorbei, runzelte die Stirn und verschränkte die Arme vor der Brust. »Bist du hergekommen, um das festzustellen?«

Sein abweisender Ton ließ Maria zweifeln, ob hier etwas zu erreichen war. »Nein, das war eigentlich nicht der Grund, aber es freut mich.« Sie stand nun dicht vor ihm, doch er wich zurück.

»Sag, was du zu sagen hast, und dann geh wieder.«

»Ich komme wegen Michelle.« Marias Stimme klang belegt. Sie räusperte sich, dann fuhr sie fort. »Ich möchte wissen, warum du sie verstoßen hast. Und warum du ihr gegenüber so unnachgiebig bist.«

»Ich wüsste nicht, was dich das angeht«, konterte er, kaum dass sie ausgesprochen hatte. Seine Kieferknochen traten deutlich hervor. »Hat sie sich bei dir beklagt? Und wenn schon, das gibt dir nicht das Recht, dich in unsere Angelegenheiten zu mischen.«

Maria hatte es langsam angehen lassen wollen, doch sie begriff, dass auf diese Weise nichts zu gewinnen war. Hier half nur ein Frontalangriff, und die Tatsache, dass die unzähligen Jahre, die sie einander nicht gesehen hatten, sich aufgelöst zu haben schienen, erleichterte ihr den Schritt. Sie hatte nichts zu verlieren, als sie ruhig, aber unumwunden sagte: »Du hast Michelle verstoßen, weil sie zu mir gekommen ist. Du bestrafst deine Tochter für das, was ich dir angetan habe.«

Für den Bruchteil einer Sekunde sah Karl ihr kalt in die Augen. »Ich weiß nicht, wovon du sprichst.«

»O doch, das weißt du. Ich habe dich damals im Stich gelassen, und jetzt glaubst du, dass Michelle dasselbe tut.« Wieder trat Maria einen Schritt auf ihn zu, entschlossen, seine Abwehr zu durchbrechen.

»Das ist doch Unsinn.« Er ging an ihr vorbei zum Fenster hinüber, drehte ihr den Rücken zu und starrte finster in den Garten.

Sie ließ sich nicht beirren. »Jemanden zu verlassen ist nicht immer ein physischer Akt, Karl. Auch mit Ignoranz kann man einen Menschen verraten.«

Endlich drehte er sich um. »Was willst du damit sagen?«

»Du bist selbstgerecht Michelle gegenüber. Du hast sie allein gelassen mit ihren Gefühlen in diesem deinem Land, das wohl irgendwann nicht mehr das ihre war.«

Er schnaubte. »Was weißt du schon von unserem Land?«

»Genug, um Michelle zu verstehen, glaube ich.«

Nun lachte er spöttisch auf. »Ja, ihr versteht euch – das kann ich mir vorstellen!«

Die Ironie in seinem Ton ließ nun auch Maria ärgerlich werden. »So exklusiv war sie nicht, deine sozialistische Heimat! Die Menschen konnten hier genauso einsam sein wie überall auf der Welt, nehme ich an.«

»Sie hätte nicht einsam sein müssen!« protestierte er. »Sie war es nie!«

»Du hast von ihr verlangt, ein Leben zu lieben, das ihr die Luft zum Atmen nahm!« Sie wurde lauter.

»Ich will nichts mehr davon hören.« Mit einer wegwerfenden Handbewegung tat er ihre Worte ab.

»Nein, das willst du nicht.« Maria senkte die Stimme. »Aber willst du wirklich eines Tages mit der Bürde sterben, deine Tochter für ihre Liebe bestraft zu haben, für ihre Träume?«

Maria hatte erwartet, dass er sie anschreien würde. Sie hatte befürchtet, er ginge vielleicht mit all der Wut auf sie los, die seit Jahren in ihm brodelte. Er aber schaute nur zu Boden, dann flüsterte er kaum hörbar. »Ihre Träume, Maria, ihre Träume!« Er kam langsam auf sie zu und sah sie eindringlich an. »Und was ist mit unseren Träumen? Was ist mit Friedel und mir? Meinst du nicht, wir hatten auch einmal Träume?« Für ein paar Sekunden ließ er seine Frage bedeutungsvoll im Raum schweben. »Aber davon hast du ja keine Ahnung. Du hast ja nach Höherem gestrebt, Berlin, Mailand, ganz die große Dame. Selbstverwirklichung, ja, damit kennst du dich aus. Da kannst du Michelle sicher ein wunderbares Vorbild sein.« Er presste die Lippen aufeinander, so dass die Farbe aus ihnen wich.

»Wie meinst du das?« Maria runzelte die Stirn.

»Na ja ...« stammelte er plötzlich, »wenn du etwas wolltest, dann ... dann kanntest du ja auch kein Halten, oder? Da war dir ja sonst auch ... auch alles egal! Und alle.«

Maria schluckte und dachte an Nina. Vielleicht hatte er recht? Mühsam schob sie die Selbstzweifel fort, die ihr hier nicht halfen. Er spielte schließlich auf etwas ganz anderes an. »Das ist nicht wahr, das stimmt doch nicht! Das hat dir vielleicht der Vater in seinem Zorn eingeredet. Oder du hast es dir selbst so zurechtgelegt.« Sie spürte, wie ihre Aufregung wuchs und sah, dass auch Karls Hände zitterten.

»Da gab es nichts zurechtzulegen. Was musste ich mir denn wohl zurechtlegen, als ich eines morgens aufgewacht bin und du einfach weg warst? Ich dachte, du bist schon im Stall oder auf dem Feld, aber da warst du nicht.« Er funkelte sie anklagend an und wurde lauter. »Ich habe dich gesucht, Maria, überall, aber du warst auch nicht auf dem Heuboden oder in der Küche oder wo ich dich sonst immer gefunden habe. Du warst überhaupt nirgendwo!« Seine Stimme brach, und Maria ahnte, welch dunkle Verzweiflung ihn damals befallen haben musste.

»Ich weiß, Karl.« Sie hatte Tränen in den Augen. »Aber es hatte doch nichts mit dir zu tun, das musstest du doch wissen! Du warst mein kleiner Bruder! Wir waren uns doch immer so nah gewesen! Hab ich nicht immer auf dich aufgepasst? Hab ich dich nicht immer beschützt?« Maria hob beschwörend die Hände, suchte flehentlich seinen Blick.

»Warum bist du dann gegangen?« schrie er und ballte die Fäuste.

Ein aufgeladenes Schweigen erfüllte den Raum. Maria setzte sich in den Sessel zurück, ließ die Hände matt in den Schoß sinken und seufzte. »Weil ich nicht mehr konnte, Karl, und ich wollte auch nicht mehr.« Ihr Blick glitt in die Ferne, und sie tauchte ein in die alles verzehrende Erschöpfung, die sie umfangen hatte in der Nacht, in der sie beschloss, die Heimat zu verlassen.

Der Vater hatte sie wieder geschlagen. Sie war jetzt schon erwachsen, doch das hinderte ihn nicht, seine unbändige Wut über sein trauriges Dasein an ihr auszulassen, die die Älteste war und an allem schuld. Wenn ein Hagelschauer die Ernte zerschlug, bekam sie Prügel und auch, wenn die Kuh ein totes Kalb gebar. Wenn sie im Wald keine Pilze fand oder das Mehl in der Küche voller Maden war, fiel das Abendessen aus. Dabei sorgte sie sich, so gut sie konnte. Die Brüder und Schwestern hatten nur sie, wenn die Mutter im Wochenbett lag oder krank war, und beides kam häufig vor. Sechs Kinder und zwei Fehlgeburten hatten ihr die Kraft genommen, und so war es vor allem Maria, an der die Arbeit hängenblieb. Sie fütterte das Schwein und wendete den Mist, grub auf dem Feld nach Kartoffeln, bis die Erde nicht mehr fortzukriegen war unter den Fingernägeln und der Rücken so sehr schmerzte, dass sie kaum wagte, sich aufzurichten. Im Herbst hielt sie die Gänse fest, wenn sie geschlachtet wurden, die treuherzigen Tiere, die ihr einen Sommer lang über die Wiesen nachgelaufen waren und denen sie putzige Namen gegeben hatte. Ihre Kleider waren dünn und verschlissen, und wenn sie am späten Abend todmüde ins Bett fiel, dann war es nicht für lange, denn noch im Dunkeln stand sie wieder auf, um die Kühe der Herrschaften zu melken. Sie fror jede Nacht auf dem Weg in den Stall, selbst im Sommer, und manchmal blickte sie aus schlaftrunkenen Augen in den sternenklaren Himmel hinauf, in ein Firmament funkelnder Versprechungen, das von Weite kündete und von einer aufregenden Welt, von der sie nicht mehr kannte als die staubige Straße durch ihr armseliges Dorf.

»Es gab nur einen Trost in all den Jahren.« Maria beugte sich im Sessel vor und rieb sich die geschwollenen Gelenke. »Das Gut.«

Karl nahm auf dem Sofa Platz und verengte die Augen. »Von Wittelsbachs? Diese Ausbeuter?«

Maria lächelte wehmütig. »Ach, Karl, so schlimm waren sie doch nicht.«

Erneut verschränkte er die Arme vor der Brust. »Von wegen.

Du weißt es ja nicht, weil du weggegangen bist, aber ich habe auch für sie gearbeitet bis '45. Und ich habe ihnen keine Träne nachgeweint, als die Sowjets sie verjagt haben.«

»Mag sein, aber um die Alten ging es mir ja auch nicht. Stimmt schon, er war ein grimmiger Kerl, und seine Frau war auch ziemlich streng. Aber Katharina? Du musst dich doch noch an Katharina erinnern?«

Karl kratzte sich am Kopf. »Ja, Katharina, ich weiß, du mochtest sie.«

Wieder lächelte Maria. »Ich mochte sie nicht bloß, Karl, wir waren unzertrennlich! Obwohl niemand das gerne sah. Ihre Eltern nicht und unsere schon gar nicht.« Wieder tauchte sie in der Zeit zurück.

Maria war vierzehn, als die Schulzeit für sie vorbei war und sie zu von Wittelsbachs ins Pflichtjahr ging. Am Anfang war ihr alles nur fremd. Stets warme Zimmer und kostbare Tassen, die sie ehrfürchtig in den Händen hielt, wenn sie sie abwusch. Dass bloß nichts zerbrach! Sie hatte Angst vor Frau von Wittelsbach, aber das Geschirr gefiel ihr, und auch die Tischdecken mit den Spitzen und zarten Stickereien fand sie schön. Der Fußboden glänzte im ganzen Haus, und viel öfter als nötig kämmte sie die Fransen des schweren Teppichs in der Bibliothek. Und erst die riesigen Bücherschränke dort! Manchmal, wenn sie sicher war, dass niemand sie erwischte, nahm sie einen Band heraus, schlug ihn auf und las ein paar Sätze. Unbekannte Worte in der eigenen Sprache. Geheimnisvolle Worte. Sie flüsterte sie, stammelnd zuerst und holprig, doch sie sagte sie sich immer wieder vor, bis sie schließlich flüssig über ihre Lippen kamen.

Anfangs war Katharina scheu, denn sie hatte mit Maria nicht mehr gemeinsam als das Jahr, in dem sie beide geboren waren. Sie ließ ihre Stimme schnippisch klingen, wenn sie Anweisungen gab. Aber ihre beiden Schwestern waren verheiratet und lebten in der Stadt, und Brüder hatte sie nicht. Niemand war da, mit dem sie reden konnte. Nur die Blumen im Garten hörten ihr zu, doch sie antworteten nicht, und als die Läuse ihre Löwenmäulchen fraßen, da war sie verzweifelt und fragte Maria um Rat.

»So hat es angefangen.« Maria lehnte sich zurück und vergewisserte sich, dass Karl ihr noch zuhörte. »Ich habe ihr gezeigt, wie man aus Hagebutten Juckpulver macht und wie man einen Holzbock richtig aus der Haut zieht. Und sie hat mir beigebracht, Gedichte zu schreiben.«

»Gedichte?« Karl drückte sich tiefer in die Sofaecke.

»Ja, Gedichte. Und plötzlich begriff ich, dass es noch etwas anderes gab als Kuhmist und Plackerei.«

»Wenn man die Zeit dafür hat!«

Maria sah ihren Bruder an, bemerkte, dass seine Mundwinkel zuckten. »Jetzt redest du wie der Vater«, ermahnte sie ihn. »Genau das war ja der springende Punkt. Ich begann zu ahnen, dass das Leben nicht nur aus Mühsal bestehen musste. Ich erfuhr, was Freude ist. Also blieb ich auch nach dem Pflichtjahr bei von Wittelsbachs in Stellung. Dem Vater hat es nicht gepasst. ›Häs nix anners to doon, as mit dat vornehme Fräulein rumzupussieren‹, meckerte er immer, wenn ich länger blieb, als ich musste. Aber geduldet hat er es doch jahrelang, denn meine Arbeit im Gutshaus brachte in jedem Frühling ein Ferkel und gutes Kraftfutter dazu. Und Katharina und ich hatten so viel Spaß und kamen uns immer näher.«

Karl schob die Unterlippe vor. »Hatten wir keinen Spaß zusammen?«

Maria schenkte ihm einen besänftigenden Blick. »Natürlich, Karl, aber du warst doch noch so klein. Konnte ich denn mit dir über das reden, was mir im Kopf herumging? Katharina und ich, wir haben viel gelacht, aber wir hatten doch auch andere Themen. Sie erzählte mir, was ihre Eltern über Hitler sagten. Niemand durfte das wissen! Wir malten uns aus, was einmal aus uns werden würde. Wir schmiedeten Pläne und hatten so viele Fragen. Was sehen die Vögel, wenn sie in den Süden fliegen? Welche Zahl kommt vor unendlich? Katharina nahm mich ernst, verstehst du? Sie dachte nach über das, was ich sagte, und sie hörte mir zu. Nie zuvor war mir jemand mit Respekt begegnet, geschweige denn mit Interesse. Sie hat mir einmal einen Schal zu Weihnachten geschenkt. Es war das schönste Geschenk, das ich je bekommen hatte bis zu jenem Tag. Ich habe ihn an meine Wange geschmiegt und war selig. Die Mutter meinte, ich sei wohl verrückt geworden. Katharina hatte ihn für mich gestrickt, einen leuchtend gelben Schal mit langen Fransen. Wieder und wieder habe ich mit der Hand über die Wolle gestrichen; ich konnte nicht glauben, wie weich sie war. Nie zuvor hatte ich so etwas Flauschiges gefühlt. Und auch ein solches Gelb hatte ich noch nie gesehen. Ich hütete ihn sorgsam wie einen Schatz. Es war ein breiter Schal mit einem komplizierten Muster. Wieviel Zeit hatte Katharina darauf verwandt, wieviel Mühe? Nein, niemals zuvor hatte mir jemand so eine Freude bereitet. Ich trug ihn das ganze Weihnachtsfest, bei Tag und Nacht, nur bei der Arbeit nahm ich ihn ab, damit er nicht schmutzig wurde. Er war so warm.« Maria sah ihren Bruder eindringlich an. »Die Jahre mit Katharina haben mir die Trostlosigkeit meines Lebens erträglich werden lassen, selbst wenn sie später nicht immer da war, weil sie ja ins Internat ging. Aber ich habe viel von ihr gelernt. Und auf dem Gut herrschte ganz einfach ein anderer Ton. Ich weiß nicht, wie ich es dir erklären soll.«

»Das Gehabe der Privilegierten«, knurrte Karl.

Maria verzog den Mund. »Nenn es so, wenn du willst. Aber es waren ja nicht nur von Wittelsbachs und Katharina. Auch das Küchenpersonal. Sie waren einfach nett zu mir. Ich wurde gelobt, Karl. Nie zuvor hat mir jemand das Gefühl gegeben, ich würde etwas richtig machen oder gar gut. Hier wurde es honoriert. Und die Köchin legte mir immer etwas zur Seite, wenn die Reste vom Essen der Herrschaften verteilt wurden und ich gerade nicht da war.« Maria sah, wie der Sozialist in ihrem Bruder protestieren wollte und hob beschwichtigend die Hand. »Jaja, ich weiß schon, was du sagen willst, aber lass mich erst einmal zu Ende erzählen. Ich fühlte mich wohl dort, doch als ich neunzehn war, starb Katharinas Mutter an Krebs, und alles wurde anders. Katharina fuhr oft nach Berlin zu ihrem Verlobten, aber wenn sie auf dem Gut war, verbrachten wir soviel Zeit wie möglich miteinander. Und dann hat mir der Vater verboten, weiter im Gutshaus zu arbeiten. Ganz plötzlich, nach über fünf Jahren.«

»Warum?«

Maria lachte bitter. »Tja, das ist eine gute Frage. Er kam einfach eines Tages zu mir in den Stall und sagte: ›Du hörs opp da!‹ Ich habe ihn verständnislos angesehen, wusste gar nicht, was er meinte. ›Die Herrschaften‹, fing er wieder an, ›du hörs da opp.‹ ›Aber warum denn?‹ habe ich ihn gefragt. Ich war verzweifelt, denn ich sah, dass er wütend war und meinte, was er sagte und dass seine Entscheidung endgültig war. ›Wesst nich, wat de Lüet rädn?‹ schrie er los und ohrfeigte mich, dann musterte er mich voller Argwohn. Wieder habe ich ihn nur verständnislos angesehen. ›Wat rädn die Lüet denn?‹ wollte ich wissen. Ich konnte mir wirklich nicht vorstellen, was andere an der Freundschaft zwischen Katharina und mir, zwei halbwüchsigen Mädchen an einem langweiligen Ort, auszusetzen haben konnten. ›Dat de Widdelsbach een oller Mann is, vertelln se sich, un du bist en junges Ding, un siene Frau ist dod, un du bist nich immer nur da, wenn de wat to doon häs.‹« Maria seufzte und verdrehte die Augen. Karl senkte verlegen den Blick. Er kannte den Vater und konnte sich gewiss vorstellen, wie er damals mit ihr gesprochen hatte.

»Mir ist ganz schwindlig geworden. Seine Unterstellung war so boshaft.« Maria stand auf und ging nun ihrerseits zum Fenster, betrachtete den ausladenden Teppich abgefallener Blüten unter dem knorrigen Apfelbaum. »Aber kaum hatte ich mich von dem erholt, was er gesagt hatte, da nahm er mir auch noch den Schal weg! Es war so schrecklich! Er sollte ihn nicht anfassen mit seinen grobschlächtigen Händen, aber er nahm ihn von meinem Bett, und wir zogen beide daran, er roh und entschlossen, ich nur halbherzig, denn ich wollte nicht, dass er auch nur den geringsten Schaden nahm. Ja, er zog fester, und er gewann. Und dann trug er ihn zum Ofen.« Ihre Stimme brach bei den letzten Worten, sie verstummte und rang nach Luft. Dann drehte sie sich um und setzte sich wieder, Tränen rannen ihr über die Wangen. Lange wimmerte sie leise, dann schluckte sie, und ein energischer Ruck ging durch ihren Körper. Mit aller Gewalt hatte sie das Bild vertrieben, das zu schildern sie nicht fähig war.

»Es zerriss mir das Herz, als der Geruch der brennenden Wolle mir in die Nase stieg. Und dann empfand ich gar nichts mehr, rein gar nichts. Ich sah zu, als ginge das Geschehen mich nichts an, und auch der Vater erschien mir wie ein Fremder. Und da wusste ich, dass ich fortgehen würde, sobald es ging.«

»Aber warum musste es ausgerechnet Berlin sein, Maria? Berlin, die Hauptstadt der Nazis!«

Maria griff nach ihrer Handtasche, die über der Sessellehne hing. Sie öffnete den goldenen Verschluss, holte ein besticktes Stofftaschentuch hervor und putzte sich die Nase. Dann faltete sie es ordentlich zusammen, behielt es jedoch in der Hand, die jetzt zur Faust geballt war. »Nun, es war Berlin in meinem Traum, immer Berlin, seit jenem Abend mit dem Vater, an dem ich den Entschluss gefasst hatte. Damals hatte der Krieg ja gerade erst begonnen, und es war ja nicht abzusehen, dass er so lange dauern würde. Katharina hat geheiratet und ist ganz nach Berlin gezogen. Wir haben uns heimlich geschrieben, und in ihren Briefen stand alles von dem Leben in der Stadt, von den Geschäften und den Automobilen in den Straßen, von vornehmen Hotels, aus denen elegante Frauen und ernste Männer in dunklen Anzügen herauskamen, von den Portiers, die ihnen nickend einen Gruß mit auf den Weg gaben. Es waren ihre Bilder, die mich am Leben hielten in den Jahren im Stall, in den langen zwei Jahren, bis ich einundzwanzig wurde und die mir endlos erschienen. Und du, Karl, natürlich du mit deiner ewig feuchten Nase und dem stoppeligen Haar.« Sie lächelte ihn an. »Nach jenem Abend mit dem Vater war ich dir noch näher als zuvor. Ich habe jede freie Minute mit dir geteilt, denn ich habe dich geliebt, das ist die Wahrheit, aber ich wusste auch, ich würde gehen. Die Nazis, die habe ich gar nicht wahrgenommen, solange ich im Dorf war. Eigentlich habe ich gar nichts mitgekriegt in dieser Zeit, nicht von Politik und auch nicht vom Geschehen auf dem Gut. Der alte Wittelsbach hat mich nicht einmal mehr gegrüßt, so peinlich waren ihm die Gerüchte. Er war eben um seinen Ruf besorgt. Dabei hatte ich doch nur selten mit ihm zu tun gehabt. Da war doch genug Personal, das mich anwies. Ich habe dort nur gearbeitet, verstehst du, die Messingklinken geputzt und seine Schuhe. Der Schweißgeruch seiner Reitstiefel war alles, was ich von ihm mitbekam.« Sie schüttelte den Kopf, als könne sie noch immer nicht begreifen, warum der Vater dem haltlosen Gerede der Knechte Glauben geschenkt hatte, ohne seine Tochter auch nur anzuhören. »Nein, Karl, ich war im Stall und versorgte das Vieh, als die Nazis durch unser Dorf kamen. Die Panzer wirbelten den Staub von der sandigen Straße auf, das hat mich geärgert, wenn die Wäsche draußen hing, sonst hat es mich nicht weiter interessiert. Mein Krieg fand in meinem Herzen statt, meine einzige Sehnsucht galt dem Tag, an dem ich einundzwanzig werden würde.« Noch einmal putzte sie sich die Nase. Dann blickte sie auf und erkannte die stumme Frage, die ihm auf der Seele lag.

»Ja, ich bin heimlich gegangen, sonst hätte ich es nicht geschafft. Die Mutter hätte geweint und mich bekniet, der Vater hätte gedroht und mir weiß Gott welche Verwünschungen hinterhergeschickt. Ich konnte dir nichts sagen, Karl, du warst doch gerade erst neun.« Sie legte tiefes Bedauern in ihren Ton und auch jene Zärtlichkeit, die sie früher für ihn empfunden hatte. »Wie hätte ich es dir erklären sollen? Und dann das Risiko, dass du jemandem etwas sagst, unabsichtlich vielleicht oder weil du traurig warst und nicht wolltest, dass ich gehe. Glaub mir, Karl, du warst der einzige Grund, der mich zögern ließ, als es endlich soweit war. Und vielleicht musste ich deshalb ohne Abschied gehen.«

Sie sah zu Boden und erinnerte sich an den Morgen, an dem sie wieder im Dunkeln aus den Federn gekrochen war und gefroren hatte. Doch sie war nicht zum Stall gegangen dieses eine Mal, sondern zum Bahnhof, mit einem kleinen Bündel, das ihre spärliche Habe enthielt, und mit sehr wenig Geld.

Dann schüttelte sie den Kopf. »Wenn ich heute daran denke, kann ich nur froh sein, dass ich so naiv gewesen bin. Wenn ich begriffen hätte, was alles hätte passieren können, dann wäre ich vielleicht geblieben, wo ich war, trotz meiner tiefen Verletztheit und meinem Widerwillen gegen Kuhmist, gegen Einfältigkeit, und trotz meiner großen Sehnsucht nach der Stadt. Der Krieg kam schließlich immer näher, und es gab auch sonst Unwägbarkeiten genug. Vielleicht hatte ich einen Schutzengel in diesen Jahren, vielleicht war es auch nur meine Entschlossenheit, die mich heil durchkommen ließ. Ich lebte wieder, merkte ich, als ich in den Zug stieg – zum ersten Mal seit Katharinas Schal in Flammen aufgegangen war, empfand ich wieder etwas, als die Sonne aufging.«

Karl faltete die Hände im Schoß und presste die Daumen aneinander. »Und? Hast du erreicht, was du dir damals erträumt hast?«

Maria fiel auf, dass keine Wut mehr in seiner Stimme mitschwang. Sie überlegte, bevor sie antwortete. »Zum Teil«, begann sie ruhig. »Aber darum geht es nicht. Ich habe mein Leben gelebt, jetzt kann ich nur noch zurückblicken wie auf eine alte Landkarte, kann die fruchtbaren Täler erkennen und die Wüstengegenden, die unerforschten Gebiete und die Regionen aus Stein und Geröll. Ich habe sicher richtige Entscheidungen getroffen und auch falsche, und sie alle haben mein Land geprägt als Weglinien und Gräben. Aber wie es nun auch aussieht, jetzt kann ich es nur noch ansehen und sagen, das also war's.« Maria steckte das Taschentuch in ihre Handtasche zurück.

Karl nickte müde. »Es muss ein schönes Gefühl sein, so eine Karte zu haben.« Er blinzelte seine Schwester kurz an. »Früher habe ich gedacht, ich würde auch einmal so eine Karte besitzen, mein ganzes Leben lang habe ich das gedacht. Und ich habe mich sogar darauf gefreut, sie zu betrachten und zu studieren, mit Friedel zusammen. Aber es war uns leider nicht vergönnt. Unsere Karte ist verloren.«

»Wieso?« Maria sah ihn verständnislos an.

Er aber betrachtete die Falten im Kissen neben sich, strich mit der Hand darüber. »Was ist denn geblieben von dem, was unser Leben war – was es ausgemacht hat? Was bedeutet denn noch die Erinnerung an Bertrams Jugendweihe oder an den Tag, an dem er als Richter seinen ersten Prozess geführt hat? Er hatte auch Lampenfieber, genauso wie Michelle bei ihren Auftritten. Was kann ich denn noch erkennen auf der Postkarte, die sie uns von ihrem Ernteeinsatz geschickt hat in dem Sommer, bevor ihr Studium begann? Was ist denn mit all den Urkunden und Medaillen von den Sportfesten und von der Spartakiade, mit denen die Schubladen hier vollgestopft sind?« Er wies mit der Hand auf die Schrankwand. »Das ist doch alles nur noch Tand.«

Maria spürte, wie sehr er unter seinen Worten litt. »Ich verstehe nicht, was du damit sagen willst.«

Wieder funkelte er sie zornig an. »Dass sie uns alles weggenommen haben, alles in den Dreck gezogen haben, was hier unser Leben war, das will ich damit sagen! Aber das hätte ich ja noch ertragen. Dass sie unser Kombinat zerschlagen haben, in dem ich über dreißig Jahre lang tätig war und Friedel auch, wo wir jeden kannten und was wie unser zweites Zuhause war, auch das hätte ich noch hingenommen. Auch dass sie uns in Rente geschickt haben weit vor der Zeit, uns lächerlich gemacht haben in ihren Medien – bitte! Vielleicht wäre ich sogar noch damit klargekommen, dass Bertram nicht mehr Richter sein kann. Er hat es ja schließlich auch verwunden. An meinen Überzeugungen konnten sie ohnehin nicht rütteln mit ihrer D-Mark und ihrem ganzen verlogenen

Gerede von Freiheit, aber dass einem die eigene Familie so ...« Er brach ab, bemühte sich um Fassung. Seine Hand lag noch immer auf dem glattgestrichenen Kissen, nun zur Faust geballt. Er betrachtete sie, dann ließ er die Schultern sinken. Seine Wut verflog, und er sagte traurig: »Ich konnte dir nicht verzeihen, Maria, und ich wollte dich nie wiedersehen. All die Jahre konnte ich diesen Morgen nicht vergessen, an dem der Vater getobt hat und die Mutter verzweifelt im Zimmer auf und ab lief und keiner gemerkt hat, dass ich die Welt nicht mehr verstand. Der Vater hat uns zusammengerufen, uns Kinder. ›Maria is ausjebüxt‹, hat er trocken verkündet, ›se kümmt nich mehr wedder, und ich will ehrn Nomen hier nich mehr hörn.‹ Für ihn war das Kapitel damit abgeschlossen. Und ich habe seine Weisung befolgt. Aber als der Krieg zu Ende war und Horst nicht zurückkam und die Schwestern starben, da habe ich schon überlegt, ob ich dir schreiben soll, damit du nach Hause kommst. Aber ich hatte ja gar keine Anschrift von dir, und ich hätte mich wohl auch nicht dazu durchringen können. Als ich Friedel geheiratet habe Ende '54, hat Lisbeth mich gefragt, ob ich dich nicht einladen wolle. Sie war ja stets darauf bedacht, die Familie zusammenzuhalten. Aber ich war noch immer viel zu wütend. Und außerdem haben die Eltern noch gelebt, also nahm ich an, du würdest ohnehin nicht kommen. Unsere Schwester hat nicht locker gelassen. Ich solle dir wenigstens ein paar Hochzeitsfotos schicken, hat sie mich bekniet. Sie hatte ja inzwischen deine neue Adresse in Mailand. Doch ich konnte mich nicht überwinden. Italien, das war so weit weg.« Er hielt inne, atmete tief durch und sah wehmütig zu Boden. »Aber dann kam ein Tag, da war es mir plötzlich egal, dass du mich einfach im Stich gelassen hattest. Das war an dem Morgen, an dem Michelle geboren wurde. Ich kann dir nicht erklären, warum.

Ich habe so etwas nicht empfunden, als ich Friedel kennenlernte und auch nicht, als Bertram zur Welt kam. Aber als die Schwester mir dieses winzige Ding mit den schwarzen Knopfaugen in den Arm legte, da war plötzlich alles gut.« Ein Lächeln umspielte seine Lippen. »Alle haben sie geflachst, weil Michelle so anders aussah mit ihren dunklen Locken, als wäre sie vielleicht nicht mein Kind. Aber sie war mein Kind!« Er richtete sich auf und nickte, um seinen Worten Nachdruck zu verleihen. »Sie war meine Tochter, und das blieb sie ihre ganze Kindheit hindurch. Ich habe alles für sie getan, und sie war mir immer eine Freude, in der Schule, bei den Pionieren und beim Angeln am See. Es war alles in Ordnung, bis diese Künstler sie verdorben haben!« Seine Züge verhärteten sich wieder.

»Karl!« stieß Maria entsetzt hervor. »Was redest du denn da? Michelle ist ein wunderbares Mädchen!«

Er nickte ärgerlich. »Ja, wunderbar in deinen Augen. Wunderbar eigensinnig und rücksichtslos. Hat viel gelernt im Westen.«

Maria richtete sich im Sessel auf. »Jetzt reicht es mir aber!« Sie erschrak selbst ein wenig, weil sie ihn zurechtwies, wie sie es schon getan hatte, als er noch ein Kind gewesen war. »Du bist es doch selbst, der dich um deine Landkarte betrügt! Sie ist nicht verloren, mein Lieber. Sie ist nur verschüttet unter einem Berg aus düsteren Gedanken, der Tag für Tag höher wird, wenn du hier herumsitzt und endlos grübelst.« Er wollte sie unterbrechen, aber sie bedeutete ihm mit einer heftigen Geste, dass sie noch nicht fertig war. »Was ist denn mit deinem Kombinat und deiner Spartakiade? Und mit Michelles Pionierzeiten? All das ist vorbei, Karl, aber deshalb ist es doch gewesen! Du kannst das Leben nicht aufhalten! Meine Jahre in Mailand sind auch Vergangenheit. Ich habe meinen Mann aus den Augen verloren, als ich nach der Scheidung hierher zurückkam, und nun ist er schon lange tot. War ich deshalb nicht einmal glücklich mit ihm? Waren seine Liebesbeteuerungen gelogen, darf ich mich ihrer nicht mehr erinnern, nur weil wir auseinandergegangen sind?«

»Dein Leben hat niemand in Frage gestellt!« polterte er.

»Und deines auch nicht! Michelle vermisst dich, und sie braucht dich! Die Entscheidungen, die sie für sich getroffen hat, hatten nichts mit dir zu tun! Aber sie sind ihr Fundament, und es wird brüchig bleiben, solange du ihr nicht deinen Segen gibst – solange du sie dafür bestrafst, dass sie einen Weg geht, den du für sie so nicht geplant hattest. Sie hat dich nicht verlassen, sie liebt dich! So wie auch ich dich nicht verlassen habe! Ich verstehe ja, dass du das als Kind nicht begriffen hast, nicht begreifen konntest. Aber jetzt könntest du einmal innehalten und nachdenken. Das bist du deiner Tochter schuldig, und übrigens auch deiner Frau. Ihrem Leben nimmst du nämlich auch die Freude. Und dazu hast du kein Recht!« Maria schlug mit der Faust auf die Sessellehne.

Karl starrte sie an. Seine Augen waren so ausdruckslos, dass Maria befürchtete, er habe kein einziges ihrer Worte vernommen. Er stand auf und verließ langsam das Zimmer. Maria blickte ihm irritiert nach. Dann sackte sie erschöpft zusammen.

»Möchten Sie jetzt vielleicht einen Kaffee?« Friedel spähte unsicher durch die Tür, bevor sie zögernd eintrat.

»Nein, vielen Dank. Ich möchte jetzt gehen. Können Sie mir vielleicht ein Taxi rufen?« Sie war müde, und ihre Gelenke schmerzten, weit mehr als sonst an einem sonnigen Tag. Friedel eilte zurück in den Flur, um zu telefonieren, dann kam sie zurück, trat an Marias Seite und stützte ihren Arm, als sie aufstand.

Maria lächelte matt und drückte ihr sanft die Hand. »Schön,

dass wir uns einmal begegnet sind. Michelle spricht so oft von Ihnen.«

Sie gingen hinaus in den Flur, und Friedel half Maria in den Mantel. »Grüßen Sie sie von mir.« Ihre Stimme klang resigniert, und ihr Händedruck war weit weniger fest als bei der Begrüßung.

»Das mache ich.« Gemeinsam traten sie vor das Haus und warteten, bis das Taxi kam. Erst an der frischen Luft merkte Maria, wie ausgelaugt sie sich wirklich fühlte. So war sie froh, dass es nicht lange dauerte, bis ein cremefarbener Mercedes am Straßenrand hielt und der Fahrer ausstieg, um ihr die Tür zu öffnen. Sie sank auf die Rückbank und seufzte schwer. Der ganze weite Weg, ihre Bemühungen zu erklären. Es war alles umsonst gewesen.

## 15

Für gewöhnlich war es nicht ihre Art, im Regen spazierenzugehen, aber zu Hause hielt sie es nicht mehr aus. Viel zu sehr hatte sie sich eingeigelt, jetzt fiel ihr mit einemmal die Decke auf den Kopf. Nina schlenderte ziellos durch die Straßen und versuchte vergeblich, sich von der geschäftigen Betriebsamkeit, die sie umgab, einnehmen zu lassen. Sie beobachtete den Gemüsehändler, der mit lautem Rufen Beelitzer Spargel und italienische Erdbeeren anpries, las die Werbetafeln der zahlreichen Cafés, deren Bedienungen die leeren Stühle auf dem Gehweg dicht unter die schützende Markise schoben, und verfolgte gleichmütig, wie eine junge Frau vorsichtig ihren eingeklemmten Peugeot aus einer engen Parklücke herausmanövrierte. Aber es half alles nichts. Wohin sie ihren Blick auch richtete, selbst inmitten des quirligen Treibens erging es ihr so wie in den vergangenen Stunden in der Einsamkeit ihrer Wohnung. Sie hatte am Morgen das Wasser der Dusche auf ihre Haut prasseln lassen, hatte stündlich die Nachrichten im Radio verfolgt und mit beflissener Konzentration jeden einzelnen Artikel in der Tageszeitung gelesen, mit Tobias telefoniert und mit dem Pinsel in der Hand versucht, ihrem Empfinden eine Form zu verleihen. Doch was sie auch tat, ihr ganzes Denken kannte nur eine Richtung, ihr ganzes Fühlen nur ein Ziel: Michelle.

Eine Woche lag ihr gemeinsamer Ausflug nun zurück. Tobias hatte gesagt, er erkenne sie nicht wieder. Es war merkwürdig gewesen, gerade mit ihm darüber zu reden, wie unbeschreiblich verliebt sie war. Aber sie musste es jemandem sagen, musste es Wahrheit werden lassen, indem sie es in Worte fasste. Und wen hatte sie denn sonst? Er war verwundert gewesen und irritiert, doch am Ende spürte Nina, dass ihr schwärmerisches Erzählen ihn vor allem erleichterte. Endlich musste er nicht mehr befangen sein, wenn er von seinem Leben sprach, endlich nicht länger ein schlechtes Gewissen haben, weil er sie verlassen hatte.

Nina hatte nicht verstanden, warum Michelle plötzlich zurückgewichen war und sich seitdem so entschieden abkapselte. In ihrem Kuss hatte eine tiefe Intimität gelegen, und Nina hatte gespürt, dass sie von Herzen gekommen war. Doch auf dem Weg zurück in die Stadt hatte Michelle ihre Hände viel zu fest um das Lenkrad gelegt, und auch Musik hatte sie nicht mehr hören wollen. Sie schien dankbar zu sein, ihren Blick auf die Straße heften zu müssen, und immer wieder war sie sich mit der Hand durch die Locken gefahren, hatte mehr als einmal versucht, ein belangloses Gespräch zu beginnen. Sie war sichtlich erleichtert gewesen, als sie ihren Käfer wieder vor Ninas Haus zum Stehen brachte, in der zweiten Reihe, wie schon am Morgen. Ob sie noch mit hinaufkommen wolle, hatte Nina sie beinahe flehentlich gefragt, aber Michelle hatte nur den Kopf geschüttelt und sie dabei nicht angesehen. Sie brauche Zeit, hatte sie gemurmelt, und Nina hatte ihr nur leise die Hand gedrückt.

Sie hatte Michelle zurückgelassen, und seitdem war sie nur noch durcheinander. Sie begriff, dass ihr Versuch, durch Rückzug Ruhe in ihr Leben zu bringen, endgültig gescheitert war. Ihre Sehnsucht hatte die stoische Abgeklärtheit vertrieben, die der Schmerz um Marias Verrat ihr auferlegt hatte und die vielleicht auch das Erbe ihres Vaters war. Er hatte ihr das Zeichnen beigebracht. Was er zeichnete, war real, so real wie sein Arbeitszimmer und der Geruch seiner Pfeife, der über ihrer Kindheit lag. Doch die Realität beschränkt und grenzt aus, verschleiert, was hinter den Dingen liegt. Was wusste sie denn schon von ihm und seiner Welt? Er genoss den Respekt seiner Schülerinnen und Schüler, doch er gehörte nicht zu jenen Lehrern, vor denen träumerische Teenager erröten. Bücher las er zu Ende, auch wenn sie ihm nicht gefielen. Und er gab ihr pünktlich das Taschengeld. Seine Regeln waren tröstlich inmitten des Chaos, das ihre Mutter verbreitete; sie gaben dem Fluss des Lebens ein Bett, das ihn befriedete. Und doch konnte sie sich gut daran erinnern, wie oft sie ihn vermisst hatte, selbst wenn er bei ihr gewesen war. Von ihm hatte sie gelernt, ihr Wesen zu verbergen. Aber wer war der Mann, der Maria zärtliche Briefe geschrieben und sich heimliche Stunden mit ihr gestohlen hatte? All das passte nicht zu ihm. Oder doch? Was hätte sie bis vor einer Woche über ihre eigene Bereitschaft gedacht, sich ihren Gefühlen hinzugeben, ja, überhaupt fähig zu sein, so leidenschaftlich zu empfinden? Bis heute hatte sie ihren Vater für einen verlogenen Moralisten gehalten, für einen Heuchler, der sich hinter einer makellosen Fassade zu verbergen gesucht hatte. Dafür hatte sie ihn verachtet, seit Maria fortgezogen war. Aber vielleicht hatte sie sich geirrt, vielleicht hatte er nur wie sie selbst im Gleichklang eines monotonen Lebens, das keine Höhen und Tiefen kannte, Frieden gesucht. Doch auch ihm war das letztlich nicht gelungen; er war gescheitert, als Maria in ihre Nachbarschaft zog.

Es war so verwirrend. Nie zuvor hatte sie sich für eine Frau interessiert. Sie hatte auch kaum echte Freundinnen gehabt. Auf Frauen war kein Verlass – zu wankelmütig waren sie in ihrem Bemühen, zu gefallen und es allen recht zu machen. Und in ihrer Bereitschaft, für die Liebe eines Mannes alles zu vergessen. Oft hatte sie das schon erlebt, während ihrer Schulzeit, während des Studiums und auch bei ihren Kolleginnen im Heim. Selbst Maria hatte sie verraten, um mit ihrem Vater zusammenzusein. Nein, niemals hatte sie eine Frau auch nur genauer angesehen.

Jetzt aber gab es Michelle, und sie spürte, wieviel Kraft in der Liebe lag. Ihre Niedergeschlagenheit, dieses alles beherrschende Merkmal ihres Daseins war einer nüchternen Ernsthaftigkeit gewichen, die sie über ihr Leben nachdenken ließ. Es war furchtbar, vom Geld ihrer Eltern abhängig zu sein, von der Hinterlassenschaft eben jener Menschen, die sie nie um etwas hatte bitten wollen. Es war schlimm, dass es niemanden mehr gegeben hatte, den sie vermisste. Mit Michelle hatte sie geredet, sich für das begeistert, was sie tat, und am See mit ihr gelacht. Sie hatte Michelle geküsst. Zum ersten Mal seit Jahren wusste sie wieder, was es hieß, ein Wiedersehen nicht erwarten zu können. Es tat weh, dass Michelle nicht bei ihr war, und doch es war schön, dass es sie gab.

Michelle hatte auch ihre Bilder gemocht. Es war sie selbst, die ihnen bislang jede Würde verweigert hatte. Sie billigte ihnen nur ein Schattendasein zu, eine heimliche Existenz im Verborgenen, innerhalb ihrer vier Wände. Michelle hatte ihre Kompositionen von Farbe und Form ausdrucksstark genannt, aber Nina verdammte sie zur Bedeutungslosigkeit. Warum malte sie, wenn nicht, um sich mitzuteilen? Was hielt sie davon ab? Während ihrer Arbeit im Heim hatte sie die Jugendlichen oft zum Malen animiert. Sie hatte ihnen die Techniken beigebracht und sich gefreut, wie begeistert ihre Schützlinge bei der Sache waren, dankbar für diese wortlose Möglichkeit, sich anvertrauen zu können. Mit ihren Bildern erzählten sie ihre Geschichte, jeder einzelne Pinselstrich war ein winziger Schritt hin zu dem, was Identität bedeuten konnte.

Erging es ihr nicht genauso? Gaben nicht auch ihre Bilder dem Schrecken ihrer Vergangenheit ein Gesicht, klagten an und beruhigten, versicherten ihr mit ihrer Gegenwart, dass das, was sie quälte, einen realen Hintergrund besaß? *Bonanza* nach den Schularbeiten, die Schallplatte vom *Dschungelbuch* zum Abwasch und eine Bitte nach dem Abendbrot: ›Hol mir mal ein Glas aus dem Schrank, mein Schatz.‹ Ein Alltag aus verwaschener Liebe, trunkener Freude und frisch durchgedrehtem Spinat. Und ein Treppenhaus, das die Verzweiflung spiegelte. Rechts Marias Wohnung, links die eigene, und im Grunde keine Wahl. Kurze Fluchten zur Nachbarin schoben die Gegenwart des Taumels für dankbar genossene Stunden hinaus, doch am Ende stand die Rückkehr in die Haltlosigkeit, die allein beständig war. Ein ewiger Schwindel, in dem sich ihre Vorstellung von dem, was das Leben war, wieder und wieder herumdrehte, und das einzige was half, die wilde Fahrt zu stoppen, war der Rückzug in die Einsamkeit. Jetzt aber musste sie heraus aus der Reserve wie die Bilder aus ihrer Wohnung. Sie waren ihre Verbündeten im Kampf um Versöhnung mit der Welt.

Das lauter werdende Dröhnen eines näherkommenden Müllwagens schob sich lärmend zwischen ihre Gedanken. Sie hielt sich eng an eine Hauswand, um dem fauligen Gestank zu entkommen, der ihr aus seinem Inneren entgegenwaberte. Gleichmütig wirkende Arbeiter in schmutzigen Overalls fütterten das Ungetüm mit dem Inhalt übervoller Tonnen. Sie schienen den Geruch nicht zu bemerken, den ihre Arbeit mit sich brachte. Hatten sie sich daran gewöhnt? War es möglich, sich an alles zu gewöhnen, was einen täglich umgab? Nina hatte mit der Trunksucht ihrer Mutter gelebt und mit der Verschlossenheit ihres Vaters. Und seit über drei Jahren lebte sie sogar mit der Schuld.

Ihre Mutter war gleich tot gewesen. Ihr Vater hatte noch drei Tage mit seinem Schicksal gerungen, aber schließlich hatten die Apparate über seinem Bett nur noch eine flache Linie angezeigt. Nina hatte bis heute nicht den endgültigen Piepton vergessen, der damit einhergegangen war. Es war ein schrilles Geräusch gewesen, hämisch und gleichermaßen anklagend, und es war ihr in alle Glieder gefahren. Ihr Vater war nicht mehr zu Bewusstsein gekommen. Genau wie ihrer Mutter hatte sie auch ihm nichts mehr sagen können. Sie konnte bis heute nicht begreifen, dass jene unwiderruflich fort waren, die ihr Leben von der ersten Stunde an begleitet hatten, aufmerksam oder fahrlässig, liebevoll oder zornerfüllt oder einfach gedankenlos, aber doch immer auf ihre Weise präsent. Wie sollte sie mit der Gewissheit weiterleben, sich ihrer Liebe über so lange Jahre hinweg verweigert zu haben? Nina hatte sich ihnen entzogen, so gut sie konnte. Und nun waren ihre Seelen entschwunden, hinübergegangen in eine Welt, an die zu glauben man sie erzogen hatte. Es war dieser Glaube gewesen, der sie oft getröstet hatte, wenn alles in Dunkelheit versank. Doch als sie ihre Eltern zum letzten Mal gesehen hatte, hergerichtet und leblos, da hatte das Jenseitige sie angeschwiegen, hatte sie allein gelassen mit dem Bild von dem völlig zerstörten milchweißen Opel auf der eisglatten Fahrbahn, in dessen Trümmern ihr Schrei gefangen war.

Sie musste Maria treffen. Nicht noch einmal wollte sie eine Chance auf ewig verstreichen lassen. Marias Brief gab ihr eine Möglichkeit, sich der Vergangenheit zu stellen. Sie grub die Hände in die Taschen ihrer Jacke und verlangsamte ihren Schritt. Ja, sie hatte immer darauf gehofft, dass Maria auf sie zukommen würde. Schon an dem Tag, an dem sie gegangen war. Sie wolle sie nicht mehr sehen, hatte Nina Maria durch eine knappe Nachricht wissen lassen, durch ein kleines Briefchen, ähnlich dem, das sie in Marias Küche gefunden hatte. Nie mehr, hatte sie geschrieben, und alles in ihr hatte sich danach gesehnt, sie in die Arme zu nehmen und zu spüren, dass nicht wirklich etwas zwischen sie getreten war. Maria aber war einfach fortgegangen und niemals wiedergekehrt. Nina hatte ihre Stimme vermisst. Und ihre Augen, den gütigen Ausdruck des strahlenden Blaus, der von Verlässlichkeit und Liebe gesprochen hatte. Nina hatte oft von Maria geträumt in der ersten Zeit, nachdem sie ausgezogen war, und in den nächtlichen Bildern hatte es keinen Bruch gegeben. Sie hatte ihr Fragen gestellt, während sie schlief, doch Maria hatte ihr nie geantwortet, hatte ihr nur einen Arm um die Schultern gelegt oder sanft ihre Wange gestreichelt. Auf diese Weise war sie bei ihr geblieben, und Nina konnte es nicht ändern, dass sie jedesmal an sie dachte, wenn sie Eierkuchenteig in eine Pfanne gab oder wenn an schwülen Sommerabenden ein Gewitter über der Stadt niederging. Dann flüsterte Nina ihren Namen und lächelte ihren Erinnerungen zu.

Der Regen hatte nachgelassen, aber noch immer zeigte der Himmel ein verhangenes Grau, das keine Aussicht auf Besserung erkennen ließ. Vor einer Videothek blieb sie stehen, und die Titel der Filme kamen ihr in den Sinn, von denen Michelle ihr am See erzählt hatte. Nie zuvor war sie in einer Videothek gewesen, aber jetzt trat sie zögernd ein.

Niemand beachtete sie. Ein untersetzter Angestellter mit rechteckiger schwarzer Hornbrille und auffallend abstehenden Ohren stand hinter einer hohen Theke und hielt den Blick auf den Bildschirm seines Computers geheftet, während er die Auswahl eines Kunden verbuchte. Zwei junge Männer schritten mit ernster Miene die langen Reihen der angebotenen Filme ab und besprachen ihre Wünsche. An der Decke hing ein Fernseher, aus dem der Lärm schwerer Geschütze donnerte. Jemand starb unter Stöhnen und Geschrei, aber niemand störte sich daran. Nina las die Beschriftungen über den einzelnen Abteilungen. ›Kinder‹, stand ganz vorn neben dem Eingang, dann ›Komödien‹ und ›Action‹, ›Neuheiten‹ und ›Horror‹. In der hintersten Ecke führte eine Treppe nach oben, über der ›Nur für Erwachsene‹ zu lesen war. Eine bunt geschminkte Frau kam mit einem Stapel Video-Cassetten und DVDs auf dem Arm aus einem hinteren Raum. Nina ging auf sie zu.

*Unterwelt* hätten sie nicht mehr da, bedauerte die Farbenfrohe, leider, die letzte Kopie sei vor kurzem gerissen, aber *Tanz in die Nacht* könne sie haben. Sie deutete auf ein Regal, über dem ›Der besondere Film‹ stand, lächelte kurz und wandte sich einer anderen Kundin zu.

Nina nahm die Hülle des Films in die Hand. Das Bild auf der vorderen Seite war schlecht, aber dennoch erkannte sie Michelle. Sie sah so jung aus auf dem Foto. Ihre Haare waren länger als heute, und auf ihren Wangen lag ein aufdringliches

Rouge. Sie wirkte fremd, wie in der Garderobe in Babelsberg, und doch war es Michelle. Nina strich mit zwei Fingern über ihre Gestalt, dann drehte sie die Hülle um und las den Text. »Ein Film, der die internationale Kritik begeisterte und die Zuschauer in seinen Bann zieht. Michelle Odebrecht begeistert in ihrer Rolle – ihre Tanzeinlagen sind atemberaubend«, stand unter der Handlungsbeschreibung. Schade, dass sie keinen Videorecorder besaß. Noch einmal betrachtete sie das Bild. Sie hatte diese Frau geküsst. Sie hatte dem Ausdruck verliehen, was sie empfand, und somit ein Tor geöffnet. Seitdem drängten alle Gefühle heraus aus der Festung, die ihr Herz ein Leben lang gewesen war. Es war beängstigend, so schutzlos zu sein, doch zum ersten Mal in ihrem Leben hätte sie auf die Frage nach ihren Wünschen eine Antwort geben können. Sie stellte die Hülle zurück und sehnte sich nach einer guten Fee. Dann ging sie hinaus.

Sie hatte versucht, Michelle zu erreichen. Vor Tagen schon hatte sie eine Nachricht auf ihrer Mailbox hinterlassen. ›Ich rufe sobald wie möglich zurück‹, hatte Michelles Stimme in deutscher und englischer Sprache versichert. Die Formulierung haftete Nina im Gedächtnis, kündete sie doch von Verbindlichkeit. Aber ihr Telefon war stumm geblieben.

Warum hielt Michelle sie hin? Mit ihren Fingerspitzen hatte sie über ihr Jochbein gestrichen und sie damit in jeder Weise berührt. Es war eine winzige Geste gewesen, aber es hatte so viel Zärtlichkeit darin gelegen, dass Nina sich weigerte zu glauben, es sei bedeutungslos gewesen. Doch Michelle war Schauspielerin – sie war es gewohnt, Intimität auszudrücken, die sie nicht wirklich empfand. Hatte sie auch mit ihr nur gespielt und sie über ihrer Arbeit längst vergessen? Oder gehörte sie zu jenen Menschen, bei denen die Gefühle immer nur auf der Durchreise zu sein schienen, flüchtig wie der

Duft frischer Maiglöckchen in einer Frühjahrsbrise, ebenso süß wie giftig?

Das durfte nicht sein! Es war einfach undenkbar! Nina hatte Kaffee gekauft. Und Gummibärchen. Es hatte ihr einen kleinen Stich versetzt, als sie die bunten Tüten im Supermarkt zwischen all den anderen Süßigkeiten liegen sah. Langsam war sie an das Regal herangetreten, hatte eine Packung herausgenommen und in ihren Wagen gelegt, vorsichtig und behutsam, als enthalte sie ein zerbrechliches Gut.

Der Regen wurde wieder stärker. Nina beschleunigte ihren Schritt und merkte, dass sie Hunger hatte. Auf dem Weg nach Hause kam sie an dem Café vorbei, in dem sie mit Tobias viele Male gewesen war, bei Tag und bei Nacht. Sie trat ein und suchte sich einen Tisch am Fenster. Es war alles noch wie früher. Auf den kippeligen Holztischen standen blaue Gauloises-Aschenbecher, das Linoleum auf dem Fußboden war stumpf und abgelaufen, an den Wänden hingen die aktuellen Tageszeitungen an eisernen Haken, und aus den Boxen ertönten Reggae-Klänge. Selbst die Bedienung war noch dieselbe. Nina bestellte einen grünen Tee und einen Käsetoast, dann lehnte sie sich zurück und gab sich erneut ihren Gedanken hin.

Es verstörte sie zutiefst, dass ihr etwas so kostbar war. Der ruhelose Zustand unbändiger Erregung, in dem sie sich seit einer Woche befand, ließ sie nicht los. In ihrer Phantasie hatte sie Michelle mehr als einmal geliebt. Alles war dabei so leicht, so richtig und vollkommen. Sie hatte ihr Gesicht in ihr Kissen gedrückt, aus Leidenschaft erst und dann aus Verzweiflung, weil allein ihre Hände es waren, die ihren Körper liebkosten, und kein Lachen in den Augen eines Gegenübers stand. Dabei waren Michelles Augen wunderschön! Es sprach eine dem Leben zugewandte Intensität aus ihnen, die sie ebenso faszinierte wie die fröhlichen kleinen Fältchen drumherum, die ihr Lachen krönten. Die wache Neugier ihres Blickes hatte genügt, um sie zu verzaubern. Nina musste sie einfach wiedersehen.

Die Kellnerin brachte den Toast. Er war in zwei Hälften geschnitten, jede garniert mit einer grünen Olive, die mit einem hölzernen Zahnstocher befestigt war. Nina zog einen der beiden Spieße aus dem Brot und betrachtete ihn. Sie hatte einen Toast bestellt. Sie hatte ihn bekommen und die Oliven dazu, ein Geschenk des Hauses in gewissem Sinne, zwei marinierte Oliven, die fest waren und glatt und eingelegt in schmackhafte Kräuter. Sie rochen nach Basilikum und nach Dill, ein wenig auch nach Knoblauch. Es war ein verheißungsvoller Duft.

Nina dachte daran, dass Michelle gesagt hatte, Hunger verspüre nur, wer nichts zu essen habe. Vielleicht hatte sie sich geirrt. Vielleicht kam es nicht auf den Hunger an oder auf das Essen, sondern auf die Verlockung, die sie beides erst wahrnehmen ließ. Am See hatte es nur Michelle gegeben. Nina hatte die Oliven nicht beachtet, die sie mitgebracht hatte, konnte sich ihrer kaum entsinnen. Waren sie mit einer Mandel gefüllt gewesen? Oder doch mit Paprika? Wie hatte es geschmeckt, als sie hineingebissen hatte und der Saft herauslief? Sie wusste es nicht. Jetzt hielt sie den Spieß zwischen ihren Fingern höher und betrachtete ihn voller Vorfreude auf den kommenden Genuss, öffnete leicht die Lippen und leckte mit der Zungenspitze über die ölige Haut. Sie spürte die Frucht, aber sie konnte sie noch nicht schmecken.

Mit einemmal wusste sie, dass es die Neugier war, die gefehlt hatte. Ihre alten Bilder hatten ihr Leben lang verhindert, dass sie Platz für neue schuf. Tobias hatte versucht, ihr das Glück nahezubringen, aber er hatte sie nicht erreicht. Zu tief hatte sie geschlafen, jetzt aber war sie aufgewacht, umfasste die Olive mit den Zähnen, streifte sie von ihrem hölzernen Stiel und ließ sie in ihrem Mund verschwinden. Das Aroma mediterraner Würze breitete sich entlang ihres Gaumens aus.

Die Kellnerin schaute zu ihr herüber. Wie sie wohl hieß? Noch nie hatte Nina sich das gefragt. Sie war immer die Kellnerin gewesen, eine, die das Essen brachte und die Getränke. Ganz plötzlich hatte sie einen Pony, der ihr in die Stirn fiel, eine lange, schmale Nase und ein Armband aus Holzperlen am Handgelenk. Nina biss auf die Olive und glaubte noch nie zuvor etwas Besseres gekostet zu haben. Dabei war es nur die Zugabe. Vielleicht war das ja immer so. Vielleicht war es stets das Unerwartete und Ungeplante, das aus einem Dasein ein Leben werden ließ. Die Kellnerin lächelte sie an. Wie oft hatte sie das wohl schon getan, ohne dass Nina es je wahrgenommen hatte, geschweige denn erwidert? Immer hatte sie nur zu vermeiden gesucht, Verletzungen, Enttäuschungen, Ängste. Sie hatte alles Spontane in die Verbannung geschickt und sich gefragt, warum sie so niedergeschlagen war. Ohne Vertrauen gab es keine Hoffnung. Sie musste lernen zu vertrauen. Michelle wollte Zeit, Nina musste sie ihr geben. Aber derweil musste sie nicht tatenlos verharren.

Plötzlich hatte sie es eilig. Sie aß hastig den Toast und trank den fast noch zu heißen Tee in einer schnellen Folge kleiner Schlucke, zahlte und gab ein üppiges Trinkgeld, rannte nach Hause und sprang die Treppen zu ihrer Wohnung hinauf. Sie drehte den Schlüssel herum und trat ein. Dann rief sie Maria an.

## 16

»All diese bauschigen Schäfchen sind die Wünsche der Menschen auf Erden. Wenn du genau hinguckst, siehst du, dass jedes ein bisschen anders aussieht. Der Wind treibt sie aus unseren Herzen hinauf zu den Engeln, damit sie wissen, wonach wir uns sehnen. Manchmal fliegt eines direkt an der Sonne vorbei und löst sich auf. Dann wissen wir, dass der Wunsch erfüllt wurde.« Maria hatte die Arme um sie gelegt, und das schelmische Funkeln des strahlenden Blaus hatte Nina jede Sorge genommen. Sie saßen auf einer Wiese in dem Park, der ihrem Haus gegenüberlag, und blickten hinauf in den Himmel. Nina war acht Jahre alt gewesen. Marias Brust in ihrem Rücken hob und senkte sich im Rhythmus ihres Atems, und das gleichförmige Auf und Ab hatte sie in einen Zustand schläfriger Trance gleiten lassen, der ihre Muskeln löste und ihren Geist von jedem Gedanken befreite. Sie glaubte nicht, dass Maria sich noch daran erinnern konnte. Sicher hatte sie es vergessen. Sie aber wusste es noch.

Das Gartentor stand offen. Nina ging hindurch und schloss es langsam hinter sich, um Zeit zu gewinnen. Dann trat sie in den Schatten vor der Tür und fuhr mit den Fingerspitzen über das blanke Namensschild, bevor sie klingelte. Sie hatte erwartet, nervös zu sein, aber sie war ganz ruhig. Sie trug eine alte verwaschene Jeans und ein ausgeleiertes Sweatshirt. Lange hatte sie mit sich gerungen, hatte schön sein und mit Marias Eleganz mithalten wollen. Sie hatte es als angemessen empfunden, sich ein wenig herzurichten. Schließlich war es der Moment, auf den sie ihr ganzes Leben lang gewartet hatte. Tags zuvor hatte sie in einer teuren Boutique eine Frühjahrsjacke erstanden, doch als sie zu Hause das Preisschild entfernt und sie noch einmal anprobiert hatte, da merkte sie, dass sie nicht passte, nicht zu diesem Anlass, genausowenig wie die Hosen und Blusen, die sie gekauft hatte, nachdem sie von ihrem Ausflug am See zurückgekehrt war. Das Treffen mit Maria war bedeutungsvoll, doch Nina wollte ehrlich sein. Ihre alte Verletztheit, die sie noch immer in sich barg, duldete keine Maskerade. Ihre Kleidung musste spiegeln, was sie empfand.

Maria gab ihr die Hand, als sie eintrat. Sie war eisig, wie schon damals im Theater, und ihr Lächeln war gequält. Nina fand es ungewöhnlich, dass sie Hosen trug, aber die lange Perlenkette, die um ihren Hals lag, passte vortrefflich zu ihr. »Geh gleich durch«, bat Maria leise und doch bestimmt, dann führte sie Nina durch den Flur.

Das Wohnzimmer war hell und geräumig. Nina durchstreifte es mit raschem Blick. Sie kannte den geordneten Bücherschrank und seine Schätze, kannte den antiken Sekretär und die Vitrine mit den Vasen, und auch der orientalische Teppich war ihr vertraut. Die Sitzgruppe im Erker hingegen hatte sie noch nie gesehen, ebensowenig die Polstermöbel gleich rechts neben der Tür. Die Mädchen auf dem Ölgemälde darüber waren früher schon oft vor ihren Augen durch das Lavendelfeld gesprungen.

»Möchtest du Tee oder Kaffee?« fragte Maria in ihre Gedanken hinein und bedeutete ihr, sich zu setzen.

»Am liebsten ein Glas Wasser.« Sie nahm auf dem Sofa Platz und betrachtete die Pfingstrosen auf dem Tisch, deren Blüten sich eben öffneten. Ein seltsamer Geruch lag in der Luft. Es dauerte eine Weile, bis Nina begriff, was es war, dann aber versetzte die Erkenntnis ihr einen Stich. Gesichter blieben im Gedächtnis, Worte auch und Stimmen, aber erst jetzt, da er gegenwärtig war, erinnerte sie sich wieder an den Duft, der ihrer Kindheit Ruhe geschenkt hatte. Der Raum war erfüllt davon, genauso wie einst, und Nina wagte kaum, ihn einzuatmen, denn er löste die Jahre der Trennung auf.

»Hast du Hunger?« fragte Maria aus der Küche, beiläufig, gerade so, als hätten sie sich erst vor Stunden das letzte Mal gesehen.

»Nein, vielen Dank.« Nina war froh, noch einen Moment allein zu sein. Ihr Blick fiel auf das Kissen, das neben ihr auf der Sofalehne lag. ›Rot oder blau?‹ hatte ihre Mutter sie gefragt, als sie die Blumen stickte, und Nina hatte nur kurz von ihrem Buch aufgesehen und ›blau‹ geantwortet. Auch sie besaß solche Kissen, doch sie hatte sie längst verbannt. In einem muffigen Karton irgendwo in ihrem Keller mussten sie liegen, vermutlich hatte die Feuchtigkeit sie längst ruiniert.

Maria brachte zwei Gläser herein und hielt Nina eine Flasche hin. »Kannst du die bitte mal aufschrauben? Ich glaube, du hast mehr Kraft.«

Nina schenkte ihnen ein, während Maria sich setzte und sie aufmerksam ansah, sie betrachtete wie ein kostbares Geschenk, das ihr lange vorenthalten geblieben war. Nina wollte etwas sagen, aber sie wusste nicht, was. Vielleicht war es das einfachste, dort zu beginnen, wo der Ausgangspunkt ihrer Begegnung gelegen hatte. »War es ein gutes Stück?« fragte sie daher und umklammerte ihr Glas.

Maria stutzte einen Moment, dann verstand sie. »Es konnte mich nicht wirklich begeistern. Und es war sehr lang.« Sie rieb ihre Finger gegeneinander und rutschte auf der Sesselkante herum. »Hast du gut hergefunden?«

Nina nickte und kniff die Lippen zusammen. Eine Elster im Garten krächzte in die Stille hinein. Maria streckte sich. »Es ist schön, dass du gekommen bist«, presste sie hervor. Sie war blass, und das strahlende Blau war verhangen.

»Warum hast du mir erst jetzt geschrieben?« Das Abtasten war zermürbend, Nina konnte es nicht ertragen. Sie fühlte sich klein, doch sie spürte erstaunt, wie befreiend es war, das auch zuzulassen. Wie ein frischer Wind fegte ihre Frage die Befangenheit fort.

»Vielleicht wollte ich dir die Entscheidung überlassen, Kontakt aufzunehmen oder nicht. Vielleicht habe ich mich aber auch ganz einfach geschämt. Wahrscheinlich war es vor allem das.« Maria schaute zu Boden.

»Und jetzt?« Nina musterte die alte Frau. Sie sah so müde aus. Etwas in ihr wollte aufbegehren. Sie wollte die Kraft wiederfinden, die ihre frühere Vertraute einmal besessen hatte. Sie wollte nicht, dass sie gebrochen vor ihr saß. Es durfte nicht sein, dass die Zuversicht verloren war, die einmal aus jeder ihrer Gesten gesprochen hatte. Das würde alles zerstören, sogar die Erinnerung.

»Ich schäme mich wohl immer noch. Und es ist mir erneut bewusst geworden, nachdem wir uns begegnet sind. Aber wo ich nun erfahren habe, dass –«, Maria brach ab und holte tief Luft, »dass deine Eltern tot sind, musste ich den Versuch unternehmen, es dir zu erklären.«

»Warum hast du das damals nicht getan? Ich war doch kein kleines Kind mehr! Jedes Wort von dir wäre besser gewesen als dieser schweigende Rückzug, selbst wenn ich es nicht verstanden hätte!« Ninas Stimme hob sich. Ihre Hände zitterten, das Wasser schwappte, sie stellte das Glas ab.

»Du wolltest mich nicht sehen.« Maria wich im Sessel zurück und umfasste seine Lehnen.

»Du hast dich leicht abweisen lassen!«

»Das stimmt nicht.«

»O doch, das stimmt! Es kam dir gut zupass, dass ich mich zurückgezogen habe! Du warst doch froh, so davonzukommen! Du hast nur an dich gedacht! Es war dir egal, was ... «

»Ja, du hast recht! Ja, es war mir mehr als recht, dich nicht sehen zu müssen. Niemanden sehen zu müssen, besser gesagt.

Ich war auch am Ende! Glaubst du, mir war es gleichgültig, dass deine Mutter versucht hat, sich umzubringen? Wir waren Freundinnen und ...«

»Freundinnen?!« Nina weitete ungläubig die Augen.

»Ja, Freundinnen. Ich habe nicht nur dein Vertrauen missbraucht, Nina, auch ihres! Hast du eine Ahnung, wie es für mich war, wenn sie zu mir kam, um sich über deinen Vater zu beklagen, über seine Unaufmerksamkeit und sein, wie sie es nannte, strenges Wesen? Wie sie meinen Beistand gesucht hat in ihrem Ärger über den Mann, den ich liebte wie keinen anderen jemals zuvor? Ich wusste, sie hatte recht. Aber bei mir war er nicht unaufmerksam und nicht einmal streng. Mir war klar, dass er mir eine Seite von sich zeigte, die niemand sonst kannte. Er war weich und sanftmütig, mitfühlend und offen. Ich habe es so genossen. Und trotzdem habe ich nicht gewollt, was passiert ist! Ich habe mich so viele Jahre lang zurückgenommen! Weißt du, wie endlos eine einzige Nacht sein kann, wenn du Sehnsucht hast?«

»Du hättest das nicht durchmachen müssen! Es war deine Entscheidung! Du hättest fortziehen können!«

Maria spielte mit den Perlen ihrer Kette, und ihre Augen wanderten ziellos durch den Raum. Dann sank sie in sich zusammen, als beuge sie sich einer unerträglichen Last, die auf ihren Schultern ruhte. »Das habe ich nicht geschafft«, murmelte sie kaum hörbar und seufzte schwer, gleichzeitig aber formten ihre Lippen ein wehmütiges Lächeln, das Nina verriet, wie sehr diese schlichte Wahrheit sie erleichterte. »Du hast in mir immer nur die starke Frau gesehen, Nina, die Beschützerin, die zuverlässig für dich da war, wann immer es Ärger gab. Ich habe diese Rolle gerne für dich eingenommen. Aber ich habe schon auf meine Geschwister aufgepasst, auf die Gäste im Hotel, auf die Haushaltshilfen in Mailand, dann auf dich, auf deine Mutter, vielleicht sogar auf deinen Vater. Er kam mir nicht selten wie ein kleiner Junge vor.« Sie hielt inne, ihre Augen füllten sich mit Tränen, und ihre Stimme brach. »Ich habe auch etwas gebraucht, Piccola. Wer hat *mir* jemals zugehört? Wer hat danach gefragt, wie es *mir* ging?« Nina wollte protestieren, aber Maria bat sie mit erhobener Hand, sie ausreden zu lassen. »Ich weiß, was du sagen willst. Natürlich habe ich deine Liebe gespürt und die deiner Mutter. Gerade deshalb konnte ich ja nicht fort. Ich fühlte mich mit euch allen verbunden. Aber mit deinem Vater war es eben etwas Besonderes.« Sie schluckte ihre Tränen hinunter und seufzte erneut. »Lässt es sich erklären, warum manche Menschen einen fast ohne ein Wort in ihren Bann ziehen und andere nicht? Warum sie einen dazu bringen, sich zu öffnen, ja sich endlich öffnen zu wollen? Mit Roberto hatte ich wunderschöne Jahre. Er hat mich auf Händen getragen, hat mir die Toskana gezeigt und die Berge Südtirols. Wir sind in den Dolomiten Ski gefahren und haben auf Sardinien in der Sonne gelegen. Es war eine heitere, unbeschwerte Zeit. Eine Erlösung nach dem Krieg und dem schweren Neuanfang danach! Aber als ich zurückkam nach Berlin, da waren die Erinnerungen an die Bombennächte und den Hunger wieder da, an die Angst im Luftschutzkeller und zwischen den Trümmern. Ich war einst in die Stadt gekommen, um Elend und Stumpfsinn zu entgehen. Und dann stand ich wieder da mit einem schmutzigen, schweißgetränkten Kopftuch und sammelte Steine auf für ein bisschen Brot. Die alten Bilder wühlten mich auf, als ich zu euch zog. Und dein Vater hat es verstanden. Ich habe ihm meine Geschichte erzählt und er erzählte mir seine. Ich habe ihm meine Gedichte gezeigt. Niemand sonst wusste, dass ich überhaupt welche schrieb! Er hat sie gelesen. Und er hat sie gemocht, wie er meine

Bücher mochte. Ich hab sie ihm ausgeliehen, und wir haben darüber diskutiert. Vielleicht wollten wir unsere Gefühle kontrollieren, indem wir eine Art geistiges Band zu knüpfen versuchten. Aber ich fand mich wieder in allem, was er dachte. Und es war heilsam, und es war gut, so weh es auch tat.« Sie hielt inne, trank einen Schluck und sah Nina eindringlich an. Dann verzog sie das Gesicht zu einem resignierten Bedauern. »Ja, es ist wahr, ich hätte wohl fortgehen müssen. Aber was hätte ich dir sagen sollen? Oder deiner Mutter? Es war eine fürchterliche Verstrickung, auf die ich mich eingelassen hatte. Ein Ende zu machen hätte bedeutet, mehr aufzugeben, als ich in dieser Zeit ertragen konnte. Ich hatte schon einmal eine Familie zurückgelassen. Und Roberto. Viele Menschen glauben, es wird leichter mit der Zeit, als könne man lernen, Verluste zu verwinden.« Sie schüttelte entschieden den Kopf. »Aber das kann man eben nicht. Im Gegenteil, es potenziert sich, wird nur immer schlimmer, wenn es sich wiederholt. Der erste Axthieb fällt einen Baum nicht. Aber das stete Einschlagen auf dieselbe Stelle. Ich wollte deinen Vater nicht verlieren, ich wollte auch dich nicht verlieren! Und ich bin bis heute froh, dass deine Mutter nie erfahren hat, was zwischen deinem Vater und mir gewesen ist, auch wenn es mich gequält hat, sie mit meinem Schweigen zu belügen.«

Nina ertrug Marias Worte wie einen Wolkenbruch auf freiem Feld. Sie konnte nicht abwehren, was da auf sie niederprasselte, sie war schutzlos, und dennoch spürte sie, dass es nicht wirklich schmerzte. Sie hatte es ja gewusst! Hatte sie nicht schon damals den Duft der Pfeife ihres Vaters in Marias Wohnung gerochen? Hatte sie nicht schon damals sein zärtliches Lächeln gesehen, wenn er von ihr sprach? Die Zeilen auf dem blassblauen Papier hatten ihr doch nichts Neues erzählt. Aber manchmal braucht die Seele ihre Illusionen, um den nächsten Tag zu überstehen. Die Wahrheit hält sich verborgen, solange sie nicht auszuhalten ist. Hätte nicht das Blut ihrer Mutter den Rhythmus unterbrochen, in dem sie alle sich gegenseitig betrogen, es wäre wohl noch lange so weitergegangen. Nur die Katastrophe hatte sie davor bewahrt. Sie hatten sich etwas vorgemacht. Auch Maria verbarg ihre Scham hinter einem tröstlichen Irrglauben, und es war an Nina, ihr diesen Schlupfwinkel zu nehmen. Ihr Blick fiel unwillkürlich auf das bestickte Kissen. »Mama hat es gewusst«, murmelte sie.

»Was?« Maria runzelte die Stirn.

»Ich sagte, Mama hat es gewusst. Von Anfang an.« Nina nickte leicht, als wolle sie die alte Frau auf diese Weise ermuntern, die Wahrheit zu akzeptieren, doch sie sah, dass Maria sich wehrte.

»Das kann nicht sein!« stieß sie empört hervor, und doch spürte Nina, dass ihr Ausruf eigentlich ein Flehen war.

»Es ist aber so. Ich habe ihr nichts gesagt in all den Jahren. Und Papa auch nicht. Aber sie hat es mir kurz vor ihrem Tod erzählt.« Nina rieb sich mit den Händen das Frösteln von den Armen. Die zartrosa Bälle der Pfingstrosen rückten in ihren Blick, bevor sie Maria anvertraute, was sie erst kurz vor dem Tod ihrer Eltern erfahren hatte.

Es war ein stürmischer Herbsttag gewesen, an dem ihre Mutter sie besuchte. Nina rührte die Erbsensuppe um, die zu dick geraten war und träge puffend kleine Spritzer auf dem Herd versprengte. Ihre Mutter stand hinter ihr. »Papa und ich haben überlegt, ob wir nicht über Weihnachten alle zusammen wegfahren sollen. Ich meine, wir beide, du und Tobias.« Ihr Ton war zittrig.

Nina schabte mit dem Kochlöffel über den Boden des Topfes. »So kurzfristig kriegst du über die Feiertage gar kein Zimmer mehr. Die Hotels sind doch alle rappelvoll.«

»Wir könnten es doch versuchen. Ein ehemaliger Schüler von Papa vermietet Ferienwohnungen im Allgäu. Vielleicht wäre da ja was zu machen. Es könnte doch schön sein, vor allem wenn Schnee liegt. Weiße Weihnachten!«

Schwarze Krümel auf dem Löffel verrieten Nina, dass die Suppe endgültig angebrannt war. Sie drehte den Herd noch weiter herunter und verzog das Gesicht zu einer angewiderten Grimasse. »Ich kann Schnee nicht leiden.«

Das Scharren der Stuhlbeine auf dem Fußboden verriet, dass ihre Mutter sich an den Küchentisch setzte. »Du meinst, du kannst uns nicht leiden«, murmelte sie resigniert und räusperte sich.

»Unsinn!« erwiderte Nina barsch. Ihr gefiel die Wendung nicht, die das Gespräch nahm.

»Nein, Nina, es ist kein Unsinn. Du willst nichts mit uns zu tun haben, oder? Am liebsten würdest du uns an den Feiertagen gar nicht sehen, oder?«

»Oder! Oder! Wo sind wir hier, bei der heiligen Inquisition?«

»Warum bist du bloß so? Was hab ich dir denn getan?«

Nina lachte bitter. »Fragst du das im Ernst?« Jetzt hatte sie sich doch wieder in genau jenen Disput verwickeln lassen, den sie schon seit langem satt hatte.

»Warum kannst du die Vergangenheit nicht ruhen lassen, Mädchen? Warum stößt du uns so weg? Und nicht nur uns. Du stößt alle weg. Ich sehe doch, wie du Tobias behandelst. Er liebt dich so sehr.«

Nina drehte sich um, schleuderte ihrer Mutter einen wütenden Blick entgegen. »Misch dich nicht in meine Angelegenheiten!«

Für den Bruchteil einer Sekunde zuckte ihre Mutter zurück, aber dann ballten sich ihre Hände zu Fäusten. »Doch, Kind, einmal muss ich es dir sagen! Du musst die Menschen an dich heranlassen. Ich weiß, es ist meine Schuld, wenn es dir schwerfällt, aber du musst lernen zu vertrauen.«

»Toller Rat, Mama! Ich glaube, was das angeht, bist du wirklich die Expertin!« zischte Nina und legte schneidende Ironie in ihren Ton.

»Was willst du damit sagen?« Ihre Mutter straffte die Schultern und sah sie herausfordernd an.

Nina wich ihrem Blick aus und wandte sich wieder der Suppe zu. »Gar nichts.« Ihr Zorn war verflogen, verbannt von dem warnenden Zeigefinger, den ihr Gewissen erhob.

»Doch, red weiter. Wie meinst du das?«

»Es war nur so dahingesagt, Mama, vergiss es.« Ihre Finger umklammerten den Löffel in ihrer Hand.

»Nein, das war es nicht.« Nina hörte, dass ihre Mutter aufstand, sah wie sie ans Fenster ging. Ihr Blick schien auf die letzten Blätter gerichtet zu sein, die sich von den Bäumen lösten und wild tanzend zur Erde segelten. »Ich weiß genau, was du meinst. Du glaubst, ich hätte keine Ahnung, und dein Vater glaubt das auch. Aber ich weiß genau, was ihr alle mir immer verschwiegen habt. Das von Papa und Maria.«

Nina starrte sie entgeistert an. »Was?«

»Ja, ich wusste von Anfang an Bescheid.« Ihr Gesicht trug einen Ausdruck wehmütiger Bitterkeit. Nina ging zum Tisch und ließ sich auf den Stuhl sinken, auf dem noch eben ihre Mutter gesessen hatte. Alles in ihrem Kopf drehte sich. »Warum ... warum hast du nie ... was gesagt?« stotterte sie.

Ihre Mutter zuckte mit den Achseln. »Als Maria bei uns einzog, habe ich gedacht, der Himmel hätte mir endlich die Freundin geschickt, nach der ich mich immer so sehr gesehnt habe. Nun, ich gebe zu, ich fühlte mich ihr unterlegen, wie ich mich auch deinem Vater unterlegen fühlte. Aber sie war nett, richtig freundlich und aufmerksam. Ich hab gern mit ihr geredet. Aber dann war sie mal bei uns, und ich hab gesehen, wie Papa sie ansah. Klar, sie war ganz nach seinem Geschmack mit ihren eleganten Kleidern und ihrer gewählten Art sich auszudrücken. Wenn die beiden sich unterhielten, konnte ich nicht mithalten. Auch sie musste bemerkt haben, wie zuvorkommend er ihr gegenüber war. ›Mein Mann hält große Stücke auf Sie‹, hab ich einmal zu ihr gesagt, da hat sie noch nicht lange in unserem Haus gewohnt. Aber sie ist mir nur ausgewichen. Hat abgewiegelt, und da wusste ich Bescheid.« Sie hielt inne und fuhr mit dem Fingernagel über die Stellen auf dem Fensterrahmen, auf denen der Lack abgeplatzt war. Dann drehte sie sich zu Nina um. »Aber weißt du, was komisch war? Ich konnte ihr nicht böse sein. Und ihm auch nicht. Im Gegenteil, es war fast so, als kämen sie mir dadurch näher. Dein Vater erschien mir menschlicher, und durch ihn fühlte ich mich stärker mit Maria verbunden. Schließlich war es mein Mann, für den sie sich interessierte. Ich spürte, dass sie es tat.«

»Das ist absurd!« Nina war noch immer wie betäubt.

»Das mag sein, aber so war es. Ich wusste genau, wie es um sie stand. Und ich hab immer darauf gewartet, dass einer von ihnen was sagt, mir seine Gefühle anvertraut, gewissermaßen gesteht. Weniger dein Vater, den kannte ich ja. Mit mir sprach er ja nicht. Aber von Maria hätte ich es mir gewünscht. Ich wusste, dass sie sich nicht auf ihn eingelassen hat. Woher?« Ihr Ton klang jetzt amüsiert und dennoch tragisch. »Nun, erstens war er nervös und unglücklich, und das nicht nur, weil ich trank. Und zweitens –«, wieder hielt sie inne, dann ging sie auf Nina zu, lächelte sie an und streichelte zärtlich ihre Wange. »Und zweitens hätte sie dir das nie angetan, solange du klein warst und sie angestrahlt hast, sowie dein Blick auf sie fiel. Manchmal war ich richtig eifersüchtig darauf, wie sie mit dir umging. Und es hat mir auch weh getan zu sehen, wie sehr du ihr vertraut hast. Als du größer wurdest, hab ich gedacht, ich müsste dir mal sagen, was du nicht mitgekriegt hast.« Sie schüttelte den Kopf. »Aber ich konnte es nicht. Na ja, und irgendwann hast du es dann ja wohl herausbekommen.«

Nina schluckte und wich zurück. »Ich will nichts von Maria hören.«

Ihre Mutter senkte den Blick. »Ja, ich weiß. Und ich will auch keine alten Geschichten aufwärmen. Ich wollte dir nur sagen, dass ich nicht so naiv bin, wie du glaubst.« Dann setzte auch sie sich wieder an den Tisch und verschloss sich so plötzlich, wie sie sich geöffnet hatte.

Nina blinzelte Maria an, als sie ihre Erzählung beendet hatte. »Ich hätte am liebsten die Arme um sie gelegt und mit ihr geweint. Sie machte einen so erbarmungswürdigen Eindruck.« Sie schüttelte den Kopf. »Aber es ging nicht.«

Maria wirkte schwer getroffen. Ninas Geschichte hatte jede Farbe aus ihrem Gesicht vertrieben. »Warum nicht?« fragte sie tonlos.

Nina suchte nach einer Erklärung. »Es war unmöglich. Ich habe dich gehasst, weil du mich verlassen hast. Aber letztlich habe ich meinen Eltern die Schuld dafür gegeben. Ihnen zu verzeihen hätte bedeutet, das Band zu dir endgültig zu zerschneiden. Denn irgendwie war es doch immer da.« Es schnürte ihr die Kehle zu.

»Natürlich war es das!« Als folge sie einem Reflex, richtete Maria sich auf, wollte Nina trösten, ganz so wie früher. Die lange Zeit der Trennung ließ sie innehalten, und doch vergaß sie über dem Kummer der anderen für den Moment ihre Fassungslosigkeit über das, was sie gerade erfahren hatte.

Nina nahm ihre Brille ab und wischte sich mit dem Ärmel ihres Sweatshirts eine Träne fort. »Ihr Tod kam so plötzlich, Maria. Es ist da unten passiert. Im Allgäu. Weil ich nicht über die Feiertage mitfahren wollte, sind sie nach Neujahr alleine verreist. Sie sind in einen Eisregen geraten. Und ich habe ihnen nie vergeben! Mama hatte recht, ich habe alle weggestoßen! Sie hat so sehr darum gekämpft, trockenzubleiben. Und nicht nur das. Sie hat sich einen Job gesucht nach ihrer Therapie, halbtags in einem Kurzwarengeschäft. Sie hat sich verändert, ist sich selbst gegenüber ehrlich geworden, beinahe schonungslos. Und verantwortungsvoll. Ich habe ihr nie gesagt, wie toll ich das alles fand. Und auch Papa habe ich immer nur bestraft!«

»Und jetzt machst du mit dir selbst weiter.«

»Was soll ich denn tun?« Nina klang, als sei sie wieder fünf Jahre alt.

»Du musst loslassen! Du machst dir Vorwürfe, aber ich bin sicher, deine Eltern haben verstanden, warum du sie nicht an dich herangelassen hast. Und sie haben dich trotzdem geliebt!«

Nina spürte, wie Marias Worte sie trafen. Sie barg ihr Gesicht in den Händen. Maria stand auf, setzte sich neben sie und streichelte ihren Rücken. Nina warf sich in ihre Arme, klammerte sich an ihr fest und weinte hemmungslos. Ja, sie erkannte diesen Körper wieder. Auch wenn er nicht mehr die alte Festigkeit besaß, so verbreitete er doch noch immer eine Aura von Schutz und Geborgenheit. Ihn zu berühren sprengte den Panzer, in dem sie seit einer Ewigkeit gefangen gewesen war. Es tat weh, ihn zu spüren, doch sie ließ es geschehen, schluchzte ihre Zweifel, Nöte und Enttäuschungen fort, bis nichts mehr übrig war. Es dauerte lange, und als sie nicht mehr weinen konnte, löste sie sich aus Marias Armen, putzte sich die Nase und setzte ihre Brille wieder auf. »Und was passiert jetzt?« fragte sie schließlich auf eine Weise, als würde die alte Frau das Rezept für das Leben kennen.

Maria sah sie mitfühlend an. Es lag keine Müdigkeit mehr in ihrem Blick, sie schien ihrer alten Entschlossenheit gewichen zu sein. »Es ist ein Anfang, wenn du mit dir ins reine kommst. Du sagst, du hast deinen Eltern nicht verziehen, solange sie lebten. Verzeihe jetzt dir! Ich weiß nichts von deinem heutigen Leben, aber ich spüre, dass es dir nicht gutgeht.«

Nina entspannte sich unter dem Klang der vertrauten Stimme. »All die verlorenen Jahre.«

»Nein, sie sind nicht verloren! Du hast es doch selbst gesagt. Das Band war immer da.«

»Ich habe so oft mit dir gesprochen, weißt du das? Manchmal, wenn ich nicht schlafen konnte, habe ich im Dunkeln gelegen und mir vorgestellt, was du wohl sagen würdest, wenn du wüsstest, wie meine Tage einfach nur dahinfließen. Du warst immer so voller Tatendrang. Und ich hatte den Eindruck, du wusstest stets, was zu tun ist, egal was auch passierte. Ich dagegen ringe ständig nur mit Fragen, auf die ich keine Antworten finde. Ich hatte Angst, du würdest mich verachten. Da war es leichter, dich zu hassen.«

»Zu hassen ist nie leicht, es zerstört so viel. Aber glaub mir, Nina, ich würde dich niemals ...«

Ein Klappern an der Wohnungstür ließ Maria innehalten. Sie runzelte die Stirn. So früh hatte sie Michelle nicht erwartet. In den vergangenen Tagen war sie erst spätabends nach Hause gekommen, hatte erschöpft und abgespannt gewirkt.

Jetzt aber klang ihre Stimme kraftvoll durch die ganze Wohnung. »Maria, bist du da?« Ein kurzes Poltern im Flur verriet, dass sie ihre Schuhe achtlos abgestreift hatte. Dann kam sie herbeigeeilt, öffnete die Wohnzimmertür und wich augenblicklich zurück, als sie Nina sah, die aus dem Sofa hochfuhr.

Die beiden Frauen starrten sich erschrocken an. Maria blickte von einer zur anderen.

Michelle errötete. »Oh, Entschuldigung, ich wollte nicht ...« Sie sprach ihren Satz nicht zu Ende und verschwand so schnell, wie sie gekommen war.

Maria sah ihr verwundert nach, dann musterte sie Nina, die noch immer regungslos vor dem Sofa stand. »Du kannst dich wieder setzen, sie ist weg«, sagte sie missbilligend. »Ich wollte dir raten, nach vorne zu schauen, aber wie ich sehe, scheint das überflüssig zu sein.« Sie griff nach ihrer Perlenkette und spielte damit, dann schürzte sie die Lippen. »Nächste Woche ist sie fertig, dann geht sie zurück nach Köln.«

Nina sank auf das Sofa zurück, kauerte auf der Kante. »Köln, was bedeutet das schon? Das Problem ist nicht, dass sie abreist, aber sie weicht mir aus. Ich glaube nicht, dass sie mich wiedersehen will«, dachte sie laut.

Maria betrachtete sie nachdenklich. »Du hast anscheinend ein gewisses Talent, dich in Schwierigkeiten zu bringen.« Ihr Ärger war verflogen, als sie erkannte, wie wehrlos Nina einer Sehnsucht gegenüberstand, die sie selbst nur allzugut kannte. Es hatte keinen Sinn, sie zu warnen. »Was war los – an deinem Geburtstag?« Maria lächelte, als sie Ninas überraschte Miene sah. »Hast du geglaubt, ich würde ihn vergessen?«

Nina rieb sich die Schläfen. »Ich habe sie geküsst, aber ich glaube, sie will nicht ...«

»Sie hat nicht sehr glücklich ausgesehen, als sie zurückkam.« Tatsächlich war Maria aufgefallen, dass Michelle an jenem Abend nicht nur besorgt gewirkt hatte, sondern auch verstört.

»Ich will nicht darüber reden. Ich kann es nicht.«

Maria schmunzelte in sich hinein. Das hätte das kleine Mädchen nie zu ihr gesagt! Sie begriff, dass ihre Aussprache ein Finale war. Sie hatte Nina zurückgewonnen, doch jetzt musste sie begrüßen, dass sie ging. »Weißt du was?« fragte sie schicksalsergeben und drückte Ninas Hand. »Ich habe überlegt, dir Eierkuchen zu machen, als ich wusste, du würdest kommen. Es war keine ernsthafte Absicht, denn es wäre natürlich unpassend gewesen, nur ein flüchtiger Gedanke. Vielleicht ist es manchmal einfach verlockend, auf das Bekannte zurückzugreifen, weil es keine Ängste schürt und keine bösen Überraschungen in sich birgt. Aber vermutlich ist es gefährlich, nostalgisch zu sein. Es verführt dazu, die Zukunft zu vergessen.«

Nina sah sie wehmütig an. »Zukunft ist ein schwieriges Wort«, murmelte sie. »Es hat sich nie zu einem Bild formen lassen.«

Maria registrierte erleichtert, dass die Ablehnung gewichen war, die in Ninas Blick gelegen hatte, als sie sich im Theater begegnet waren. »Nein, das kann es auch nicht«, erwiderte sie nachdenklich. »Formen lässt sich immer nur die Gegenwart.«

## 17

»Parkgebühr drei Euro – bei der Ausfahrt zu zahlen«, stand auf einem unübersehbaren Schild vor der Einfahrt. Eine Schranke sicherte das Gelände, ein Wächter passte zusätzlich auf, dass auch wirklich niemand entkommen konnte, ohne seinen Obolus zu entrichten. Es war der einzige Parkplatz weit und breit, Michelle hatte keine Wahl, musste sogar anstehen, und es dauerte fast zwanzig Minuten, bis sie an die Reihe kam und eine Lücke für ihren Käfer fand. So also sah die Freiheit aus. Was hier verlangt wurde, nur um das Auto abzustellen, war einmal der Eintritt für ihre ganze Familie gewesen.

Sie war gerade noch pünktlich, als sie an den Bären vorbei in Richtung der Kassen eilte. Es tat ihr immer noch leid, dass sie in einem ungeschützten Gehege dem Lärm der Straße ausgesetzt waren, nur um Besucherinnen und Besucher anzulocken. Dabei hatte der Tierpark mit der Vielfalt seiner Arten, der üppigen Vegetation und dem friedlich dahinschlummernden Schlösschen genug zu bieten, um auf diese zweifelhafte Werbung verzichten zu können. Der große Abstand zwischen den einzelnen Gehegen ließ den Flanierenden viel Raum, und selbst am Wochenende war es möglich, auf abseits liegenden Wegen Oasen der Ruhe zu finden. Sie war gern darauf eingegangen, als ihre Mutter vorgeschlagen hatte, sich vor ihrer Abreise nach Köln hier noch einmal zu treffen.

Ihre Arbeit am Set war abgeschlossen. Nach Ninas Geburtstag hatte sie Mühe gehabt, sich auf ihre Rolle zu konzentrieren, und ihre ganze Professionalität und Erfahrung aufbringen müssen, um der Kamera etwas Eindrucksvolles zu bieten. Kowalski hatte viel Geduld mit ihr gezeigt, und am Ende schien er mit dem Ergebnis zufrieden gewesen zu sein. Jetzt war sie froh, dass die Anstrengungen hinter ihr lagen, auch wenn es bedeutete, dass es keinen Grund mehr gab, noch länger in Berlin zu bleiben.

Sie würde kaum Zeit haben, sich zu erholen. Das Theater erwartete sie zurück, und ihre Agentin hatte sie informiert, dass eine französische Produktion sie für eine Komödie gewinnen wollte, die im nächsten Sommer in der Bretagne gedreht werden sollte. Sie musste sich schnell entscheiden. Der Redakteur einer Kultursendung hatte wegen eines Interviews angefragt, eine Auktion zugunsten der Aidshilfe wollte ihre Unterstützung gewinnen, ihre Steuerberaterin wartete auf ihre Ausgabenbelege, und ein Frauenmagazin hatte bereits viermal angerufen, um einen Fototermin zu vereinbaren. Seit sie Erfolg hatte, gab es keine Ruhephasen mehr. Im Grunde war sie dankbar dafür. Ninas Stimme auf ihrer Mailbox nagte an ihrem Gewissen, erinnerte sie daran, dass sie die Frage, wie sie ihr begegnen wollte, noch immer hinausgeschoben hatte. Der Kuss am See hatte sie aufgewühlt, doch gerade das beunruhigte sie. Sie hatte die Liebe hinter sich, ein für allemal. Ihre Leidenschaft war die Bühne. Sogar für Nina würde es letztlich besser sein, das einzusehen, bevor sie beide sich tatsächlich in etwas verrannten, das kein gutes Ende nehmen würde. Schon Maria hatte sie schließlich gewarnt. War sie nicht eine weise alte Frau?

Eine kräftige Frühjahrssonne schien von einem wolkenlosen Himmel auf die Schlange vor den Kassen hinunter. Michelle sah sich in der Menge um, doch statt der vertrauten Züge ihrer Mutter bemerkte sie lediglich, dass einige der Wartenden sie neugierig betrachteten. Sie holte ihre Sonnenbrille hervor und setzte sie auf. Es betrübte sie, für ein Stückchen Freiraum gezwungen zu sein, diesen lichten Tag zu verdunkeln.

»Ich habe schon Karten. Wir können gleich durchgehen.«

Michelle drehte sich erschrocken um, als der sonore Bass hinter ihr erklang. Ihr Vater hatte die Unterlippe trotzig vorgeschoben, doch sie erkannte die Unsicherheit, die in seinen Gliedern steckte und sich auf sie übertrug. Er nahm sie beim

Arm, und als sie sich nicht rührte, zog er sie in Richtung Eingang. Sein Griff war entschlossen, und dennoch hielt er sich auch an ihr fest. Michelle fragte sich, ob es die einzige Form der Berührung war, die er sich gestattete.

»Wo ist Mama?« fragte sie, als sie die Sprache wiederfand, und runzelte die Stirn.

»Sie kommt nicht«, antwortete er knapp.

»Ist etwas passiert?«

Ihr Vater schüttelte den Kopf. »Es geht ihr gut. Sie hat mir nur diese Verabredung hier abgetreten.«

»Was?« Michelle verstand überhaupt nichts mehr. Der Mann am Eingang riss gelangweilt die Karten ein und gab sie ihrem Vater zurück. Er nahm sie mechanisch an sich, schaute auf sie herab und drehte sie zwischen den Fingern. Lange sagte er nichts, aber schließlich schürzte er die Lippen und wies mit dem Kopf in Richtung des Weges, der vor ihnen lag. »Lass uns einfach ein Stück gehen. Womöglich ist es kein Zufall, dass wir uns hier treffen, denn wahrscheinlich bin ich doch ein ausgewachsenes Kamel.«

Michelle nahm ihre Sonnenbrille wieder ab und steckte sie in die Jackentasche. Sie wusste nicht, was sie sagen sollte. In ihrer Phantasie hatte sie auf jede nur erdenkliche Art versucht, mit ihm zu reden, hatte ihn provoziert und bekniet, ihn angeschrien und einen versöhnlichen Ton angeschlagen. In ihrer Vorstellung war sie in der Lage gewesen, jeder möglichen Reaktion zu begegnen. Doch als er jetzt leibhaftig vor ihr stand, fiel ihr nichts ein von dem, was sie sich für diesen Fall vorgenommen hatte, und sie war einzig erfüllt von dem Gedanken, wie alt er geworden war. »Woher wusstest du, dass Mama und ich uns treffen wollten?« fragte sie schließlich, als ob die Antwort auf diese Frage das Dringlichste war, das sie von ihm erfahren musste.

Er lachte müde. »Ich habe es immer gewusst. Von deiner Mutter kannst du dein Talent nicht haben – sie ist eine schlechte Schauspielerin.« Er blieb vor den Bisons stehen. »Aber vielleicht hat sie sich ja auch nicht sonderlich bemüht, es geheimzuhalten. Wahrscheinlich wollte sie, dass ich wusste, wohin sie ging, wenn sie sich herausputzte und ›in die Stadt fuhr‹, wie sie es nannte. Nie wäre sie so aufgeregt gewesen, wenn es bloß um einen Einkaufsbummel gegangen wäre. Und sie ist eine gesellige Frau. Sie würde nie alleine ins Kino gehen.«

»Warum ist sie nicht mitgekommen?« Michelle hielt sich noch immer an die Fakten, um Zeit zu gewinnen. Nur nichts Falsches sagen! Nur kein unbedachtes Wort!

»Weil wir beide miteinander reden müssen, Michelle.«

Endlich wandte er sich ihr zu. Sie verbiss sich die Tränen, die ihre Augen zu füllen drohten. »Wann bist du darauf gekommen, Papa?« flüsterte sie kaum hörbar und dachte an all die vielen vergeblichen Versuche, die sie unternommen hatte, ihn zu erreichen.

Michelle hatte ihre Worte mit einer Ironie unterlegt, die nicht feindselig geklungen hatte, sondern nur erschöpft. Ihr Vater sah sie erschrocken an, gerade so, als würde er erst bei ihrem Anblick erkennen, wie sehr sein Rückzug sie verletzt hatte. Er ging weiter, und Michelle lief neben ihm her, wartete darauf, dass er ihr antwortete.

»Heute morgen, Michelle. Heute morgen, als Mama sich anzog und so fahrig im ganzen Haus herumwirbelte, dass ich wusste, was los war, da ist es mir klar geworden. Ich habe sie gefragt, wo ihr verabredet seid. Sie ist rot geworden, aber sie hat nicht groß versucht, es abzustreiten. Vermutlich war sie ganz froh.« Er vergrub seine Hände in den ausgebeulten Taschen seiner Hose. Dann holte er tief Luft, streckte sich und richtete seinen Blick in die Ferne. »Ich war damals bei der Parade am vierzigsten Jahrestag unserer Republik. Ich war auch am Abend vorher beim Aufmarsch der FDJ. So viele hoffnungsvolle junge Menschen mit rosigen Wangen und so stolz mit der Fahne in der Hand, genau wie du früher. Aber in manchen Gesichtern stand auch etwas anderes zu lesen. Angst. Verwirrung. Zweifel. Vierzig Jahre lang haben wir versucht, unsere Kinder davor zu bewahren. Vierzig Jahre lang haben wir geglaubt, eine friedliche Welt ohne Neid und Missgunst schaffen zu können. Und da standen sie nun mit ihren frisch gebügelten Hemden und ihrer sozialistischen Erziehung, und ich wusste, dass alles verloren war. Nicht wegen Gorbatschow oder wegen der Idioten in den Botschaften. Nein, ich wusste es, weil du nicht da warst! Der Otto hat mich zur Seite genommen. Er war ja über alles informiert und kannte die Einsatzbefehle. Er hat gemeint, es könnte hart zugehen am Jahrestag. Er hat noch immer geglaubt, du wärst nur durch eine persönliche Enttäuschung und durch Dummheit vom Weg abgekommen, sonst hätte er nichts gesagt. Aber ich hatte längst begriffen, dass es inzwischen anders war. Und was du getan hast, das hast du mit Leidenschaft getan! Ich habe die Mädchen und Jungen auf der Straße gesehen und am nächsten Morgen die Soldaten und die Ehrengäste auf der Tribüne. Die Uhr schlug zehn, als die Militärparade begann, und ich habe versucht, nicht daran zu denken, was alles hätte passieren können. Deine Mutter war völlig aufgelöst, weil ich dich nicht gewarnt habe. Sie ist zu dieser Kirche gefahren, um zu sehen, ob sie dich findet, ob es dir gutgeht. Aber ich konnte das nicht. Ich habe die Welt schon nicht mehr verstanden, als du dich Jahre zuvor diesen Unruhestiftern angeschlossen hast, sogar mit ihnen zusammengezogen bist. Aber dass du sogar am 7. Oktober gegen unsere Heimat aufbegehren musstest, konnte ich dir einfach nicht verzeihen. Dir musste doch klar gewesen sein, wohin das alles führen würde. Wir hatten es doch schon in Polen gesehen und auch in Ungarn. Und ich war wie betäubt, als dann auch bei uns alles auseinanderbrach.« Er hielt inne und blieb stehen. »Insgeheim hatte ich Angst, sie würden dich schlagen oder noch schlimmer. Ich wollte nicht, dass sie dir auch nur ein Haar krümmen. Ich wollte nicht, dass mein Staat meiner Tochter etwas antut. Aber ich habe dir die Schuld dafür gegeben, dass ich in diesem Zwiespalt war.«

Michelle blieb bei den Alpakas stehen. Vom Garten der nahen Cafeteria hallte Musik herüber, der Klang einer schlecht gespielten Hammondorgel, das rhythmische Klatschen und das begeisterte Johlen der Gäste zum Text eines bigott-frivolen Schlagers. Die Geräusche standen in schreiendem Kontrast zu allem, was sie empfand. »Ja, ich war bei der Kirche, Papa. Und wir alle dort hatten große Angst. Niemand hat uns etwas von den Einsatzbefehlen erzählt, aber das war auch nicht nötig. Wir wussten, dass schon an den Tagen zuvor überall im Land Oppositionelle verhaftet worden waren. Und wir haben die Polizei- und Armeefahrzeuge in den Seitenstraßen gesehen. Das Massaker in Peking war uns noch in guter Erinnerung, es lag ja erst wenige Monate zurück. Ich habe Mama nach Hause geschickt, als sie kam. Sie war tatsächlich fix und fertig, und ich wollte nicht, dass am Ende ihr noch was passiert. Sie hätten ja keinen Unterschied gemacht. Und wir hatten nichts, um uns zu verteidigen. Nur Kerzen.« Michelle hatte das Bild nicht vergessen. Eine beklommen schweigende Menge und ein Meer aus weißem Wachs, das von den zahllosen Flammen geschmolzen ineinanderlief und bizarre Gebilde formte. Sie wollten das Land erwärmen, doch statt dessen heizte es sich auf. Zwei unversöhnliche Fronten standen sich gegenüber, und das einzige, was sie verband, war der Wunsch, dass dieser bedeutungsschwere Tag endlich vorübergehen möge.

»Ich wusste, du warst bei der Parade. Ich war so wütend auf dich. Wie konntest du an so einer Veranstaltung teilnehmen? Jeder im Land spürte, was vor sich ging, und dann diese verordnete Ignoranz! Diese offiziellen Feierlichkeiten waren doch eine Farce! Du hast mich erzogen, die sozialistische Idee zu lieben, aber dieses Spektakel war einer Gesellschaft nicht würdig, die sich auf die Fahnen geschrieben hatte, im Dienste des Volkes zu stehen. Was hätte Rosa Luxemburg wohl dazu gesagt?«

»Beruf dich nicht auf Rosa Luxemburg! Viele von euch haben sie zitiert, haben sie benutzt für ihre Zwecke. Das hat mich damals schon geärgert. ›Freiheit ist immer die Freiheit der Andersdenkenden‹ – ja, das hat sie gesagt. Aber sie war auch eine Kämpferin! Wir wussten alle, dass die ganze Veranstaltung zum Staatsjubiläum unter keinem glücklichen Stern stand. Aber wir wollten etwas retten! Alles ging den Bach runter, und es war doch abzusehen, was am Ende dabei herauskommen würde.«

»Eben weil sich niemand bewegt hat! Wer nicht versucht, eigene Antworten auf Probleme zu finden, muss sich nicht wundern, wenn er schließlich fremde aufgedrückt kriegt. Ich wollte unser System nicht zerstören, ich wollte nur ein Stück mehr Freiraum, Papa! Ich wollte Schauspielerin sein, verstehst du, meine Ideen einbringen, meine Persönlichkeit! War es nicht das, was wir uns erträumt hatten: dem Menschen zu ermöglichen, sich in seiner Arbeit zu verwirklichen?«

»Der Staat hat dir deine Ausbildung geschenkt, und wie hast du es ihm gedankt?«

»Der Staat? Was meinst du, Papa?«

Ihr Vater blieb vor einem Wegweiser stehen, seufzte schwer und sammelte sich. »Lass uns zu den Affen abbiegen. Die hast du als kleines Mädchen schon geliebt. Immer Spektakel, immer Radau. Bist du deshalb in den Westen gegangen?«

Michelle war froh, dass ihr Vater bereit war, ihren alten Disput ruhen zu lassen und versöhnlichere Töne einzuschlagen. »Vielleicht«, antwortete sie und schmunzelte, und weil sie ihm nicht noch einmal erklären mochte, was ihr schon hundertmal nicht gelungen war, ging sie zu einem Imbiss hinüber und kaufte ihnen beiden ein Eis, Erdbeere, Vanille und Schokolade zwischen zwei Waffeln, sie wusste ja, was er gern mochte, und wenigstens darin stimmten sie überein.

Sie steuerten eine Bank an, die gerade frei geworden war, und setzten sich. Ihr Vater zupfte umständlich an dem Papier, das ihn von seiner Erfrischung fernhielt. »Ich habe alle deine Filme gesehen, weißt du, aber sag es nicht deiner Mutter. Sie wollte sie sich immer mit mir zusammen ansehen, aber ich kannte sie längst und wollte es nicht zugeben, sonst hätte sie keine Ruhe mehr gegeben und auf mich eingeredet, zu dir ins Theater nach Köln zu fahren.« Er knüllte das Papier zusammen. »Ich wollte da nicht hin. Ich habe versucht, mich mit dir zu freuen, als *Unterwelt* ins Kino kam und mir klar wurde, dass dir der Durchbruch geglückt war und du immer populärer wurdest. Es wollte mir nicht gelingen. Dabei hast du deine Rollen großartig gespielt. In *Tanz in die Nacht* hat mir allerdings die Musik nicht so gefallen und die wilde Tanzerei.«

»Es ging um einen Musicalstar, Papa.«

»Jaja, das weiß ich doch. Ich hab ja auch gesehen, dass es dir Spaß gemacht hat. Kannst stolz sein auf das, was du leistest! Aber dein Erfolg war der Beweis, dass du den richtigen Weg eingeschlagen hattest. Und ich konnte mich nicht damit abfinden, dich an andere Menschen verloren zu haben. An fremde Ideale. Ich fühlte mich so hilflos, als ich merkte, dass ich nicht verhindern konnte, dass du gehst.«

»Das Gefühl kenne ich.« Michelles Tonfall ließ keinen Zweifel daran aufkommen, dass ein alter Schmerz auch in ihr noch immer lebendig war. Ihr Vater räusperte sich. Dann sah er verlegen einer Familie hinterher, die in einer fremden Sprache aufgeregt miteinander schwatzte und deren jüngster Sprössling schneller vorwärts strebte, als sein noch unsicherer Gang es ihm erlaubte, und er folglich auf die Nase fiel.

»Also«, begann er vorsichtig. »Wie ist das nun mit dir und den Frauen?«

Michelle starrte ihn entgeistert an und errötete. »Was meinst du?«

»Na, du – weißt schon«, stotterte er, »ich meine – war es nur diese Studentin damals – oder ...«

Michelle biss ein großes Stück von ihrem Eis ab und kaute demonstrativ darauf herum, um Zeit zu gewinnen. Sie war nicht darauf vorbereitet, mit ihrem Vater über dieses Thema zu reden, wie sie auf nichts an diesem Tag vorbereitet gewesen war. Es ärgerte sie, dass er es war, der den Ablauf ihres Gesprächs diktierte, aber gleichzeitig freute sie sich auch, dass die alte Offenheit, die einmal ihr Verhältnis geprägt hatte, durch den Dunst verletzter Gefühle hindurchzuscheinen begann und das Schweigen beendete, das sie so lange voneinander ferngehalten hatte. »Was hat dieser Otto dir eigentlich damals erzählt?« fragte sie daher und gab den Spielball zurück.

»Dass eine Dissidentin dich verführt hat, um dich für ihre politischen Ziele einzuspannen.«

Michelle verzog das Gesicht. »Na ja, zum Teil stimmt es ja. Verführt hat sie mich tatsächlich, und sie hätte nichts Schöneres tun können. Aber die Politik hat immer zwischen uns gestanden.«

Michelle hatte ihr Eis aufgegessen. Sie zog die Beine auf die Bank und umschloss sie mit den Armen, dann erzählte sie ihm von Vanessa, wie sie schon Maria von ihr erzählt hatte, nur Tränen kamen ihr dieses Mal nicht. Als Vanessa gegangen war, da hatte sie sich gewünscht, mit ihm reden zu können, über ihren Kummer und die offene Wunde, die der Abschied hinterlassen hatte. Jetzt aber wollte sie die Fassung wahren, zu überraschend war das plötzliche Wiedersehen mit dem Mann, dem sie einmal alles hatte anvertrauen können.

»Weißt du, was aus ihr geworden ist?« fragte er, als sie schloss.

Michelle schüttelte den Kopf. »Nach der Wende habe ich sie ausfindig gemacht, aber dann habe ich doch keinen Kontakt zu ihr aufgenommen.« Sie hatte der Versuchung nicht wiederstehen können, herauszufinden, wo Vanessa lebte, als die Mauer gefallen war. Es war nicht schwer gewesen, es in Erfahrung zu bringen. Dann hatte sie lange dagegen angekämpft, sie anzurufen, ein Jahr, zwei, aber schließlich hatte sie zum Hörer gegriffen und sich überwunden, nur um am anderen Ende die Stimme einer Fremden zu vernehmen, die sich in gleichmütigem Tonfall meldete. »Bei Schenk«, hatte sie gesagt, und sie hatte freundlich geklungen. Michelle hatte aufgelegt. Und ihre Erinnerungen waren zu Scherben zerfallen. »Sie hat damals in Tübingen gewohnt. Ich glaube, sie hat die Schauspielerei aufgegeben, aber genau weiß ich es nicht.«

»Und?« bohrte ihr Vater weiter und musterte sie. »Hängt es dir noch nach?«

Michelle lächelte traurig und spürte deutlich, wie seine Frage sie im Innersten berührte. Es wäre leicht gewesen, sie zu verneinen, aber statt dessen senkte sie den Blick, rieb sich gedankenverloren winzige Reste geschmolzener Eiscreme von den Fingerspitzen und spürte, wie ihre mühsam aufrechterhaltene Fassade zu bröckeln begann. »Seit die Mauer gefallen ist, bin ich viel herumgekommen. Mein klappriger Käfer war schon überall in Europa. Er hat den Linksverkehr in London hinter sich und die Fähren nach Griechenland und Skandinavien. Alles wollte ich sehen.« Sie hielt inne und verfolgte mit den Augen die frischbelaubten Birkenzweige, die von einer milden Böe ins Schwingen versetzt wurden. »Aber ich wollte niemals nach Rom.« Ihre Mundwinkel zuckten, und sie hatte Mühe weiterzusprechen. »Es hat schon lange gedauert, bis ich nach Italien fahren konnte, aber ...« Sie sah verstohlen zu ihrem Vater hinüber, dann wagte sie es. »Aber durch Maria hat das Land schließlich eine andere Bedeutung für mich bekommen. Sie hat mir soviel davon erzählt, das hat etwas verändert. Aber für Rom galt das nicht, denn von Rom habe ich mit Vanessa geträumt.« Wieder hielt sie inne, doch ihr Vater wartete geduldig darauf, dass sie weitersprach.

»Einmal musste ich aus beruflichen Gründen hin. Es ließ sich nicht vermeiden. Die Promotiontouren sind unumgänglich, wenn ein neuer Film anläuft. Ich bin erst kurz vor der Premiere mit dem Flugzeug angekommen, um ja nicht in Versuchung zu geraten, mir etwas von der Stadt anzusehen. Ich habe sogar im Taxi vom Flughafen zum Hotel noch Zeitung gelesen, um nichts wahrzunehmen von der Gegend, durch die ich fuhr. Nur dadurch war es mir möglich, ein strahlendes Lächeln aufzusetzen, als bei der Pressekonferenz die Kameras auf mich gerichtet waren. Aber innerlich war ich leer.«

Die Fragen der Presse waren überstanden, und sie war erleichtert gewesen, als sie sich während der Aufführung des Films im Dunkel des Kinosaales hatte verstecken können. Den

Empfang im Anschluss brachte sie irgendwie hinter sich. Mit einem Champagnercocktail in der Hand und umgeben vom Gemurmel sinnentleerten Geplauders fiel es ihr nicht schwer zu vergessen, wo sie war. Sie trank ein bisschen zuviel und entschuldigte sich, sobald es ging, entschwand in ihr Hotelzimmer und fand überraschend schnell in den Schlaf.

Am nächsten Morgen aber erwachte sie mit einem hämmernden Kopfschmerz und einer unerklärlichen Unruhe in der Magengegend. Die Sonne schien grell durch die geschlossenen Vorhänge, und etwas in ihr drängte sie, wollte hinaus an die frische Luft. Am späten Vormittag ging ihre Maschine zurück nach Köln-Bonn, doch anstatt die Stunden bis dahin einfach im Hotel zu vertrödeln, wie sie es sich vorgenommen hatte, trank sie hastig einen Cappuccino und trat vor die Tür.

Der Verkehr auf den Straßen glich dem unübersichtlichen Gewimmel eines Ameisenhaufens. Es war einfach nur eine Stadt, sagte sie sich, eine Stadt wie all die anderen, die sie schon kennengelernt hatte. Sie beobachtete die Andenkenverkäufer und lief am Colosseum vorbei, wo sich Schwärme von Touristinnen und Touristen mit Kameras und bunten T-Shirts am Eingang drängelten. Es war nur eine Stadt. Wie Paris. Wie Madrid. Das Hämmern in ihrem Kopf wollte nicht weichen und trieb sie immer weiter, vorbei an parkenden Reisebussen und hinauf auf den Palatin.

Und als sie den Hügel erklommen hatte, fiel ihr Blick auf die Ruinen einer vergangenen Welt, die im Sonnenlicht erstrahlten, die von Stolz kündeten, von Hoffnung und von Tyrannei, und da sprangen die Erinnerungen sie an, und sie dachte an Vanessa, sah ihr Lachen, ihr strubbeliges Haar und den Ausdruck der Verlorenheit, der in ihrem Gesicht gestanden hatte, wenn sie sich liebten. In jenem Augenblick erfasste sie das wahre Wesen der Zeit, die den Stein zu Staub zerfallen ließ, die Könige in die Knie zwang und Gold und Prunk und Marmor verhöhnte, aber machtlos war gegen die unvergängliche Wärme eines zärtlichen Blicks. Ihre Gefühle überwältigten sie, beschworen so kraftvoll wie einst die alles durchdringende Trostlosigkeit herauf, die sie an dem Morgen befallen hatte, an dem die Geliebte für immer gegangen war. Hatte auch Vanessa schon hier gestanden und auf das quirlige Tal hinabgesehen? Hatte auch sie die friedvolle Ruhe gespürt, die unter dem Eindruck des pulsierenden Lebens am Fuße des Hügels Behaglichkeit verströmte, sie umhüllte und beinahe stärker als die Trauer war? Sie wollte weinen, aber sie konnte nicht. Ihr Kopf drohte zu bersten, doch der Schmerz, der wirklich weh tat, steckte irgendwo hinter ihrem Brustbein fest. Mit Vanessa hatte sie einen Bildband angesehen. Mit Vanessa hatte sie geträumt. Das also war die Wirklichkeit!

Allein trat sie den Abstieg an, vorbei an knorrigen Orangenbäumen, deren reife Früchte sie einfach hätte pflücken können, um sich zu erfrischen. Aber es interessierte sie nicht. Die Zeit verrann, und ihr Flugzeug würde nicht warten. In wenigen Stunden würde sie in Köln-Bonn zurück sein, die erfolgreiche Schauspielerin und attraktive Frau, deren Charme entwaffnend war, wie die Zeitungen schrieben, die Autogramme gab und beim Italiener an der Ecke umsonst ihre Pizza bekam, weil es ihm eine Ehre war, dass sie bei ihm zu Abend aß. Sie hatte Tag für Tag die Gelegenheit, in der freundlichen Aufmerksamkeit einer namenlosen Menge zu baden, die ihre Sehnsüchte auf sie projizierte. Doch ihr Vater hatte sie verstoßen, die Orte ihrer Kindheit waren hinter Werbetafeln verschwunden, und ihre Liebe hatte sie verlassen. Als sie den Hügel hinabgestiegen war und sich ein Taxi rief, fühlte sie sich wie ein dahintreibender Körper inmitten des vergänglichen Trubels, und als sie in den Wagen stieg, war sie froh, dass der Fahrer sie nicht erkannte.

Ein angeleinter Dalmatiner trottete auf die Bank zu, auf der Michelle und ihr Vater noch immer saßen, doch bevor er sie erreichte, um sie zu beschnuppern, zog die Besitzerin den Hund mit einem kräftigen Ruck zurück. Ihr Vater verfolgte gleichmütig, wie Mensch und Tier weiterzogen, dann hob er die Augenbrauen und fuhr sich mit der flachen Hand über sein borstiges Haar. »Mama hat früher oft zu mir gesagt, du hättest mal bei dem Peter bleiben sollen, das hätte dir eine Menge Kummer erspart.«

Michelle verdrehte die Augen. »Das sagt sie mir heute noch manchmal. Allerdings nur noch, wenn sie mich necken will. Ich glaube, sie hat endlich begriffen, dass er mich schon damals nicht besonders interessiert hat. Und auch kein anderer Mann.« Sie stand langsam auf. »Wollen wir weitergehen?«

Auch ihr Vater erhob sich. Schweigend gingen sie auf den Affenfelsen zu, doch schließlich nahm er das Gespräch wieder auf. »Bei uns im Betrieb war mal eine Kollegin, von der hieß es immer, dass sie auch so gewesen sein soll. Sie war Ingenieur wie wir. Manchmal hat jemand eine dumme Bemerkung gemacht, aber eigentlich haben alle im Kollektiv sie gemocht. Ich glaube, sie konnte hervorragend backen. Mama hat sogar ein paar Rezepte von ihr.«

»Was willst du mir damit sagen?« Michelle lehnte sich gegen die steinerne Mauer, die Menschen und Affen trennte. Neben ihr trug eine Mutter ihr Baby auf dem Arm und versuchte vergeblich, es für die Tiere zu interessieren. »Da!« stieß sie immer wieder abgehackt hervor, als könne sie selbst noch nicht sprechen, doch das verträumte Kind zog es vor, seine Aufmerksamkeit dem Nuckel in seinem Mund und einer

Schar unsichtbarer Feen zu widmen, die in der Luft vor ihm zu tanzen schienen.

»Gar nichts. Ich dachte nur, wenn es heute jemanden gibt, kannst du es ruhig sagen. Die Zeitungen schreiben viel über dich, aber sie haben nie berichtet, ob ... Und deine Mutter hat mir auch nichts erzählt.«

Michelle drehte sich zu ihm um. »Ich habe zur Zeit keine Freundin, wenn du das meinst. Ich bin sozusagen Single, wie es immer so heißt. Und ich glaube, in meinem Beruf ist das auch das beste.«

Er schüttelte bedächtig den Kopf. »Das ist für niemanden das beste, am allerwenigsten für dich. Du warst noch nie gern alleine.«

»Da!« hörte Michelle wieder und: »Jetzt guck doch mal!«

»Ich bin nicht alleine, ich habe viele Freundinnen und Freunde. Meine Arbeit lässt mir wenig Zeit, sie zu sehen, aber sie sind da. Und das ist viel wichtiger als eine zermürbende Beziehung.«

»Mag sein, aber ich wünsche dir trotzdem, dass du glücklich bist. Und wenn eine Frau das erreicht, dann ist es auch gut. Wir haben nie darüber geredet – bis heute. Das war vielleicht ein Fehler. Ich bin 1932 geboren. In einem winzigen Dorf. Ich hatte von so was keine Ahnung. Hab ich eigentlich auch jetzt noch nicht. Aber es wäre trotzdem beruhigend zu wissen, dass es jemanden gibt, der dich liebt.«

›Die‹, dachte Michelle im stillen, ›die dich liebt‹. Und er sollte auch nicht immer ›so was‹ sagen. Aber von diesen kleinen Schönheitsfehlern abgesehen, spürte sie, wie seine Worte sie durchdrangen, eine Last von ihren Schultern nahmen und sie mit Freude erfüllten. Die Luft hatte sich noch weiter erwärmt, und eine sanfte Brise streichelte ihre Haut. Die Affen kreischten und kabbelten sich, das Baby blubberte vor sich hin, und ihr Film war schließlich doch noch gelungen, sicher ein Juwel, wenn er erst fertig geschnitten war. Sie würde ihn sich gemeinsam mit ihren Eltern ansehen. »Kommst du denn jetzt mal nach Köln?« fragte sie leise und sah ihrem Vater ins Gesicht, das in der vergangenen Stunde mehr Farbe bekommen hatte, als dem Sonnenschein zuzuschreiben war.

»Ich weiß nicht«, begann er und schmunzelte. »Kann man denn im Rhein angeln?«

Sie lachte ihn offen an und antwortete verschmitzt: »Hm, vielleicht besser nicht. Könnte sein, dass der Haken sich eher an einem der Kähne verfängt, als dass ein Fisch ihn findet.«

»Soso, Kähne. Ich dachte, die sind alle bei der Loreley abgesoffen.«

»Nee, Papa, ein paar gibt's noch.« Sie stieß sich von der Affenmauer ab und ging weiter in Richtung der Giraffen. Es war ein guter Tag für Großes, dachte sie vergnügt.

»Und ich hab immer geglaubt, die Wessis fallen alle auf diesen Schnickschnack rein. Bisschen blonde Haare und trallala, und schon verlieren sie den Verstand.«

Sie knuffte ihn in die Seite. »Ja, das kann ich mir denken. Aber auch unter den Wessis gibt es welche, die sich nicht so leicht vom bloßen Schein verführen lassen. Da kann sich selbst die anmutigste Schönheit auf einem Felsen vergeblich abrackern. Wird Zeit, dass du dich endlich davon überzeugst.«

»Ja«, antwortete er und senkte den Blick. »Es wird wohl wirklich Zeit.«

Michelle konnte sich nicht erinnern, wann sie das letzte Mal so glücklich gewesen war. Auf dem Heimweg drehte sie das Autoradio voll auf und kurbelte die Fenster des Käfers herunter. Am liebsten hätte sie die ganze Stadt beschallt! Sie brauste quer über alle Spuren auf der Frankfurter Allee in Richtung Westen, direkt auf den Fernsehturm zu, der solide und verlässlich über die Stadt zu wachen schien. Am Potsdamer Platz kam der Verkehr ins Stocken, und Michelle verfolgte den Aufstieg eines bunten Ballons, der den Schaulustigen in seinem Korb einen Blick über die Dächer bot. Sie fühlte sich genauso leicht wie dieses emporschwebende Stück Stoff, nur leinenlos, jeder Zügel entbunden.

Als das hochaufschießende Ensemble architektonischer Prestigebauten hinter ihr lag, ging es wieder schneller voran. Ihr Vater würde sie in Köln besuchen! Sie hatte ihn zurück! Was mochte ihre Mutter wohl denken? Und Maria! Sie musste es ihr erzählen, sie brannte förmlich darauf. Noch ein paar Ampeln, dann bog sie in die kleine Straße ein und erinnerte sich daran, wie Nina ihr am Gründonnerstag hier begegnet war, Nina, die Sanfte, die Tragische, die noch am Morgen so weit fort gewesen war und die sie jetzt so gern in die Arme genommen, gestreichelt und geküsst hätte, in einem spontanen Impuls, ganz dringend, ganz drängend, so wie an ihrem Geburtstag am See. Warum bloß war sie davongelaufen? Oder war sie jetzt ganz einfach übergeschnappt? Sie parkte den Wagen und sprang über das Gartentor, schloss die Wohnung auf und rief nach ihrer Tante. »Maria!« stieß sie hervor, während sie durch alle Zimmer eilte. »Maria!« Ihre Begeisterung schwang mit in der Art, wie sie den Namen betonte.

Aber Maria schien nicht zu Hause zu sein. Michelle fand sie nicht im Wohnzimmer und nicht in der Küche, nicht im Bad und nicht auf dem Balkon. Sie wollte sich gerade damit abfinden, ihre Neuigkeiten für sich behalten zu müssen, als ein Windzug ihr verriet, dass die Tür zum Garten offenstand. Die Euphorie packte sie erneut. Sie stürmte hinaus, doch ihr Elan wurde abrupt gebremst. Ihr stockte der Atem, als sie schon von weitem sah, dass ein Körper regungslos zwischen den Dahlien lag.

## 18

Nina brauchte eine Weile, um das Geld aus ihrem Portemonnaie zu angeln, denn ihre Finger waren steif und zittrig. Die Taxifahrerin wartete geduldig. »Lassen Sie sich Zeit«, sagte sie in beruhigendem Tonfall. Vermutlich ahnte sie, in welcher Verfassung Nina sich befand, denn ein Besuch im Krankenhaus bei Nacht ließ immer Schlimmes befürchten.

Nachdem sie bezahlt hatte, stieg Nina aus, trat durch eine schwere Drehtür am Eingang und erkundigte sich beim Pförtner nach dem Weg zur Intensivstation. Er beugte sich in seinem Glaskasten vor und deutete gleichgültig in Richtung des langen Ganges, der vor ihr lag. »Es ist alles ausgeschildert, Station 32, dritter Stock, die Fahrstühle 10 bis 12 bringen Sie hin. Dahinten müssen Sie links.«

Nina bemühte sich, seine Worte aufzunehmen, doch ganz gelang es ihr nicht. Sie bedankte sich gedrückt, dann holte sie tief Luft und schob sich einen breiten Flur entlang. Tatsächlich wies ein verwirrender Schilderwald die Wege zu den einzelnen Stationen, Untersuchungsräumen, Bettenhäusern, Laboren und in die Pathologie. Sie kam an der Anmeldung vorbei, wo an den Wänden verschraubte Stühle aus Metall, ein Kasten für Wartenummern und eine Reihe vergitterter Schalter ihr verrieten, welch kalte Atmosphäre die Hilfesuchenden hier erwartete. Jetzt war alles verlassen, die Klinik lag im Schlaf. Nichts war zu sehen von der hektischen Betriebsamkeit, die am Tage hier herrschen musste. Keine Ärztinnen und Ärzte, die in weißen Gesundheitslatschen von einer Tür zur nächsten hasteten, keine Rollwagen mit zu früh serviertem Mittagessen, das unter Kunststoffhauben warm gehalten wurde, keine verängstigten Gesichter zwischen frisch gestärkten Laken, die in ihren Betten, an die eine oft unsichtbare Krankheit sie fesselte, von Zivildienstleistenden in den Aufzug geschoben wurden. Nur ein alter, unrasierter Mann schlurfte über den Flur. Seine Pantoffeln waren ausgetreten, sein längsgestreifter Frotteebademantel stand halb offen, und unter den viel zu kurzen Hosenbeinen seines Schlafanzugs konnte Nina seine Krampfadern sehen. Es roch nach Sauberkeit und ärztlich verordneter Zuversicht, der Linoleumboden glänzte sogar im abgedämmten Licht der Nacht, und eine geöffnete Tür gab den Blick frei auf blankgeputzte Bettpfannen, beschriftete Plastikbecher und halbvolle Spender mit Flüssigseife.

Nina fand die richtigen Fahrstühle und fuhr nach oben. Als die Tür sich öffnete, trat sie in einen halbdunklen Korridor, von dem drei Gänge abzweigten. Vor dem Durchgang zur Kardiologie erblickte sie einen großen Kasten, über dem ›Wiederbelebungseinheit‹ stand. Der zweite Gang führte in die Ambulanz und wirkte verwaist. Die Tür zur Intensivstation war verschlossen und mit abwechselnd klarem und mattem Glas quergestreift, was sie vergittert erscheinen ließ. Wieder Schilder und ein roter Knopf. Ninas Beklemmung steigerte sich, und ihr Herz hämmerte wild, als sie klingelte.

›Beruf dich auf mich, falls sie dich nicht reinlassen wollen‹, hatte Michelle ihr am Telefon geraten, und tatsächlich vermochte erst der Hinweis auf Michelles verwandtschaftliche Bindungen das Misstrauen in den Augen der Nachtschwester zu vertreiben. Sie führte sie zu Michelle, die vor einer geschlossenen Tür an der Wand lehnte und weit gedrungener wirkte, als sie war. Sie richtete sich auf, als Nina zu ihr trat, und die Schwester ließ die beiden allein. Nina schaute sie an, und es berührte sie schmerzlich, die Tiefe in den dunklen Augen wiederzusehen, eine Tiefe, die nicht forschend war wie bei ihren zurückliegenden Begegnungen, sondern kummervoll. Sie verspürte den heftigen Drang, Michelle zu umarmen, doch sie war zu befangen, um es zu tun. Dabei war es kein sinnliches Verlangen, das sie erfüllte, sondern einzig und allein der Wunsch zu trösten, die andere und auch sich selbst.

»Sie sind gerade drin und kümmern sich um sie«, murmelte Michelle. »Wir müssen warten. Ich glaube, sie ist jetzt wach.«

»Dann wird sie es überleben?« Ein Funken Hoffnung keimte in Nina auf.

Michelle zuckte mit den Achseln. Die Tür zu Marias Zimmer öffnete sich. Eine Ärztin straffte die Schultern und sah beide mit tragender Miene an. Nina kannte diese Art Blick. Sie hatte ihn gut drei Jahre zuvor schon einmal gesehen.

»Wie sieht es aus?« fragte Michelle, und in ihrem Ton lag etwas Warnendes, beinahe so, als wolle sie auf diese Weise die Möglichkeit einer schlechten Nachricht verjagen.

»Ich fürchte, nicht gut«, antwortete die Medizinerin dennoch. »Der Infarkt war ziemlich schlimm, und das Herz ist danach zu lange unbehandelt geblieben. Es ist sehr stark in Mitleidenschaft gezogen.« Sie hielt inne und musterte beide Frauen, als wolle sie in ihren Gesichtern lesen, welche Gefühle ihre weiteren Worte auslösen würden. Nach einer bedeutungsvollen Pause sagte sie behutsam: »Ich denke, es wäre gut, wenn Sie über Nacht hierbleiben könnten. Leider müssen wir die Möglichkeit in Betracht ziehen, dass Frau Conti den Morgen nicht erlebt.«

Erst jetzt bemerkte Nina, dass eine der Neonröhren im Gang ein monotones Geräusch verbreitete, ein nervenzerrendes Brummen, das sich nun, da sie es einmal wahrgenommen hatte, nicht mehr vertreiben ließ, das ungefragt in ihren Körper drang und sich dort einnistete. Es gab nichts, was sie dagegen tun konnte, sie war ihm ebenso ausgeliefert wie der Grausamkeit dessen, was die Ärztin verkündet hatte. Sie hielt sich an dem schmalen Holzgeländer fest, das sich an den Wänden entlangzog. Die Ärztin sprach weiter, aber Nina hörte sie nicht mehr. Sie dachte an Maria, die auf der anderen Seite der Tür lag, Maria, die sie so oft gehalten hatte und dabei stets so unverwüstlich schien.

»Können wir zu ihr?« fragte Michelle mit belegter Stimme, und Nina sah auf.

Die Ärztin nickte. »Sie ist bei Bewusstsein, aber sie ist wirklich sehr schwach. Sie können hineingehen, aber sie sollte nicht viel sprechen.«

Michelle ging vor, und Nina zwang sich, ihr zu folgen. Das Zimmer lag im Halbdunkel. Maria schien nicht mehr zu sein als ein Schatten in einem viel zu großen Bett. Nichts war geblieben von ihrer stolzen Stattlichkeit, von der Aura der Zuversicht, die sie immer umgeben hatte. Ihre Hände lagen auf der Decke, halb-transparente Pflaster hielten die Kanülen fest, die ihre Adern mit dem Plastikbeutel über dem Bett verbanden. Ihre Haut war schneeweiß, dünne Schläuche unter der Nase versorgten sie mit Sauerstoff.

Michelle schob Nina den einzigen Stuhl hin, dann schloss sie die Zimmertür, viel zu laut, und das Geräusch ließ Maria die Augen einen Spaltbreit öffnen. Ein kaum merkliches Lächeln verriet, dass sie erkannte, wer bei ihr war.

»Nina«, hauchte sie tonlos. »Komm her.«

Ein Gerät hinter dem Bett piepste in gleichbleibenden Abständen. Michelle trat ans Fenster und blickte hinaus auf die Lichter der Stadt.

Die stickige Hitze im Raum machte Nina benommen. Wie

in Zeitlupe schob sie den Stuhl dichter an das Bett und ertrug, was geschah, wartete darauf, dass Maria ihr sagte, was sie tun solle, ganz so, wie sie es immer getan hatte.

»Gib mir deine Hand.« Maria schob ihre eigene in Ninas Richtung, so weit sie konnte. Es waren nur wenige Zentimeter, aber Nina ergriff sie, und sie war warm. Maria hob den Kopf ein wenig an, blinzelte angestrengt und erkannte das silberne Armband an Ninas Handgelenk. Ihre Mundwinkel zuckten amüsiert, dann trat ein Ausdruck von Rührung auf ihr Gesicht. Nina war froh, dass sie noch einmal zurückgegangen war. Sie hatte ihre Wohnung schon fast verlassen gehabt, als ein unwiderstehlicher Impuls ihr befahl, das alte Schmuckstück zu holen.

»Das ist nicht mehr modern«, flüsterte Maria und hustete. Ihr Kopf sank aufs Kissen zurück.

»Du darfst nicht soviel sprechen«, gab Nina zurück.

»Sonst passiert was?« Maria holte angestrengt Luft, dann zog sie Nina mit letzter Kraft zu sich herunter und schaute ihr eindringlich in die Augen. »Du musst mir etwas versprechen.«

Das strahlende Blau war blass geworden, und doch war Marias Blick so intensiv, dass Nina ihn kaum aushielt. »Was?« fragte sie und flehte im Geist um mehr Zeit. Sie hatten sich doch gerade erst wiedergefunden!

Maria überlegte lange, ganz so, als suche sie die richtigen Worte. »Ein neues Armband, hörst du. Heb das hier auf, wenn du willst, aber trag ein anderes, ja?«

Nina schüttelte den Kopf. »Ich verstehe nicht, was du meinst.«

Maria nickte leicht. »Doch, doch, du verstehst mich schon. Es gibt so viel für dich zu entdecken. Aber du musst es wollen, hörst du, du musst dich dafür entscheiden.«

Nina dachte an die Oliven im Café. Ja, sie verstand, was Maria sagen wollte. Das Glück würde nicht von selbst kommen, es wollte angelockt werden, herbeigerufen. Maria wollte sie ermuntern, ihr Leben in die Hand zu nehmen, ihm eine Richtung zu geben. Nina senkte den Kopf. Durfte sie es in so einem Moment versprechen? Sie wollte Maria nicht enttäuschen, aber sie wollte sich auch keine Verpflichtung aufbürden, der sie vielleicht nicht gerecht werden konnte.

Maria registrierte ihr Schweigen und schien zu ahnen, was sie beschäftigte. »Wie war's eigentlich – auf Gittis Geburtstag?« Kurzatmig presste sie ihre Worte heraus. Das Piepen wurde für wenige Sekunden schneller, dann setzte es einmal aus, um schließlich den gleichförmigen Rhythmus wiederaufzunehmen. Michelle trat von einem Bein auf das andere, blieb aber am Fenster stehen.

Nina runzelte die Stirn. »Wie kommst du denn jetzt darauf?«

»Na ja, du – hast es mir nie – erzählt. Also, wie war's?«

»Es war toll.«

»Lustig?«

»Ja.«

Wieder erschien ein kaum merkliches Lächeln auf Marias Lippen. »Siehst du, und ich hab dich hingebracht. Und jetzt kannst du allein über die Straße gehen, stimmt's?«

Nina nickte. Ihre Kehle brannte, sie war unfähig, zu sprechen.

Maria sah sie lange an, dann drückte sie Ninas Hand so fest sie konnte. »Geh jetzt.«

»Was?« Nina starrte sie entgeistert an und wollte protestieren, aber sie begriff, dass Maria keine Widerrede dulden würde.

»Ich möchte – dass du nach Hause gehst, ja?«

Nina konnte ihre Tränen nicht mehr zurückhalten. Immer musste sie von Maria fort. Als Mädchen nur ein paar Schritte über den Flur und doch in eine andere Welt. Tag für Tag. Niemals hatte sie das gewollt. Und jetzt blieb ihr schon wieder keine Wahl.

»Schsch, nicht doch«, murmelte Maria sanft, als sie sah, dass sie weinte. »Es geht mir gut. Aber ich muss einen Moment – mit Michelle alleine sein.«

Nina fasste sich und schluckte. Sie nahm die Brille ab, ihre Hände zitterten so sehr, dass sie kaum die Tränen fanden, die sie sich abwischen wollte. So vieles kam ihr in den Sinn, das sie sagen wollte. Dass sie Maria liebte. Dass sie ihr dankbar war für alles, was sie je für sie getan hatte. Aber sie konnte noch immer nicht sprechen, und so betrachtete sie noch einmal das vertraute Gesicht, beugte sich hinab und küsste es. Schließlich stand sie auf, ging zur Tür und öffnete sie, drehte sich noch einmal um und fand ihre Stimme endlich wieder, auch wenn sie kaum mehr als ein Krächzen zu Wege brachte. »Also dann, bis später«, stammelte sie, dann ging sie hinaus und war fort.

Es war still, als Nina den Raum verlassen hatte. Selbst das Piepen über dem Bett schien leiser zu werden, wie um den Frieden nicht zu stören, der das Zimmer erfüllte. Michelle hatte Mühe, nicht zu weinen. Sie wartete einen Moment und sammelte sich, ehe sie zu Maria hinüberging. Ein langer, röchelnder Atemzug entwich dem Brustkorb ihrer Tante, und auch wenn er schwer klang, war die Erleichterung zu spüren, die darin zum Ausdruck kam. Marias Züge waren entspannt, als sie flüsterte: »Schade, dass ich deinen Film nicht mehr sehen kann.«

Michelle setzte sich auf die Bettkante und sprach aus, was

ihr seit Stunden im Kopf herumging. »Es tut mir so leid, dass ich nicht da war.«

Maria deutete ein Kopfschütteln an. »Nein, nein, nicht.« Nach einer langen Pause sprach sie weiter. »Ich habe keine Schmerzen mehr. Das Rheuma, hörst du – es tut nicht mehr weh. Danke.«

»Wofür?« Michelle betrachtete Marias faltige Hände. Die Gelenke ihrer Finger waren weder rot noch geschwollen.

»Dass du Nina im Theater ...«

Michelle nickte stumm, um zu zeigen, dass sie verstand, was Maria sagen wollte. Das Piepen kam erneut aus dem Takt. Als es seine gewohnte Monotonie wiederfand, erinnerte Michelle sich daran, dass sie noch vor wenigen Stunden über das Gartentor gesprungen war, um Maria von der Begegnung mit ihrem Vater zu berichten. Die gute Nachricht brannte ihr noch immer unter den Nägeln, auch wenn es ihr unpassend erschien, jetzt davon zu sprechen. Das Herz der alten Frau rang um jeden Schlag. War es ihr da erlaubt, ihre Tante womöglich noch aufzuregen?

Maria schien ihren Zwiespalt zu spüren. »Was ist?« fragte sie leise.

Michelle gab sich einen Ruck. »Heute ist etwas passiert. Es ist fast wie ein Wunder. Ich wollte es dir erzählen, als ich am Abend nach Hause kam.«

»Also?«

»Ich habe meinen Vater getroffen.« Sie hielt inne, um zu sehen, welche Wirkung ihre Worte bei Maria erzielten. Tatsächlich beschleunigte sich der Rhythmus des Piepens, und sie fürchtete, er würde wieder aussetzen.

»Weiter!« befahl Maria, ohne die farblosen Lippen zu bewegen.

»Ich war mit meiner Mutter im Tierpark verabredet, aber

an ihrer Stelle erschien er. Und er war so ganz anders als sonst in den vergangenen Jahren. Auf einmal war er bereit, über alles zu reden. Wir haben uns ausgesprochen. Er hat alle meine Filme gesehen. Ich habe ihm sogar von Vanessa erzählt. Und irgendwie war es gar nicht so schwer.«

»Dann war es also doch nicht vergebens«, murmelte Maria und versuchte den Kopf zu heben, um Michelle genauer betrachten zu können.

Michelle verstand nicht, was sie meinte. Sie beugte sich vor und umklammerte ihre Finger. »Du musst ruhig liegen, bitte.«

Maria sank in das Kissen zurück. »Sag ihm, dass du es mir erzählt hast, ja?«

Michelle nickte zögernd. Sie konnte sich nicht vorstellen, warum Maria glaubte, es könne ihrem Vater wichtig sein zu erfahren, dass Michelle Maria von der Begegnung im Tierpark erzählt hatte. Sie befürchtete eher einen neuerlichen Anlass für Streit.

Maria erkannte die Zweifel in ihrem Gesicht. Das Piepen wurde schwächer. »Sag es ihm – bitte!«

»Ja, ich sage es ihm, versprochen«, erwiderte Michelle. »Aber jetzt ruh dich aus!«

»Eines noch. Was ist mit – Nina?«

Michelle wich zurück. »Was soll mit ihr sein?«

»Komm schon!«

Die Zimmertür ging auf, und eine Schwester eilte herein. Ohne eine der beiden Frauen groß zu beachten, ersetzte sie den leeren Plastikbeutel des Tropfs durch einen neuen, kontrollierte die Kanülen und Pflaster, und als sie sich vergewissert hatte, dass sämtliche Schläuche und Nadeln sich dort befanden, wo sie hingehörten, verschwand sie so schnell, wie sie gekommen war. Michelle hatte versucht, die Unterbrechung zu nutzen, um ihre Gedanken zu ordnen. Wenn sie jetzt ehrlich war, riskierte sie, Maria aus der Fassung zu bringen. Und außerdem müsste sie aussprechen, was sie seit Wochen fortgeschoben hatte. Doch der Tod stand bereits im Zimmer und duldete keinen Aufschub.

»Ich krieg sie nicht aus dem Kopf«, begann sie langsam und heftete ihren Blick auf ein Blumengemälde an der Wand, dessen Einzelheiten im Zwielicht des Zimmers verborgen blieben. »Ich kann sie nicht ansehen, ohne mich danach zu sehnen, sie zu berühren. Und wenn ich sie berühre, möchte ich sie nicht wieder loslassen. Sie hat mich geküsst am See. Jeden Abend, wenn ich im Bett liege und die Augen schließe, versinke ich in diese Erinnerung.« Es lag viel Ratlosigkeit in ihrem Ton, als sie sich selbst im Dunkeln sah, aufgelöst und krank vor Sehnsucht nach Nina.

Maria holte angestrengt Luft. »Das hätte ich nicht gedacht.« Sie sprach so leise, dass sie kaum zu verstehen war.

»Ich auch nicht«, antwortete Michelle verlegen und riss sich von den Blumen los.

»Nein, nein, ich meine nicht – dass du in sie verliebt bist. Aber dass sie – mutiger ist als du, hätte ich nicht erwartet.«

Michelle runzelte die Stirn. »Wie meinst du das?«

Maria holte mehrmals Luft, wie um Anlauf zu nehmen für das, was sie sagen wollte. Sie sprach sehr langsam und mit Bedacht. »Nun, ich habe gesehen, wie sie dir nachgeblickt hat, als du neulich – aus dem Zimmer gegangen bist. Sie war dir so – vorbehaltlos zugewandt. Das hat mich sehr verblüfft. Ich hätte es ihr – nicht zugetraut.« In ihrem Zustand war diese Rede zu lang. Sie seufzte schwer und schloss die Augen.

Michelle senkte den Blick. Sie wusste, wovon Maria sprach. Und sie hatte Ninas Mut nicht nur gesehen, sondern auch gespürt. Gerade das hatte sie so erschreckt. Sie konnte schon lange nicht mehr so hingebungsvoll sein. Oder doch? In ihrem

Kopf wirbelte alles durcheinander. Sie wollte spielen, Regie führen vielleicht. Sie hatte keine Zeit für eine intensive Beziehung. »Ich will Nina nicht weh tun!«

»Nina nicht – oder dir nicht?«

»Aber du selbst hast mich doch gewarnt!«

Marias Augen weiteten sich. Ein letztes Mal funkelten sie auf. »Und?« begann sie, verzog das Gesicht und verharrte sekundenlang regungslos, ganz so, als bohre sich ein heftiger Schmerz tief in ihre Brust. »Habe ich etwa immer recht?«

Michelle hörte ihre Frage nicht. Sie bemerkte, dass das Leben aus dem Körper unter der weißen Decke wich. Maria schloss die Augen, und Michelle konnte nicht erkennen, ob sie noch atmete. Erschrocken beugte sie sich über sie, blickte auf das piepsende Gerät.

Maria lebte noch. Sie schien die Angst ihrer Nichte zu spüren und blinzelte durch halbgeschlossene Lider. »Schön, dass du bei mir bist«, wisperte sie voller Ruhe.

Michelle legte ihren Kopf auf die Schulter ihrer Tante und schwieg, bis das Piepen in einen gleichförmig anhaltenden Ton überging. Es war kurz nach halb zwei.

Die Ärztin kam mit einem großen Gefolge und schickte sich an, ihre Arbeit zu tun. Ihre hektische Betriebsamkeit zerstörte den Frieden des Augenblicks. Michelle wandte sich ab und verließ das Zimmer, ohne sich noch einmal umzusehen. Sie weinte und war aufgewühlt, dachte an das Osterfrühstück und an die verblichenen Fotos in dem roten Album. Wohin war die Freude jener sorglosen Silvesternacht entschwunden? Wohin ging der Schmerz, den Maria erlitten haben musste, wann immer sie ihre Habe zusammenraffte, das Bündel der jungen Frau, die entschlossen ihr Dorf hinter sich ließ, die Koffer der Geschiedenen, die in die Heimat zurückkehrte, die schwere Last der Gebrochenen, die aus Ninas Nachbarschaft entfloh. Wohin war der Mut, von dem jeder ihrer Aufbrüche kündete? Was blieb übrig, wenn ihre Vasen eingepackt und ihre Bilder von den Wänden genommen waren, wenn der Duft eines Lebens durch geöffnete Fenster entwich? Gab es denn wirklich nur ein ewiges Jetzt ohne irgendeinen Sinn?

»Sie ist tot?«

Michelle hatte die Intensivstation verlassen und ging auf die Fahrstühle zu, als sie die Frage vernahm. Sie drehte sich um und sah, dass Nina auf einer weißen Couch in einer Nische des Flures kauerte. Ihre Augen waren gerötet. Michelle nickte, setzte sich zu ihr und nahm sie in die Arme. Ihr Körper fühlte sich warm und geschmeidig an, kein Muskel sperrte sich gegen die Berührung, doch in diesem Moment spürte Michelle kein anderes Verlangen als den Wunsch, im Kummer mit ihr zu verschmelzen. Sie weinten gemeinsam, bis Nina sich vorsichtig löste, sich die Nase putzte und halb verständnislos, halb trotzig fragte: »Warum hat sie mich weggeschickt?«

Michelle schenkte ihr einen tröstenden Blick. »Weil du ihr kleines Mädchen bist. Sie wollte dich schützen. Hat sie das nicht immer gewollt?«

»Aber ich bin doch kein Kind mehr!« Nina protestierte, aber ihr Ton verriet, dass sie sich nicht ganz sicher war.

»Natürlich nicht«, beschwichtigte Michelle sie. »Aber eure Liebe war darauf gegründet.«

»Dass ich ein Kind bin?«

»Dass du sie brauchtest. Dass sie für dich da war. Sie konnte nicht sterben, solange du bei ihr warst.«

Nina sah zu den Fahrstühlen hinüber. »Vermutlich hast du recht. Ich habe oft darüber nachgedacht. Manchmal habe ich mich gefragt, ob ich keine Freude in mein Leben lasse, um mir zu beweisen, dass ich nicht glücklich sein kann, weil Maria mich verlassen hat. Als sei mein Kummer ein Verbündeter, eine Art stummer Vorwurf ihr gegenüber, die einfach weggegangen ist. Du sagst, Maria konnte nicht sterben in meiner Gegenwart. Und ich habe mir Tag für Tag bewiesen, dass ich nicht leben konnte ohne sie. War das Liebe? Oder war es Dummheit? Oder gibt es da am Ende keinen Unterschied?«

Michelle antwortete nicht. Statt dessen streichelte sie Ninas Arm, wie sie es schon einmal getan hatte. Sie sah, dass die Ärztin sich mit schnellen Schritten auf die Ausgangstür der Intensivstation zu bewegte, die sich automatisch vor ihr öffnete. Sie schaute sich suchend um, dann erblickte sie Nina und Michelle, die sich von der Couch erhoben, trat zu ihnen, schüttelte ihre Hände und sprach ihnen ihr Beileid aus. »Es war nichts mehr zu machen«, versicherte sie ungefragt, dann nickte sie verlegen und ließ die beiden Frauen wieder allein.

»Lass uns gehen.« Michelle wollte nicht sehen, wie Maria fortgebracht wurde, und sie wollte auch verhindern, dass Nina es sah.

Sie verließen das Gebäude der Klinik. Es war ein mühsamer Schritt, denn Maria war tot. Die Welt hatte sich verändert, und doch ging alles weiter. Der Pförtner stand breitbeinig vor der Tür und blies den Rauch seiner Zigarette in die kühle Nacht. Von Ferne hörte Michelle das Rauschen des Verkehrs.

Nina sog die frische Luft ein und blickte sich suchend um. »Wo steht dein Auto?« fragte sie.

Michelle schüttelte den Kopf. »Ich bin mit Maria im Rettungswagen gekommen. Wollen wir nicht ein Stück laufen?«

Nina nickte. »Was geschieht jetzt?«

»Nun, ich werde mich um alles kümmern. Es wird nicht

schwierig sein, glaube ich. Maria hat ziemlich gut vorgesorgt für ihren Todesfall.«

»Musst du nicht zurück nach Köln?«

Michelle bemerkte das Zittern hinter der Frage. »Das wollte ich«, murmelte sie kaum hörbar. »Aber jetzt bleibe ich, bis alles vorüber ist.« Sie wandte sich Nina zu und versicherte mit Nachdruck: »Es tut mir leid, dass wir uns unter diesen Umständen wiedersehen. Ich hätte dich aber in jedem Fall noch angerufen, ganz sicher!«

Nina sah sie nicht an, verschränkte die Arme vor der Brust und lief weiter. »Warum hast du es nicht längst getan?«

Michelle seufzte. »Ich konnte nicht. Ich wollte ...« Sie zuckte hilflos mit den Achseln. Wie sollte sie erklären, dass sie geglaubt hatte, sich selbst untreu zu werden, wenn sie sich auf das einließe, was zwischen ihnen begann? Dass sie ihre Vorsätze verriete, wenn sie sich gestattete, sich wieder wirklich zu verlieben. Und vielleicht gab es auch noch etwas anderes. Nicht noch einmal wollte sie heimlich lieben. Es passte nicht zu ihr. Sie war nicht zufällig Schauspielerin geworden. Ihr Leben war die Bühne, und die brauchte Licht. Und eine Beziehung brauchte ein Umfeld, in dem sie gedeihen konnte. Sie brauchte Pflege, von innen und außen, sonst war sie über kurz oder lang zum Scheitern verurteilt. Keine Halbwahrheiten mehr, wenn die Liebe noch einmal in ihr Leben trat, das hatte sie sich geschworen. Doch auf wundersame Weise war es nie dazu gekommen. Bis jetzt. Sie dachte an ihren Vater. Sie hatte mit ihm über Vanessa gesprochen. Nach all den Jahren. »Vielleicht war ich ganz einfach ein Feigling. Und ich habe dir deinen Geburtstag vermasselt. Es tut mir leid.«

›Du musst es wollen‹, hatte Maria gesagt. Nina fand es unangebracht, aber sie konnte nicht verhindern, dass die Trauer über ihren Tod in den Hintergrund trat, um etwas anderem Platz zu machen. Als sie Michelle im Krankenhaus gesehen hatte, an die Wand gelehnt und voller Sorge, da war das Begehren fort gewesen, das ihr seit Tagen keine Ruhe gelassen hatte. In jenem Augenblick hatte die Angst um Maria alles andere geschluckt. Es war unfassbar, dass die alte Frau gestorben war. Nina hatte es im Grunde noch gar nicht begriffen, und sie spürte, dass auch Michelle völlig durcheinander war. Nina betrachtete sie, ihre dunklen Locken und das schöne Gesicht, und wieder kam es ihr in den Sinn, was sie Maria hatte versprechen sollen. ›Du musst es wollen.‹ Das Verlangen der letzten Tage kehrte mit Macht zurück. Sie biss sich auf die Lippen und schaute den Lichtern der Autos auf der Straße hinterher. »Ich möchte mit dir alleine sein«, flüsterte sie.

Nina schloss die Wohnung auf, streifte die Schuhe von den Füßen und ging hinein. Michelle folgte ihr. Gleichzeitig traten sie ins Wohnzimmer, und Nina schaltete das Licht ein. Sie sah, dass Michelles Blick auf das zerwühlte Bett fiel, aus dem Nina vor wenigen Stunden schlaftrunken herausgekrochen war, als der Anruf aus dem Krankenhaus kam.

Nina blieb vor ihr stehen, ohne sie zu berühren. »Was jetzt?« hauchte sie und lächelte. Michelle trat auf sie zu und wollte sie küssen, aber Nina wich zurück. »Nein, noch nicht. Noch einen Moment.«

Sie wollte diesen Augenblick der Vorfreude, den es nie wieder geben würde, ganz bewusst erleben. Andächtig stand sie dicht vor Michelle und stellte ihre Sinne auf das ein, wonach sie sich schon so lange verzehrte. Sie waren beide ganz still. Nina sah Michelle in die Augen, spürte ihre angespannte Erwartung, und dann begann sie das Drehbuch umzusetzen, das sie in den Tagen nach ihrem Ausflug zum See entworfen hatte. Sie streichelte Michelles Hals, ihren Nacken und ihr Dekolleté, dann begann sie mit zittrigen Fingern ihre Bluse aufzuknöpfen. Sie hatte Mühe, ihre Erregung zu zügeln. Michelle wollte sie an sich ziehen, doch sie entzog sich ihr. »Nicht!« protestierte sie entschieden. »Lass mich.« Zu oft hatte sie sich vorgestellt, was sie jetzt tat. Zu oft hatte sie es flehentlich herbeigesehnt. Jetzt kostete sie es ganz und gar aus. Es raubte ihr beinahe den Verstand zu erkennen, wie sehr Michelle jede ihrer Berührungen wollte, wie sehr sie ihre entschlossene Zärtlichkeit genoss.

Sie nahm sich Zeit. Stück für Stück befreite sie Michelle von ihren Kleidern und ertastete ihre Haut. Sie war glatt und von einem feuchten Film überzogen. Nina begrüßte sie mit kleinen Küssen, fuhr mit ihrer Zungenspitze darüber und spürte, wie der salzige Geschmack und die feinen Härchen der anderen ihren Schoß pulsieren ließen.

Michelle hatte die Augen fest geschlossen. Sie schien in eine andere Dimension entrückt. Ihr Atem ging flach und stoßweise. Nina öffnete Michelles Hose und glitt mit der Hand hinein, konnte selbst kaum glauben, wie forsch sie war, doch es gab kein Halten. Ihre Finger fanden den Weg zwischen Michelles Schenkel, nur für den Hauch einer Sekunde, und Nina stöhnte auf, als sie Michelles Verlangen spürte. Dann zog sie ihre Hand zurück, umfasste Michelles Taille und küsste sie. Ihre Münder öffneten sich weit, ihre Zungen tanzten miteinander und verschlangen sich, ungestüm und wild, sinnlich und lockend, langsam, flüchtig und endlos tief. Nina legte ihre Hände auf Michelles Po und presste sie an sich. Es machte sie rasend, wie drängend Michelle sich ihr entgegenreckte, und sie wünschte sich, in einem endlosen Schwindel zu vergehen.

Aber sie ahnte, es würde anders kommen, sie konnte es

längst schon spüren, war weit und geschwollen und über alle Maßen elektrisiert. Sie konnte kaum noch stehen, als Michelle sich nicht mehr bremsen ließ, mit ihren Händen unter ihren Pullover glitt, ihre Schultern, ihre Achseln und ihre Brüste umfasste. Ihr Herz hämmerte, und sie schnappte nach Luft.

»Michelle«, keuchte sie schließlich. »Ich kann nicht mehr!«

Ungestüm rissen sie sich die Kleider vom Leib und warfen sich aufs Bett. Nina streckte sich Michelle entgegen, schlang ihre Beine gierig um sie herum. Michelle drängte sich dazwischen, beeilte sich, war ungeschickt, hatte keine Zeit. Nina verkrallte sich in ihr, bis alles dunkel wurde und ein Schrei in ihr Bewusstsein trat. Sie wusste nicht, von wem er gekommen war, spürte nur, wie er in ihr nachklang und ihre Seele im Rhythmus seines Echos tanzen ließ.

Lange schaukelte sie auf den Ausläufern ihrer Lust, dann tauchte sie wie aus großer Tiefe auf. Michelle lag noch immer über ihr. Sie war erschöpft, und ihr Gesicht war schweißnass, ihr Atem beruhigte sich nur langsam. Sie wirkte verwundert, beinahe so, als sei sie es, die gerade eine fremde ferne Welt betreten hatte. Und es gefiel ihr, wo sie war. Ein Ausdruck von Glück strahlte aus ihren tiefbraunen Augen auf Nina herab. Sie war schöner denn je.

Die Kirchturmuhr schlug, und sie sprachen kein Wort, genossen das intime Schweigen, das sie noch immer umfing. Michelle bewegte sich als erste, rutschte ein Stück an Nina herunter und legte den Kopf auf ihren Bauch. Nina streichelte ihre Locken. Es dämmerte bereits, und sie war müde, ein langer schwerer Tag lag hinter ihr, doch sie spürte Michelles Atem auf ihrer Haut, und wo eben noch Ruhe gewesen war, wuchs die Spannung erneut. Sie würden nicht schlafen, noch lange nicht. Ihre Körper hatten einander so viel zu erzählen, das nicht warten konnte. Es würde dauern bis zum Frühstück. Aber dann würde Michelle Brötchen holen. Und Nina hatte Kaffee.

## 19

Michelle musste lange schieben und drücken, bevor sie den Reißverschluss zubekam. Es erforderte eine logistische Meisterleistung, ihre gesamte Kleidung in den wenigen Taschen zu verstauen, aber bei der Anreise hatte es schließlich auch funktioniert. Nur den Wintermantel würde sie auf die Rückbank legen müssen. Er bot ohnehin einen merkwürdigen Anblick um diese Jahreszeit; er erinnerte sie daran, wie lange sie hier gewesen war. Über drei Monate hatte sie mit Maria gelebt und ihre Gastfreundschaft genossen. Jetzt waren ihre Räume gespenstisch still. Selbst das Zimmer, das Michelle bewohnt hatte, wirkte kalt und kahl, als sie mit dem Packen fertig war. Nichts erinnerte mehr an das gemütliche Durcheinander der zurückliegenden Wochen.

Als sie das Gepäck gerade zum Auto tragen wollte, klingelte es an der Tür. Sie stellte die Taschen wieder ab und eilte durch den Flur, um Nina hereinzulassen. Sie öffnete und warf sich ihr entgegen, und auch Nina begrüßte sie, als hätten sie sich seit Ewigkeiten nicht gesehen. In ihrer Umarmung lag innige Sehnsucht. Die Angst, zurückgestoßen zu werden, die Michelle an Vanessas Seite nie verlassen hatte, war verschwunden. Ninas Leidenschaft war unmittelbar, absolut und ohne Kalkül. Es war so leicht, sich ihren Berührungen hinzugeben.

»Wie war es?« fragte Nina, als sie sich voneinander lösten.

Michelle schmunzelte. »Merkwürdig. So oft habe ich mir gewünscht, meine Eltern wieder einmal zu Hause zu besuchen, und als ich heute morgen dann in meinem alten Zimmer stand und danach mit ihnen unter dem Apfelbaum im Garten saß, kam es mir so natürlich vor, als hätte es nie eine andere Zeit gegeben. Doch ich war auch erleichtert. Und meine Mutter hat wahnsinnig aufgetischt. Ich glaube, sie war sehr glücklich, aber mein Vater hat nicht viel geredet. Er war wohl von der Beerdigung gestern noch ziemlich mitgenommen.«

Sie gingen in Marias Wohnzimmer und setzten sich in den Erker. Auf dem glattpolierten Holz des Tisches kündete noch ein winziger Rotweinfleck von der letzten Scrabble-Partie, die Michelle verloren hatte. Nina wischte ihn mit einem Finger fort. »Ich dachte, dein Vater mochte Maria nicht?«

Michelle schaute aus dem Fenster. Ihr Blick fiel direkt auf das Beet, in dem ihre Tante gelegen hatte, und auf die abgeknickten Dahlien, die von den schweren Schuhen der Rettungskräfte zertrampelt worden waren. »Das habe ich jedenfalls immer geglaubt. Vielleicht habe ich da ja irgendwas falsch verstanden.«

»Warum hat er diesen gelben Schal um den Kranz gebunden?«

Michelle zuckte mit den Achseln. »Keine Ahnung. Ich habe ihn heute morgen danach gefragt, aber er wollte nicht darüber reden. Er würde es mir irgendwann erklären, meinte er nur. Maria hat mich noch gebeten, ihm zu sagen, dass ich ihr von unserem Wiedersehen erzählt habe. Das hab ich getan, und tatsächlich schien er danach irgendwie beruhigt. Es muss wohl etwas zwischen ihnen gegeben haben, von dem ich nichts wusste.« Sie sah sich im Zimmer um. »Schon komisch, dass ausgerechnet meine Eltern hier jetzt alles weitere regeln werden, wenn ich weg bin.«

»Was geschieht mit Marias Sachen?« Auch Nina ließ ihren Blick über die schweren Möbel schweifen, über die altmodischen Gardinen, die zahllosen Bücher im Schrank und die ordentlich gestapelten Briefe auf dem Sekretär. Alles wirkte verlassen.

»Es gibt ein Testament.« Michelle fiel ein, dass Maria einmal über ihr Vermächtnis gesprochen hatte. Es war schon einige Jahre her, aber sie erinnerte sich daran. ›Meine Geschwister sind tot, außer deinem Vater, das weißt du ja. Und er interessiert sich wohl nicht für das alles hier. Eigentlich müsstest du es also erben, zusammen mit Bertram und Lisbeths Kindern, die ich kaum kenne. Und natürlich hinterlasse ich euch etwas. Aber es gibt da eine Frau ... Ich habe sie lange nicht gesehen, aber ich kenne sie, seit sie ein kleines Mädchen war, und ihr Glück liegt mir sehr am Herzen.‹ Damals hatte Michelle Ninas Namen zum ersten Mal gehört, nur den Namen, nicht mehr, doch das war auch nicht nötig gewesen. Die Art, wie Maria ihn ausgesprochen hatte, genügte, um Michelle erkennen zu lassen, wie sehr ihre Tante sie liebte. Michelle wollte es nicht sagen, denn sie war sich nicht ganz sicher, aber sie nahm an, dass Nina ohne es zu ahnen in ihrer eigenen Wohnung saß. Sie dachte an die Beerdigung am Tag zuvor, daran, wie weh es getan hatte, als der Sarg in die Erde gelassen wurde, und dass es doch vor allem Ninas Anblick gewesen war, der ihr beinahe das Herz zerrissen hatte. Es war unbegreiflich, wie vielfältig die Gefühle waren, die sie gleichzeitig empfand, seit Maria gestorben war. Inmitten der Trauer hatte es Raum gegeben für ihr Begehren. Leidenschaftliche Liebe und untröstlicher Schmerz vor dem offenen Grab. Nina hatte Marias Armband getragen während der Beerdigung. Erst am Abend hatte sie es abgelegt.

»Was wirst du tun, wenn ich weg bin?« fragte Michelle nun und umfasste ihr nacktes Handgelenk.

Nina seufzte und richtete sich auf. »Ich habe eine Menge

zu erledigen. Als erstes muss ich endlich den Abfluss in der Dusche von der Verstopfung befreien. Das wird eine schöne Schweinerei. Dann muss ich meinen Pass verlängern lassen. Schließlich ist ja nicht gesagt, dass du immer in Köln bist, wenn ich dich besuchen will.« Sie lächelte verschmitzt und berührte kurz Michelles Finger, bevor sie nachdenklich weitersprach. »Und dann habe ich in den letzten Tagen viel über das Malen nachgedacht.« Sie hielt inne und blickte kurz auf, als wolle sie vorfühlen, wie Michelle auf das Thema reagierte. »Es ist mir noch immer fremd, die Malerei ernst zu nehmen. Aber ich dachte, ich könnte ein paar alte Kontakte aufleben lassen und sehen, ob ich nicht Malgruppen für Kinder oder Jugendliche anbieten kann. Erst mal auf Honorarbasis oder so, mehr geht ja nicht in dieser Stadt. Es wäre vielleicht ein guter Anfang. Und ...« Wieder hielt sie inne, vergewisserte sich, dass Michelle ihren Überlegungen folgte, bevor sie weitersprach. »Ich habe sogar daran gedacht, mich in Richtung Kunstpädagogik ausbilden zu lassen oder Maltherapie, aber ich weiß noch nicht, ob ich das finanzieren kann. Da muss ich mich erst mal informieren und ein bisschen rechnen.«

Michelle dachte an Marias Testament. »Wenn deine Pläne erst eine Form haben, findet sich bestimmt alles andere.«

Nina nickte stumm, dann stand sie auf, ging in den Flur und kam wenig später mit einem schmuckvoll verschnürten flachen Paket zurück, das sie als erstes aus der Hand gelegt hatte, nachdem sie angekommen war. »Das ist für dich.« Sie gab Michelle das Geschenk und blieb erwartungsvoll vor ihr stehen.

Michelle sah sie an und hob die Augenbrauen, dann zog sie an der Schleife und packte aus. Es war ein farbenfrohes Gemälde, weit dynamischer als die anderen, die sie in Ninas Wohnung gesehen hatte. Zwei sich auflösende Wolken von

Blau und Rot trieben auf einen unwiderstehlichen Wirbel zu, in dem ihre Ausläufer einander umschlangen. Michelle betrachtete es genau.

»Ich habe den Rahmen erst heute morgen aus der Tischlerei im Hof abgeholt. Es heißt: Das Wurmloch. Damit du mich nicht vergisst, wenn ...« Nina plauderte in heiterem Ton, doch Michelle erahnte die Unsicherheit hinter ihren Worten. Sie legte das Bild auf den Tisch, stand auf und umfasste Ninas Gesicht, küsste sie sanft auf die Lippen. »Glaubst du nicht, dass ich mich wie verrückt nach dir sehnen werde, sowie ich in meinen alten Wagen gestiegen bin?«

Nina nahm sie in die Arme und streichelte ihren Rücken, der ihr längst vertraut war. »Ich kann ja im Grunde noch nicht einmal glauben, dass das hier alles wahr ist.«

»Ich werde oft nicht da sein. Und ich kann dir nichts versprechen. Aber glaube mir, dass ich dich liebe«, flüsterte Michelle ihr ins Ohr und presste sie an sich.

Nina schloss die Augen und ließ den Kopf auf Michelles Schulter sinken. »Versprechungen sind wohl das, was ich am wenigsten brauche. Vielleicht ist es ganz gut, dass wir gezwungen sind, es langsam anzugehen. Auch wenn ich es kaum ertragen kann, dich loszulassen.« Sie trat einen Schritt zurück und studierte Michelles Züge, als wolle sie sich jede Einzelheit ihres Gesichts einprägen.

Das Maul des Käfers hatte tatsächlich das ganze Gepäck geschluckt. Michelle warf die Klappe zu, die blechern ins Schloss fiel. Dann legte sie das Bild behutsam auf die Rückbank und vergewisserte sich, dass es weder rutschen noch herunterfallen konnte. Nina stand neben dem Wagen und sah ihr zu. »Wann wirst du zu Hause sein?« fragte sie, den Wintermantel umschlungen, den Michelle bei ihrer Begegnung in Babelsberg getragen hatte.

Michelle kroch aus dem Auto hervor und schaute auf die Uhr an ihrem Handgelenk. Es war schon nach fünf. »Nun, im Hellen werde ich es nicht mehr schaffen, dafür sind dann aber die Straßen nicht mehr so voll.« Sie nahm Nina den Mantel ab und verstaute ihn weit weniger sorgsam als das Bild. Dann klappte sie den Vordersitz zurück und wandte sich Nina zu. »Soll ich dich noch ein Stück mitnehmen? Zur S-Bahn vielleicht?«

Nina schüttelte den Kopf. »Nein, lass mal, ich will mich hier von dir verabschieden.« Sie sprach leise und versenkte die Hände in den Taschen ihrer Jeans.

Michelle merkte, wie angespannt sie war. »Es ist nicht für lange«, tröstete sie die andere und gleichermaßen sich selbst.

»Ja, das stimmt.« Nina nickte energisch. »Ich freue mich schon darauf zu sehen, wie du lebst.«

Michelle schmunzelte. Es sah so aus, als bekäme sie viel Besuch in nächster Zeit. »Du fehlst mir jetzt schon«, gab sie zurück und spürte, dass sie nicht übertrieb.

»Ich werde mir einen Videorecorder kaufen und mir in der Zwischenzeit deine Filme angucken. Wenn ich es aushalte, dich auf dem Bildschirm zu sehen, ohne dich berühren zu können.«

Ein schelmischer Zug umspielte Michelles Mund. Sie nahm Nina in die Arme. »Du berührst mich doch!« flüsterte sie sanft und schloss die Augen, dann versanken sie in einem langen Kuss, der nicht begierig war, sondern besinnlich, wie geschaffen, um in ihnen nachzuklingen bis zu ihrem Wiedersehen.

Nina spürte das heftige Pochen ihres Herzens, als Michelle ins Auto stieg, trat zur Seite, um sie ausparken zu lassen und sah ihrem Wagen nach. Wieder ein Abschied. Aber diesmal war er nicht für immer. Sie war allein und war doch nicht verlassen. »Ich liebe dich auch«, formten ihre Lippen, als der Käfer schon fast um die Ecke gebogen war. Michelle konnte sie nicht mehr hören. Es war alles so schnell gegangen, und es war noch so zerbrechlich. Vertrauen, ein schwieriges Terrain. »Ich liebe dich auch«, murmelte sie noch einmal. Eines Tages würde sie es laut sagen können, und dann würde sie Michelle dabei ansehen. Sie ging auf dem schmalen Bürgersteig die Straße hinunter zur Bushaltestelle, nickte ihren Vorsätzen zu und strich sich eine Strähne hinter das Ohr.

**Breitsprecher, Claudia:**
*Vor dem Morgen liegt die Nacht* / Roman
ISBN 3-930041-50-2
Originalausgabe

1. Auflage 2005
Lektorat: Andrea Krug, Berlin
Gestaltung und Satz: Grafikbüro Schadenberg, Berlin
Coverfoto: © Getty Images / Javier Pierini
Druck: Clausen & Bosse, Leck

# … zum Weiterlesen:

Flannery Jansen betritt eine neue Welt. Sie ist Erstsemesterin an einer Universität an der Ostküste. In einem Diner beim Campus entdeckt sie eines Morgens eine faszinierende Frau, die in ein Buch vertieft ist: Anne Arden, Dozentin im Fachbereich Literaturwissenschaft – selbstbewusst, weltgewandt, lebenserfahren. Und für Flannery die schönste Frau der Welt …

Ein Roman über die erste große Liebe – eine Geschichte von sinnlichem Zauber.

Sylvia Brownrigg
**Geschrieben für Dich**
288 Seiten, gebunden
ISBN 3 - 930041 - 45 - 6

Rieke, Anfang 40, betreibt ein florierendes Bistro am Ku'damm. Ihre Tochter ist aus dem Haus, und Riekes Privatleben ist wenig aufregend. Dann taucht eines Tages Paula auf, eine alte Schulfreundin. Sie kehrt aus Frankfurt zurück, wo sie in einer Werbeagentur Karriere gemacht hat. Die beiden Frauen kommen einander näher.
Und dann entdeckt Rieke Paulas Geheimnis …

Manuela Kuck
**Hungrige Herzen**
240 Seiten, gebunden
ISBN 3 - 930041 - 36 - 7

*www.krugschadenberg.de*